清代觀劇詩研究

李碧 著

ZHEJIANG UNIVERSITY PRESS
浙江大學出版社

序

張宏生

　　《紅樓夢》第二十三回寫林黛玉聽梨香園的十二個女孩子演習戲文,感歎"原來戲上也有好文章,可惜世人只知看戲,未必能領略這其中的趣味"。這個"趣味"是什麼,原是因人而異,各有所會,至於怎樣去領略"趣味",可能也是多種多樣。清代文人喜歡寫觀劇詩,就是一種特定的領略方式。

　　演劇在中國有著悠久的歷史,與此相應,人們會以不同的方式表達觀劇的感受,而將這種感受以詩性的語言說出來,則在《詩經》中就有了萌芽。其後,唐宋時期,時有所見;元明兩代,逐漸成熟,而至有清一代,則進入高峰。是作者之多,作品之盛,題材之多樣,風格之豐富,都爲前代所不及。但是,對於中國戲曲批評的這種重要的、獨特的形式,迄今尚缺少全面系統的研究。有感於此,李碧從基本文獻出發,閱讀了大量清人詩文集,搜集整理了五千餘首觀劇詩,並初步對之進行了編年(見另書)。在此基礎上,深入探討其中所體現的戲曲表演、群體活動、文人心態,以及藝術觀念等,寫出《清代觀劇詩研究》一書,從一個特定的角度對清代的戲曲做出了多元的研究,一定程度上填補了戲曲史研究的空白。

在這部著作中,作者以歷時性的視角,從《詩經》觀看表演的四言詩談起,勾勒出由唐宋以迄金元明觀劇詩的發展軌跡,引入清代之後,則分專題進行重點論述,突出每個時期的獨特風貌,如觀劇詩與明清之際的易代心態,觀劇詩與康雍時期的詠史之風,觀劇詩所表達的乾隆時期的盛世之音,觀劇詩與嘉慶年間的復古傾向,觀劇詩對道咸年間公衆視域的展示,觀劇詩與同光時期新媒體的關係等等,不但從一個特定的角度串起了一部清代戲曲史,成爲現行戲曲史的重要補充,而且,就詩本身來説,揭示了其表現功能的擴展,因而,具有了雙重的史的意味。

觀劇詩是一種獨特的戲曲批評樣式。一般來説,戲曲批評由對劇本的批注評點,序跋文字,以及專門的理論著作等幾個方面構成,所對應的研究對象較爲固定,相關評價大體融合了作品的戲曲史定位、文本的價值、社會的反響、藝術的風格等。而觀劇詩則往往以其現場性見長,包括了演員和表演,因而就使其更具有了當下的意義。而且,觀劇詩往往是酬贈之作,酬贈對象除了一同看戲的文人之外,有時還有劇作者和演員,這就構成了一種獨特的互動。法國批評家丹納在《藝術哲學》中説:"要刺激人的才能儘量發揮,再没有比這種共同的觀念、情感和嗜好更有效的了。……人的心靈好比一個乾草紮成的火把,要發生作用,必須它本身先燃燒,而周圍還得有別的火種也在燃燒。兩者接觸之下,火勢才更旺,而突然增長的熱度才能引起遍地的大火。"觀劇詩所體現出的創作場域,不僅使得觀劇的感受得到交流,而且也會使得創作和表演得到加強,從而創造出一種切近感。孔子曾提出"詩可以群"的概念。《論語》正義:"可以群者,《詩》有如切如磋,可以群居相切磋也。"戲劇活動可以説是社會成員之間

"可以群居"的重要體現之一,群體性參與的特點明顯,所以觀劇詩也就在這裏起到了一定的紐帶作用,帶有一定的應酬性。聞一多在《文學的歷史動向》中說:"詩似乎也沒有在第二個國度裏,像它在這裏發揮過那樣大的社會功能。在我們這裏,一出世,它就是宗教、是政治、是教育、是社交,它是全面的社會生活。"觀劇詩中正能夠表現出"全面的社會生活"。而將劇作者也納入其中,作品無疑就被賦予了知人論世的意蘊。這一點,某些地方倒和題畫詩有些相似,如宋代黃庭堅《次韻黃斌老所畫橫枝》:"酒澆胸次不能平,吐出蒼竹歲崢嶸。臥龍偃蹇雷不驚,公與此君俱忘形。晴窗影落石泓處,松煤淺染飽霜兔。中安三石使屈蟠,亦恐形全便飛去。"實際上就是借題畫來寫畫家本人,這頗可以和觀劇詩的某些創作動機互參。

演出是戲曲的重要生命力的體現,劇本的文字,無論怎樣生動,仍然要靠演員在舞臺上的表演來實現,但是,時過境遷,在當時的條件下,那些生動的影像不可能保留下來,即使在俗文學越來越受到重視的大背景下,和現實存在的大量戲曲演出相比,能夠見諸文字記載的還是少之又少。因此,觀劇詩這種往往是即時的,甚至是即興的書寫,在保存細節方面的貢獻,應該引起充分的關注。正如作者所指出的:"歷史事件的發生都離不開文人、伶人點滴的戲曲活動,而他們是如何活動的,又因何事而起,那些伶人的唱腔、身段都是什麼樣的,這些細節問題在史的脈絡上很難兼顧,但有了這些細節,史才能更加真實。觀劇詩短小精悍,一首絕句描繪的往往就是演員的一個轉身、一個唱腔,亦或其技藝最動人之處,這些細節的捕捉可以還原其本來面貌,爲研究戲曲發生提供佐證。"這種切近感有時是宏大的戲曲史書寫不容易顧及的。

中國戲曲的演出很早就有了記錄,但其真正的形成,按照王國維所說,是在元代。王國維在《宋元戲曲史》第八章《元雜劇的淵源》中指出,自元代起,"我國之真戲曲出焉"。不過,元代的戲曲批評卻比較弱。明代是戲曲發展的重要時期,也有不少戲曲批評出現,但以詩論劇的作品還不夠多。那麼,爲什麼到了清代觀劇詩就有了一個突飛猛進的發展呢?原因是多方面的,其中比較重要的一點或許和人們對詩歌表現力的體認有關係。清人更進一步挖掘了詩歌的潛能,因而才能開創更大的創作空間。說到這一點,不禁聯想起清代的觀劇詞。雖然以詞作爲文學批評的形式宋代就有了,但真正發揮這方面的功能,還要等到清代。清人以詞論詩,以詞論詞,都很有成就,而在論劇方面,也不遑多讓。清代初年,承前代遺風,演劇活動非常興盛,以詞撰寫觀劇之作亦有不少,而且往往和當時的時代密切相關。吟詠一些貼近現實題材的劇作如《秣陵春》者姑且不論,有時作者也將觀劇和當下的詞學活動結合在一起。如康熙十年(1671)周在浚寓居北京孫承澤秋水軒,名公賢士,時相往來,曹爾堪首唱《賀新郎》一闋,得到不少人的唱酬與追和,僅周氏結集的《秋水軒唱和詞》就收錄 26 位詞人的 176 首詞,反映了特定時代的文人心聲。值得注意的是,詞人們在觀劇活動中也將這場大唱和的某些精神注入其中。如陳維崧的弟弟陳維嶽所作的《賀新郎·席上觀演〈白兔記〉》:"舊曲元人卷。是才人、胸堆塊壘,墨花排遣。裝演筵前供笑劇,銀燭十行熒泫。窮老卒、沙陀無齒。辛苦李家莊上日,想鸞愁鳳隱光芒淺。天下事,甚時展。并州作牧身名顯。更無何、欺他石晉,改元更扁。失路半生奚不有,何論偷雞盜犬。受困辱、英雄不免。拉雜悲酸千古調,盡稗編、發憤寧須典。簾影畔,清歌剪。"這首詞借古言今,抒寫千古才士有志不能獲逞的憤懣,也是當時一大批文人失路彷徨心境的形象反映,與這場大唱和的主體情緒非常吻合,而借助觀劇來寫,又體現了一定的獨特性。

清代初年,劇壇上比較喜歡演出的劇碼是《牡丹亭》。試比較《全清詞·順康卷》及其《補編》和《全清詞·雍乾卷》,前者收錄觀演《牡丹亭》之詞有 10 幾首,而後者僅 3 首,這是否能夠說明《牡丹亭》一劇在不同時代受歡迎的程度,還要由戲曲史研究的專家去判斷,但有些記載具有史料價值,也可以提出來。如有些詞中可以看出當時的演出史。《牡丹亭》問世後,雖然受到了極大的歡迎,但由於篇幅太長了,若是整本演出,可能有些不便。但清初以來,還是不乏整本演出者。陳維崧有《綺羅香》一詞,題云:"初夏,連夜於許茹庸仲修席上看諸郎演《牡丹亭》,有作。"說是"連夜",那就不止一夜。到底是幾夜呢? 彭桂有《偷聲木蘭花》一詞,題云:"觀伶人史輕雲演《牡丹亭》,三夕始畢。"如此,我們就瞭解到,整本演出應該是連演三個晚上。演出持續進行:"記昨宵、銀瑟初停,又此夜、紅牙再補","連夕嬌歌妙舞"(並見上述陳維崧詞),而且,扮演杜麗娘的演員史輕雲也給他留下了深刻的印象。(一直到乾隆年間,仍然有演出整本《牡丹亭》的記錄,如王文治《夢樓詩集》卷十二《冬日浙中諸公疊招雅集,席間次李梅亭觀察韻》之四自注曾說:"時演《牡丹亭》、《長生殿》全本。"這是乾隆三十六年的事,當時他執掌西湖崇文書院)。前些年,白先勇先生倡導推動青春版《牡丹亭》,其整本演出正是三個晚上,每晚三小時,可以說就是古代的再現。另外,明詞衰落,不少人認為和詞曲不分有密切關係,因此清初不少批評家提倡要嚴格辨體。如王士禎在《花草蒙拾》中說:"或問詩詞、詞曲分界,予曰:'無可奈何花落去,似曾相識燕歸來',定非香奩詩。'良辰美景奈何天，賞心樂事誰家院'，定非《草堂》詞也。"他認爲《牡丹亭》中杜麗娘著名的《皁羅袍》中的"良辰美景奈何天，賞心樂事誰家院"這樣的句子，代表的是曲的風格，在詞的創作中應該避免。但是，在清初詞壇上，以這兩句入詞者卻非常多，如陸求可《鳳凰閣·別怨》："總有良辰美景，難慰饑渴。"蒲松齡《畫錦堂·秋興》："月白風清如此夜，良辰美景奈何天。"甚至王士禎本人也把《皁羅袍》中的另一句"雨絲風片"用到了自己的詩中："年來腸斷秣陵舟，夢繞秦淮水上樓。十日雨絲風片裏，濃春煙景似殘秋。"（《秦淮雜詩》二十首之一）可見《牡丹亭》的影響力巨大，創作中難以回避。觀劇詩和觀劇詞在文本容量、文獻記錄、風格情趣等方面各有特色，倘二者並觀，一定能夠別有發現。

　　五年前，李碧從香港浸會大學中文系畢業，當時，她提交的博士論文就是這部著作的一部分。五年來，經過不懈的努力，不斷的打磨，她在廣事搜求文獻的基礎上，將宏觀思考和微觀分析結合在一起，不僅增加了不少篇幅，而且更加提升了品質，終於把她當時完整的設想展示了出來。李碧現在工作、生活在杭州，清初詞人尤侗曾說這是一個"詩餘之地"，實際上，這同時也是一個戲曲之地，有著悠久的戲曲傳統。她在這裏，浸潤著濃厚的文化氣息，肯定會激發更多的靈感。我知道，關於戲曲研究，李碧還有不少新的計劃，因此，也期待不斷看到她推出新的成果。

2021 年 3 月 23 日於片翠山房

目 録

緒　論

中國古代戲曲源遠流長，從上古巫術、樂舞到漢代角抵戲，再到唐宋參軍戲、元明院本與傳奇，世代累積，日臻完善。明清兩代作爲古典戲曲發展的黃金時期，一直是戲曲研究的重中之重，戲曲研究在文本生成、舞臺演出、文化背景及社會影響等諸多視角予以密切關注。一直以來，明清的筆記、日記等史料被用作戲曲演出記錄的主要文獻支撐。事實上，明清戲曲因文人介入程度較高，大量的詠劇詩歌作品直接涉及劇目的生成年代、演出場景、審美觀感、流行風尚等方面，有的是演出當場即興之作，也有觀後不久所寫成的觀感之作，既可以作爲戲曲演出史研究的第一手資料，又爲文化史層面的大衆文化研究提供了大量的新見史料。

第一節　研究動機

近代對中國古代戲曲研究始於《宋元戲曲史》，王國維評價清代戲曲:"明以後無足取,元曲爲活文學,明清之曲,死文學也。"①或許他真的認爲明清戲曲價值不高,或許從整個《宋元戲曲史》來看,其本意只是認爲明清戲曲不足爲一代典范,這裡姑且不論。王國維開風氣之先是毋庸置疑的,而目前學界主要繼承的當是其"輒思究其淵源,明其變化之跡"②的研究動機。經過近百年的研究與實踐,學界前輩們用大量的理論著作證明了明清戲曲的價值。

近年來,學界從戲曲史論、戲曲批評、戲曲文獻、戲曲演出及戲曲比較等多個層面進行研究,已經基本探清清代戲曲發展的整體脈絡,並結合共時的文學評論分析當時的戲曲觀念,爲清代戲曲研究奠定了理論基礎。在清代戲曲成爲新興研究熱點的同時,文獻數量龐大,很難兼顧,導致仍有研究空白之處。本著旨在將分散於清人詩文集中的觀劇詩作集中蒐集和整理,以這些史料爲依託,從觀劇詩的創作者(主要爲文人群體)入手,建構清代觀劇詩的發展脈絡,重新審視清代戲曲傳播過程中,觀者如何接受、如何評論、審美需求如何轉變,觀劇詩與其作者之間有著怎樣密切的關係,伶人與文人如何相處,觀劇組詩如何發展爲戲曲評點體系等問題,這些問題都是清代戲曲研究中不可忽視,卻又尚未深入的話題。

從戲曲史研究層面來看,清代的戲曲活動主要分爲三個階段:一是清王朝建立到康熙年間(約 1644－約 1722),這一時期的文人多具遺民情結,以戲曲創作爲媒介,"借他人酒杯澆自己之壘塊"。問題在於,"遺民情結"作爲清初戲曲創作的主要動機

---

① 王國維:《宋元戲曲史》(臺北:臺灣商務印書館,1975 年),頁 163。
② 王國維:《宋元戲曲史·自序》(臺北:臺灣商務印書館,1975 年)。

沒有錯，但不完善。遺民（或貳臣）創作戲曲主要爲的是抒情，詩歌的基本功能便是抒情，觀劇詩兼具了抒情功能，與戲曲的創作和演出又如此密切，因何在論述遺民、貳臣與戲曲之抒情關係時，戲曲史卻沒有提及觀劇詩這一脈？筆者認爲，將觀劇詩與劇本中所抒之情結合起來，打破易代文人身份的制約，反而能夠更清楚地看到文人面對世變作出的艱難抉擇。二是從康熙後期"南洪北孔"的創作高潮開始，清代戲曲進入雍、乾、嘉（約 1723—約 1820）時期的空前繁榮。這一時期戲曲史研究的焦點主要在於崑曲的"餘勢時代"與花雅之爭[①]、南北曲爭鋒與融合、歷史劇與教化劇的大量湧現等問題。這些歷史事件的發生都離不開文人、伶人點滴的戲曲活動，而他們是如何活動的，又因何事而起，那些伶人的唱腔、身段都是什麼樣的，這些細節問題在史的脈絡上很難兼顧，但有了這些細節，史才能更加真實。觀劇詩短小精悍，一首絕句描繪的往往就是演員的一個轉身、一個唱腔，亦或其技藝最動人之處，這些細節的捕捉可以還原其本來面貌，爲研究戲曲發生提供佐證。三是嘉慶以後直至清末（約 1821—約 1911），戲曲在經歷了大繁榮之後，更多地融入了人文思潮，劇本原創減少、改創更多，版本與考據逐漸流行，文人與伶人關係更加密切，以往的史學研究多投射在探求其變化之原因，而對其變化中的文學生態關注不多，清末流傳大量的觀劇詩恰恰記載了這些情況。因此，筆者認爲，先輩的努力，已經還原了清代戲曲發展的大致面貌，卻多集中在重大歷史事件或歷史變革，恰似一

---

① 　如〔日〕青木正兒（あおきまさる）著；王吉廬譯：《中國近世戲曲史》將崑曲發展分爲興隆時代（明嘉靖時期）、勃興時代（嘉靖至萬曆初）、極盛時代（萬曆至清康熙初）和餘勢時代（康熙中葉至乾隆末），花部勃興期從乾隆末年至清末。見氏著：《中國近世戲曲史》（臺北：臺灣商務印書館，1982 年），頁 165—494。

顆顆散落的珍珠,若將觀劇詩的脈絡融入戲曲史當中,可起到穿針引線的作用,爲衆多史學問題提供更加詳細的史料證明。

　　從戲曲評點層面來看,目前作爲主要研究對象的有劇本批注、序跋、單篇評點及理論著作。首先,劇本批注多爲隨文批(包括眉批和側批),其主要特點是依附劇本而存,與劇本之間是"皮"與"毛"的關係,没有獨立性,且信息零散,旨在以零散的信息拼湊成相對完整的理論維度。這些批注在抄本流傳過程中因戲曲觀念不同而被改動,或逐漸脱落,很難流傳於世。其次,與劇本相伴而生的還有大量序跋作品和單篇評點性文字,這些作品具有相對獨立性,但多是經過作者思想的沉澱之後落筆而成,多寫劇本的形成過程、概括其藝術價值,甚至是捧和之作,與劇本的共時關係較弱。再次,清代不乏專門的戲曲理論著作,這些著作不僅是戲曲發展成熟的重要標誌,也是戲曲由俗至雅轉變的明證,同時使得戲曲創作更加理論化、系統化,但同樣較戲曲生成具有一定的滯後性。這三種戲曲評論形式都是作爲戲曲的審美接受者存在的,觀劇詩則不同。觀劇詩具有雙重身份:審美接受者和審美創作者,觀劇詩之於戲曲文本的關係是一種文學批評,同時又將戲曲觀念外化,文人與文人間的唱和,形成了有效的文學互動,推動戲曲的廣泛傳播,使觀劇詩成爲連接戲曲、文人、伶人之間的紐帶。觀劇詩的獨特功能得益于其詩歌的本質屬性,它雖依傍戲曲創作和演出而生,若脱離了戲曲,觀劇詩仍可稱爲完整的作品,表情達意,因此具有獨立自足性;詩歌的篇幅有限,便於構思和創作,使得觀劇詩多與戲曲作品或演出同時產生,避免了專門的戲曲批評在時間上滯後的不足,更多地還原演出的真實面貌和對細節的捕捉;清代詩作數量龐大,觀劇詩亦多達幾千首,①遠遠多於序跋及理論專著,數量上的保障使觀劇詩所表達的文學觀念不再是隻言片語,而是一種獨立的戲曲評點樣式,具有獨特的審美特徵,真正地做到了"通作者之意,開覽者之心"。

從戲曲文獻研究層面來看,由於戲曲屬於俗文學,多用於民間娛樂,歷朝正史記載都不多,因此常散見於藝文志、地方志、筆記、日记當中。加之古代文人版權意識較弱,戲曲或小說的改本層出不窮,這爲戲曲文獻研究又增加了難度。據統計,《中國古籍總目·集部·曲類》中收錄曲類書目 8000 餘種,版本 10000 餘種。② 然而散佚的戲曲文獻數量也是十分驚人的,不斷有學者致力於戲曲文獻的搜集和整理,筆者在搜集和整理觀劇詩時發現,很多觀劇詩記錄了戲曲文本的生成、改編及演出過程,甚至改編劇本的原因等,這些記載爲目前學界尚未考訂確切年份的作品、或尚未發現的劇目、或因史料殘缺而産生爭議的問題提供了新的證據。"論從史出,史從文獻出",將觀劇詩視爲基本文獻,進而探討戲曲史問題,其相關研究尚未深入戲曲史研究的視野,倘若仍然停留在分析詩歌的思想內涵上,無疑是將這些史料大材小用了。

從戲曲演出的層面來看,自古伶人地位低下,正史、野史都鮮有記載,現有的《戲曲優伶史》(1995)、《清代燕都梨園史料》(1988)、《清代伶官傳》(2014)所記載的多是乾隆以後的伶人情

---

① 羅時進:《清詩整理研究工作亟待推進》(《中國社會科學報》,2013 年 8 月 16 日)統計"清人詩文集逾 7 萬種,現存 4 萬餘種,其中清人自編詩集在 2 萬種以上。"趙山林:《歷代詠劇詩歌選注》中收錄觀劇詩 400 餘首,趙興勤、趙韡編:《清代散見戲曲史料彙編》(詩詞卷)收錄觀劇詩 2000 餘首,目前筆者整理的觀劇詩逾 5000 首。
② 轉引自孫崇濤:《戲曲文獻學》(太原:山西教育出版社,2008 年),頁 4。

況，一個重要原因是清前期的史料檔案在八國聯軍火燒圓明園時燒毀很大一部分，其中便包括清前期演劇情況及伶人情況的記載①。筆者在整理觀劇詩時發現，或將記述同一伶人演出的詩歌拼湊起來，或將詩中注釋的伶人本事集中在一起，都可使一大批伶人再次走入研究者的視野。雖不能以觀劇詩之記載還原清初所有伶人的本來面貌，但其涉及伶人之多，記錄之廣，不容小覷。

　　基於以上考慮，筆者首先從清人的觀劇詩作入手，將其整理和分類，再將清代文藝思潮和戲曲發展作爲研究的宏觀背景，進一步厘清清代觀劇詩的發展脈絡及其與戲曲史、文化史的關係。沿著文人創作觀劇詩的發展脈絡，將問題細化至清代觀劇詩所承載創作者的心路軌跡、清人的觀劇生活、他們的戲劇觀、審美觀，以求論證觀劇詩在戲曲傳播和評點中的功能。再就筆者所呈現的觀劇詩的發生、發展、功能、特點、傳播等情況進行總結，挖掘其文化史價值。

第二節　研究現狀

　　詠劇作品與戲曲活動相伴而生，體現爲詩、詞、曲、賦等多種文體形式，這些作品不僅爲後人留下了珍貴的戲曲史料，同時也極具文化價值和理論價值，因此，對這一選題的研究不僅要關注現有的觀劇詩（或廣義上的詠劇文學）的研究，還要兼及戲曲接

---

　　① 詳見朱家溍，丁汝芹合著：《清代內廷演劇始末考》（北京：中國書店，2007年）。

受的多重維度。

一　詠劇文獻的編録與整理

　　隨著學界對戲曲研究的關注度不斷提升，前輩學者一方面以“考鏡源流”爲治學之門徑，另一方面從目録學的視角對戲曲及相關作品進行了搜集和整理。最早對觀劇詩給予關注的是趙山林教授，他編輯整理並進行評點的《歷代詠劇詩歌選注》(書目文獻出版社,1988)對宋、金、元、明、清的詠劇文學作品加以整理，並外延至近代戲劇的發展。他在這本書中所提到的“詩歌”是一個廣義的概念，其中包含了四百餘首觀劇詩，同時還有詞、曲、短文等亦有所收録。《歷代詠劇詩歌選注》問世後，引起了關一農先生的關注並發表了《古典戲曲研究領域的新拓展——讀趙山林《歷代詠劇詩歌選注》》①，文中讚揚了此書的史料價值和文學價值。

　　趙興勤與趙韡合著的《清代散見戲曲史料彙編》(詩詞卷)是迄今爲止對觀劇詩關注度最大的文獻整理著作，共收録 300 位作家的詩詞作品，凡 1519 題(2000 首左右)，②目前出版了初編三卷、二編兩卷，可見觀劇詩作數量之龐大，是戲曲史研究不可

---

① 關一農:《古典戲曲研究領域的新拓展——讀趙山林《歷代詠劇詩歌選注》》,《藝術百家》,1991 年第 4 期,頁 118—119。
② 趙興勤、趙韡:《清代散見戲曲史料彙編》(詩詞卷),載《古典文獻研究輯刊》,臺北:花木蘭文化出版社,2014 年、2015 年,第十八編第十五至十七册、第二十編第二二、二三册。本文所述統計資料轉引自本書提要:“本書編者承前賢時彦之餘緒,計畫編纂一套《清代散見戲曲史料彙編》,分爲《詩詞卷》《筆記卷》《小説卷》《方志卷》《書信日記卷》等,將依次推出,以期對清代戲曲的整理研究有所助推。本卷所收,主要爲涉及戲曲、曲藝以及各種與戲曲相關的雜要等方面内容的約 300 位作家的詩、詞作品,凡 1519 題(2000 首左右)。”

忽視的一隅。這套書的出版，還爲觀劇詩的研究者提供了基礎文獻，雖不夠完善，亦可觀詠劇文學研究的諸多問題，大致把握清代觀劇詩的創作情况。

還有一些曲論整理類著作中涉及觀劇詩，如《歷代曲話彙編》（黄山書社，2009），共收錄約 120 種戲曲論著，共集成 250 多位戲曲理論家和創作者的評點（包括評點、序跋、詩詞、曲論等），清代編中收錄了如金德瑛、厲鶚等人的觀劇詩作及後人的唱和、題跋等，並附有《人名索引》《劇名索引》《重要術語索引》和《曲牌名索引》可供參考。再如《中國古典戲曲論著集成》（中國戲劇出版社，1959）收錄了由唐至清的戲曲論著 48 種，包括評述、考證作家及作品 16 種、記錄作家及曲目 13 種、曲韻、曲譜 4 種、曲牌來源、聲樂理論等 13 種，其中偶有援引清人觀劇詩歌的情况，數量不多。

二　詠劇詩歌研究

趙山林教授陸續發表的一系列文章將詠劇詩帶入戲曲研究的視野：《詠劇詩歌的價值》《明代詠劇詩歌簡論》《清前期詠劇詩歌簡論》《清代中期詠劇詩歌簡論》《近代詠劇詩歌簡論》《明清詠劇詩歌對於戲曲接受史研究的特殊價值》等文章①列舉了明清乃至近代的詠劇詩實例，兼及詠劇作家對戲曲名家名作的題詠，對

---

①　趙山林：《詠劇詩歌的價值》，《中國典籍與文化》，1998 年，第 1 期，頁 12－20；《明代詠劇詩歌簡論》，《中華戲曲》，第 29 輯（2003 年），頁 245－264；《清前期詠劇詩歌簡論》，《中華戲曲》，第 30 輯（2004 年），頁 86－104；《清代中期詠劇詩歌簡論》，《廣西師範大學學報》，2005 年，第 1 期，頁 60－64；《近代詠劇詩歌簡論》，《文藝理論研究》，2006 年，第 1 期，頁 79－85；《明清詠劇詩歌對於戲曲接受史研究的特殊價值》，《文學遺產》，2012 年，第 5 期，頁 104－115；《早期詠京劇詩歌淺論》，《藝術百家》，2012 年，第 1 期，頁 132－139。

期對其接受和審美取向，並探討其審美接受產生差異的原因；龐傑、王昊《血淚分明染竹枝，梁園暮雪競題詩——從詠劇詩看文人對李香君形象的接受》①將這一選題更細化到文人對李香君形象的認識上來。潘務正《論沈德潛觀劇詩》②論述了沈德潛詠史的戲劇觀，並以詩行教創作觀劇詩，均與當時的觀劇風氣及吟詠策略相關。張利、張麗麗《論湯顯祖的詠劇詩》③分析了湯顯祖所作的詠劇詩歌所包含的豐富內容，涉及觀衆、演員、演出行頭及收費標準、劇作無法上演的苦悶心情、對昆曲的熱愛等等。周華娥《從題劇詞看楊恩壽的人生觀》④雖以詞的角度切入，但是對於觀劇詩的研究也具有一定的參考價值，屬於觀劇作家的個案問題研究，其後宗雪梅《論金德瑛《觀劇絕句三十首》的特徵》⑤及肖阿如、王昊《論舒位的詠劇詩》⑥也都屬於個案研究，但多基於文本分析，尚未涉及深入的理論分析。三是戲曲與民俗文化的結合，如曹爽《詠劇詩與秦腔文化》⑦通過對秦腔詠劇詩歌的研究關照秦腔的表演藝術、劇目留存及藝術家的情況，這和 Catherine Diamond 在"Cracks in the Arch of Illusion: Contemporary Ex-

　　① 龐傑、王昊：《血淚分明染竹枝，梁園暮雪競題詩——從詠劇詩看文人對李香君形象的接受》，《長春理工大學學報》，2014 年，第 6 期，頁 106－108。
　　② 潘務正：《論沈德潛觀劇詩》，《天中學刊》，2013 年，第 6 期，頁 100－103。
　　③ 張利、張麗麗：《論湯顯祖的詠劇詩》，《四川職業技術學院學報》，2013 年，第 6 期，頁 33－36。
　　④ 周華娥：《從題劇詞看楊恩壽的人生觀》，《中山大學研究生學刊》，2000 年，第 1 期，頁 114－118。
　　⑤ 宗雪梅：《論金德瑛《觀劇絕句三十首》的特徵》，《四川職業技術學院學報》，2013 年，第 4 期，頁 73－75。
　　⑥ 肖阿如、王昊：《論舒位的詠劇詩》，《古籍研究》，2015 年，第 2 期，頁 61－66。
　　⑦ 曹爽：《詠劇詩與秦腔文化》，《當代戲劇》，1999 年，第 3 期，頁 56－57。

periments in Taiwan's Peking Opera"①一文中從文化碰撞的視角關照臺北京劇的發展在構思上有異曲同工之妙。田彩仙《表演習俗與觀劇心理的詩意展現——以明代福建詠劇詩爲中心》②結合了福建民俗與戲曲演出,展現了明代福建民間節日戲曲表演的興盛,以及家班演出的流行。四是戲曲傳播與新媒體的推動,如蘇國昌《晚清報人群體對伶人的品評與捧贊——基於《申報》觀劇詩的透視》③關注到了晚清新媒體報刊刊載的觀劇詩作品,以《申報》爲中心,從報人群體與伶人群體的關係入手,分析了由品伶到捧角兒的審美文化轉折,以及報刊在戲曲傳播過程中所起到的隱性推動作用。

關注詠劇詩研究的學位論文有:王逸群《清代詠劇詩研究》(安徽師範大學碩士論文,2015 年)將清代詠劇詩的發展分爲順康、康乾、乾道、清末民初四個時期,並通過情理意蘊、審美風格、藝術特色三個方面分析每一時期詠劇詩發展的藝術風貌,餘論以凌廷堪《論曲絕句》爲例分析了清代詠劇組詩的價值;黄潔穎《清前期詠劇詩研究》(廣西大學碩士論文,2016 年)梳理了清前期詠劇詩的發展概況、主要題材內容,並結合詩人的心態總結清前期觀劇詩所體現的戲劇觀;羅愷文《清末民初詠劇詩詞研究(1840—1919)》(華東師範大學碩士論文,2018 年)分析了清末民初詠劇詩詞的發展背景,重點論述晚近京、滬兩地觀劇的大致情

---

① Catherine Diamond: "Cracks in the Arch of Illusion: Contemporary Experiments in Taiwan's Peking Opera", *Theatre Research International*, 1995.03, pp. 237-254.

② 田彩仙:《表演習俗與觀劇心理的詩意展現——以明代福建詠劇詩爲中心》,《福建藝術》,2017 年,第 9 期,頁 36—38。

③ 蘇國昌:《晚清報人群體對伶人的品評與捧贊——基於〈申報〉觀劇詩的透視》,《戲劇藝術》,2018 年,第 1 期,頁 126—131。

況和花譜的流行，舉出一部分作品進行詳細分析，以總體歸納這一時期詠劇詩詞的特色和意義；常鵬飛《詠劇詩歌若干問題研究》（蘭州大學碩士論文，2012 年）以《歷代詠劇詩歌選注》爲依據，對其中詠劇詩的内容分類並加分析，進而概括詠劇詩的特點；謝婧《凌廷堪〈論曲絶句〉研究》（集美大學碩士論文，2014 年）以個案研究的視角，通過對《論曲絶句》的分析，歸納凌廷堪重視音律美的戲曲觀念，並對其價值予以肯定。上述幾篇學位論文對清代詠劇詩詞進行了初步的梳理和研究，但詠劇詩詞作品數量龐大，涉及戲曲史上的問題冗雜，應加以詳細分期、分類考察，方能充分挖掘其價值所在。

三　戲曲接受研究

由於前人戲曲研究論及觀劇詩並不多，需要注意的是，戲曲衍生品（包括序跋、戲曲論著等）對戲曲的接受研究及其文化内涵的探討對觀劇詩研究具有借鑒意義。

謝柏梁《古代戲曲序跋的美學系統》[①]較早關注到戲曲序跋的價值，並從現象歸納、内容模式和特性三個方面厘清古代曲序的一些基本關係，依據一定的批評模式，將全部戲曲序跋的基本内容分爲索隱系統、教化系統、審美系統和人本系統四大系統，基本建構了戲曲序跋的美學體系。近年來，李志遠《明清戲曲序跋研究》（知識産權出版社，2011 年）全面整理了明清戲曲序跋，對序跋的價值、作用及發展規律做出了判斷，並對比分析了戲曲評點、序跋和戲曲論著之間的區别和聯繫，映射出序跋在戲曲理

---

① 謝柏梁：《古代戲曲序跋的美學系統》，《文學遺産》，1989 年，第 1 期，頁 80—86。

論中的地位和價值。

戲曲論著研究方面，俞爲民《明代曲論中的"本色""當行"考辨》《古代曲論中的表演論》《古代曲論中的導演論》《古代曲論中的情節論》《古代曲論中的音律論》《古代曲論中的觀衆位置論》《明清曲論中的"本調"考釋》[1]等一系列論文從傳世古代戲曲論著出發，考據與論證相結合，基本梳理了古典戲曲的評點標準與框架，具有開拓性意義。

個案研究方面，諸如張麗偉《黃圖珌戲曲研究》（河北師範大學碩士論文，2010 年）、李曉燕《凌濛初曲論研究》（蘭州大學碩士論文，2007 年）、潘培忠《貌似神離——黃周星與李漁曲論思想辨》、王潤英《行家之外的探索：論王世貞的曲論》[2]等學位論文和單篇論文對重要的曲論家進行了深入挖掘。戲曲衍生品的研究成果較多，在此不一一贅述。

從上述資料整理來看，筆者認爲，清代戲曲接受的發展與成熟具有無可替代的時代特色。從時間跨度考察，清代戲曲作家百餘位，參與者更不計其數，清代戲曲文本及評點創作是一代曲家的智慧結晶；從作品數量上，清代達到了宋元以來的最高峰，其品質遠遠高於民國時期，能夠集中體現戲曲觀念在史的維度

---

① 梁海：《明代曲論中的"本色""當行"考辨》，《大連理工大學學報》，2003 年，第 3 期，頁 93—96；俞爲民：《古代曲論中的表演論》，《藝術百家》，1994 年，第 6 期，頁 59—73、《古代曲論中的導演論》，《藝術百家》，1995 年，第 3 期，頁 30—37、《古代曲論中的情節論》，《中華戲曲》，1996 年，頁 227—248、《古代曲論中的音律論》，《中華戲曲》，2001 年，頁 34—62、《古代曲論中的人物論》，《古代藝術理論研究》，1991 年，頁 66—93；許莉莉：《明清曲論中的"本調"考釋》，《蘭州大學學報》，2008 年，第 3 期，頁 95—100。

② 潘培忠《貌似神離——黃周星與李漁曲論思想辨》，《綿陽師範學院學報》，2010 年，第 1 期，頁 40—42、51；王潤英《行家之外的探索：論王世貞的曲論》，《西華師範大學學報》，2018 年，第 2 期，頁 1—7。

上的變化；從地域結構看，清代地方藝術流派衆多，地域文化參與構建曲人創作，側面反映了清代戲曲的普及狀況及發展之繁榮；從創作主體看，儘管民間文人仍佔據著戲曲創作的主要陣營，但館閣文人不斷加入，使得戲曲的創作風格和劇本語言不可避免地向雅化的方向發展，評點文字的理論性不斷加強。

　　基於上述情況，筆者選取觀劇詩這一題材，試將其作爲戲曲評點的一種歷時性研究，認爲其主要價值在於：一、現階段學界主要對清代詩文集進行縱向收録和整理，對橫向某一題材的研究涉獵較少，筆者將以清代流傳下來的基本古籍爲依託，對觀劇詩進行搜録和整理，作爲基本的研究素材，聚焦於專題研究；二、觀劇詩自身的特點體現了其研究價值，詩歌的主要功能是“緣情”，觀劇詩作爲文學作品的同時，兼具藝術批評的特徵，並作爲載體連接了戲曲和詩歌兩種文體，加之其高度的可傳播性，大大促進了戲曲的傳播，是清代戲曲高度繁榮的一大動因；三、從文化史背景出發，清晰地把握觀劇詩的發展史，是反觀清代戲曲史發展乃至文化史變遷的一個獨特視角，大量史料的整理有助於澄清或佐證相關研究中一些懸而未決或有所爭議的論題。綜上考慮，筆者認爲清代的觀劇詩是一批濡染著特殊審美品格的文人主體情志外化的結晶，是清代戲曲史和文化史中不可忽視的一環。

第三節　研究方法及研究框架

　　本書以觀劇詩爲研究對象，通過文獻搜集和整理，主要運用藝術審美研究和大衆文化研究兩種研究方法，在歷時層面設置研究框架,實現對研究對象在戲曲史和文化史層面價值的挖掘。

一　研究方法

(一)文獻研究

因學界尚無系統整理的觀劇詩總集,筆者在研究之初,從國內所見清代詩集、筆記、方志及 58 種晚清報刊(1872－1911)中輯得觀劇詩作品 5000 餘首。海外文獻方面,筆者檢索了《美國哈佛大學燕京圖書館藏明清婦女著述叢刊》及麥吉爾大學研發的"明清婦女著作資料庫",輯得清代女性創作的觀劇詩百餘首;檢索"日本所藏中文古籍資料庫"得明清觀劇詩作品百餘首。

(二)戲曲評點研究

觀劇詩對戲曲藝術的評點結合了中國文化傳統中的詩品、畫品等形式構建了一套"以詩論曲"的系統,形成了品評式的審美標準,同時也是只有觀劇詩才能實現的詩美藝術,在其他戲曲批評中均未出現。對觀劇詩評點體系的研究主要運用普羅提諾(Plotinus)對藝術美的分析理論,即圍繞"藝術家將藝術理念投射在具象之上,使其形成美的判斷"展開,文人筆下的觀劇詩正是將美的理念與標準明確傳遞出來,使讀者清晰感知怎樣的表演爲美、怎樣的聲情爲美、怎樣的伶人爲美。

(三)大衆文化研究

大衆文化(popular culture)是指一個國家或地區出現的被大多數人所信奉和接受的文化。大衆文化是社會的產物,往往通過文化媒介(如戲劇、影視、報刊、雜誌等)來傳播和表現。戲曲是清代大衆娛樂文化的主要載體,觀劇詩作品極大程度地反映了清代文化審美旨趣,既包含清代中前期的閑賞之風、絲竹逸樂,又包含清後期戲曲中心的轉移和風土文化的變遷等。

二　研究框架

本著除緒論外,主體內容分爲七章,具體框架和主要內容如下:

第一章"清代觀劇詩的歷史淵源":梳理了清代以前觀劇詩的萌芽和發展。觀劇詩的產生源於《詩經》中觀看表演所作的四言詩,繼而借唐宋詩發展之風,形成了大量觀看演出的詩歌作品,筆者從《全唐詩》《全宋詩》中將這些詩歌整理出來,加以分析,認爲這些詩歌在唐宋時期沒有被作爲單獨題材呈現,是當時戲曲與詩歌發展的不平衡性導致的。元明戲曲進入成熟期以後,觀演詩歌作品便已具備了觀劇詩的基本特質。

第二章"觀劇詩與明清之際文人的自我認同":從易代與守節的矛盾對戲曲文化傳播的影響出發,觀劇詩成爲觀劇主體心緒表達的寄託。面對政治格局的變化和戲曲中心的遷移,易代文人成爲觀劇的主要群體,通過觀演家班演出、與戲曲伶人的交往,借助觀劇詩遣興抒懷,形成"卿須憐我我憐卿"的共感狀態。

第三章"觀劇詩與康雍時期的以劇詠史":通過《長生殿》《桃花扇》等歷史劇的搬演與禁演,結合觀劇詩中對個體命運與時代推力之間的相互作用,探究文化背景給予歷史反思的寬度與限度。同時由經典作品推及常見歷史劇題材(如屈原戲)和新見歷史劇作品(如《六聲猿》),構成了康雍時期戲曲創作中歷史再現的基本面貌。

第四章"觀劇詩與乾隆時期的盛世之音":以花雅爭勝與戲曲中心的再次轉移爲契機,盛世之音爲觀劇詩創作提供了多種多樣的題材,形成了以詩品伶、創作觀劇組詩等閑賞文化氛圍,觀演範圍上至宮廷大戲，下至民間小戲，更兼及少數民族演劇，構成了多元的文化體系。

第五章"觀劇詩與嘉慶時期的復古評點"：嘉慶間的戲曲評點基本承襲乾隆時期的評點格局，但已經打破了以褒爲主的評點局面，以元文本爲依託，或詩或詞或曲，元文本的藝術呈現決定了評點之詩的基調，如文人觀劇詩創作參照《牡丹亭》至情思想形成的審美標準，其中閃現著晚明情懷與評點思想的復古回歸。這一時期不以某一部作品或某一組評點之詩爲依歸，作家只需明確自身的評點標準即可，如凌廷堪推崇在史實基礎上進行合理的藝術加工，舒位則提倡曲律宗唐。

第六章"觀劇詩與道咸時期公衆視域的成熟"：閨秀觀劇群體的興起爲觀劇詩的創作提供了嶄新的視角，女性觀劇詩作品大量湧現，呈現出社會性別的跨界和觀劇心態的兩面性。這一時期爲迎合大衆審美心理需求，對戲曲伶人評點以花榜形式進行題詠極爲興盛，形成了"一字定品"等審美評價標準。

第七章"觀劇詩與同光時期新媒體的多元表達"：晚清以報刊爲主的新媒體的誕生，爲觀劇詩創作和戲曲傳播提供了更大的平臺，從戲園到戲院，從捧角到玩票，大量觀劇竹枝詞的創作屢屢見諸報端，成爲都市文化傳播的有力推手。同時，觀劇詩作又與圖像文化相結合，形成圖文並茂的戲曲圖詠，集戲曲、書畫的藝術感悟爲一體，形成多元的交際網路和文化空間。

第四節　研究基點及概念界定

由於本書研究涉及整個清代近三百年歷史，其間産生的文學作品龐雜，涉及概念衆多，因此有必要對時間斷代和相關概念進行統一説明。

史學界對於清代正式確立和結束兩個時間節點多有爭議，因其並非本著研究重點，所以根據研究需要，只采其中一説。

首先，清順治年間與南明弘光朝時間重合，這段時間裡有大量的遺民作家，他們將注意力轉向戲曲以排解家國之感，有的作家轉向戲曲創作，有的蓄養家班，有的看戲聽曲，這些文人豪客將情感融入詩歌，使觀劇詩在清初蒙上一層獨特的政治文化色彩。同時，由於文人的注意力投射在戲曲上，推動戲曲由俗至雅逐漸轉變，清順治年間亦是轉變的重要時期，因此本著所述清代上起于順治元年(1644)。

其次，對於"晚清"這一概念亦有學者認爲不能單憑政治時間來斷代文學，因此主張晚清文學史應到宣統三年(1911)；有的學者則認爲應到 1919 年"五四運動"時期，存在爭議。從戲曲發展史來看，晚清戲曲與民初戲曲各有千秋，筆者未將清末民初戲曲之轉變列入研究。因此，本文所指清末至宣統三年(1911)。

與戲曲相關的詩歌研究，現有"詠劇詩""觀劇詩"及"劇詩"，其所指涉範圍不盡相同。首先，"劇詩"這一概念最早出現在張庚先生的文章《關於劇詩》①中，"由詩而詞，由詞而曲，一脈相承"，張先生所論述的"劇詩"概念實質上是指戲曲作品中的詩，其意在從詩歌的音樂性視角論述其發展，由詩發展到詞，可以配樂演奏，由詞發展到曲，音樂性、娛樂性、敘事性都大大增強，戲曲的發展離不開詩歌傳統，戲曲中的詩歌亦爲戲曲文學性的重

---

① 張庚:《關於劇詩》,《張庚戲劇論文集(1959－1965)》(北京:文化藝術出版社,1984 年),頁 164－184。

要標誌。後輩學者也有沿著張先生的足跡繼續研究，其所論的
"劇詩"均爲劇中之詩，即戲曲文本中用來念、唱的詩歌，"劇詩"
的範圍未曾逾越戲曲作品之外，也不是戲曲的衍生品，因此與詠
劇詩和觀劇詩屬於同一文體形式下不同的產生和存在方式。

　　筆者認爲，觀劇詩人爲戲曲評樣式之一，以詩體形式對演
出、文本、演員、審美及傳播學等方面進行評點，表現了文人階層
對戲曲的審美觀照和思想觀念。其所"觀"的内容既包括現場演
出，也包括文本欣賞觀之"劇"既有雜劇，又有傳奇，評點對象兼
及折子戲與定本戲，戲曲各類涵蓋了花部與雅部。明清以來，文
人頻繁介入戲曲活動，以詩賞戲成爲交遊唱和的新體驗，在觀劇
詩創作普及的過程中，題材、情感都日漸豐富，有的意在論劇，有
的則注重於文化闡釋、宣傳效應，甚至"借題發揮"，其詩境的拓
展往往隨著文化、政治、商業等多方面的變化而不斷求新求變，
成爲文化播遷和文人視野轉移的縮影。值得注意的是，有些詩
歌很難確定是否爲演出現場所作，從内容上又明確得知是因觀
劇而作，此類創作基於審美經驗，詩人或是曾經觀演某部戲，或
曾閱讀過文本，甚至是聽聞觀者的講述而作，也就是説，詩人本
身對所評點的戲曲作品是有一定認識的。爲了不使這部分有價
值的材料流失，對"即時性表達"這一特徵，本著不作嚴格要求，
即在廣義上與詠劇詩的概念比較接近，都"以詩歌記錄戲曲活
動，體現作者的審美情趣。"①

---

① 齊森華等著：《中國曲學大辭典》（杭州：浙江教育出版社，1997年），頁 19-
20。

第一章　清代觀劇詩的歷史淵源

　　對觀劇詩的研究首先要明確其源頭，釐清其發展軌跡，即所謂"明其變化之跡"。觀劇詩作爲戲曲評點樣式之一，對觀劇詩的探源不能離開戲曲史的脈絡，這裡要提及兩個前提：一是戲曲的初級形態與成熟形態問題；二是曲本位與敘事本位的問題。

　　戲曲史研究中對其成熟時期的界定大致在南宋至清末，[①]從南戲和元雜劇的興起，到明清傳奇的蓬勃發展，成熟期的戲曲具備了"以歌舞演故事"的全部藝術要素，在藝術形式上形成了"一本四折""唱、念、做、打""起承轉合"等範式性架構，這些都爲戲曲評點性作品的産生奠定了基礎，因此明清兩朝觀劇詩大量産生是不難理解的。較有爭議的是戲曲的初級形態，首先在起源

---

　　① 譚帆，陸煒：《中國古典戲劇理論史》認爲："直到南戲和元代雜劇的興起，故事性才成了戲劇藝術中一個穩定的構成要素，由此中國古代戲劇藝術也進入了一個新的階段。"（北京：中國社會科學出版社，1993 年，頁 29）廖奔，劉彦君：《中國戲曲發展史》將先秦戲曲稱爲"原始戲劇形態"，宋雜劇産生前稱爲"初級戲劇形態"，宋以後的戲劇方稱爲"成熟戲劇形態"。（北京：中國戲劇出版社，2013 年）張庚，郭漢城：《中國戲曲通史》將宋雜劇出現之前稱爲"戲曲的起源與形成時期"。（北京：中國戲曲出版社，2007 年）

上主要有巫覡説和樂舞説兩種主要觀點①,而後的百戲、參軍戲、樂舞(即唐代歌舞戲)、雜戲等小戲的藝術形式多處於流動的、即興的狀態之中,其間雜聚了雜技、説唱等民間藝術形式,與成熟期的戲曲結構有很大差別。造成初級形態與成熟形態差異的因素有很多,如文人介入、少數民族文化滲透、地域文化濡染等等,在戲曲史研究中均有詳細論述。基於上述考慮,筆者在探尋觀劇詩於戲曲初級形態中的合理性存在時,乃是沿著戲曲史的脈絡追根溯源,而非現今所見"巫""舞""戲"的不同概念。同樣,戲曲在初級形態中並不能完整具備成熟形態的所有藝術元素,"初級"的觀劇詩也並非完備如明清之作,只能視作廣義上的觀看演出的評點性詩歌作品,於是筆者對觀劇詩的構成元素進行了拆分:"觀",即能體現出審美接受的,如欣賞歌舞、祭祀樂舞、描繪舞者形象及使用樂器等;"劇",即指初級戲劇形態下的表演,包括歌舞、雜耍、説唱等;"詩",即指廣義上詩歌這一文體形式,絶句、律詩、歌行,都在此列。後文專章論述的成熟戲劇形態下的觀劇詩則不作如此寬泛的設定,一因清代戲曲與歌舞之間界線逐漸明晰,成爲獨立的藝術表現形式;二因材料博雜,這一時期觀劇詩對戲曲史的主要貢獻是圍繞戲曲作品產生的,而非歌舞,因此不再作進一步界定。

　　戲曲發展史上另一重要脈絡便是曲本位與敘事本位的研

---

　　① 主張"巫覡説"的主要有王國維、劉師培、馮明之等,主張"樂舞説"的主要是日本學者青木正兒。另有孫楷第在《傀儡戲考原》中認爲戲曲源於傀儡(《漢學》,北京:中法漢學研究所,1944年);周貽白、任二敏、張庚等認源於俳優;許地山、鄭振鐸等認爲戲曲是從西域或印度等地輸入的,這些觀點亦離不開"樂舞"的元素。此外,鄭柏彥在《中國古典戲曲文體論》中論述"戲源流論的建構模式"時談到戲曲的"體源批評"主要以文字形式、歌樂形式和演出形式作爲依據,其隱含的是創作者對文學本質或藝術形成的規範性思考。(臺北:花木蘭出版社,2012年,頁119-138)

究,亦是一直以來爭論的焦點。從源頭上看,初級形態下的戲曲呈現出"詩、樂、舞"三位一體的表現形式,其中詩代表敘事性、樂代表曲本位、舞代表程式性。具體來說,無論戲曲的濫觴是巫覡還是樂舞,都離不開舞蹈這一重要元素,舞蹈是辨別戲劇與其他藝術形式的一個程式性特徵。舞則伴有音樂,舞蹈的動作是配合音樂的,舞蹈所展現的情感是音樂賦予的,因此樂是舞的內涵,舞爲樂的外化,其靈魂仍是樂曲。曲本位的地位貫穿中國戲曲史的始終,是戲曲藝術中一個穩定的構成要素,儘管在戲曲成熟期敘事元素方興未艾,到湯沈之爭達到高潮,但敘事本位與曲本位只能是形成雙峰對峙,而彼此對對方並不具備壓倒性優勢,可見曲之於戲的重要性。詩在早期戲劇形成過程中扮演一個充分非必要條件的角色,詩既可以作爲一個獨立的系統承擔抒情、敘事的功能,亦可配合音樂進行演唱,但有樂即可抒情,樂舞之中並非全有唱詞,或樂舞的表演動機並非爲展現故事性,[①]因此偶有敘事性因素,即詩的缺席的情況出現,直到戲曲成熟階段敘事本位的觀點才得以確立,敘事元素成爲戲曲表演中重要的組成部分。因此筆者在搜集戲曲初級形態下的觀演詩歌作品時多爲觀樂舞之作,並非偏離航線,而是自古以來曲本位的重要地位決定其衍生品的關注點所在。

　　在本章中筆者選取與觀劇詩形成和發展較爲密切的三個重要時期展開論述:一是先秦時期,《詩經》作爲詩歌發展史的源頭,其間記錄了樂舞表演(包括舞者、樂器)等,是所見最早的觀

---

　　① 如《詩經》中大武樂舞共分六成,第一成唱《酌》,第二成唱《武》,第三成唱《般》,第四成唱《賚》,第六成唱《桓》,而第五成則無唱詩。詳見楊合鳴《〈詩經〉大武舞組詩考辨》,中國詩經學會編《第六屆詩經國際學術研討會論文集》(北京:學苑出版社,2005年),頁23-34。

演題材的詩歌;二是唐宋時期,作爲詩歌發展的高峰,不乏觀演歌舞的記載,但爲何没有作爲一種獨立的題材受到文人關注,筆者認爲這與詩歌和戲曲發展的不平衡性有關;三是明代,戲曲進入成熟期後,觀劇詩作品大量湧現,已具備觀劇詩的一些基本特質。明確了觀劇詩的來龍去脈及基本特徵,便能更好地把握清代觀劇詩的藝術特色與發展狀況,清晰地看到觀劇詩之於戲曲的美學價值所在。

第一節 《詩經》中的演出記録

《詩經》作爲我國第一部詩歌總集,三百零五篇中涉及方方面面的風土民情與早期的社會生活,許多作品是針對禮樂歌舞或祭祀樂舞而作,是最早對於觀看演出的記載。

一 《簡兮》與《宛丘》

簡兮簡兮,方將萬舞。日之方中,在前上處。

碩人俣俣,公庭萬舞。有力如虎,執轡如組。

左手執籥,右手秉翟。赫如渥赭,公言錫爵。

山有榛,隰有苓。云誰之思? 西方美人。彼美人兮,西方之人兮。[①]

《簡兮》這首詩出自《詩經·邶風》,邶地在今鄭州一帶,是商紂王之子武庚的封地。現存《邶風》中記載的 19 首詩均爲當地的民歌,《簡兮》描繪了一位觀衆觀看萬舞時被舞師的風姿所傾

---

① 周振甫:《詩經譯注》卷二(北京:中華書局,2002 年),頁 54。

倒的情形。萬舞是周代一種大型舞蹈,包括文、武兩個部分,武舞者手持兵器,文舞者手持鳥羽和樂器,朱熹《詩集傳》記載:"萬者,舞之總名,武用干戚,文用羽籥也。"①

《簡兮》的前三章再現了舞蹈的場面:"簡"意爲"威武"②,多用於形容男子,"日之方中",日頭高高照耀,暗有陽氣上升之意味,與威武的男子相互映襯。舞者所處的位置是"在前上處",即前列的第一個,多數大型歌舞的前排第一個舞者即爲領舞者,可以想象詩中這位舞者的舞技當是此次表演者中的佼佼者。二、三章即印證了第一章的鋪墊:"俁俁"是魁梧健美的意思,亦有將"俁俁"寫作"扈扈",釋爲"大"③,無論是哪種寫法,都爲了突出領舞男子之健美高大的形象。舞者手執"轡"(即馬鞭),代表了狩獵或戰爭場面,其力氣之大,馬鞭在手裡就像絲織的寬帶子一樣,再次突出了舞者的健碩,這便是武舞的演出場面。"籥"是一種古老的樂器,《周禮·笙師》記載:"笙師掌教龡竽、笙、塤、籥、簫、篪、篴、管。"④"翟"爲野雞尾巴上的羽毛,"籥"與"翟"的搭配剛好是朱熹所述萬舞中文舞的動作特徵。從前三章看,《簡兮》向我們展示了演出場地、演出內容以及對舞者形象的刻畫,若這首詩僅有前三章,則不具備"觀"的視角,只是記述了一場舞蹈而已。

能夠展現出"觀"這一審美接受的過程,並將所觀之感抒發出來,其關鍵在第四章。"山有榛,隰有苓"是《詩經》中慣用的起

---

① 〔宋〕朱熹:《詩集傳》卷二(長沙:嶽麓書社,1989 年),頁 18。

② "簡"字另有釋爲"咚咚的鼓聲",此處從"威武"説。

③ 〔宋〕王應麟集考,〔清〕馮登府疏證:《漢三家詩異文釋》,見《歷代詩經版本叢刊》(濟南:齊魯書社,2008 年),第九冊,頁 413。

④ 〔漢〕鄭玄:《周禮》卷二十四(臺北:新興書局,1964 年),頁 128。

興的創作手法，"榛"指榛樹，"苓"指濕地生長的一種草，可入藥，《詩經》中多以樹喻男子，以草喻女子，此處的男子自然是指領舞者，而這位女子便是這場萬舞的觀衆了，那麼這句起興想寄託什麼樣的感情呢？"云誰之思？西方美人"點明了這位女子的心跡，原來是觀看萬舞之後對領舞者產生了愛慕和思念之情，雖然舞蹈已經結束，演員已經退場，但那位健碩的舞者則永遠定格在這位姑娘的心中，因此起興之句寄託的是作爲觀者的女子對表演者的欣賞和喜愛之情。這樣從整體上看，這首具備觀演雛形的詩歌就比較清晰了，既有演出者，又有接受者，以及觀後感情的抒發。儘管這首詩在《毛詩序》和朱熹《詩集傳》中被理解爲諷刺君王無道，不能接受賢能，疏遠賢能之人，使賢者處於伶人的地位的作品，[1]筆者認爲不然，這首詩記錄了完整的演出過程，起興寄託爲愛慕之情，與"君王無道"之説相去較遠，且無論詩中是否影射其他，觀舞一事都是事實。因此傾向於遵從詩歌直觀表達的意境，將其歸結爲具備早期觀演（或觀樂舞）色彩的詩歌作品。

中國古典戲曲的另一源頭是先秦巫覡祭祀之舞，《詩經·陳風·宛丘》便是記錄這一題材的典型作品。

> 子之湯兮，宛丘之上兮。洵有情兮，而無望兮。
> 坎其擊鼓，宛丘之下。無冬無夏，值其鷺羽。
> 坎其擊缶，宛丘之道。無冬無夏，值其鷺翿。[2]

---

① 參見[宋]朱熹：《詩集傳》卷二，朱熹認爲"爲禄仕而抱關擊柝，則猶恭其職也。爲伶官，則雜於侏儒俳優之間，不恭甚矣，其得謂之賢者。雖其跡如此，而其中固有以過人，又能卷而懷之，是亦可以爲賢矣，東方朔似之。"（長沙：嶽麓書社，1989年，頁20）

② 周振甫：《詩經譯注》卷三，頁190。

　　這首詩與陳地民風密切相關,陳國始封於西周初年,亡於公元前 479 年,歷經 25 世,500 餘年,在漫長的歷史長河中,陳文化既承襲了夏商以前的東夷文化,又吸收了周代的中原文化,春秋時還成爲楚人的附庸,受到楚文化的熏陶,因此陳文化的整體特點是"以鳥爲崇拜對象,簡禮儀而重巫祠,善歌舞,民風開放"。[①]《漢書》中對陳國崇尚巫風的記載較多,顏師古注引張晏語闡明了《宛丘》一詩的來源:"胡公夫人,武王之女大姬,無子,好祭鬼神,鼓舞而祀,故其詩云:'坎擊其鼓,宛丘之下,無冬無夏,值其鷺羽。'"[②]由此可知此詩是描繪胡公夫人祭祀時,根據其祭舞內容所作。

　　再看詩的內容,祭舞表演的地點是在宛丘,即陳國國都所在[③],表演者爲一位女巫。"鼓"和"缶"均爲打擊樂器,"坎"是擊打樂器發出的聲音,"羽"是羽毛,"翿"爲用羽毛製作的傘形舞蹈道具,這些描繪與《簡兮》中勾勒舞者形象的筆法相近。兩首詩的不同之處在於抒情,《簡兮》以起興之筆寄託,且抒情集中在第四章,《宛丘》則不藉起興,直接抒情,並穿插在每一章中。"無冬無夏"側面表達了詩人對舞者的喜愛,是詩人多次欣賞其舞姿而形成的感慨。詩人對舞者的情感在第一時間即吐露出來,即"洵有情兮,而無望兮","洵"是"確實、實在"的意思,詩人對舞者之情甚篤,觀者被深深打動,如此仰慕一個女子,爲何不像《東門之枌》中的"子仲之子"和"南方之原"一樣互贈情物,而是發出"無

　　①　金榮權:《陳國文化與〈詩經·陳風〉》,《中州學刊》,2010 年 9 月,頁 195—199。
　　②　[漢]班固:《漢書·匡張孔馬傳》(北京:中華書局,1985 年),總頁 3336。
　　③　參見曹桂岑、馬全:《河南淮陽平糧臺龍山文化城址試掘簡報》,1979 年河南省文物研究所考古發現龍山文化和大汶口文化的平糧臺遺址,證實即爲陳國國都所在,城外有跳舞祭祀的場所(《文物》,1983 年第 3 期)。

望"的感慨呢? 因爲陳文化中女巫是不嫁人的,即使這位男子再傾心,也自知無望,因而發出如此的歎息。

從上述兩首詩的分析來看,先秦的觀演(或觀舞)詩歌具備這樣幾個要素:一是詩人處於審美接受的視角,二是對所觀內容有所描繪,三是能夠將所觀之舞融合內心感受抒發出來。整體上講,這些詩歌符合從審美接受到外化表達的過程。

二 早期觀演詩歌判定的誤區——以大武組詩、《擊鼓》爲例

當將《簡兮》和《宛丘》界定爲早期觀演(舞)詩歌雛形之時,另一個問題便呈現出來:是否《詩經》中所有涉及歌舞或祭舞的作品都是早期觀演評點呢?《周禮·大司樂》中提及的歌舞甚多,"以樂舞教國子","乃奏黃鐘,歌大吕,舞《雲門》,以祀天神。乃奏太簇,歌應鐘,舞《咸池》,以祭地祇。乃奏姑洗,歌南吕,舞《大磬》,以祀四望。乃奏蕤賓,歌函鐘,舞《大夏》,以祭山川。乃奏夷則,歌小吕,舞《大濩》,以享先妣。乃奏無射,歌夾鐘,舞大武組詩,以享先祖。"①這麼多涉及樂舞和祭舞的作品,並非都是觀演評點範疇,因此要明確兩個誤區。

一是有些詩歌本身即爲樂舞表演過程中的唱詞,爲緒論界定中的"劇詩"範疇,以《詩經》大武組詩②爲例:

---

① [漢]鄭玄:《周禮》卷二十二,頁119。

② 由於《詩經》中並無單獨篇章稱"大武",而是經後世整理研究認爲有五首詩所述爲同一事,爲歌舞演出時的唱詞,故稱其爲"大武組詩"。筆者以姚小鷗《詩經三頌與先秦禮樂文化》中所研究得出的大武組詩的排列順序爲序,以周振甫《詩經譯注》中收錄的每首單獨的詩歌所在頁碼爲出處,《酌》見頁523,《武》見頁514—515,《般》見頁526,《賚》見頁525,《桓》見頁524。

於鑠王師,遵養時晦。時純熙矣,是用大介。我龍受之。蹻蹻王之造,載用有嗣,實維爾公允師。(《酌》)

於皇武王,無競維烈。允文文王,克開厥後。嗣武受之,勝殷遏劉,耆定爾功。(《武》)

於皇時周,陟其高山,墮山喬嶽,允猶翕河。敷天之下,裒時之對,時周之命。(《般》)

文王既勤止,我應受之。敷時繹思! 我徂維求定,時周之命。於繹思。(《賚》)

綏萬邦,婁豐年。天命匪解。桓桓武王,保有厥土,于以四方,可定厥家。於昭于天,皇以間之。(《桓》)

先秦文獻中對大武組詩創作情況的記載:"武王克商,作頌曰:'載戢干戈,載櫜弓矢。肆于時夏,允王保之。'又作《武》,其卒章曰:'耆定爾功'。……夫武,禁暴、戢兵、保大、定功、安民、和衆、豐財者也。故使子孫無忘其章。"[①]從這段記載不難看出,大武組詩篇章是爲紀念武王克商而作的歌功頌德的作品。具體來看,《酌》章大意爲武王率領王師推翻了商紂王的黑暗統治,這都是遵循先王的遺則,才能得此勝利;《武》章主要歌頌克商之功業,以及向先王告成;《般》章承接《武》章繼祭先王之後,又祭山川,表現對自然的崇拜和敬畏;《賚》章描繪武王克商之後分封諸侯,天下諸侯皆擁戴武王,因此周統一天下是天命所歸;《桓》章歌頌了天命不離周人,武王統治功在千秋。[②] 大武組詩在內容上一脈相承,歌頌武王功績,並表達了對天命和自然的信仰,全文

---

① [唐]孔穎達:《春秋左傳正義》卷二十三(北京:北京大學出版社,2000 年),總頁 1225。

② 參見姚小鷗:《詩經三頌與先秦禮樂文化》(北京:北京廣播學院出版社,2000年),頁 65－69。

採用史詩性記述文字,並無個體情感表達,不符合觀演評點性文字所具備的將觀感外化落實爲文字的特徵。

再從大武組詩的音樂性方面看,姚小鷗以《國語·周語》所載"景王將鑄無射,問律於伶州鳩"一事作爲大武組詩具備周樂律音樂内涵的有力旁證,並將周樂律的編排方式與《曾侯乙編鐘鐘銘》相互印證,證明其可靠。[①] 還有學者認爲大武組詩吸取了商樂、巴人樂舞等藝術元素,這些都旁證了大武組詩是周代的樂舞。另從《禮記·樂記》所載孔子與賓牟賈討論大武組詩音樂問題的語録入手:

> (孔子問)"聲淫及商,何也?"
> 對曰:"非《武》音也。"
> 子曰:"若非《武》音,則何音也?"
> 對曰:"有司失其傳也。若非有司失其傳,則武王之志荒矣。"[②]

對於這段對話的理解,《鄭注》將"聲"解釋爲"武歌",《孔疏》更具體解爲"武樂之歌",顯然,這段話是在討論大武組詩樂的歌詞,而這歌詞便是《詩經·大武》組詩。可見,這組詩是在樂舞表演過程中進行演唱的唱詞,即後來意義上的"劇詩"。

二是從創作動機方面,《詩經》中有一部分詩歌提及音樂表演或音樂元素,當是起興之筆,作者的本來意圖並非是觀看樂舞

---

① 姚小鷗:《詩經三頌與先秦禮樂文化》,頁84－89。
② [唐]孔穎達:《禮記正義》卷十一,《四部叢刊三編》(上海:商務印書館,1935年),頁228。

而作,這部分詩亦不能判定爲早期觀演之作。以《擊鼓》①爲例:

> 擊鼓其鏜,踴躍用兵。土國城漕,我獨南行。
> 從孫子仲,平陳與宋。不我以歸,憂心有忡。
> 爰居爰處? 爰喪其馬? 于以求之? 于林之下。
> 死生契闊,與子成説。執子之手,與子偕老。
> 于嗟闊兮,不我活兮。于嗟洵兮,不我信兮。②

“鏜”用以形容鼓聲,“其鏜”即“鏜鏜”之意,開篇即雷鼓陣陣,卻不是用來描繪音樂場面,筆者採用的是《詩經》慣用的起興筆法,實則本詩是一首戰爭詩。《毛詩序》云:“《擊鼓》,怨州吁也。”③《左傳·隱公四年》記載了此戰是州吁伐鄭。這首詩以抒發個人憤懣爲主,宣洩詩人對戰爭的抵觸,表達了對幸福安定生活的嚮往,“死生契闊”一段更成爲後世描繪夫妻和睦、生活幸福的代表之作,而整首詩的内容都未涉及擊鼓或音樂方面的内容。那爲何詩題爲《擊鼓》呢? 是因爲《詩經》中的詩多爲無題之作,後人整理過程中擬定其題,其中一個擬定標準就是以首句或首二字爲題,如《關雎》《有駜》等,《擊鼓》亦是如此。因此《擊鼓》一篇雖

---

　① 《擊鼓》中的“鼓”有兩種解釋:一是樂鼓;二是戰鼓。據楊蔭瀏:《中國古代音樂史稿》考證,在原始時代(約公元前 21 世紀前)樂器中便有“鼓”,《禮記·明堂位》載:“土鼓、蕢桴、葦籥,伊耆氏之樂也。”在夏、商時代鼓亦主要作爲樂器,楊蔭瀏先生以日本學者濱田耕作所著《泉屋清賞》收録的 1935 年出土于河南安陽的雙鳥饕餮紋銅鼓圖片爲證。到西周時期,“見於記載的樂器,約有近七十種,其中被詩人們所提到,見於《詩經》的,有二十九種”,這二十九種樂器中便有鼓。(北京:人民音樂出版社,1980 年,頁 11,23,41)可見,“鼓”首先以樂器的身份存在,至於爲何在戰爭中使用,多是因其聲音激昂,可振奮士氣。

　② 周振甫:《詩經譯注》卷二,頁 44。

　③ [漢]毛亨:《毛詩》卷二,《四部叢刊初編》(上海:商務印書館,1919 年),頁14。

然既涉及樂器，又有個體情感訴求，但從整體內容上看並不是爲觀樂所作，"擊鼓"僅爲起興之筆，並不能將此詩定爲觀演之作。

任昉在《文章緣起》中認爲體制的"歷史時程起點"不斷在"胚胎期"而斷在"成形期"，也就是説必須以某一單篇作品以"文字書寫完成"爲外在形式形成的標準，以此判定起源；而劉勰在《文心雕龍》中對"歷史時程起點"的判斷是以口頭言説的零句片語，只要略得其意，便可稱爲"始初"之作，由此便有了"近本論"和"遠本論"之説。① 本節對觀劇詩的探源，既符合"近本論"提出的具備單篇成文作品的標準，同時，在具體分析過程中又參照"遠本論"，將"略得"觀演之意的詩歌列入考察範圍。

從宏觀上看，首先，所判定之詩歌在創作動機或思想內涵上與戲曲發展之濫觴，即先秦樂舞或祭祀歌舞密切相關；其次，這些詩歌具備觀演評點的主要審美特徵，但並不能盲目地完全等同於戲曲成熟時期的觀劇詩，先秦至明清經歷幾千年光陰，詩歌和戲曲的發展變化巨大，不能同日而語。從微觀上看，第一，觀劇之作要滿足"詩"這一文體形式；第二，詩人的視角當爲觀者（接受者）的視角，而非舞台上的視角；第三，滿足"詩言志"的審美追求，有個體情感的外化表達；第四，將二、三條標準結合，具備由觀而感的動態過程；第五，勿受《詩經》慣用的起興筆法的誤導，仔細辨別其內容是否真正涉及歌舞。由此便可以辨析出並非所有涉及歌舞元素的詩歌都是早期的觀演之作，而《簡兮》與《宛丘》兩篇當屬追溯觀演題材詩歌源頭時的代表作品。

---

① 參見顏崑陽：《六朝文學"體源批評"的取向與效用》中對任昉和劉勰"文體起源"論的比較。（《東華人文學報》，2001 年第 3 期，頁 14）

第二節 唐宋之際觀演視角的轉變

唐宋兩代爲中國古典詩歌發展的巔峰，無論從作家、作品還是藝術性上均可圈可點，但此時的戲曲仍如襁褓中的嬰兒，並無成熟的藝術範式。正是兩種文學藝術樣式發展的不平衡性導致唐宋詩歌中涉及戲曲的作品一直未受到關注，而這些作品對於研究唐宋時期戲曲的萌芽與形成，樂舞與戲曲的逐漸脫離與轉變，具有重要意義。

樂舞與戲曲本爲二途，但追根究底，戲曲源於樂舞，而唐宋樂舞呈現出向戲曲轉變的幾個面向：一是唐代出現了如《踏搖娘》《蘭陵王》《公莫舞》等具備角色扮演性質的舞蹈；二是唐代的高度繁榮，龜兹、高麗、波斯、安南等胡樂融入中原文化，雜技、拋毬、吞刀、吐火、尋橦等表演形式得到一定程度的認可，這些表演形式即爲成熟戲曲"唱、念、做、打"中"打"的雛形；三是宋代出現了民間固定的演出場地"瓦子""勾欄"，具有角色扮演性質的"傀儡"較唐代的"俳優"更爲專業，角色分類更加詳細；四是由詩到詞的文學主潮強化了戲曲"曲本位"的發展基調，同時又提供了敘事性元素，正因如此，宋詩中的觀演之作轉向對個人情感訴求的滿足。整體上講，唐宋之際"樂舞""表演""俳優"是這一時期所謂"戲曲"的基本構架，亦是觀看演出的詩歌所呈現的基本內容。

唐代對於樂舞、百戲等表演的記載多見於《藝文志》或《教坊記》，宋代則多見於《東京夢華錄》，這些記載側重客觀敘述某種表演形式的藝術特徵，是從藝術主體出發的。而能夠準確表達觀感的接受史視角只有這一時期觀看樂舞表演的詩歌所能表達,加之唐宋詩的高度繁榮,創作主體身份多樣,涉及演出者與接受者、宮廷與民間,具有一定的通達性,因此筆者認爲,把握這一時期的觀演題材作品是觀劇詩研究的進路之一。

一 概念與題材的創新——以《全唐詩》爲中心

筆者以(清)彭定求本《全唐詩》(北京:中華書局,1999 年)爲研究底本,凡 900 卷,將其中涉及戲曲、樂舞表演的詩歌整理出來(詳見下表),如非特別注明,本節唐詩皆引自此版本。唐詩中涉及如彈琴、聞笛之類自娛自樂的作品,並不具備公衆表演性,且彈奏主體並非伶人者,未予收錄。

表 1 《全唐詩》觀演資料簡編

出 處	作 者	題 目	類別
卷三	明皇帝	觀拔河俗戲	百戲
卷三	明皇帝	春夏花萼樓觀羣臣宴寧王山亭回樓下又申之以賞樂賦詩	樂舞
卷三	明皇帝	傀儡吟	傀儡
卷四	德宗皇帝	中春麟德殿會百僚觀新樂詩一章章十六句	樂舞
卷五	楊貴妃	贈張雲容舞	樂舞
卷五	徐賢妃	賦得北方有佳人	樂舞
卷二十一	張祜	團扇郎	樂伎
卷二十八	張說	舞馬詞	百戲
卷三十四	楊師道	詠舞	樂舞
卷三十六	虞世南	詠舞	樂舞

出　處	作　者	題　目	類別
卷三十七	王　績	益州城西張超亭觀妓;詠妓;辛司法宅觀妓	樂伎
卷三十八	蕭德言	詠舞	樂舞
卷三十九	陳子良	酬蕭侍中春園聽妓	樂伎
卷四十二	盧照鄰	益州城西張超亭觀妓	樂伎
卷四十七	張九齡	南效太尉酌獻武舞作凱安之樂	樂舞
卷五十三	宋之問	廣州朱長史座觀妓	樂伎
卷五十六	王　勃	銅雀妓二首	樂伎
卷八十	薛　曜	舞馬篇	百戲
卷八十一	喬知之	銅雀妓	樂伎
卷八十八	張　說	溫泉馮劉二監客余觀妓	樂伎
卷九十四	王　適	銅雀妓	樂伎
卷九十七	沈佺期	李員外秦援宅觀妓	樂伎
卷一〇六	鄭　愔	銅雀妓	樂伎
卷一一〇	張　諤	歧王席上詠美人	樂伎
卷一一一	袁　暉	銅雀妓	樂伎
卷一一五	李　邕	銅雀妓	樂伎
卷一一七	賀　朝	贈酒店胡姬	樂伎
卷一一九	崔國輔	白紵辭二首	樂舞
卷一二一	楊　炎	贈元載歌妓	樂伎
卷一二六	王　維	從歧王夜宴衛家山池應教	交遊
卷一二八	王　維	苑舍人能書梵字兼達梵音皆曲盡其妙戲爲之贈	交遊

续表

出　處	作　者	題　目	類別
卷一三〇	崔　顥	歧王席觀妓	樂伎
卷一三三	李　頎	送山陰姚丞攜妓之任兼寄蘇少府	送別
卷一三八	儲光羲	登戲馬臺作	百戲
卷一三九	儲光羲	夜觀妓	樂伎
卷一四五	萬　楚	五日觀妓	樂伎
卷一四七	劉長卿	過李將軍南鄭林園觀妓	樂伎
卷一四八	劉長卿	陪辛大夫西亭宴觀妓	樂伎
卷一四八	劉長卿	揚州雨中張十宅觀妓	樂伎
卷一五六	王　翰	觀變童爲伎之作	樂伎
卷一六〇	孟浩然	崔明府宅夜觀妓	樂伎
卷一六〇	孟浩然	宴崔明府宅夜觀妓	樂伎
卷一六三	李　白	白紵辭三首	樂舞
卷一六五	李　白	子夜吳歌	歌舞
卷一七九	李　白	秋獵孟諸夜歸置酒單父東樓觀妓	樂伎
卷一七九	李　白	攜妓登梁王棲霞山孟氏桃園中	交遊
卷一七九	李　白	邯鄲南亭觀妓	樂伎
卷一七九	李　白	在水軍宴韋司馬樓船觀妓	樂伎
卷一九九	岑　參	田使君美人舞如蓮花北鋌歌	樂舞
卷一九九	岑　參	醉後戲與趙歌兒	樂伎
卷二〇二	薛奇童	吳聲子夜歌	歌舞
卷二〇二	梁　鍠	戲贈歌者	樂伎
卷二一一	高　適	銅雀妓	樂伎

出　　處	作　者	題　　　目	類別
卷二二二	杜　甫	觀公孫大娘弟子舞劍器行	歌舞
卷二三五	賈　至	勤政樓觀樂	歌舞
卷二六七	顧　況	王郎中妓席五詠	樂伎
卷二七四	戴叔倫	聽韓使君美人歌	樂伎
卷二九八	王　建	白紵歌二首	樂舞
卷三〇一	王　建	霓裳詞十首	樂舞
卷三〇一	王　建	觀蠻妓	樂伎
卷三〇三	劉　商	銅雀妓	樂伎
卷三〇四	劉　商	白沙宿竇常宅觀妓	樂伎
卷三一一	崔　瓘	贈營妓	樂伎
卷三一四	李　願	觀翟玉妓	樂伎
卷三二〇	權德輿	奉和聖制中春麟德殿會百寮觀新樂	樂舞
卷三四九	歐陽詹	銅雀妓	樂伎
卷三五四	劉禹錫	觀柘枝舞二首	百戲, 樂舞
卷三六五	劉禹錫	與歌者米嘉榮;與歌者何戡;與歌僮田順郎;贈李司空妓;田順郎歌	樂伎
卷三六九	皇甫松	拋毬樂	百戲
卷三八二	張　籍	白紵歌	樂舞
卷四一九	元　稹	西涼伎;立部伎;驃國樂	樂伎, 樂舞
卷四二二	元　稹	曹十九舞綠鈿;舞腰	樂舞

续表

出　　處	作　者	題　　目	類別
卷四二六	白居易	七德舞;立部伎;驃國樂	樂舞,樂伎
卷四二七	白居易	西涼伎	樂伎
卷四三八	白居易	聽崔七妓人箏;醉後題李馬二妓;盧侍卿小妓乞詩座上留贈	樂伎
卷四四二	白居易	梨園弟子;代謝好妓答崔員外	樂伎
卷四四三	白居易	清明日觀妓舞聽客詩	樂舞
卷四四四	白居易	霓裳羽衣歌	樂舞
卷四四六	白居易	柘枝妓	樂伎
卷四四九	白居易	聽田順兒歌	樂伎
卷四六八	劉言史	觀繩伎	百戲
卷四八五	鮑　溶	霓裳羽衣歌	樂舞
卷四九二	殷堯藩	潭州席上贈舞柘枝妓	樂伎
卷五〇九	顧非熊	銅雀妓	樂伎
卷五一〇	張　祜	觀宋州于使君家樂琵琶;舞	樂舞
卷五一一	張　祜	觀杭州柘枝;周員外席上觀柘枝;觀楊瑗柘枝;邠娘羯鼓;悖拏兒舞;李家柘枝;破陣樂	樂舞,樂伎
卷五三四	許　渾	觀章中丞夜按歌舞	樂舞
卷五四〇	李商隱	歌舞	樂舞
卷五四二	李　肱	省試霓裳羽衣曲	樂舞
卷五四八	薛　逢	夜宴觀妓	樂伎
卷五七五	温庭筠	舞衣曲;拂舞詞	樂舞

出　處	作　者	題　目	類別
卷五九八	高　駢	贈歌者二首	樂伎
卷六〇七	鄭仁表	贈妓仙哥；贈妓命洛真	樂伎
卷六二一	陸龜蒙	吳俞兒舞歌	樂舞
卷六三四	司空圖	歌者十二首	樂伎
卷六五一	方　千	李戶曹小妓天得善擊越器以成曲章	樂伎
卷六六五	羅　隱	席上歌水調	樂舞
卷六七五	鄭　谷	席上貽歌者	樂伎
卷六八六	吳　融	荊南席上聞歌	樂舞
卷七一四	崔道融	銅雀妓二首；羯鼓	樂伎，樂舞
卷七二七	孫　棨	贈妓人王福娘	樂伎
卷七三二	布　燮	聽妓洞雲歌	樂舞
卷七三三	孔德紹	觀太常奏新樂	樂舞
卷七三八	宋齊丘	陪華林園試小妓羯鼓	樂舞
卷七三八	韓熙載	書歌妓泥金帶	樂伎
卷七五四	徐　鉉	贈浙西妓亞仙；拋毬樂辭二首	樂伎，百戲
卷七五六	徐　鉉	又聽霓裳羽衣曲送陳君	樂舞
卷七六九	楊希道	詠舞	樂舞
卷七六九	王　勛	詠妓；益州城西張超亭觀妓；辛司法宅觀妓	樂伎
卷七七〇	楊　衡	白紵辭	樂舞
卷七七〇	李謹言	水殿拋毬曲二首	百戲

续表

出　處	作　者	題　目	類別
卷七七〇	吳　燭	銅雀妓	樂伎
卷七七〇	張保嗣	戲示諸妓	樂伎
卷七七八	朱光弼	銅雀妓	樂伎
卷七八一	徐元鼎	太常寺觀舞聖壽樂	樂舞
卷七八一	石　倚	舞干羽兩階	樂舞
卷七八六	無名氏	抛毬詩	百戲
卷七八七	無名氏	郊壇聽雅樂	樂舞
卷八〇八	法　宣	和趙王觀妓	樂伎
卷八二〇	皎　然	銅雀妓	樂伎
卷八六二	李太玄	玉女舞霓裳	樂舞

　　首先，從統計中筆者發現《全唐詩》中的觀劇詩在戲曲概念上的重要貢獻："梨園"概念的出現和"妓"與"伎"的區別。"梨園"這一概念始於唐代，由於唐代統治者重視音樂，在隋朝七部樂的基礎上發展到十部樂，融合了少數民族的曲藝文化，每逢宮中宴會或大型活動都要有演出，也是最早"月令承應"的雛形。唐玄宗時發展到由皇帝親選樂工，在宮中的"梨園"或"宜春院"進行專門訓練。當時的戲曲、歌舞、説唱之間的區別並不刻意加以區分，最早的梨園弟子也是集歌兒舞女與角色扮演於一身。唐代的宮中檔案難以流傳至今，宮中藝人（梨園弟子）的生活狀態究竟是怎樣的呢？白居易的《梨園弟子》是解答這一問題的第一手材料：

　　　　白頭垂淚話梨園，五十年前雨露恩。莫問華清今日事，

滿山紅葉鎖宮門。①（白居易）

盛唐的梨園是一派歡樂祥和的氣氛,而盛衰之際的梨園就顯得有點慘淡了。詩中還側面展示了一個問題,就是唐代的梨園弟子是不能出宮的,這一點與清代有明顯的區別,清代中晚期宮中藝人可以出宮,甚至在宮外自行開辦私人戲班,如楊月樓等人,既是宮樂主角,又是民間名角。唐代這一標準並未放開主要是因爲民間戲曲尚未如此普及,番邦進獻的曲藝主要先由統治階級賞玩,民間戲曲發展相對滯後。

　　那麼民間戲曲的表演者又是怎樣的呢? 這就涉及到唐代觀演題材詩歌中呈現的另一個概念性的問題:“妓”與“伎”的區分。從筆者統計來看,唐詩中涉及藝人的詩歌達 70 餘首,絕大部分用字爲“妓”,少數用“伎”。這兩個字自古即有,“妓”本指“姿容”,“伎”本意爲“才也”,但《唐韻》中對“妓”的解釋發生了變化,將其解釋爲“女樂也”②,這主要是因爲唐代的妓多才多藝,吹拉彈唱,琴棋書畫多有精通,且與文人交往密切,文人眼中的“妓”已經超越了僅僅欣賞其“姿容”的範疇。但從唐人用筆來看,“妓”與“伎”之間還是有所區分的,對“伎”的使用主要用於三種情況:一是變童表演(如王翰《觀變童爲伎之作》③);二是西域所傳的胡樂技藝(如元稹《西涼伎》④,即今甘肅、敦煌一帶所傳樂舞);三是唐雅樂分坐部(坐著彈唱的伶人)與立部(站著進行表

---

①　《全唐詩》卷四四二,頁 4966。
②　[唐]孫愐:《唐寫本唐均》,見《續修四庫全書》(上海:上海古籍出版社,2002年),第 249 冊,頁 413。
③　《全唐詩》卷一五六,頁 1609。
④　《全唐詩》卷四一九,頁 4628。

演的伶人），立部伶人可稱"伎"（如白居易《立部伎》①），立部表演的内容類似百戲，涉及舞劍、巨索、掉長竿等。這三種情形都體現伶人的表演才華，更接近"伎"的本義，且表演者不局限於女性。

其次，從演出内容來看，唐代觀演題材詩歌呈現出幾個特點：一是對先秦雅樂大型歌舞的承襲，如張九齡《南效太尉酌獻武舞作凱安之樂》所觀的武舞即爲《詩經·大武》篇中記載的凱旋之樂，石倚所作《舞干羽兩階》亦爲先秦舞蹈；二是文人或顯宦有蓄養家樂的喜好，主要用於交遊讌集，具有代表性的是岐王②家樂，詩中有張諤《岐王席上詠美人》、王維《從岐王夜宴衛家山池應教》、崔顥《歧王席觀妓》等，當時著名的宫廷樂師李龜年亦曾被描述爲"岐王宅里尋常見，崔九堂前幾度聞"，可見其讌集之頻繁，受歡迎程度之高；三是欣賞樂舞表演要遠遠多於百戲表演，這主要與文人崇尚風雅的審美品格有關；四是與"妓"交往密切，卻無與"伎"交往的記載，而明清觀劇詩中多有記述與伶人的交往，不局限於民族、身份、身懷何種技藝等，可見此時的文人視角還停留在歌兒舞女身上，尚未發生轉變；五是吳兒水調受到關注，對帶有地方特色的唱調聲腔進行描繪的只有吳歌，吳地即崑腔的發源地，詩中甚至更明確地概括了吳歌的聲腔特點（羅隱《席上歌水調》）；六是最早樓船觀樂的出現，"樓船"始於戰國時越國，主要用於海戰，明清時的樓船則多出現在江南文人雅集中，文人雅士在船上隨波蕩漾，飲酒、聽曲、品評書畫，是樓船雅集的主要活動，而這種轉變發生在何時，尚無人討論，李白的《在

---

① 《全唐詩》卷四二二，頁4703。
② 岐王李范（？－734），本名李隆范，唐睿宗第四子，初封爲鄭王，後改封衛王，710年睿宗復位，進封岐王。雅善音律。

水軍宴韋司馬樓船觀妓》成爲記述這一活動的一手資料。

此外,《全唐詩》中出現大量《銅雀妓》①的同題詩歌,並非寫唐代的歌妓,而是以銅雀妓的視角懷古抒情,這一視角的挖掘,對後來宋詩中由觀戲轉向人生如戲的感慨之作理下了伏筆,自此歌兒舞女成爲了文人心緒新的代言。

二　宮廷與民間——《全宋詩》中觀劇的不同視角

筆者以傅璇琮等主編的《全宋詩》(北京:北京大學出版社,1998 年)爲研究底本,凡 72 册,3784 卷,如非特別注明,本節宋詩皆引自此版本。現今流傳下來的宋詩數目遠遠多於唐詩,但宋詩中的觀劇之作數目反而不多,這看似不符合戲曲史發展的軌跡,實則有其自身的原因及特點。

造成宋代觀劇詩不多的原因主要有二:一是從文體上來看,宋詞的繁榮對詩歌中的樂舞題材及個人情感抒發形成了衝擊。宋詞在唐五代曲子詞的基礎上進一步發展,逐漸成形,曲子詞本爲配樂演唱,音樂性較強,宋詞亦保留了曲子詞的音樂性特徵,因此許多對歌舞音樂感興趣的文人轉向填詞寫作,將自身融入曲辭的創作中,更加深刻地感受音樂之美。詞多注重個體情感抒發,亦爲文人興寄的佳徑,因此張炎評價詞"簸弄風月,陶寫性情,詞婉於詩。蓋聲出於鶯吭燕舌間,稍近乎情可也。"②二是從宋詩自身的特點來看,宋詩主張"以文爲詩",注重理性色彩,這

---

①　中國舞蹈藝術研究會舞蹈史研究組所編《全唐詩中的樂舞資料》亦將《銅雀妓》同題詩收錄進來,漢代住在銅雀台的年輕歌舞妓人們向著死人的陵墓歌舞,命運十分悲慘,唐代已無銅雀臺和銅雀妓,但仍有爲了陪伴統治者的尸體而葬送一生的陵園妾,唐人所寫的《銅雀妓》實際上是同情這些不幸的陵園妾而發出的感慨。(北京:人民音樂出版社,1996 年,頁 329—330)

②　[宋]張炎:《詞源》卷下,見《續修四庫全書》,集部,第 1733 册,頁 70。

些特點決定了宋詩在藝術上缺乏形象性、音樂美,感染力亦不強,嚴羽在《滄浪詩話》中概括宋詩爲"以文字爲詩,以議論爲詩,以才學爲詩"①,理性的思考在客觀上亦會影響詩歌對戲曲的關注。

宋代觀劇詩從創作主體上呈現出館閣文人與民間文人兩種視角。在宮廷中,梅堯臣、徐鉉、王珪等人時常伴駕,觀戲娛樂之作多爲奉和應製之作,如楊億《正冬御殿上壽樂章八首》、《太常樂章三十首》等詩,其奉旨而作的四言樂章,是在大型慶典或祭祀活動中爲娛神而作,所描繪的多爲大型歌舞,以享神明;再如王珪所作的《集英殿乾元節大燕教坊樂語口號》、《集英殿皇子降生大燕教坊樂語口號》、《集英殿秋燕教坊樂語口號》等詩,是因宮廷中發生如皇子降生的喜事,或節日慶祝等活動,這些應製詩的共同特點就是爲統治者服務,與大多數詩歌有感而發的抒情特徵不同,應製作品中幾乎看不到個人情感的抒發。

而民間所作的觀劇詩則不然,其恰恰因爲宋詩的理性特徵,將視角由表面上的觀看歌兒舞女的表演,進一步深入到耽於戲的利弊及對人生如戲的感慨上。宋代民間演劇活動十分豐富,陸游《春社》詩曰:"太平處處是優場,社日兒童喜欲狂。且看參軍喚蒼鶻,京都新禁舞齋郎。"②《出遊》又曰:"霜氣蕭條木葉黃,佳時病起意差強。雲煙古寺聞僧梵,燈火長橋見戲場。一枕清風幽夢斷,數匙旅飯野蔬香。道邊莫笑衰殘甚,獨往山林興未央。"③可見陸游自身也是個戲迷,鄉間社戲給百姓提供了豐富的娛樂生活,更有劉克莊誇張之筆寫道:"抽簪脫褲滿城忙,大半人

---

① [宋]嚴羽:《滄浪詩話》,見《文淵閣四庫全書》,第419册,頁811。
② 《全宋詩》卷二一六二,頁24450。
③ 《全宋詩》卷二一六二,頁24451。

多在戲場”、“湘累無奈衆人醉，魯蠟曾令一國狂”①等句。戲劇表演在民間大受歡迎，在理學家眼裡卻截然相反。從程頤所說“今之爲文者，專務章句，悅人耳目。既務悅人，非俳優而何？”②到陳淳的《上傅寺丞論淫戲》中列出迎神戲樂的八大危害③，理學家認爲戲曲具有負面的社會導向，但戲曲歌舞經過幾百年的發展，已經成爲人們娛樂需求中不可缺少的一部分，理學家頗爲迂腐的看法並未得到更多文人的認同。

宋代文人觀戲仍多與自身心態相關，如王安石《相國寺同天節道場行香院觀戲者》：“侏優戲場中，一貴復一賤。心知本自同，所以無欣怨。”④詩中以優人的視角表達了對人生貴賤榮辱應採取豁達的心態，這首詩也得到了當時文人的認同，韓淲在《澗泉日記》中評價道：“此語雖非聖道，亦足銷人榮辱之悲也。”⑤釋惠洪更贊其“通身是眼，瞞渠一點也不得”⑥，韓淲還模仿王安石的立意寫出“眼前人事忙如戲，腳底花時過若驚”⑦的詩句。再如

---

①　《全宋詩》卷三〇六六，頁 36576。

②　［明］程頤，程顥：《二程遺書》卷十八（上海：上海古籍出版社，1992 年），頁 152。

③　參見陳淳《北溪大全集》卷十七記載：“其名曰戲樂，其實所關利害甚大：一，無故剝民膏爲妄費；二，荒民本業事遊觀；三，鼓簧人家子弟，玩物喪恭謹之志；四，誘惑深閨婦女出外，動邪僻之思；五，貪夫萌搶奪之奸；六，後生逞鬥毆之忿；七，曠夫怨女，邂逅爲淫奔之丑；八，州縣一庭，紛紛起獄訟之繁，甚至有假託報私仇，繫殺人無所憚者，其胎殃産禍如此，若漠然不禁，則人心波流風靡，無由而止，豈不爲仁人君子德政之累。”（《文淵閣四庫全書》第 107 册，頁 638）

④　《全宋詩》卷五四七，頁 6543。

⑤　［宋］韓淲：《澗泉日記》卷下，見《叢書集成初編》（北京：中華書局，1985 年），頁 32—33。

⑥　［宋］釋惠洪：《林間録》卷下，見藍吉富主編《禪宗全書》（臺北：文殊出版社，1988 年），第 32 册，頁 53。

⑦　［宋］韓淲：《澗泉集》卷十二，見《文淵閣四庫全書》，第 119 册，頁 740。

黃庭堅的《書家弟幼安作草後》:"世間盡被鬼神誤,看取人間傀儡棚。煩惱自無安腳處,從他鼓笛弄浮生。"詩後還自注:"譬如木人,舞中節拍,人歎其工,舞罷又蕭然矣。"[1]這首詩是觀傀儡戲後所作,木傀儡在表演時栩栩如生,演出結束後一切又歸於沉寂,黃庭堅從傀儡的藝術生命窺視人生,認爲人生亦如傀儡,繁華不過一時之像。從上述兩例中可見觀劇詩發展至宋,與文學思潮及文人心態聯繫更加緊密,文人眼中的戲曲表演不單單是一種娛樂,更多的是引發對人生的思索,因此這一階段的觀劇詩已具備一定的思想性。

總觀唐宋詩中的觀劇之作,在不同的歷史階段呈現出不同的特色。唐代戲曲發展尚未成熟,觀演之作的主要貢獻在藝術表演形式的原始呈現上,"梨園"概念的運用、對"妓"與"伎"的區分等,爲戲曲發展史研究中的概念把握提供了線索。這一時期的觀演詩歌多爲記述表演情況,內化爲情感抒發的作品不多,比較集中的是以"銅雀妓"影射當時陵園妾的悲慘命運,這種對伶人的同情之感發展至宋代則轉化爲以伶人的視角抒發對人生的感慨。

宋代的文化背景、政治背景相對複雜,對戲曲的審美接受並未完全投射在詩歌上,主要是因一部分文人轉向宋詞創作和宋詩尚理特徵的影響。這一時期的觀劇詩主要分爲宮廷應製之作和民間文人之作,應製觀劇詩多爲奉旨紀念重大節日或歌功頌德的作品,沒有個人情感的抒發;民間演劇活動相對豐富,觀劇詩作濡染著宋詩說理之風,文人轉向抒發人生如戲的感慨,同時

---

① [宋]黃庭堅:《豫章黃先生文集》卷二十九,見《四部叢刊初編》(上海:上海商務印書館,1919年),頁332。

理學家鼓吹戲曲有負面的社會導向，主張禁戲，卻未能得到廣泛認同，文人士大夫對戲曲多抱有寬容的態度，從客觀視角欣賞戲曲，從中得到審美的愉悦，正如王國維在《紅樓夢評論》中所概括的那樣："吾國人之精神，世間的也，樂天的也。故代表其精神之戲曲、小説，無不著此樂天之色彩。"①

第三節　明傳奇之興盛與觀劇詩的成熟

　　明代戲曲在宋元南戲和金元雜劇的基礎上繼承和發展，在體制上更加規範，雜劇普遍爲四折一楔子，傳奇則多在三十齣左右，並加齣目，人物下場有下場詩；在音律上，明傳奇多採取南北曲合套，既可一南一北交替使用，亦可南北混合使用；在劇情上，傳奇的劇情更加複雜，不再限於簡短的"起承轉合"，而是設置了鋪墊情節、幫閒人物等，使故事更加豐滿，出現了《牡丹亭》、《琵琶記》、《繡襦記》等多部傳世之作；在角色分配上，爲迎合劇情需要，戲曲角色行當分配更加細化，王驥德《曲律·論部色》記載："今之南戲，則有正生、貼生、正旦、貼旦、老旦、外、末、淨、丑、小丑，共十二人，或十一人，於古小異。"②可見，此時的戲曲已經發展到成熟階段。

　　明代戲曲評論的形式較爲多樣，序跋、曲論、觀劇詩等體裁的作品數量都不在少數，其中觀劇詩的篇幅最短，創作最爲便捷，當創作者没有時間投入創作長篇戲曲評論的時候，觀劇詩是

---

①　王國維：《紅樓夢評論》（長沙：嶽麓書社，1999 年），頁 11。
②　［明］王驥德：《曲律》卷三（上海：上海古籍出版社，2012 年），頁 43。

最便捷的創作方式。因此明代的觀劇詩作品除了呈現明代戲曲發展狀況之外，題材涉及多個面向（包括演出、場地、伶人、交遊等），其對細節的關注遠遠超越唐宋，更重要的是，觀劇詩作爲這一時期戲曲評論的一種，反映了創作者的戲曲觀念，增添了觀劇詩的理論維度。

一　觀劇詩視閾下的明代戲曲生態

青木正兒在《中國近世戲曲史》中概括明代雜劇“保元曲之餘勢”[①]，伴隨崑曲的發展勃興，傳奇作品愈來愈受到大衆歡迎，同期的傳奇劇本數量也大大增加。這一時期的觀劇詩較唐宋觀劇或樂舞之詩相比已經發展成熟，其思想内容涉及歌舞表演、戲曲演出、伶人樣貌、文人心態、交遊創作、觀劇體悟、戲曲批評等多層面，明代觀劇詩的描繪可以折射出當時戲曲發展的基本狀態。

汪然明《春日湖上觀曹氏女樂》云：“銷魂每爲聽吴歌，況復名家艷綺羅。風吹遙聞花下過，遊人應向六橋多。”[②]觀戲聽曲已經成爲人們日常生活中的一部分，由汪然明《西湖紀遊》中的記載可知：“女樂之最勝唯茸城朱雲來囧卿，吴門徐清之中秘，兩公所攜，莫可比擬。輕謳緩舞，絶代風流，共數最多。大抵遊觀者朝則六橋看花，午余理楫湖心亭。投壺蹴鞠，對弈彈琴。象板銀

---

① 參見［日］青木正兒著，王吉廬譯：《中國近世戲曲史》（臺北：臺灣商務印書館，1982 年），頁 134－164。
② ［清］汪師韓輯：《春星堂詩集》卷二，清乾隆三十八年刻本，參見日本所藏中文古籍數據庫 http://kanji.zinbun.kyoto-u.ac.jp/kanseki。

箏，笙歌盈耳。一絲一竹，響遏行雲。"①這一時段的演劇活動依然承襲宮廷和民間兩大主線：明代皇室朱權、朱有燉都有戲曲創作（如《沖漠子獨步大羅天》、《文君私奔相如》、《李亞仙花酒曲江池》等），反映皇室觀劇的詩作有湯顯祖《建安王夜宴即事二首》、《奉別建安王》、《建安曲池夜歸醉和》，牛恒《周藩王宮詞》，張正聲《永安王宮人梨園行》等，文人以描繪王室演劇盛況展現明王朝"蛾眉不改，歌舞長在，則太平可知者"②。

　　民間演劇主要分爲職業戲班、家班、串客和清曲家的表演，③文人在觀劇過程中主要的關注點有：一、伶人樣貌與伎藝，代表詩作爲吳偉業描繪蘇州名伶王紫稼的《王郎曲》④，"孝穆園亭常置酒，風流前輩醉人狂"，如此令人傾倒的王紫稼的樣貌是"瞳神剪水清如玉"，這樣的秋波流轉演繹的確是"傷心故園曲"，於是勾勒出美人演悲劇，全場爲之癲狂的場景，此外還有范景文《米仲詔齋中觀劇與辰叟詩》、錢龍惕《聞歌引爲朱翁樂隆作》、沈德符《冬夜吳蓮城水部出童子作劇疊馬仲良觀劇舊韻》等，均描繪出伶人的千姿百態；二、女樂逐漸受到關注，康保成教授在《先秦的"散樂"與"夷樂"》⑤一文中將中國古代女樂的傳統追溯至夏

---

　　① ［清］汪師韓輯：《春星堂詩集》卷五，清乾隆三十八年刻本，見日本所藏中文古籍數據庫 http://kanji. zinbun. kyoto-u. ac. jp/kanseki。胡忌、劉致中：《崑劇史》中論及明代戲曲家班演出情況時亦以此爲證。（北京：中國戲劇出版社，1989 年，頁148）

　　② 轉引自蔣星煜《〈唐人勾欄圖〉在戲曲史上的意義》，《中國戲曲史鉤沉》（鄭州：中州書畫社，1982 年），頁 16。

　　③ 參見趙山林：《中國戲曲傳播接受史》（上海：上海人民出版社，2008 年），頁203－292。

　　④ ［明］吳偉業：《梅村家藏藁》卷十一，見《續修四庫全書》，集部，第 1396 冊，頁96。

　　⑤ 參見康保成相關著作。

朝，但在戲曲的客觀發展上，女樂亦優亦娟者多，職業伶人並不常見，尤其宋代以後，女性更受三從四德等條框束縛，到明代出現了專門的女樂家班，用於士大夫間交遊自娛，觀劇詩中記載女樂情況如徐樹丕《女戲》等；三、富賈選伎征歌，結交名流，推動戲曲繁榮，俞彥《吳本如中丞宅觀劇》記載戲曲愛好者在蓄養伶人身上的投入"不惜明珠三斛價，長在深閨羅在華"①，此外還有重金聘請職業戲班中的名角到宅中演出等。

這些記載從不同側面揭示了明代戲曲演出興盛，文人、商賈、皇室對戲曲都十分喜愛，伶人技藝不斷提升，加之作品數量繁多，都爲戲曲接受創造了客觀條件。

二　欣賞與寄託——明代文人的觀劇心境

不同於宋代觀劇詩接近理趣的創作，明代觀劇詩更貼近戲曲，詩人的關注點覆蓋了欣賞戲曲的方方面面，表達的情感更加豐富，同時也爲當今戲曲研究提供了寶貴史料。明代觀劇詩中描寫了民間花棚演劇情況，如崔世召《將發都門蘇穉英招飲百花館觀劇》：

> 萬里將歸客，匆匆疋馬鳴。偷閒過酒市，雜演上花棚。
> 每到離亭齣，難禁勝友情。逢場官是戲，行矣媿班生。②

送別詩的傳統歷史悠久，有折柳送別，有招飲送別，至明代觀劇送別又大量出現，"百花館"兼具酒館與戲劇演出場地的功能，與宋代的勾欄、瓦子相近，至清代又稱"百花樓"，多出現在文人讌集觀劇詩作中。本詩中崔世召將去都門，行程是比較緊促的，朋

---

① ［明］俞彥：《俞少卿集》，明崇禎刻本，頁56a。
② ［明］崔世召：《秋谷集》卷上，明崇禎刻本，頁19a。

友爲其設宴送別,於是忙裡抽閑飲酒觀劇。百花樓的戲碼很多,詩人唯獨關注的是《離亭》,是因戲劇内容與自身境遇産生共鳴的緣故,詩人離別時捨不得的是朋友之情,同時又覺官場只是逢場作戲,與宋詩感慨"人生如戲"的思路暗合,由此,詩中表達的離別之情更加複雜了。

再如人稱"詞山曲海"的李開先,曾因上疏抨擊朝政而被罷官三十餘載,其中的苦悶可想而知,他在《夜宴觀戲》中流露出宦海沉浮的感慨:

扮戲因開宴,坐深夜已闌。一人分貴賤,數語有悲歡。
剪燭增殊態,停杯更改觀。優旃曾諷諫,獲譴歎言官。①

這首詩雖然是觀劇之作,轉折之筆在"一人分貴賤,數語有悲歡"句,看似是在描寫戲中不同的角色有高低貴賤之分,唱詞之中有悲歡離合故事,但實則是雙關之句,現實生活更是如此,人分貴賤,悲歡更無常,在最後一句中作者發出了無奈的感慨。優旃是秦國的藝人,最早出現在《史記·滑稽列傳》中,司馬遷所記優旃善於以幽默的方式進行諷諫,使秦始皇這樣強硬派作風的君主也能感受到統治中的不足之處並加以改正,而李開先作爲一名言官,其身份較優旃高貴很多,他的職責也是向帝王進諫,但卻遭到罷官,難免有壯志難酬、忠情無處訴説的苦悶,這首詩即是其苦悶心跡的委婉表達。

觀劇詩中不僅有離情、有苦情,更有家國之情與文人氣節寄託其中,以後七子中的代表人物王世貞所作的《見有演《關侯斬貂蟬》傳奇者,感而有述》爲例:

————

① ［明］李開先:《李中麓閒居集》詩卷二,見《續修四庫全書》,集部,第 1340 册,頁 499。

董姬昔爲呂，貂蟬居上頭。　自夸予帷幄，肯作抱衾裯。
一朝事勢異，改服媚其仇。　心心托漢壽，語語厭溫侯。
忿激義鶺拳，眥裂丹鳳眸。　孤魂殘舞衣，腥血濺吳鉤。
茲事豈必真，可以快千里。　旦聞抱琵琶，夕弄他人舟。
售者何足言，受者不能羞。　寧爲楚虞姬，一死不徇劉。①

貂蟬之死在歷史上沒有明確記載，明代曾有《關大王月下斬貂
蟬》雜劇，姚燮《今樂考證》及王國維《曲錄》均有著錄，但劇本未
能流傳下來。此詩所觀的《關侯斬貂蟬》傳奇劇本亦佚，從題目
上看，兩齣戲的劇情十分接近，詩中所描繪的故事情節是現今反
觀《斬貂蟬》劇故事內容的重要資料。此詩中記述的故事情節是
在呂布戰敗之後，貂蟬將目標轉向了關羽，並主動向關羽獻媚，
但關羽不爲所動，一怒之下殺死貂蟬。這首詩中記載的劇情涉
及戲曲創作中歷史真實與藝術真實的問題，明清戲曲中多有對
歷史故事的改編，尤其是對歷史記載並不明晰的問題，如尤侗所
作的《讀離騷》雜劇對屈原投江後的故事改編爲屈原被招爲水仙
等，都是戲曲創作者在寫作劇本時加入了自己的想象，王世貞的
這首詩記載了《斬貂蟬》故事的改編情況。同時，王世貞在詩中
還將貂蟬與虞姬作了對比，認爲即使心愛的人戰敗，亦或亡國，
都應保持氣節，寧死不投他人懷抱，就像虞姬一樣，而貂蟬在王
世貞的眼中顯然是沒有氣節的，因此發出"寧爲楚虞姬，一死不
徇劉"的感慨，這種保持氣節的想法是中國古代文人一直以來所
崇尚的。從上述案例的分析中可以看出明代戲曲已經深入文人
的社會生活之中，並且發展爲他們寄託情感的一種載體。

---

① ［明］王世貞：《弇州山人四部續稿》卷六，見《文淵閣四庫全書》，第 207 冊，頁
70。

三　“以詩代文”的戲曲批評

明代戲曲評點、戲曲理論著作頗豐，且有所創見，如李開先評點《西廂記》《琵琶記》時對“畫工”與“化工”的探討，緊隨其後的何良俊《曲論》與徐渭《南詞敘錄》對“本色論”的闡發，達到頂峰的有湯顯祖的“至情説”、王驥德的《曲律》等，這些戲曲評論在明傳奇逐漸體制化、規範化的過程中理論性大大加强。與這些大部頭的作品交錯産生的還有大量的觀劇詩作，以簡短的篇幅再現觀者的戲曲觀念。

湯顯祖本人在觀看《牡丹亭》演出的時候也作有觀劇詩：

> 韻若笙簫氣若絲，《牡丹》魂夢去來時。
> 河移客散江波起，不解銷魂不遣知。

> 樺燭煙銷泣絳紗，清微苦調翠殘霞。
> 愁來一座更衣起，江樹沉沉天漢斜。①

這兩首詩是湯顯祖觀看伶人王有信演出《牡丹亭》時所作，湯氏對其演技固然是肯定的，同時值得注意的是詩中提到的“魂夢”“苦調”“愁”等字眼，這既是湯顯祖主情的戲曲理論的再現，也是他對人物内心世界挖掘過程中的體悟，理解這部經典之作的關鍵是在“魂夢去來”之間，時空的轉變帶給主人公不同的心境變化，在變化之中一以貫之的是二人情感的堅定和執著，因此“不解銷魂不遣知”，只有理解了“魂夢”所帶來的震撼，才能真正懂得《牡丹亭》的銷魂之處。湯顯祖對於“情”的執念一直到湯沈之

---

① ［明］湯顯祖：《滕王閣看王有信演〈牡丹亭〉二絶》，《玉茗堂全集》詩集卷十七，見《四庫全書存目叢書》，集部，第 181 册，頁 537。

爭達到巔峰，他在《見改篡〈牡丹〉詞者失笑》一詩中寫道："醉漢瓊筵風味殊，通仙鐵笛海雲孤。縱饒割就時人景，卻愧王維舊雪圖。"①從中可見湯氏對自己才華的高度自信，任何對《牡丹亭》曲詞的改動都如在王維的冬景圖上割蕉加梅一樣，爲狗尾續貂之作，失去了作品原本的美學價值，同時這首詩也是其堅持至情說的表現，其好友潘之恒在觀演《牡丹亭》時作《贈吳亦史》詩曰："風流情事盡堪傳，況是才人第一編。剛及秋宵宵漸永，出門猶恨未明天。"②可見湯顯祖的才華在當時是得到高度認同和讚揚的，"才子第一編"即是從戲曲敘事性角度給予的最高評價。從湯顯祖在自己的詩作中反復申述戲曲創作以情爲主，不可因地域不同、唱腔不同而妄自更改曲詞，到其他觀演《牡丹亭》戲的文人稱讚其文辭華美，才子風流，這些以《牡丹亭》爲中心的觀劇詩作不僅形成了文學互動，同時以簡單凝練的方式闡發出文人的戲曲觀念，這種簡短的文學評論雖不及戲曲批評論著那樣全面，但卻能將觀者心中感觸最深的地方展現出來。

《牡丹亭·題詞》中曾言"生者可以死，死者可以生，生而不可與死，死而不可復生者，皆非情之至也。"第一齣《標目》中也唱道"相思莫相負，牡丹亭上三生路。"③在現實中死者是不可復生的，湯顯祖又如何看待現實中的生死呢？其在《聽于采唱〈牡丹〉》中寫道："不肯蠻歌逐隊行，獨身移向恨離情。來時唱動盈

---

① ［明］湯顯祖：《玉茗堂全集》詩集卷十八，見《四庫全書存目叢書》，集部，第181冊，頁545。

② ［明］潘之恒：《鸞嘯小品》卷三，《潘之恒曲話》（北京：中國戲劇出版社，1988年），頁52。

③ ［明］湯顯祖：《牡丹亭還魂記》，見錢南揚校點：《湯顯祖戲曲集》（上海：上海古籍出版社，1978年），上册，頁233。

盈曲,年少那堪數死生?"①認爲"生可以死,死可以生"的痛苦不是在於生死,而是在於離情,年少難以承受的不僅是生死,更是離情。湯氏又在觀許細演《驚夢》時云:"聰明許細自朝昏,慢舞凝歌向莫論。死去一春傳不死,花神留玩《牡丹》魂。"②花神的形象在《牡丹亭》中僅出現過兩次,其中一次唱一支曲便下場:

> [鮑老催]單則是混陽烝變,看他似蟲兒般蠢動把風情
> 扇,一般兒嬌凝翠綻魂兒顫。這是景上緣,想内成,因中見。
> 呀!淫邪展污了花臺殿。咱待拈片落花兒驚醒他。(向鬼
> 門丟花介)他夢酣春透了怎流連?拈花閃碎的紅如片。(第
> 十齣《驚夢》)③

另一次出現在《冥判》中,也是蜻蜓點水式地出現。據徐扶明考證,清乾隆年間將花神增至十二位,出十二月花神,並增加了《堆花》一齣,大大提升了花神形象的作用,更增添了《驚夢》的浪漫色彩。④ 從湯顯祖詩中可以看出,儘管原作中的花神只有一位,這一形象在作者眼中同樣佔據著重要位置,作者認爲花神是連通生與死、人間與冥間的使者,通過花神的傳遞,這齣生死傳奇才能順理成章。湯顯祖在觀王有信演《牡丹亭》時又有"韻若笙簫氣若絲,牡丹魂夢去來時。河移客散江波起,不解銷魂不遣

---

① ［明］湯顯祖:《玉茗堂詩》卷十四,見徐朔方箋校:《湯顯祖全集》(北京:北京古籍出版社,1998年),第 2 冊,頁 826。

② ［明］湯顯祖:《傷歌者》,《玉茗堂詩》卷十四,見徐朔方箋校:《湯顯祖全集》,第 2 冊,頁 841。

③ ［明］湯顯祖:《牡丹亭還魂記》,見錢南揚校點:《湯顯祖戲曲集》,上冊,頁 271。

④ 徐扶明:《牡丹亭研究資料考釋》(上海:上海古籍出版社,1987 年),頁 173。

知”①之句,《牡丹亭》第三十二齣《冥誓》的下場詩有“夢來何處更
爲雲,惆悵金泥簇蝶裙。”②湯氏將戲曲文本中的“惆悵”進一步闡
釋爲“不解銷魂”,更增添了愁的色彩。在《寄生腳張羅二恨吳迎
旦口號二首》(其二)中有:“不堪歌舞奈情何,戶見羅張可雀羅。
大是情場情復少,教人何處復情多?”③詩中出現了四次“情”字,
情場反而寡情,歌舞也不能將情徹底演繹,那麼,人之多情當如
何排遣呢? 劇中的生死離合皆是情的體悟與排解的過程。

　　《牡丹亭》自問世以來,關於此劇的唱腔問題也常常會穿插
在對情的討論中出現。湯顯祖自己的詩中對《牡丹亭》的唱腔主
要涉及兩種,即崑腔和宜黃腔:

　　　　小園須著小宜伶,唱到玲瓏入犯聽。曲度盡傳春夢景,
不教人恨太惺惺。(《帥從升兄弟園上作四首》其三)

　　　　半學儂歌小梵天,宜伶相伴酒中禪。纏頭不用通明錦,
一夜紅氈四百錢。(《唱二夢》)

　　　　吳儂不見見吳迎,不見吳迎掩淚情。暗向清源祠下咒,
教迎啼徹杜鵑聲。(《寄生腳張羅二恨吳迎旦口號二首》其
一)④

　　①　[明]湯顯祖:《滕王閣看王有信演《牡丹亭》》(其一),《玉茗堂詩》卷十四,見
徐朔方箋校:《湯顯祖全集》,第 2 册,頁 838。
　　②　[明]湯顯祖:《牡丹亭還魂記》,見錢南揚校點:《湯顯祖戲曲集》,上册,頁
382。
　　③　[明]湯顯祖:《玉茗堂詩》卷十三,見徐朔方箋校:《湯顯祖全集》,第 2 册,頁
797。
　　④　[明]湯顯祖:《玉茗堂詩》卷十三,卷十四,見徐朔方箋校:《湯顯祖全集》,第
2 册,頁 786,823,797。

關於《牡丹亭》演唱聲腔的問題，學界曾有激烈的討論，[①]有的認爲是爲崑腔而作，有的認爲是爲宜黃腔而作，從上述湯顯祖的詩中可知當時兩種聲腔都在傳唱此劇，湯氏本人未置可否，宜伶演唱"盡傳春夢"，纏頭可達四百錢之多，可見其受歡迎程度之高，吳儂軟語所唱崑腔又能將悲情展示得淋漓盡致，使觀者愴然涕下，兩種聲腔可謂平分秋色。因此，從湯氏所作的觀劇詩來看，筆者認同徐扶明先生所作出的推論，即"湯顯祖創作《牡丹亭》，既不是專爲宜黃腔寫的，也不是專爲崑山腔寫的，而是按照明代傳奇體制著筆，無論宜黃腔或者崑山腔，都可演唱《牡丹亭》。"[②]

　　康熙三十三年(1694)，時任撫州通判的陸烜因感湯顯祖興寄高遠，十分仰慕，又不忍玉茗堂敗落，便將玉茗堂重修，並大宴

---

① 如周貽白：《中國戲曲發展史綱要》中認爲"湯氏製曲，實以元劇爲規範"，見氏著：《中國戲曲發展史綱要》(上海：上海古籍出版社，1979年)，頁285。周育德從戲曲演出的視角認爲起初《牡丹亭》的唱詞與唱腔難以匹配，到乾隆中後期戲曲唱腔進一步發展，逐漸可以適應其唱詞，便很少出現這種爭執的狀況。參見氏著：《湯顯祖論稿》(北京：文化藝術出版社，1991年)，頁254—263。蔡孟珍在《〈牡丹亭〉聲腔説考辨》一文中認爲《牡丹亭》是由海鹽腔過渡到崑山腔，見氏著：《〈牡丹亭〉聲腔説考辨》，載《第二屆中國(撫州)湯顯祖藝術節學術研討會論文彙編》(北京：中國戲劇出版社，2014年)，頁49—56。蘇子裕：《再論"湯詞端何唱宜黃"——答蔡孟珍教授》中反駁蔡孟珍的觀點，認爲《牡丹亭》爲宜黃腔之作，見氏著：《再論"湯詞端何唱宜黃"——答蔡孟珍教授》《影劇新作》，2015年，第1期，頁201—213。其《湯顯祖、梅鼎祚劇作腔調問題》中亦堅持《牡丹亭》爲宜黃腔之作，並與徐朔方先生商討，見氏著：《湯顯祖、梅鼎祚劇作腔調問題》，《藝術百家》，1999年，第1期，頁21—27。同樣，程蕓兩度質疑徐朔方先生"四夢爲宜黃腔所作"的論斷，見氏著：《湯顯祖與晚明戲曲的嬗變》(北京：中華書局，2006年)，頁127—145；《也談湯顯祖與崑腔的關係》，《文藝研究》，2002年，第1期，頁85—92。徐朔方先生在《答程蕓博士對我湯顯祖研究的批評》及《再答程蕓博士對我湯顯祖研究的批評》中同樣以程蕓所舉【北二犯江兒水】爲例，堅持原有觀點，並作出相應的解釋，見氏著：《答程蕓博士對我湯顯祖研究的批評》，《外語與外語教學》，2001年，第3期，頁23—24；《再答程蕓博士對我湯顯祖研究的批評》，《文藝研究》，2003年，第3期，頁91—97。此類探討較多，不一一贅述。

② 徐扶明：《牡丹亭研究資料考釋》，頁187。

文人雅士，連演兩日《牡丹亭》，文人豪客紛紛作詩以和。毛師柱
(1634－1711)詩記載了當時聽聞此事文人的心情："歌聲縹緲前
塵在，柳影依稀昔夢空。知是官閒聊遣興，早傳佳話遍江東。"①
詩人聽到縹緲的歌聲，又回憶起前塵往事，易代之感已成空夢，
明明知道重修玉茗堂之事並無任何政治目的，僅爲"遣興"，但因
湯顯祖的"四夢"早已成爲文人心中興寄與追求的精神動力，因
此重修玉茗堂一事一經傳開，文人紛紛稱讚陸輅。毛師柱的另
一首詩又將文人觀玉茗堂劇以寄託壘塊的心緒表露出來，詩云：
"江山故宅總茫茫，誰識臨川翰墨場。早解簪纓餘志節，閒消塊
壘寄宮商。"②玉茗堂原本是湯顯祖用來排演戲劇的地方，曾荒廢
多年，詩人開篇就將這種荒涼之感上升到家國情愫，將"江山"與
"故宅"聯繫起來，使這種蒼涼更加厚重，也增添了自己對歷史的
感歎，最後一句更直言將"塊壘"寄託於戲曲中。王士禎(1634－
1711)詩云："落花如夢草如茵，弔古臨川正暮春。玉茗又開風景
地，丹青長憶綺羅人。瞿塘廻棹三生石，迦葉聞箏累劫身。酒罷
江亭帆已遠，歌聲猶遶畫梁塵。"③詩中處處充滿禪意，因湯顯祖
晚年參禪悟道，王士禎以此作爲追憶湯氏的情感基點，值得注意
的是，《牡丹亭》是湯顯祖早期的作品，充滿了對情的追求和對夢

　　① ［清］毛師柱：《虞山陸次公別駕舊任撫州，曾爲湯義仍先生修復玉茗堂，隨設
木主演《牡丹亭》傳奇祀之，妍倡流傳，率成賡和》(其二)，《端峰詩續選》卷三，清康熙
三十三年(1694)王吉武刻本，頁24a。
　　② ［清］毛師柱：《虞山陸次公別駕舊任撫州，曾爲湯義仍先生修復玉茗堂，隨設
木主演《牡丹亭》傳奇祀之，妍倡流傳，率成賡和》(其一)，《端峰詩續選》卷三，清康熙
三十三年(1694)王吉武刻本，頁24a。
　　③ ［清］王士禎：《門人陸公輅通判撫州半載掛冠，重建玉茗堂於故址落成，大
宴郡僚，出吳兒演《牡丹亭》劇，二日解纜去，自賦四詩紀事和寄》(其一)，《帶經堂集》
卷五十九，見《清代詩文集彙編》，第134冊，頁538。

的嚮往,尚未涉及禪悟之思,重修玉茗堂時演的是《牡丹亭》,王
士禛爲何會想到禪悟這一層?實際上是源自自身對歷史和現實
的感悟與思索,佛家以“花”喻凡事種種,王士禛入筆從“落花”寫
起,有意點染一絲悲涼的格調,花開花落如一場夢,詩人不言花
開,但言花落,頗有時移世易的意味。此詩既是弔臨川,亦是弔
古,再觀湯劇,猶如再遇湯顯祖一樣,因此詩人選用了“三生石”
和“迦葉聞箏”兩個典故,①玉茗堂重建猶如三生輪迴,是冥冥之
中所注定,戲中的歌聲餘音繞梁,以喻晚明之情在康熙間的迴
響。唐孫華(1634—1723)則從細節刻畫入手,追憶詞客風流,其
詩有“才子文章機上錦,美人形影夢中雲”及“詞客風流悲逝水,
箏人舞曲按廻波”②之句,兩句詩都將“美”與“悲”進行了對比,前
者將湯顯祖的戲文之精妙比作織機上的錦緞,戲中的美人形象
卻像夢中的雲朵,是鏡花水月,只能供人想象了;後者由眼前的
聲樂場面追思往日玉茗堂演劇的熱鬧場面,而今詞客風流卻如
流水一般隨風而逝,兩句詩以現實中存在的“才子文章”和“箏人
舞曲”與記憶中的“美人形影”、“詞客風流”進行虛實對比,反襯

---

①　“三生石”典故指唐代隱士李源,與慧林寺住持圓觀(一說爲“圓澤”)互爲知
音,兩人在峨眉山遊玩途中遇一懷孕三年的孕婦,圓觀説他注定要做這個婦人的兒
子,既然遇到了就躲不開了。他和李源相約十三年后在三生石處相見,當天圓觀圓
寂,孕婦產子。十三年後李源來到三生石,見一牧童唱道:“三生石上舊精魂,賞月吟
風不要論。慚愧故人遠相訪,此身雖異性長存。”李源遂與圓觀相認,圓觀唱道:“身
前身後事茫茫,欲話因緣恐斷腸。吳越江山遊已遍,卻回煙棹上瞿塘。”參見[宋]李
昉等著:《太平廣記》卷三八七(北京:中華書局,1961 年),頁 3089。“迦葉聞箏”指迦
葉聞箏起舞,阿難聽樂心狂事,明代屠隆的《曇花記》曾引用此典“迦葉聞箏起舞,阿
難聽樂心狂。宿世曾司曲部,始知結習難忘”(第八齣雲遊遇師)。
②　[清]唐孫華:《常熟陸次公曾爲撫州別駕,重葺臨川玉茗堂,設湯義仍先生木
主,演《牡丹亭》傳奇祀之,詩紀其事,屬和二首》,《東江詩鈔》卷五,見《清代詩文集彙
編》,第 136 册,頁 547。

出美好已逝,詩人最後以一句"往哲有靈應一笑,檀痕重掐斷腸歌"①作結,化用湯顯祖詩句"自掐檀痕教小伶"②,在詩人心中,重修玉茗堂意味著對湯顯祖的"情"與"夢"的重拾。在康雍間戲曲創作上,《長生殿》的借屍還魂,《桃花扇》的離合之情,以及一系列以"夢"為題的戲曲文本,都是文人借對湯顯祖"情至"思想的繼承,以"夢"的創作手法,再問心中的情。

此外,另一位善於評點戲曲的晚明文人茅元儀(曾作《批點牡丹亭記序》)在觀看《蝴蝶夢》時有詩曰:

> 耳目無久玩,新者入我懷。奇賞竟何許?忽在天之涯。
> 豈無歌舞圍?蠻音習濫哇。塞耳亦已久,負此風日佳。
> 我公宴笑餘,奴隸狼與犴。開樽出家伎,惠我忘形骸。
> 煉音變時俗,出態如初芽。命意何寥廓,托詞非優俳。③

《蝴蝶夢》傳奇由謝弘儀將軍所作,黃芝岡在《論魏良輔的新腔創立和他的《南詞引正》》④中曾論及軍旅生活對戲曲創作的影響,其間少不了歌舞戲曲表演來調劑軍營生活,所以詩人發出"豈無歌舞"的感慨。同時又提出了《蝴蝶夢》的聲腔問題,此詩的寫作地點在粵東謝氏幕府,⑤而謝將軍是浙江人,顯然是聽不慣粵地聲腔的,即所謂的"蠻音",但彼時的演出唱腔又並非完全是崑腔,當是二者的結合,因此詩人提出"煉音變時俗",表示這種唱

---

① 同前注。
② [明]湯顯祖:《七夕醉答君東》(其二),《玉茗堂詩》卷十八,見徐朔方箋校:《湯顯祖全集》(北京:北京古籍出版社,1998年),第2冊,頁931。
③ 茅元儀:《觀大將軍謝簡之家伎,演所自述《蝴蝶夢》樂府》,轉引自趙山林《明代詠崑曲詩歌選注》(臺北:秀威出版社,2014年),頁372。
④ 黃芝岡:《論魏良輔的新腔創立和他的《南詞引正》》,《中華文史論叢》第二輯,1962年。
⑤ 參見劉水雲:《武臣和明清戲曲》,《藝術百家》,2001年,第2期。

法亦可接受。當時《蝴蝶夢》爲新戲，其演出效果被詩人以"初芽"作比，其立意被詩人贊爲"寥廓"，同時戲中又有作家自己的情感寄託，因此所托之詞並非俳優，而是作家的創作心態由臺上的演員代爲表達。在這首簡短的觀《蝴蝶夢》傳奇的詩中，所評論的内容涉及戲曲的聲腔（"煉音"）、演出（"出態"）、創作動機（"命意"、"托詞"）諸多方面，與後來李漁戲曲理論中所論及的"立主腦"①之説有相似之處。

　　筆者以上述案例爲代表，意在説明明代戲曲批評作品大量湧現的同時，觀劇詩以其篇幅短小，便於創作的優勢，在戲曲評論領域佔有自己的一席空間。從具體詩作中可以看出，明代觀劇詩在理論維度上已涉及戲曲創作及演出的多個面向，同時突出詩人對戲曲最爲深刻的主觀感受，而不同於長篇戲曲評論泛泛地涉及多個方面，觀劇詩是觀者戲曲觀念的直接再現。在對一些流行程度較高的作品評論上，從觀劇詩的脈絡又可以看到文人戲曲觀念的交流與互動，是關注明代戲曲評點不可或缺的視角之一。

第四節　清以前觀演題材詩歌中 所蘊含的文學史觀

　　本章前三節對清以前的觀劇詩考鏡源流，即《詩經》中的兩篇作品爲源，唐、宋、明代觀劇詩的發展變化爲流。學界對"文學

---

　　①　［明］李漁：《閒情偶寄》卷一，見《續修四庫全書》，子部，第 1186 册，頁 499—500。

史觀"的探討主要集中在兩個層面：一是針對文學史發展歷程的本身；二是以具體作家作品的書寫反觀文學史的發展歷程，本節選取的是第二種做法，即以前文分析的不同時代及其產生作品的基礎之上，反觀幾千年文學史發展過程中，觀劇詩所體現出的文學史觀念。筆者認爲，觀劇詩作品主要蘊含了文學史觀中的"代變觀"、"正變觀"及"文化母體意識"。

一　代變觀

　　"代變觀"原指不同的時代有不同的文體特點，即如茅一相云："夫一代之興，必生妙才。一代之才，必有絕藝：春秋之辭命，戰國之縱橫，以至漢之文，晉之字，唐之詩，宋之詞，元之曲，是皆獨善其美而不得相兼，垂之千古而不可泯滅者。"[①]再者如沈寵綏云："粤徵往代，各有專至之事以傳世，文章矜秦漢，詩詞美宋唐，曲劇侈胡元。至我明則八股文字姑無置喙，而名公所制南曲傳奇，方今無慮充棟，將來未可窮量，是真雄絕一代，堪傳不朽者也。"[②]還有王國維云："凡一代有一代之文學：楚之騷，漢之賦，六代之駢語，唐之詩，宋之詞，元之曲，皆所謂一代之文學。"這些學者雖以文體之特點起筆，落腳點卻都在戲曲發展史上，因此戲曲史上的"代變"即源於上古巫覡或樂舞，進而爲漢之角抵戲，唐之百戲，宋之南戲，元之雜劇，明清之傳奇等不同時代的戲曲代表樣式。

　　觀劇詩因其依附戲曲而生，共時性強，所反映的內容即體現了不同時代不同的戲曲樣式。先秦時代樂舞表演的兩大主流爲娛樂性宮廷樂舞和祭祀巫舞，《簡兮》所觀萬舞表演，《宛丘》則刻

---

　　① ［明］茅一相：《欣賞續編》，《中國古典戲曲論著集成》第四冊，（北京：中國戲劇出版社，1959 年），頁 38。
　　② ［明］沈寵綏：《度曲須知》，《中國古典戲曲論著集成》第五冊，頁 197。

畫了祭祀過程中女巫的舞蹈藝術,這兩種舞蹈與先秦音樂文化緊密相聯,烙上了深刻的文化特徵和時代印記。唐代文化具有多元性,樂舞的表演性增強,表演内容更加廣泛,唐代的觀劇詩中則不再能夠見到祭祀巫舞這樣的題材,而是轉向了柘枝舞、繩伎、吹火等演出。戲曲發展至宋代已經成爲較爲普遍的娛樂方式,無論是宮廷還是民間,觀劇詩都有表演記載。明代中期傳奇勃興,觀劇詩作數量大增,其間多有所觀具體傳奇或某一齣戲的感悟之作,這樣的作品亦是前代所不可能產生的。

二　正變觀

所謂"正變觀"即以源頭爲正,以流爲變,探討某一文學觀念在歷代文化積澱中生發出的不同聲音,往往又引出"退化史觀"與"進化史觀"的辯駁,[①]正如黃周星在《制曲枝語》中發出的疑問:"詩降而詞,詞降而曲,名爲愈趨愈下,實則愈趨愈難。何也?"[②]

觀劇詩中的正變觀主要體現在宋、明時期。宋代對"戲"的概念的運用是正變的典型例子,"戲"本意是具有表演性的角色扮演,從夏朝的優孟,到後來的優旃,都是角色扮演的明證,而到宋代,"戲"的概念變得更加複雜,文人從哲學層面上體悟到人生就是一場戲,每個人都是演員,所遇世事亦是變化無常。這種想法的產生往往與文人自身遭際相關,多是鬱鬱不得志者發此感慨,而壯志難酬、人生起落並非在宋代才有,但不同時代表現不同,陶淵明自我寄託的方式是隱逸,李白、杜甫等人是寄情山水,

---

① "退化史觀"與"進化史觀"的概念參見鄭柏彥:《中國古典戲曲文體論》(臺北:花木蘭出版社,2012 年),頁 145—146。

② [明]黃周星:《制曲枝語》,《中國古典戲曲論著集成》第九册,頁 236。

到宋代文人才體味出"人生如戲"，這主要是和戲曲在宋代接近成熟，演出範圍十分廣泛，較隱逸與遊歷名山大川更貼近文人生活，於是"戲"這一概念被文人就地取材地賦予了哲學内涵。

明代戲曲發展成熟，就前文所舉觀《牡丹亭》《鴛鴦夢》等爲例，文人在傳統"曲本位"的基礎上發展了新的觀點。湯顯祖的戲曲觀是主情的，在他的戲曲作品中"情"的因素要大於"曲律"，嚴格地依曲附詞是不可取的，自此戲曲的敘事性特徵被提到了重要的位置上。茅元儀亦精通古之音律，但他認爲樂仍需分正統與蠻音，他心中的正統是柔美的崑腔，粵音即使融合崑腔，其藝術性亦不高，這與唐代博採衆長的戲曲觀念是完全不同的。雖然茅氏的觀點略爲主觀，但在後來雅俗之變的潮流中還是具有一定的開創性，而當下的戲曲仿佛又回溯到唐朝姹紫嫣紅的審美心態之中。

因此這種由某一戲曲概念生發出來，融合不同時代的文化色彩不斷發展變化的"正變觀"通過觀劇詩的載體呈現，總體上來講還是"進化"的，正是有了文藝爭鳴和推陳出新，才有完整的戲劇形態和完備的戲曲理論。

三　文化母體意識

傳統文化中的兩大價值觀念，一是宗詩，一是重樂。"宗詩"自不用説，可以興、可以觀、可以羣、可以怨，是幾千年來的文學主潮。"重樂"是周朝禮樂制度下形成的文化審美，朱權《太和正音譜》云："夫禮樂雖出於人心，非人心之和，無以顯禮樂之和；禮樂之和，自非太平之盛，無以致人心之和也。故曰：治世之音安以樂，其政和。是以諸賢行諸樂府，流行于世，膾炙人口，鏗金戛玉，鏘然撥乎四裔，使鴃舌雕題之氓，垂髮左衽之俗，聞者靡不忻悦。雖言有所異，其心則同，聲音之感於人心大矣。"①觀劇詩的載體是詩，所觀的是樂，兼及兩大文化觀念，側面展現了盛世之音。筆者選取唐、宋、明三朝來展現觀劇詩的流變亦是因其朝代繁盛，詩歌作品衆多，文化生活豐富，能夠客觀反映戲曲發展的興衰變化。其他朝代如漢朝以賦體文爲主，如張衡的《西京賦》中亦有對樂舞表演的描繪，但賦究竟宗詩還是宗文是有爭議的，因此不予選取；魏晉、五代等朝兵荒馬亂，且時間較短，從樂的視角上沒有發生巨大轉變，因此不具代表性；元代雜劇雖十分興盛，但多活躍在民間，受統治者與文人的關注較弱，形成的觀劇詩作品也不多。最能將樂的陶冶付諸筆端的便是唐、宋、明三代文人所作的觀劇詩作，既涵蓋了宮廷生活，又融合了民間娛樂，以此將詩與樂的功能最大程度地發揮出來。因此，筆者選取的唐、宋、明觀劇詩代表性地反映了文化傳統中"宗詩重樂"的文化母體意識。

　　因學界尚無觀劇詩史的研究，筆者綜合所搜集的觀演題材詩歌史料，以戲曲史的發展脈絡爲依託，將其源頭追溯至《詩經》中的《簡兮》與《宛丘》兩篇記述樂舞表演並抒發個體情感的作品，在"近本論"和"遠本論"雙重維度下探討其界定依據。既而選取了詩、樂文化較爲完備的唐、宋、明三朝，從中挖掘觀劇詩中所呈現的戲曲史價值：戲曲概念的提出與拓展、戲曲觀念的不同聲音，以及所承載的情感變化。雖不能面面俱到地將每一個問題細化，但釐清這一發展脈絡和變化軌跡，爲後文展現清代觀劇詩的史學脈絡打下基礎，清代觀劇詩中呈現的某些戲曲史問題並非突變，而是世代累積的結果。

---

①　[明]朱權：《太和正音譜》，《中國古典戲曲論著集成》第三册，頁11。

第二章 觀劇詩與明清之際
文人的"自我認同"

明清之際是歷史上一個特殊的時段。清朝取代明朝，不僅是王朝更替，更是"華夷之變"。這一狀況加深了文人內心的焦慮，許多文人內心掙扎的不僅僅是"易代"與"守節"的矛盾，更有"民族之見"。目前學界對明清之際文人心態的探討，[①]多以"遺民"或"貳臣"的身份歸類，二者的主要區別在於其是否仕清，但

---

① 明清之際文人心態研究的主要成果有趙園:《明清之際士大夫研究》(北京:北京大學出版社，1999 年)、《制度、言論、心態:《明清之際士大夫研究》續編》(北京:北京大學出版社，2006 年)、《明清之際的思想與言說》(上海:復旦大學出版社，2010 年);朱義祿:《逝去的啟蒙:明清之際啟蒙學者的文化心態》(鄭州:河南人民出版社，1995 年); Lynn A. Struve: *The Ming-Qing Conflict*, 1619—1683: *A Historiography and Source Guide* (Ann Arbor, Mich: Association for Asian Studies, 1998); Zhang Ying: *Politics and Morality during the Ming-Qing Dynastic Transition*(1570—1670), PhD Thesis, University of Michigan, 2010,等等，不一一列舉。趙園教授在《明清之際士大夫研究》中將"明清之際"界定爲明崇禎末年至清康熙初期，本章關注的是生活在明末清初，經歷過易代鼎革的文人，因此所選取的觀劇詩多爲清初所作，由這些作品中方能反觀易代對士人心態的影響。

有的文人仕清之後仍被歸爲"遺民"之列，^①這樣的研究方法反而消解了"遺民"與"貳臣"兩個概念的基本界定。同時，"遺民"或"貳臣"的身份並不能準確評定文人是"忠心"亦或"背叛"，這種概念先行而形成的文人集體意識無形中簡化了他們在易鼎之際的焦慮。^②　筆者認爲，不應急於定義文人的身份，而應仔細考察其心態變化的過程，從中不難發現，"仕""隱""佛"等人生選擇都

----

①　如吳偉業、金堡等人入清之後曾出仕，但學界因其矛盾心態，常懷故國，而將其列爲遺民，這顯然與"遺民""貳臣"的概念界定不符。蔣寅在《遺民與貳臣：易代之際士人的生存或文化抉擇——以明清之際爲中心》一文中以《史記》和《後漢書》中的記載爲證，明確了"真正意義上的遺民，即以王朝認同理由決定不仕的人，而不是一般的隱逸之士。"見氏著：《遺民與貳臣：易代之際士人的生存或文化抉擇——以明清之際爲中心》《社會科學論壇》，2011 年第 9 期，頁 26。可見"遺民"的標誌性特徵便是"不仕"。海外學者曾採取折中的方式避免"遺民"與"貳臣"的身份界定問題，如Mark Stevenson&. Cuncun Wu: *Homoeroticism in Imperial China：A Sourcebook*中將吳偉業的身份概括爲從"scholar-official"到"political machination"的轉變，原文爲"Wu Weiye was a renowned Ming dynasty scholar-official, poet and playwright who became embroiled in the political machinations that accompanied the transition to Qing rule through the 1650s."見氏著：*Homoeroticism in Imperial China：A Sourcebook*(New York：Routledge, 2013), p. 43.

②　正如鄭毓瑜教授在《文本風景：自我與空間的相互定義》中指出的"從'知人論世'的傳統觀念來看，針對明清之際的詞賦文學，最常探討的不外是關乎個人的主體認同(如忠臣或貳臣、殉死或苟活)，以及驗證當代時事的價值性。而不論是從言志或載記的角度來看，任何詮釋的提出其實都造就了一種'詮釋路標'，透過注解、徵引、分析就像在重重標誌下的路徑呈現，勾連出一種所謂'作者'的主體性，或是所謂一個時代的'歷史'。"見氏著：《文本風景：自我與空間的相互定義》(臺北：麥田出版社，2014 年)，頁 135。

關涉到文人面對易代而進行重新"自我認同"（self-identifica-
tion）[①]的心路歷程，這種變化是漸進的、迂曲的、多樣的。伴隨
著戲曲中心的轉移，文人通過觀劇吟詠寄託對往昔的追憶與感
喟，加之戲曲家班的盛行，文人與伶人的交往更加密切。文人心
嚮往之的俠、佛、道等形象通過伶人的演繹，與文人心境產生情
感共鳴，觀者如照鏡子般審視自己的內心，更加深化了"人生如
戲"的感慨。觀劇詩將戲曲中的歷史再現拉回現實，融入家國之
感，以互動的形式呈現出詩與戲在藝術上的融通。

第一節　清初戲曲中心的遷移

　　金陵作爲明代的政治、文化中心，文人的生活寫照、政治事
件的紛爭，都被文人筆墨記錄下來，正如 Hongnam Kim 所描述
的那樣："像這樣的城市顯貴的彙集成爲城市社會生活的催化
劑，盛大的宴會和詩在他們的城市氛圍中，人們到處都談論著明

---

　　① 所謂"自我認同"，源於社會學範疇"identification"這一概念，中文譯爲"認
同"，社會學界將"identification"分爲兩種，即"角色認同"（role identity）與"社會認同"
（social identity），"角色認同"是指個體對自己的獨特認知，"社會認同"是指個體於社
會群體、社會類別等社會範疇（social category）下不同於他者的自我認知。參見 Bar-
ry R. Schlenker："Self-Identification：Toward an Integration of the Private and Pub-
lic Self"，見 Roy F. Baumeister：*Public Self and Private Self*（New York：Springer
New York，1986），pp. 21-62；Owen Flanagan：*Self Expressions：Mind，Morals，
and the Meaning of Life*（Oxford：Oxford University Press，1996），pp. 65-83. 本文
中的"自我認同"是指在特定的社會環境（明清之際）下，文人所尋求的個體之於內
心、個體之於社會群體的價值判斷。事實上，文人在易代之際的"懷舊""抗爭""出
仕""隱逸"等選擇通過轉化爲文學作品呈現時，即爲個體自覺的外化表達方式，意在
賦予文學作品以個體獨特性，爲自我選擇尋求合理化解釋，並期待某些社會群體文
人的認同或共鳴。

日的聚會和活動。"①明清易鼎,江南的游士與游宦大量增加,加之揚州城市風景的不斷美化,使其成爲明清之際"新興"的文化中心,②從金陵的秦淮河到蕪城的小秦淮,文人的追捧與風雅易地而續。值得注意的是,金陵的繁華形成于明萬曆時期,而揚州的興起約在晚明,晚明的揚州與清初的揚州又有所不同,後者被賦予了"晚明想像"的色彩,這種想像的發生並不完全在故都金陵,而是形成揚州與金陵並立的局面。揚州作爲戲曲中心再次興起,不僅承載了歷史記憶,更是對歷史的融拓,此時揚州的聲名得益于一系列文人觀劇唱和活動的共同努力,使揚州在"晚明想像"的基礎上煥發出新的氣象。本節將以王士禎的在金陵和揚州的行跡轉移爲中心,輔之與其他文人的交往,探析清初文人爲戲曲中心的重設所做出的努力。

一　金陵演劇的"晚明想像"色彩

明清易鼎,金陵作爲故都,自然而然地承載了歷史悲歌與故國記憶,晚明金陵的繁華,秦淮河畔的絲竹之聲仿佛還在耳畔縈

①　Hongnam Kim:Life of a Patron:Zhou Lianggong(1612－1672) and the painters of seventeenth century China (China Institute of America,1996),pp. 25－27.譯文參見[美]梅爾清(Tobie Meyer-Fong)著,朱修春譯:《清初揚州文化》,(上海:復旦大學出版社,2004 年),頁 31。

②　揚州在隋朝大運河開鑿後正式確定了南瀕長江、北接淮河、東至於海的行政區劃,唐宋時期文人流連揚州,留下許多詩詞歌賦,至宋代秦觀到揚州做官時對揚州進行了改建,並作《揚州集》,元代戰亂頻仍,揚州城僅四十餘戶居民,明代時又受倭寇騷擾,直到明晚期才逐漸發展起來。因此本文的"新興"是指經歷了元、明時期的低谷之後,再度興起的揚州。參見《揚州府志》(1733 年),頁 14b－15b。其中元代的情況參見王振忠:《明清淮商與揚州城城市文化的特徵和地位》一文中援引《明太祖實錄》及《嘉靖維揚志》所作的統計,見氏著:《揚州研究》,(臺北:聯經出版事業股份有限公司,1996 年),頁 492－502。

繞,文人豪客紛紛作雜詠以歌金陵的往昔歲月,這些詩中又多關涉到昔日的金陵演劇,“歌詠”“演劇”“回憶”成爲構建金陵城之晚明想像的文化符號。

王士禛的《金陵雜詩二十首》中有五首都是通過對演劇的描繪勾勒出故國記憶:

年來腸斷秣陵舟,夢繞秦淮水上樓。十日雨絲風片裡,濃煙春景似殘秋。(其一)

新歌細字寫冰紈,小部君王帶笑看。千載秦淮嗚咽水,不應仍恨孔都官。(其十)

舊院風流數頓楊,梨園往事淚沾裳。樽前白髮談天寶,零落人間脫十娘。(其十一)

傳壽清歌沙嫩簫,紅牙紫玉夜相邀。而今明月空如水,不見青溪長板橋。(其十二)

新月高高夜漏分,棗花簾子水沉熏。石橋巷口諸年少,解唱當年《白練裙》。(其十三)[①]

前兩首詩描繪出易鼎之後的秦淮,不再是《牡丹亭》中唱出的“雨絲風片,煙波畫船”,秦淮河上的樓船本是一派繁華,如今只剩下蕭條景象,河水汩汩如同嗚咽之聲,“濃煙春景”看上去如“殘秋”般蕭瑟,“秋”已經帶有淒涼之感,詩人著意加上“殘”字,更顯秦淮河畔的破敗,而這些蕭條景象不僅是實景描繪,更深一層的是源于文人内心的斷腸心緒。王士禛心中對晚明圖景的懷念通過盛世想像傳遞出來,第三首詩中看似是對開元、天寶間盛唐之世的回想,但據大木康考證,時王士禛“住在秦淮的丁繼之家中,丁

① [清]王士禛:《帶經堂集》卷十,見《清代詩文集彙編》(上海:上海古籍出版社,2010年),第134册,頁59。

繼之家在秦淮邀笛步的附近。丁當時七十八歲，他對漁洋詳細述説了親身見聞的舊院故事。"①由此可知本詩中的"樽前白髮"應爲丁繼之，首聯和頷聯是實寫丁繼之給王士禛講述金陵舊院的風流韻事，頸聯和尾聯則是虛實相生的，更加開拓了追憶的想像空間。第四首詩將舊院風華具象化，"傳壽"與"沙嫩"都是伶人的名字，"紅牙"指檀板，"紫玉"指簫，二人紅牙拍板，吟唱吹簫，還歷歷在目，而今眼前只剩月華清冷如水，連長板橋也因易代之亂而毀於戰火。第五首詩從月的意象入手，再次陷入對往昔的追憶之中，這種追憶又由具象擴大爲與好友鄭之文觀賞《白練裙》劇之時，那時也是舊院鼎盛，秦淮八豔與文人才子的交往被傳爲佳話，而晚明的"新月高高"如今卻變爲"空如水"。

　　在對晚明想像的圖景勾勒上，文人不約而同地選擇了"秦淮舊院""長板橋""月光""紅牙檀板"之類的意象，如錢謙益寫道："頓老琵琶舊典刑，檀槽生澀響丁零。南巡法曲誰人問，頭白周郎掩淚聽"②；周在浚寫道："風流南曲已煙消，剩得西風長板橋。卻憶玉人橋上坐，月明相對教吹簫"③；蔣超寫道："舊院荒基菜甲稠，佛廬燈火點前頭。寒塘徒倚初更月，錯認行人是夜遊。"④這些看似重複的意象集合起來，形成了易鼎之際文人的共同記憶，也因這些意象的重複運用，使得金陵演劇中的晚明想像成爲一種文化符號，是借作爲戲曲中心而逐漸衰落的金陵來闡釋對故

①　[日]大木康：《順治十四年的南京秦淮——明朝的恢復與記憶》，《藝術新鑰》，2009年，第10期，頁24。

②　[清]錢謙益：《金陵雜題絕句二十五首繼乙未春留題之作》（其七），《牧齋有學集》卷八，頁417。

③　[清]周在浚：《金陵古跡詩》，見徐釚：《本事詩》卷十二，清光緒十四年徐氏刻本，頁165。

④　[清]蔣超：《綏庵詩稿》，見《清代詩文集彙編》，第268冊，頁73。

國的懷戀,離不開文人昔日觀劇的生活圖景。

二　紅橋修禊與揚州興起

當戲曲中心由金陵逐漸轉移至揚州,便不僅是文化意象的簡單重複,還有對戲曲中心象徵意義的重設。揚州作爲戲曲中心再次興起主要得益於:一、晚明揚州的復興;二、南明小朝廷於揚州覆滅,其間經歷了史可法抗清等歷史事件,既符合文人的故國情懷,同時也蘊含了揚州一地的骨氣節操,因此更被文人所崇尚;三、易鼎帶來的人口流動使得揚州的游士與游宦數量增加,文人之間的雅集唱和推動了揚州戲曲的發展。

揚州文化價值的認同,不可避免地要提及王士禎及其紅橋修禊。順治十四年(1657)王士禎以《秋柳詩》蜚聲文壇,次年以進士二甲及第,原本可以留京做官的他,卻遇到進士及第外放做官的新規定,不得不于順治十七年(1670)南下揚州任推官。[①] 在王士禎南下的前一年,又逢鄭成功率軍北上,甚至一度包圍了金陵,但最終還是被清軍剿滅,至此,明清易鼎大局已定。王士禎面對世事變遷,在揚州扮演了一個雙重角色,梅爾清(Meyer-Fong)認爲:"(王士禎)既支持清的官方地位又支持明的藝術價值",[②]使得其交遊的範圍兼具遺民與貳臣身份的文人。王士禎在揚州任上的五年時間裡曾主持了兩次紅橋讌集,一次是與陳維崧等人修禊紅橋,並結集了《紅橋唱和集》,三年後又再次舉

---

① 參見孫言誠點校:《王士禎年譜》,(北京:中華書局,1992年),頁13—14。

② 參見 Tobie Meyer-Fong: Making a Place for Meaning in Early Qing Yang-zhou, *Late Imperial China* (1999), pp. 49-84. 中文翻譯參見此文董建中譯:《綠楊城郭是揚州——清初揚州紅橋成名散論》,《清史研究》,2001年,第4期,頁112。

辦，王士禎作《冶春詩二十首》①。在其《冶春詩》中可以讀出揚州作爲“新興”的戲曲中心，已逐漸脱離戰火中的寥落慘景，變成了“紅橋飛跨水當中，一字闌幹九曲紅。日午畫船橋下過，衣香人影太匆匆。”②此時紅橋初見繁華，到了陳維崧的“官舫銀燈賦冶春，廉夫才調更無倫。玉山筵上頹唐甚，義氣公然籠罩人。”③“畫船”已經變爲“官舫”，既體現出王士禎在揚州推官任上的政績，同時也側面展示了樓船演劇格調的變化，已不是簡單的民間演出，更有官方著意扶持。

　　王士禎對揚州文化的重構不是偶然的，其中既有其做官的契機，同時又與其眼界和境界有關。王士禎並没有像一般的明朝遺老或貳臣那般一味地沉浸在易代之痛裡面，從其《金陵雜詩》中可以看到“晚明想像”的痕跡，但在揚州所作的詩歌中又看到另一番景象，這種境界不是每一位文人都可以做到的。冒襄在寫給王士禎的詩《贈别王阮亭司李》中言：“廉全聞道是邗溝，草長鶯啼椽舍幽。夜月書聲摇畫艇，春晴吟屐響紅樓。政成世始奇才子，情重分偏問舊遊。六載隋堤楊柳色，依依今日使人愁。”此詩作於康熙三年（1664）冒襄攜家班拜訪王士禎之時，詩中幽怨依然分明。此外，宋琬過揚州時有“上方鐘磬疏林滿，十裡笙歌畫舫明。空負黄花羞短髮，寒衣三換客心驚”④；吴偉業有

---

　　① 《漁洋詩集》中收録爲《冶春詩二十首》，而《漁洋精華録》中收録爲《冶春絶句十二首》，推測原爲二十首，《漁洋精華録》中有所删減，删減原因不明。
　　② ［清］王士禎著；李毓芙、牟通、李茂肅整理：《漁洋精華録集釋》，（上海：上海古籍出版社，1999年），頁386。
　　③ 孫言誠點校：《王士禎年譜》，頁23。
　　④ ［清］宋琬：《九日同姜如農、王西樵、程穆倩諸君登慧光閣》，《安雅堂詩》，見《清代詩文集彙編》，第44册，頁15。

"紫駝人去瓊花院,青塚魂歸錦纜船"①;梁清標有"日暖泥融走鈿車,江頭唱徹《後庭花》"②等,這些文人對揚州仍充滿故國之感,而王士禛正是憑藉"支持清的官方地位又支持明的藝術價值"這一相容並蓄的姿態,可以與遺民或貳臣文人同時交往,並在唱和雅集中實現了對揚州文化的重構。

王士禛及其紅橋修禊對揚州文化重構產生的影響一直延續到清中期,冒襄次子丹書曾寫道:"風流刺史說歐陽,近代琅琊獨擅場。留得《冶春》諸絶句,紅牙齊唱《小秦王》。"③將王士禛比作歐陽修,極贊其對文壇、劇壇所作的奠基之功。王士禛所處的清初仍是百廢待興之際,紅橋修禊的主要影響力在於當時的詩文唱和及文人交遊,據盧見曾《紅橋修禊並序》載:"揚州紅橋自漁洋先生冶春唱和以後,修禊遂爲故事。然其時平山堂廢,保障湖淤,篇章雖盛,遊覽者不能無遺憾焉。乾隆十六年辛未,聖駕南巡,始修平山堂御苑,而浚湖以通於蜀岡。歲次丁醜,再舉巡狩

----

① 〔清〕吳偉業:《揚州》,《梅村家藏藁》,見《清代詩文集彙編》,第 29 册,頁 376。

② 〔清〕梁清標:《揚州偶感》,見〔清〕徐釚:《本事詩》卷八,《續修四庫全書》,第 1699 册,頁 167。

③ 〔清〕冒丹書:《紅橋秋泛》。《小秦王》原爲唐教坊曲名,即《小秦王破陣樂》,曲詞爲七言絶句:柳條金軟不勝鴉,青粉牆頭道韞家。燕子不來春寂寂,小窗和雨夢梨花。據萬樹《詞律》載:"按胡仔《苕溪漁隱叢話》:唐初歌辭,多是五七言詩,後漸變爲長短句,今止存《瑞鷓鴣》《小秦王》二闋。《瑞鷓鴣》爲七言八句詩,猶依字易歌;《小秦王》爲七言絶句,必雜以虛聲,乃可歌耳。"見〔明〕萬樹:《詞律》卷一。"雜以虛聲"的唱法與冒丹書詩中所言"紅牙齊唱"在發聲方法上有所出入,因此筆者推測詩中所言的《小秦王》應爲莊一拂《古典戲曲存目匯考》中收録的《尉遲恭病立小秦王》,此劇爲元代雜劇作家于伯淵所作,于伯淵,平陽人,生卒年不詳,著有雜劇六種:《丁香回回鬼風月》《白門樓斬吕布》《狄梁公智斬武三思》《吕太后餓劉友》《莽和尚複奪珍珠旗》《尉遲恭病立小秦王》,今皆不存。見莊一拂:《古典戲曲存目匯考》卷五(上海:上海古籍出版社,1982 年),頁 13。

之典,又浚迎恩河瀦水以入於湖。"①盧見曾于乾隆元年(1736)始任兩淮鹽運使,並於乾隆二十二年(1757)再次發起紅橋雅集,盧作《紅橋修禊》詩四首,"唱和者達七千余位文人,編次得詩三百餘卷",②推動了揚州文化中心地位的確立,不自覺地爲揚州戲曲文化的發展推波助瀾。

　　何炳棣在《明清社會史論》中曾爬梳出清代人口流動的基本狀況,③在清初大量的人口流動過程中,一個重要的群體便是游士與遊宦。文人行跡的變化源於朝代更迭,其行跡的選擇在某種程度上也是其處世的重新選擇,有隱逸者、有出仕者,但觀劇這一休閒活動並未拘泥於何種處世態度,反而因爲文人行跡的變化對戲曲發展産生了一定的影響。金陵本爲政治文化中心,清初被蒙上故國的色彩,許多文人因懷念舊朝再訪南京,秦淮河畔的蕭瑟景象成爲金陵衰落的一個文化標誌,文人豪客借對秦淮昔日的繁華來追憶前朝的人與事。這種追憶體現在觀劇詩上,呈現出意象的重複性,文人不約而同地選擇了具有代表性的秦淮河畔、長板橋頭來回想當初的紅牙檀板,被重複的是意象,寄託的是與記憶中的物象十分相似同時又有所差異的情思。不同的文人湧入金陵,帶來故國的不同記憶,回憶與時間之間本就具有天然的聯繫,當時間長河中的回憶藉助文人行跡彙聚在一起的時候,通過觀劇詩的呈現,形成了如"女傷春""士悲秋"一般的秦淮記憶,烙上了晚明想像的印記,正如顧彬(Wolfgang Ku-

---

①　[清]盧見曾:《紅橋修禊並序》,《雅雨堂詩集》卷二,見《清代詩文集彙編》,第268册,頁94。

②　關於乾隆二十二年(1757)紅橋唱和的相關統計參見相曉燕:《清中葉揚州曲家群體研究》,浙江大學博士學位論文,2010年,頁11-41。

③　參見何炳棣著;徐泓譯:《明清社會史論》,(臺北:聯經出版事業股份有限公司,2013年),頁113-206。

bin)所言:"(時間的自我意識)只有在有了一個把秋作爲整體現象和季節的意識之後,自然中的衰敗景物才可能變成對人生短暫深切領悟的標誌。"[1]文人除變世記憶之外,于文化的另一貢獻便是對揚州文化氛圍的重構,以王士禛任揚州推官起,以紅橋修禊爲標誌,吸引了大量文人相互唱酬,將遺民與貳臣聯繫起來。唱酬的内容指向文人雅集,其間不乏觀劇聽曲之作,揚州文化影響力的擴大依賴於紅橋唱和詩,推動了揚州戲曲文化的重構,使其成爲與金陵並立的戲曲中心。

第二節　清初文人的觀劇心態

"甲申之變"是歷史上的一個坐標,自此文人如何面對人生際遇,如何應世,以什麽樣的心態應世? 稍不注意,便可能"一失足成千古恨,再回頭已百年身。"[2]面對這樣的世態,知識份子階層都有自己的思索與選擇。

"江左三大家"是明清之際文壇標誌性人物,錢謙益(1582－1664)更有"文壇宰相"之稱,他的觀劇詩作中記載了從歌舞昇平到甲申之變,再到隱忍以圖復明的幾度變化。晚明時的錢謙益曾爲風流才子,他的生活中又往往伴隨著世事變遷、宦海沉浮、情感經歷,這些都是他心態不斷改變的動因。崇禎元年(1628)

---

① ［德］沃爾夫岡・顧彬(Wolfgang Kubin)著;馬樹德譯:《空山——中國文人的自然觀》,(上海:上海人民出版社,1990年),頁73。
② ［清］魏子安:《花月痕》卷八,清光緒福州吳玉田刊本,頁39a。此句據［明］楊儀:《明良記》中唐寅詩"一失足成千古笑,再回頭是百年人"改編。

錢謙益遷禮部侍郎，同年十一月即被問罪革職，[①]從錢謙益觀徐
錫胤家班演劇中可探知一些他對人生、對世事的思索，其《冬夜
觀劇爲徐二爾從作》中有：“人生百年一戲笥”“郭郎鮑老多憔
悴”[②]等句，此詩作於崇禎二年(1629)，錢謙益在觀劇時將人生思
考融入戲中。十年之後，時移世易，徐錫胤雖貴爲永康侯徐忠第
九代襲爵繼承人，隨著明朝的滅亡亦走向衰微，其家班於崇禎十
三年(1640)遣散，錢謙益再作詩鼓舞他：“燈殘月落君需記，贏得
西齋一炷香。”[③]可見錢謙益心中還是對明朝抱有希望，即便“燈
殘月落”，也要留下一點星星之火。

　　明朝積重難返，錢謙益在經歷了天啟與弘光朝兩度爲朝廷
效力都未能挽回頹勢的情況下，不得不接受易鼎的事實。順治
初年，錢謙益再遊杭州，其《西湖雜感》(之二)既融合了記行與演
劇，又深入到兒女之情與家國之感，層次分明，意蘊深刻。詩云：

　　　　激灩西湖水一方，吳根越角兩茫茫。孤山鶴去花如雪，
　　葛嶺鵑啼月似霜。油壁輕車來北里，梨園小部奏《西廂》。
　　而今縱會空王法，知是前塵也斷腸。[④]

《西廂記》是經典的才子佳人大團圓劇目，詩人在驅車的路上卻
覺“孤山”“鵑啼”“霜月”“花如雪”，都是淒冷孤寂的意象，顯然其
心境不在於戲。崇禎十三年(1640)錢謙益曾攜柳如是到杭州旅

---

　　① 葛萬里：《清錢牧齋先生謙益年譜》，見王雲五：《新編中國名人年譜集成》(臺
北：臺灣商務印書館，1981年，第13輯，頁17—18)，原文爲“崇禎元年庚辰，十一月初
六召對，奉嚴旨革職待罪”。
　　② ［清］錢謙益：《牧齋初學集》卷九，見《清代詩文集彙編》，第1冊，頁255。
　　③ ［清］錢謙益：《次韻和徐二爾從遣散歌兒之作二首》(其二)，《牧齋初學集》卷
九，見《清代詩文集彙編》，第1冊，頁344。
　　④ ［清］錢謙益：《牧齋有學集》卷三(上海：上海古籍出版社，1996年)，頁91。

居了一段時間，此時故地重遊，借《西廂》之戲追憶往昔，但這追憶並未局限於兒女私情，尾聯的"空王法"與"斷腸前塵"更帶出了家國之感，錢謙益自知大局已定，世變帶給文人的苦痛即便再刻骨，也都是前塵往事了。錢謙益的故國之心在入清後念念不忘，儘管曾不得已而仕清，但辭官後仍與歸莊等人密謀復明。順治八年(1651)時，錢謙益所作的"休將天寶淒涼曲，唱與長安筵上人"①，"垂金曳縷千千樹，也學梧桐待鳳凰"②等句都意在諷刺龔鼎孳出仕新朝，有悖文人一心追尋的"忠"與"義"。

　　同樣位列"江左三大家"的吳偉業(1609－1672)，以矛盾的心態出仕新朝，歷來備受爭議，錢謙益正因有過類似的經歷，才能夠理解吳偉業的痛楚所在："誰解梅村愁絕處？《秣陵春》是隔

---

① 〔清〕錢謙益：《辛卯春盡，歌者王郎北遊告別，戲題十四絕句，以當折柳贈別之外，雜有寄託，諧談無端，隱謎間出，覽者可以一笑也》(之八)，《牧齋有學集》卷四(上海：上海古籍出版社，1996年)，頁128。

② 同前注，頁124。

江歌。"①《秣陵春》是吳偉業借離合之情展現易代士人的生存狀態與故國之思的作品,詩中的"隔江"援引"隔江猶唱《後庭花》"②之句,同時又與《秣陵春》文本之間形成互涉。再作進一步思考,結合當時的情況,又可理解爲暗指明、清之分野,既是"隔江",文人的立足點當在江的兩岸,無論站在哪一岸,都不違背文人"守節"的傳統思想,但錢謙益、吳偉業等人卻是兩岸都站,這種對"禮"的違背恰是面對世變,文人作出抉擇時所體悟到的心靈上的最大痛楚。錢謙益在此詩中將這種矛盾道出,既是"理解之同情",更是自我的心靈解讀。

面對明清易代,龔鼎孳(1616—1673)與錢謙益的心態同中

---

① [清]錢謙益:《讀豫章《仙音譜》漫題八絶句,呈太虛宗伯,並雪堂、梅公、古嚴、計百諸君子》(之三),《牧齋有學集》卷十一(上海:上海古籍出版社,1996年,頁523)。《仙音譜》鮮見於著録,陳友琴《千首清人絶句》收録此詩,指"太虛宗伯"爲錢謙益師李明睿,"雪堂"、"梅公"、"古嚴"分别爲熊文舉、梅清、黎元寬,"計百"則云"不詳"。裘君弘《西江詩話》卷十載:"李明睿,字太虛,南昌人,天啓進士,歷官少宗伯。歸里,構亭蓼水,榜曰滄浪。家有女樂一部,皆吳姬極選。公嘗于亭上演《牡丹亭》及新翻《秣陵春》二曲,名流畢集,競爲歌詠以志其勝。"並附黎博庵元寬、周計百令樹等人所作觀劇詩,即錢詩中所列古嚴、計百等人,且錢詩中提及"《牡丹亭》苦唱情多""《秣陵春》是隔江歌"之句,推知錢詩與《西江詩話》中所載觀劇之作均爲觀李明睿家班演《牡丹亭》及《秣陵春》所作。又據吳偉業《梅村家藏藁·與冒辟疆書》載:"小詞《秣陵春》近演于豫章滄浪亭,江右諸公皆有篇詠,不識曾見之否?"亦指向此次滄浪亭演劇,可以推測錢謙益也參與了此次觀劇,並題八絶句。詩題中所提及的《仙音譜》當爲李明睿所作,李明睿既是湯顯祖的學生,又是吳偉業的老師,精通音律,著有《仙音譜》。據鄭志良《吳梅村與湯顯祖師承關係的文獻考述》一文考證中國社會科學院文學研究所圖書館藏李明睿《閣園山人四部稿》,殘本共八册,次序淆亂。(見氏著:《吳梅村與湯顯祖師承關係的文獻考述》,《文獻》,2009年,第2期,頁111。)鄭志良未提及《仙音譜》是否在殘卷之中,因此尚不明《仙音譜》是否傳世。關於《仙音譜》的相關資料感謝香港中文大學華瑋教授的指導,以及胡琦博士提供寶貴材料。
② [唐]杜牧:《泊秦淮》,見[清]彭定求等編:《全唐詩》,第16册,頁5980。

有異。龔詩中有"歌舞場中齊墮淚,亂餘憂樂太無端"①之句,可知觀劇之時,場中之"樂"與亂世之"憂"形成鮮明反差,憂樂無端,人生如戲,方引起觀者情感共鳴而"墮淚",這種世變的感慨是龔詩與錢詩中都有的。不同的是,龔鼎孳在觀演《玉鏡臺》傳奇所賦詩句有"徵歌罵座原同調,不用金人口鑄銘。"②龔鼎孳所指的"罵座"所爲何事呢?詩中所言"同調",又是與誰同調呢?這源自復社文人與阮大鋮之間的恩怨,阮劇《燕子箋》演出時曾遭復社文人罵座、演員罷演,③此事發生于秦淮讌集時,龔鼎孳與復社公子、秦淮八豔過從甚密,其"同調"指的是與復社並肩的政治立場。罵座之事在明清之際演劇時發生多次,黄宗羲亦有"落日歌聲明月罵,不堪重到聖湖來"④之句,並自注:"崑銅在西湖,每日與余觀劇,月夜扼腕時事,罵不絶口。"表面上看,龔鼎孳是更強烈地懷戀故國,但在實際行動上,不同于錢謙益辭官意圖復明,不同于黄宗羲易代後隱居決不出仕,龔鼎孳入清之後累遷左都御史,再謫再起,復都憲,終晉刑、兵、禮三部尚書,"仕"成爲了他重建自我認同的選擇。這種心態的轉變在其觀劇詩中亦有所體現,下面例舉一組觀劇詩詞中的句子進行分析:

---

① [清]龔鼎孳:《午日李舒章中翰招同朱遂初、孫惠可兩給諫集小軒,演《吳越傳奇》,得端字》,《定山堂詩集》卷十七,見《續修四庫全書》,第 1402 册,頁 585。《吳越》傳奇即《吳越春秋》劇,《浣紗記》據此改編。

② [清]龔鼎孳:《雪航寓中看演《玉鏡臺》傳奇》(之二),《定山堂詩集》卷十六,見《續修四庫全書》,第 1402 册,頁 579－580。《玉鏡臺》傳奇即明代朱鼎所作《玉鏡臺記》,據元代關漢卿《温太真玉鏡臺》雜劇改編,將"温嶠娶婦"的愛情喜劇進行大幅度改編,改寫成爲"借離合之情,寫興亡之感"的歷史劇。

③ 參見康保成《〈燕子箋〉的被罷演與被上演——兼説文學的"測不准"原理》。

④ [清]黄宗羲:《感舊》(之五),《南雷詩曆》卷一,見沈善洪主編:《黄宗羲全集》(杭州:浙江古籍出版社,2005 年),第 11 册,頁 223。

　　吳苑鶯啼苑上春,一絲金縷過梁塵。(《春日觀胡氏家
伎席中作》之一)

　　亭亭束素立春雲,難捉留仙峽蝶裙。(《春日觀胡氏家
伎席中作》之三)

　　不分風中三月柳,吹將珠串比鶯梭。(《觀螺浮侍史龍
梭演劇戲贈》之二)

　　紫絲圍裏春長住,不許流鶯喚便歸。(《胡氏齋中觀劇》
之一)

　　不待悲秋,春夜銷魂絕。(《蝶戀花・和蒼巖、西樵、阮
亭、蛟門,飲荔裳園演劇》)①

這些詩詞均爲入清之後所作,從中不難看出,龔詩中反覆使用
"春"的相關意象,時而輔以"鶯"的動作,動靜之間相映成趣,春
天的柳、春天的雲都透露著明媚的色彩,才使得詩人倍感"春夜
銷魂",更希望"春日長住"。詩歌中融情于景的傳統由來已久,
龔詩中的春景有實寫,有虛寫,無論虛實,與錢謙益的"花如雪"
"月似霜""兩茫茫"的心境是截然不同的。

　　此類觀劇詩的創作,其關注的焦點並不是戲曲本身,而是借
戲抒懷,即由戲曲故事或演劇活動觸發內心的易代之感,通過觀
劇詩的創作表達出來,使此時的觀劇詩成爲文人重新建構"自我
認同"的途徑之一。

---

　　① ［清］龔鼎孳:《定山堂詩集》卷四十一,卷四十二;《定山堂詩餘》卷四,見《續
修四庫全書》,第 1403 册,頁 240,241,243,249,306。

第三節　清初文人戲曲家班演出

　　清初戲曲家班衆多，演出頻繁，家樂演劇的基本功能是家班主人自娛自樂，進而發展爲文人雅集和交往的重要手段之一。家班活動中戲劇演出的情況、伶人技藝以及文人對戲曲的審美引導是清初戲曲傳播的重要歷程。本節以清初最具影響力和凝聚力的冒襄家班爲中心，探討清初家樂演出對文人生活的意義。

　　冒襄[①]出生在一個世宦之家，同時也是一個文化世家，他自幼聰慧，五歲授大學，十四歲以詩見賞于董其昌、陳繼儒，董其昌親爲冒詩序而刻之，十六歲開始參加鄉試，成績可圈可點[②]。入清之後，冒襄一直未出仕。他不仕二主的立場堅決，但並不迂腐，他不排斥與爲清王朝服務的文人交往，也並不反對自己的子女做官[③]，而他自己排遣消閒的方式便是觀戲聽曲。

　　冒襄對戲曲的愛好並不是入清之後爲轉移注意力而選擇的，早在冒襄尚未出生之時，冒氏家班便已具規模。明代戲曲家班世代相傳是一種風氣，當時較大的家班還有沈璟家班、張岱家班、申時行家班等。冒襄年幼時，因太祖（朱元璋）喜愛《琵琶記》

---

　　① ［清］冒襄(1611－1693)，字辟疆，號巢民，一號樸庵，又號樸巢，江蘇如皋人。本文涉及冒襄本事均參見《冒巢民先生年譜》，《北京圖書館藏珍本年譜叢刊》，卷七十，頁359－497。

　　② 據年譜記載，冒襄十六歲（天啟六年）始赴郡試，二十歲（崇禎三年）科試一等第六名，二十一歲（崇禎四年）歲試一等第十五名，二十二歲（崇禎五年）歲考一等第一名補廩膳生員……直至崇禎十五年，冒襄每年都參加科考，均爲一等。

　　③ 康熙二十二年朝廷欲聘冒襄纂修《江南通志》，冒襄以老病推辭，並推薦自己的兒子丹書應聘。同年丹書被聘纂修《江南通志》。

劇,冒府無論大喜大壽,必點《琵琶記》一齣。成年後的冒襄曾與多位秦淮歌姬交往①,互相談論切磋戲曲。明清鼎革之後,冒襄將祖上別業重新翻修並隱居於此,因此地水流相通,桃柳交蔭,宛若一幅水墨畫,故名"水繪園"②。

冒襄對水繪園中的家樂投入了許多精力,"百金買管弦,千金聘歌妓"③,即使冒家幾度面臨經濟危機,他都没有放棄蓄養家樂和對家伎的培養。除冒襄自己度曲教家樂以外④,他還重金聘請當時著名的家樂教師,一個是陳九,另一個是蘇崑生。

甲申之變後,阮大鋮派伶人教師陳遇所前來勸説冒襄一同抗清,《冒巢民先生年譜》記載:"陳遇所來曰:若輩爲魏學濂仇我,今學濂降賊授官,忠孝安在? 吾雖恨,若實愛其才,肯執贄,吾門仍特薦爲纂修詞林。"⑤冒襄笑曰:"禍福自天。"明亡之後,阮大鋮的家班又幾乎全部被冒襄所接納,這位陳遇所即陳九,之後長期居於水繪園,只管執教戲曲。陳維崧亦居於水繪園,自然也認識這位陳九,在《滿江紅·陳郎以扇索書,爲賦一闋》中,對這位陳郎有注釋:"父名九,曲中老教師",還描繪這位陳九的技藝"鐵笛鈿箏,還記得,白頭陳九。曾消受妓堂絲管,球場花酒。籍

①　現資料所見與其交往的有顧媚、李香君、陳圓圓、李貞麗、董小宛等人,這些歌姬都懂戲演戲,如陳圓圓擅《西廂記》,顧媚擅《西樓記》,董小宛擅《燕子箋》等。
②　[清]冒襄:《水繪庵記》,《同人集》卷三,《四庫全書存目叢書》,集部第385册,頁83—84。
③　[清]冒襄:《巢民詩集》卷一,北京圖書館藏清康熙刻本,頁16。
④　《冒巢民先生傳》載冒襄"好交遊,喜聲伎,自製詞曲,教家部,引商刻羽,聽者竦異,以爲鈞天逸奏也。"參見[清]冒襄輯《同人集》,《四庫全書存目叢書》,集部第385册,頁14—15。
⑤　《冒巢民先生年譜》,頁31。

福無雙丞相客，善才第一琵琶手。歎今朝，寒食草青青，人何有？"①在水繪畫園讌集時亦有其他文人提及陳九，如劉梁高、劉雷恒等人互相唱和的詩作《奠兩招同辟疆老盟兄即席限韻時張姬又琴歌者陳九在座》②等。

冒府中另一位享有盛譽的曲中教師是蘇崑生，吳偉業贊蘇崑生"得魏良輔遺響，四聲九宮，清濁抗墜，講求貫穿于微妙之間"③，也是吳偉業將蘇崑生推薦給冒襄④。蘇崑生，原名周如松，河南固始人，明末昆曲名家，人稱"南曲天下第一"，曾爲李香君排《玉茗堂四夢》等劇⑤。蘇崑生早時曾到水繪園中作客，康熙四年（1665）水繪園中舉行大型的雅集活動，蘇崑生就曾出席，冒襄作《紅橋讌集分得林字庵字》詩載蘇崑生技藝高超。在蘇崑生與冒襄早已相識的情況下，康熙六年（1667）吳偉業寫信向冒襄推薦蘇崑生，《冒巢民先生年譜》就記載了"康熙丁未，蘇崑生來"之事。蘇崑生到水繪園執教時值徐紫雲隨陳維崧北上的前一年，徐紫雲也得到了蘇崑生的指導，此後又將"魏良輔遺響"傳播更遠。

有了名師指點，冒氏家班湧現出了多位著名藝人，且各有所長，世人亦多以"色藝雙絕"來概括他們。前文提及的徐紫雲，一字九青，又號曼殊，人稱"雲郎"，工旦角，擅吹簫及演《邯鄲夢》

---

①　［清］陳維崧：《迦陵詞全集》卷十一，見《續修四庫全書》，集部，第 1724 册，頁 250。

②　［清］冒襄輯：《同人集》卷五，《四庫全書存目叢書》，集部，第 385 册，頁 233。

③　［清］冒襄輯：《同人集》卷四，頁 164。另有王時敏贊蘇崑生是"魏良輔遺響尚在"。

④　參見《梅村家藏藁補遺》，《續修四庫全書》，集部，第 1396 册，頁 314－315。

⑤　江蘇戲曲志編輯委員會：《江蘇戲曲志·揚州卷》（南京：江蘇文藝出版社，1996 年），頁 373。

《燕子箋》等劇①。曾有人將他比作唐代杜牧的家姬紫雲,陳瑚將兩者比較道:"徐郎窈窕十五六,覆額青絲顏如玉。昔之紫雲恐不如,滿座倡狂學杜牧。"②詩中勾勒出紫雲十五六歲時候的樣貌,額前青絲覆蓋,皮膚白皙,後來又有"盈盈秋水翦雙瞳,對值嬌娘影未工"③之句,從紫雲的眼光流動寫起,通過不同視角的刻畫,就可以瞭解紫雲大致的面部形象了。紫雲的唱腔"一曲清歌徹夜聞,妝成紅袖更殷勤""歌聲宛轉落珠璣,放誕風流試舞衣""紫雲紫雲真妙絕,情怯心慵歌未歇"④,歌聲像玉落珠璣,給人以形象的感受,"情怯歌未歇"從另一個側面展示了紫雲演唱時候對劇中人物情感的把握。現存詠贊冒襄家班伶人的詩中提及紫雲的最多,吳偉業、龔鼎孳、王士禎、尤侗、許承欽等均有相關詩作,這些記載從不同的視角記述紫雲,使這一伶人的形象更加豐富、生動。

　　水繪園中另一著名伶人名秦簫,陳瑚《得全堂夜宴後記》記載:"伶人者,即巢民所教童子也。徐郎善歌,楊枝善舞,有秦簫者解作哀音,每發一喉,必緩其聲以激之,悲涼倉況,一座欷歔。"⑤秦簫擅長唱北曲,他的嗓音也比較獨特,略帶蒼涼之感,所以他將這一聲音的特點加以揣摩運用,每唱一句,必使聲音悲愴動人,令觀者潸然淚下。許承欽描繪秦簫的唱腔"含風細唾濕吳

---

①　冒廣生輯:《雲郎小史》,見張次溪《清代燕都梨園史料》(北京:中國戲劇出版社,1991年),下冊,頁959。

②　同前注,頁961。

③　毛文芳:《圖成行樂:明清文人畫像題詠析論》(臺北:臺灣學生書局,2008年),頁427—428。

④　同前注。

⑤　[清]冒襄輯:《同人集》卷三,頁86。

綿，字字微吟盡可憐"①，如"含風細唾"，慢慢地浸濕柳綿，每一個字吐露出來都帶著悲涼之感，字字流淌，敲打在聽者心中，更顯其悲涼。陳瑚評秦簫："秦簫北曲響摩天，刻羽流商動客憐。擬譜唐宮凝碧恨，海青心事倩伊傳。"②從一個轉調的細節點明秦簫演唱之動人，而且秦簫是在深深理解了所唱之曲的內容和表達的情感，才能將這一悲情演繹得更加淋漓盡致。

冒襄家班中還有一對父子以歌見長，即楊枝與小楊枝。《祝冒辟疆社盟翁先生雙壽序》中所描述的"紫雲善舞，楊枝善歌，秦簫雋爽"③，即點出了楊枝所擅，鈕琇也曾提到"歌者楊枝，態極妍媚，知名之士題贈盈卷"④。王士禎曾欣賞冒氏家樂演出，作《楊枝紫雲曲》二首，第一首描繪了楊枝的生動形象："名園一樹綠楊枝，眠起東風踠地垂。憶向灞陵三月見，飛花如雪颭輕絲。"⑤以樹作比，用樹枝隨風搖曳的姿態來形容楊枝的嫵媚之感。無獨有偶，陳維崧的《贈別楊枝》也採用了相似的藝術手法："漱金卮，閣金卮，不是尊前抵死時，今宵是別離。撚楊枝，問楊枝，花萼樓前踠地垂，休忘初種時。"⑥陳維崧將楊柳枝與伶人楊枝融合在一起，"撚"的是柳枝，"問"的是楊枝其人，更增添了別離時的纏綿之感，"踠地垂"三字便是借用了王士禎的"東風踠地垂"之句，二者有異曲同工之感。這些具體的表達較"善歌"二字的簡單概括都要豐富得多。

楊枝風華二十年左右，其後他的兒子亦是絕色佳人，因此人

---

① ［清］冒襄輯：《同人集》卷十，頁 448。

② 同前注。

③ 同前注，頁 505。

④ ［清］鈕琇：《觚賸》（上海：上海古籍出版社，1986 年），頁 30。

⑤ ［清］冒襄輯：《同人集》卷十，頁 449。

⑥ 同前注，第 510 頁。

稱"小楊枝"。邵青贊其："唱出陳髯絕妙詞，燈前認取小楊枝。天公不斷銷魂種，又值春風二月時。"①可見小楊枝色藝均承襲其父真傳，再度博得衆人詠歎。在紫雲、秦簫、楊枝逐漸老去，淡出舞臺之後，小楊枝輩還有徐雛、金菊、金二菊②等伶人延續冒襄家班的鼎盛和藝術水準。正因冒氏家班歷史悠久，優秀伶人輩出，使其對戲曲傳播的貢獻更多。

　　冒襄家班另一宗規模較大的藝術交流是與俞水文家班切磋演技，家班間互相切磋、互相學習大大有利於演員藝術水準的提升。值得注意的是，冒襄家班爲男伶家班，旦角亦由徐紫雲等男旦扮演，而俞水文家班爲女伶家班。自古男伶與女伶雖然並存，但其淵源與地位均有差別③，男伶家班與女伶家班同台演出的記錄並不多，可見冒襄此次藝術嘗試頗爲大膽。從其演出效果來看，曹溶曾作《巢民先生過水文宅觀女樂賦十絕索和》："江南江北聚優伶，耳淫哇幾耐聽不？不遇冒家諸子弟，梨園空自說娉婷。"④曹溶以對比的手法稱讚冒襄家班的演技在梨園行裡是第一流的，其他的都是"淫哇"。許承欽則有《同曹秋岳侍郎巢民年長觀水文女樂十絕》讚歎冒襄家班與俞水文家班的演出："一字清歌半炷香，銷魂盡入少年場。鶯喉縹緲誰堪並？剩有俞家衆

---

　　①　冒廣生輯：《雲郎小史》，見張次溪：《清代燕都梨園史料》，下册，頁976。
　　②　徐雛，字彬如，小字花乳。金菊，字芳男。金二菊，字韋杜。金菊至乾隆初年尚在冒襄家班，詩云："水繪名園已久蕪，酒旗歌板小三吾。此時白髮談天寶，弦斷琵琶燭淚枯。""燕子春燈阮大鍼，當年顧曲恨難平。紫雲已去楊枝死，對爾猶然見老成。"參見《雲郎小史》，頁976。
　　③　康保成：《先秦的"散樂"與"夷樂"》。文中以《管子・輕重甲》篇"昔者桀之時，女樂三萬人，端噪晨樂，聞於三衢"之語爲證，說明女樂始于夏代，同時又根據《國語》、《周禮》等記載分析男樂是被納入周禮範疇的樂舞演出，女樂則不然，在未進入禮儀的各類歌舞中，又以女樂爲代表。
　　④　［清］冒襄輯：《同人集》卷十，頁448。

女郎。"①曹氏與許氏的觀點截然相反,曹氏認爲冒襄家班極佳,許氏則更喜俞水文家班演出。從接受史的視角來看,由於審美心態的不同,即使同一作品對不同的審美接受者所産生的審美認同亦是不同的,這與西方戲劇中每位觀衆心中都有自己的哈姆雷特不謀而合。事實上,冒襄家班與俞水文家班伶人技藝均有高妙之處,其主要貢獻在於此次演出帶給觀衆更多的審美感受。而後冒襄作《和曹秋岳先生壬戌冬夜同過俞水文中翰宅觀女樂十絶原韻》,《再和許青嶼先生同觀俞水文女劇十斷句原韻》詩作爲回應,這樣的一唱一和幾乎與臺上的演出同時進行,真實再現了家班合演、互相切磋的場面。

第四節　借伶抒懷及其背後的文人心緒

自古伶人多出身貧苦,社會地位不高,憑藉演劇唱曲謀生糊口。自明代始,戲曲家班在江南地區陸續出現,許多家班主人是當時著名的文人,文人間交遊、唱和、讌集時多伴隨伶人演出,伶人與文人的交往逐漸頻繁。明清之際社會動蕩,開始出現了一種特殊的現象,即男伶(多爲男旦)伴隨文人遊歷於城市間,或爲求官、或爲避世、或單純的旅行,目的不盡相同。在文人與伶人交往的過程中,家國之感依然存于文人心間,因伶人演劇或與伶人的交往所觸發,在觀劇詩中亦有所體現,這種易代情懷有的是自覺性的表達,有的是不自覺的流露。

這裡首先涉及中國文學中"遊"的傳統,龔鵬程教授在《遊的

①　[清]冒襄輯:《同人集》卷十,頁449。

精神文化史論》中曾論及"唐以後，宋元明清，文學分爲兩途：一種是知識份子遊官者所作；一種卻是民間歧路人，走江湖説唱者的作品。前者表現在詩、詞、古文等方面，後者表現在戲曲、小説及講唱文學等方面。"①從男伶伴隨文人遊歷的現象來看，明清之際這兩條"遊的文學史"的路徑出現了雙線合流的情況，伶人與文人的關係更爲密切。這種現象發生的動因主要有幾個方面：一、從男旦的角色特點來看，是以男性扮女色，兼具了剛健與溫柔的雙重性格，能夠實現文人心中"英雄與美人合一"的理想人格形態。二、易代之際，伶人中亦有不乏氣節者，除上文提到的罷演《燕子箋》外，還有蘇崑生、柳敬亭等著名藝人也是心懷故國，浪跡於天地間，伶人氣節常受到文人的讚賞。三、清初的文化政策嚴禁狎妓而不嚴禁狎優，"凡文武官吏宿娼者，杖六十。挾妓飲酒，亦坐此律。若官員子孫宿娼者，罪亦如之。"②"京官挾優挾妓，例所不許；然挾優尚可通融，而挾妓則人不齒之。"③因此，在上述歷史條件的鋪陳下，文人通過觀劇及與伶人的交往，將易代之際或苦悶、或淡然、或期許等多種情愫投射於此。

----

① 龔鵬程：《遊的精神文化史論》(石家莊：河北教育出版社，2001年)，頁232。
② ［清］三泰：《大清律例》卷三十三，見《景印景印文淵閣四庫全書》，第863冊，頁280。
③ ［清］何剛德：《春明夢録》(上海：上海古籍出版社，1983年)，頁53。

　　順治八年(1651),龔鼎孳回京復官,名伶王紫稼^①(1622—1654)隨龔鼎孳北遊京師,文人豪客紛紛爲其傾倒。前文提到錢謙益爲王紫稼送行所作十四首絕句中,第二首是最值得關注的:

　　　　官柳新栽輦路傍,黄衫走馬映鵝黄。垂金曳縷千千樹,也學梧桐待鳳凰。

這首詩以爲王郎送行爲由,實際上寫到了兩個人,詩中自注:"時聞燕京郊外夾路栽柳。"可見前兩句寫的是龔鼎孳復官路上京郊柳色,龔鼎孳是"梧桐"已經待到了"鳳凰",而眼前的王紫稼即將追隨龔鼎孳而去,若將其視爲"梧桐",那麼龔鼎孳也可視作王紫稼等待的"鳳凰",且有此組詩第七首錢謙益自注:"王郎云:此行將倚龔太常。"龔鼎孳和王紫稼可以説是不同層面的"梧桐待鳳凰",那麼詩中爲何説"也學梧桐待鳳凰"呢?"也學"表面上看是在寫王紫稼依附龔鼎孳,更深一層的是,此時的錢謙益已經辭官,正在積極聯絡抗清人士,意圖復明,由此可以推測,錢謙益在此借送別王紫稼意在隱晦地諷刺龔鼎孳出仕清朝一事。這組詩

---

　　① 王紫稼,原名稼,字紫稼,以字行,亦作"子嘉"或"子玠",長洲人,工旦,善演《會真記》紅娘。順治八年(1651)王紫稼隨龔鼎孳北游京師,錢謙益作《辛卯春盡,歌者王郎北遊告別,戲題十四絕句,以當折柳贈别之外,雜有寄託,諧談無端,隱謎間出,覽者可以一笑也》(《牧齋有學集》卷四)。詩中前九首寫王紫稼,後五首寫侯方域家故伎冬哥。順治十一年(1654)龔鼎孳作《贈歌者王郎南歸,和牧齋先生韻》十四首(《定山堂詩集》卷三十七)。其間吳偉業于京師徐汧二株園遇王紫稼,作《王郎曲》(《梅村家藏藁》卷十一),詩後附龔鼎孳口號詩七言絕句一首,尤侗《艮齋雜説》載:"予幼所見王紫稼,妖豔絕世,舉國屈指若狂。年已三十,游于長安,諸貴人猶惑之。吳梅村作《王郎曲》,而龔鼎孳復題贈云云,其傾迷可知矣。"同年,王紫稼南歸,被御史李森先以縱淫不法罪重杖,立枷死,婁東無名氏《研堂見聞雜記》有載。康熙九年(1670),顧景星讀《王郎曲》仍頗有感懷,作《閱梅村《王郎曲》雜書十六絕句志感》(《白茅堂集》卷十五),其中除第五、七、八首外,其餘十三首均寫王紫稼,時王紫稼已辭世十六年之久,可見其影響頗深。

中的第九首是王郎與侯方域家伎合演《邯鄲夢》,詩云:

> 《邯鄲》曲罷酒人悲,燕市悲歌變《柳枝》。醉覓荊齊舊
> 徒侶,侯家一嫗老吹篪。

《邯鄲夢》是湯顯祖從主情到悟道的最後轉變,這部戲中男女之
情已經不是戲劇的核心,而是呂洞賓將盧生度化成掃花仙人,與
世俗紛擾劃開界線,這部戲在明清之際頗受文人關注,用以寄託
人生無常的感慨。此時錢謙益觀《邯鄲夢》也頗有此意,從戲曲
曲目的選擇就已暴露了詩人思緒情感的出發點,但詩人不直接
抒發自己的心緒,而是令伶人演出《邯鄲夢》,看似觀劇之感,實
則是胸中真情的投射與轉移。第二句中"悲歌"之情又發生了轉
變,轉成了《柳枝》這支曲子,在元詩中亦有《柳枝曲》:"朝垂金門
雨,暮拂玉闌風。飛絮高高去,枝葉在深宮。"[1]可知此處轉換曲
子,再次暗指龔鼎孳北上復官之事。詩中提及的侯家伶人就要
結合組詩的第十來看:

> 憑將紅淚裏相思,多恐冬哥没見期。相見只煩傳一語,
> 江南五度落花時。

侯方域(1618—1654)家兩代昆班,明清易鼎之後被遣散,侯氏家
班散後冬哥不知所蹤。詩中可見錢謙益與冬哥交往頗深,從錢
謙益的立足點在江南,又希望王郎有機會見到冬哥的話幫他傳
遞消息來看,冬哥很可能也去了北方。錢謙益能夠結識冬哥,主

---

① 〔元〕陸仁:《柳枝曲》,見〔清〕顧嗣立編:《元詩選》卷十五,載《景印文淵閣四
庫全書》,第 1468 册,頁 374。

要還是因爲侯方域，侯方域與阮大鋮勢不兩立，[①]錢謙益在朱由崧(1607－1646)稱帝后上書爲阮大鋮鳴冤，清軍兵臨城下時又開城迎降，二人看似完全不同的政治立場，實則是對"節"的不同解讀。正如張仲謀教授所言："主動請降則可保生齒，血戰到底則全城遭屠，對這兩種方式幾乎無法用一種統一的價值標準去衡量。"[②]表面上一個被人稱頌、一個遭人詬病，實則侯、錢二人的心態是有相通之處的，因其對如何守節的方式選擇不同，形成了二人不同的心路。

王紫稼到北京後，曾與吳偉業相遇徐汧二株園，吳偉業所作的《王郎曲》一詩頗受矚目，後來的《徐郎曲》《李郎歌》等都有效仿此詩的痕跡。此詩中有些句子值得細細品讀："最是轉喉偷入破，殢人斷腸臉波橫""王郎三十長安城，老大傷心故園曲""只今重聽王郎歌，不須再把昭文痛"[③]。第一句詩描寫的是王紫稼歌唱時的一個轉調，轉調之後唱的是一首悲歌，達到的藝術效果是使人流淚斷腸。第二句明確了王郎三十歲時北遊長安，所唱的是"傷心故園曲"，當時龔鼎孳亦在場，《王郎曲》後附了龔氏的一首詩，恰與此句的意涵相呼應："薊苑霜高舞柘枝，當年楊柳尚如絲。酒闌卻唱梅村曲，腸斷王郎十五時。"[④]"十五"和"三十"兩個

---

① 侯方域與阮大鋮的關係參見［清］趙爾巽等著：《清史稿》(列傳二百七十一)中的記載："諸名士共檄大鋮罪，作留都防亂揭，宜興陳貞慧、貴池吳應箕二人主之。大鋮知方域與二人善，私念因侯生以交於二人，事當已，乃囑其客來結驩。方域覺之，卒謝客，大鋮恨次骨。已而驟柄用，將盡殺黨人，捕貞慧下獄。方域夜走，得免。"(北京：中華書局，1977年)，第42冊，頁354。

② 張仲謀：《貳臣人格》(武漢：長江文藝出版社，1996年)，頁228。

③ ［清］吳偉業著；李學穎集評標校：《梅村家藏藁》卷十一，《吳梅村全集》(上海：上海古籍出版社，1999年)，上冊，頁283－284。

④ 同前注，頁284。

時間點恰好是明清易鼎和龔氏北遊復官的時間,這並不是巧合,吳偉業與龔鼎孳心有靈犀地借用王郎的行跡作爲自己抒懷的切入點,"傷心"與"腸斷"其實是吳、龔二人易鼎之際的心情。但"傷心""斷腸"已不是吳、龔二人看王郎演唱時候的心情了,第三句詩把詩人的心緒從回憶拉回了現實,"不須再痛"是詩人心靈上新的情感定位。因此將《王郎曲》這首詩中描繪伶人曼妙姿色與伎藝的成分剝離開,可以發現詩人心路的變化,詩人通過王郎十五年前和十五年後的今昔對比,實際上想表達的是自己心路的轉變。

另一組是陳維崧和徐紫雲的交往,[1]二人之間惺惺相惜的情感歷程一直頗受關注。陳維崧將紫雲視爲知己的原因,在《徐郎曲》中或可作進一步解讀:"請爲江南曲,一唱江南春。江南可憐復可憶,就中僕是江南人。"[2]從畫面的觀感上看,當時紫雲在爲陳維崧唱曲,曲子的内容涉及江南,而陳維崧聽此曲的時候,感受的不是曲中的江南,而是記憶中的江南。陳維崧少年時亦爲翩翩公子,生活優渥,聽這首江南曲時卻已寄居水繪園,生活漂泊,仕途渺茫,其心中的悵惘可想而知,這些人生變故都因明清易鼎而起。因而詩人感歎江南年年春如舊,但物是人非心境不似當年,詩人留戀的是記憶中的江南,歎息的是自己的遭際。伶人通過動人的演唱,引起聽者共鳴,勾起世事變化無常的飄零之感,將自己的心境投射到所聽之曲、所觀之戲之中。

---

① 陳維崧與徐紫雲相識於順治十五年(1658)水繪園中,二人交往甚密。康熙元年(1662)小别,陳維崧作《恨恨詞二十首别雲郎》(《湖海樓詩集》卷一);康熙七年(1668),徐紫雲隨陳維崧北遊京師以謀仕途,後又隨其到中州旅居三年,再隨之歸宜興;康熙十四年(1675),徐紫雲卒,殁後三年,陳維崧舉博學鴻詞科,入翰林院。

② [清]徐釚:《本事詩》卷十二,見《續修四庫全書》,第1699册,頁167。

康熙七年(1668)陳維崧決定北遊求官,並帶徐紫雲隨行,在經過邯鄲道上的呂洞賓祠時,陳維崧請紫雲演唱《邯鄲夢》,並自填《滿江紅》一首:

> 絲竹揚州,曾聽汝、臨川數種。明月夜、黃粱一曲,綠醑千甕。枕裡功名雖鹿塞,刀頭富貴麒麟塚。只機房、唱罷酒都寒,梁塵動。　久已判,緣難共。經幾度,愁相送。幸燕南趙北,金鞭雙控。萬事關河人欲老,一生花月情偏重。筭兩人、今日到邯鄲,寧非夢。①

這首詞表面上看似在寫紫雲,實則有更深一層意味。《邯鄲夢》是典型的神仙度化劇,個人情感並非此劇主題。陳維崧從追憶曾聽紫雲演唱臨川諸劇談起,入筆寫到的是"黃粱"與"枕"兩個引劇中主人公盧生入夢的意象,戲中的功名富貴都由雞、驢等周邊事物假扮,陳維崧也隨著黃粱臥枕一起入夢,一起經歷了夢中的人生起伏。夢境結束,也就是曲子終了,陳維崧面前酒已冷,"梁塵動",酒冷實寫演唱時間之長,同時又暗示這場夢之久;梁上的塵土實寫是因歌喉嘹亮而振動,同時暗合湯顯祖的詩:"無情無盡恰情多,情到無多得盡麼?解到多情情盡處,月中無樹影無波。"②湯詩也在談"情"與"悟"的關係,自認為心如止水,才會"月中無樹影無波",化用了"仁者心動"③的典故。陳維崧在此也是同樣筆法,之所以會觀察到梁上塵動,是因為自己的心在動,

---

① ［清］陳維崧:《迦陵詞全集》卷十一,見《續修四庫全書》,第1724冊,頁252。
② ［明］湯顯祖:《江中見月懷達公》,《湯顯祖詩文集》卷十四(上海:上海古籍出版社,1982年),頁531。
③ "仁者心動"的典故出自《壇經》:"時有風吹幡動。一僧曰風動,一僧曰幡動。議論不已。惠能進曰:'非風動,非幡動,仁者心動。'"參見［唐］釋惠能編:《壇經》,大正新修大藏經本,頁22。

即心境在變化之中。因爲此行陳維崧是爲求官而北上,但聽到紫雲唱《邯鄲》的時候,心緒又發生了變化,無論此時陳維崧心中是否仍那麼看重功名,這與《徐郎歌》中追憶江南的情懷已經不同了。上闋的"梁塵動"呼應了下闋的"一生花月情偏重"句,《邯鄲夢》中吕洞賓要度化盧生做掃花仙人,佛家用語中的花借指凡塵種種,所謂"繁花世界",①盧生要掃盡花,即是將世俗的一切摒除,陳維崧的"一生花月情偏重"看似寫與紫雲的纏綿之情,實則是知道自己一生都擺脱不掉凡世間的種種,從易代傷懷到懷才不遇,再到仕途渺茫,他將心境變化歸結爲世事糾葛,最後化作一句"寧非夢"。可見陳維崧對徐紫雲傾心,不僅僅是對其美貌和技藝的簡單欣賞,更因紫雲的演繹勾起了他對人生、對世事的思索,使得二人能夠心靈相惜。

文人與伶人(男旦)的交往由來已久,但文人將男旦視爲"知己",並攜帶同游於城市間,無論自身的境遇是順或逆,頗有患難與共之意。這種文人與伶人之間關係的升温應始於明清之際這一特殊的歷史時期。需要注意的是,文人與女伶之間的交往與男伶是不同的,明末女伶有的成爲文人妻室,跳脱"伶"的身份;有的流落民間,即便與文人故友相遇,也不過是同情之作,但男伶始終保持"伶"的身份,又與文人心意相通,成爲文人寄託家國之感的投射載體,二者形成"卿須憐我我憐卿"的共感狀態。這不同於人類學或社會學領域對男風文化的認識,②而是將這些史

---

① 參見丁福保:《佛學大辭典》(北京:文物出版社,1984 年),頁 562。

② 如 Sophie Volpp：*Worldly Stage*：*Theatricality in Seventeenth-Century China* 中同樣是通過戲曲演出關注文人與伶人的關係,將其定位爲同性戀與同性戀元素(homosexuality and homoerotic elements),著重於對二人同性關係的研究。(Harvard：Harvard University Asia Center, 2011), pp. 129-214.

料視作文學作品並探問文人心跡才能得到的結果。

　　文人透過觀劇詩所表達的世變記憶主要來源於這場驚天動地的“華夷之變”。這場變革不僅僅是朝代的更替,更打破了文人內心一直堅守和推崇的價值觀念,文人自我價值的重構成爲新的焦點。在重構過程中,“遺民”或“貳臣”的身份不能簡單地等同于士人心態,對文人自身來說,出仕新朝有主動選擇與被動舉薦之別,其中有主動出仕者,如龔鼎孳;有被動舉薦者,如吴偉業;有苦苦求官不得者,如陳維崧,他們的易代之感不容易從其身份進行判斷,但他們同時選擇了將心跡的抒發與觀劇聽曲相結合,這主要有兩個原因:一是自飾(self-concealment)[①]傾向,文人面對易代統治的認同度是不一樣的,入清後出仕者不方便再過多地表達故國之思,隱逸者過多的崇明論調亦容易招致禍患,易代心跡的表達是較爲敏感的話題,將其寄託於娛樂性較高的戲曲中,既可以寫憤抒懷,又能很好地保護自己;二是明代中晚期開始,戲曲發展較爲成熟,文人逐漸介入戲曲創作,與伶人間交往密切,因此並不是文人爲了尋求抒懷的途徑而冒然選擇戲

---

　　① 所謂“自飾(self-concealment)”是精神分析學領域的概念之一,指借他者以粉飾自己,其中包含對個人隱私的寄託性表達,所表達的內容涉及個人思想、情感、行爲、時事等方面,同時又因其預設性、經驗性而不同於一般的自我表露(self-disclosure)。參見 Larson, D. G. & Chastain, R. L.:“Self-concealment:Conceptualization, measurement, and health implications”, *Journal of Social and Clinical Psychology*, 1990, 9(4), pp. 440. 原文为“Self-concealment(SC) is a psychological construct defined as a predisposition to actively conceal from others personal information that one perceives as distressing or negative. It can be understood as an instance of boundary regulation in the maintenance of privacy. It is a subset of private information, can be consciously accessed, and is actively concealed from others. The concealed personal information(thoughts, feelings, actions, or events) is highly intimate and negative in valence and shown to be both conceptually and empirically distinct from self-disclosure. ”

曲,而是戲曲的發展已經爲文人提供了可靠的土壤。文人選擇觀劇詩來表達易代之感並不是群體性的自覺行爲,而是在這一時代背景下,"易代"爲文人心中共同的主題,充斥其内心情感的主流,在觀劇吟詩時易於被激發出來,産生不自覺的共鳴。[①]

從詩與戲的融通性來看,張庚先生曾提出"劇詩"的概念,一指戲曲文本中的詩,二指"由詩到詞,由詞到曲"的文學傳統,[②]可見詩與戲本具淵源。明代中後期文人開始將自己的際遇、生活中的失意等情感融入觀劇詩中,使觀劇詩所表達的意蘊更加多樣化。觀劇詩相對于戲曲文本及演出來説,是戲曲接受的載體,這類詩的産生是以演劇活動爲契機的,所表達的内容是觀者自由選擇的,觀者最容易與劇中故事産生共鳴的情感觸發點也是觀者自身感觸較深的現實生活。明清之際文人心中最重要的軌跡便是如何調整自己的心態,觀劇時與劇中情節相契合的自然而然多是易代之感,或憤懣、或彷徨、或希冀,戲曲中的故事往往是超出文人自身經歷之外的,因此爲文人提供了更廣闊的視角來對歷史進行重新審視和思考,文人的各種情愫通過戲曲故事再次被喚起時,不僅更加明確了自身情感的出發點,同時也作出了更深入的對人生遭際、對政權更替的思考。此時的觀劇詩因戲而生,以文人心路爲情感基點,又超越了戲曲故事本身,落腳于對易代之感的表達。

---

① 正如黄子平教授評《明清之際士大夫研究》時提出的:"'遺'是一種選擇,'選擇'是士的自由,士之所以爲士的證明,是士的存在方式,也是其痛苦之源。因而如'明清之際'這種特殊歷史情境中的士的姿態,關連著士的全部歷史。甚至可以説,遺民未必是特殊的士,士倒通常是某種意義、某種程度上的遺民。"見氏著:《危機時刻的思想與言説》,《二十一世紀》,1999 年,第 5 期,頁 63。

② 張庚:《關於劇詩》,《張庚戲劇論文集(1959－1965)》(北京:文化藝術出版社,1984 年),頁 164－184。

第三章　觀劇詩與康雍時期的以劇詠史

　　康熙帝即位後,在文化政策上側重於拉攏民間文人,一來可展現統治者的寬容與氣度;二來可逐漸消除文人心中因世變所帶來的苦痛與隔閡;三來可促進民族融合,實現教化功能。在其文化政策中,影響最大的便是再次纂修《明史》,[1]這是一次由官方所倡導的反思(reflection)[2]歷史的行爲,在康熙時代近四十年

---

　　①　清初統治者關注修史,據統計,順治朝修史四種,康熙朝修史十五種,雍正朝修史八種,可見康雍時期修史之盛,成果之豐。史學界對纂修《明史》的研究成果主要有:喬治忠:《清朝官方史學研究》(臺北:文津出版社,1994 年);包遵彭主編:《〈明史〉編纂考》(臺北:臺灣學生書局,1968 年),《〈明史〉考證扶微》(臺北:臺灣學生書局,1968 年);Chow, Kai-wing: *Publishing*, *Culture*, *and Power in Early Modern China* (Stanford: Stanford University Press, 2004) 等,不一一贅述。

　　②　反思(reflection)這一概念最早由經驗主義學者約翰·洛克(John Locke)和斯賓諾莎(Baruch Spinoza)提出,洛克認爲"反思"是人們獲得觀念的心靈的反觀自照,斯賓諾莎從認識論的角度將"反思"理解爲"作爲認識結果的觀念的再認識和對於這種再認識之所得的觀念的認識",參見約翰·洛克(John Locke)著,關文運譯:《人類理解論》(北京:商務印書館,1959 年),頁 69－70;Donald Schon: *The Reflective Practitioner*: *How Professionals Think in Action* (New York: Basic Books, 1983), p. 21. 本文所討論的歷史的反思(historical reflection)集中在官方提倡纂修《明史》的文化背景下,文人通過觀演歷史劇、寫作觀劇詩的方式,以後設的視角(meta vision)重新看待歷史,以及劇中的歷史事件如何觀照和影響當下。

的時間里,成爲史學、文學、藝術等領域關注的焦點,並直接影響到當時文人的創作,一直延續至雍正時期,反思歷史的熱潮才漸漸退去。

這一時期的戲曲創作除了傳承明傳奇的"情至"思想以外,亦受到歷史與政治因素的熏陶,建構出"借離合之情,寫興亡之感"的清初傳奇新範式,代表作品爲清初雙璧——《桃花扇》與《長生殿》。《桃花扇》借侯、李愛情直接反映晚明歷史,其中涉及的歷史事件多達二十餘件;《長生殿》借帝妃之戀展現唐代由盛轉衰的歷史轉折,涉及安史之亂、雷海清罵賊、李龜年流落江南等歷史事件。從兩劇的題材選擇和產生背景來看,正是康熙帝開明文化政策下,文人敢於追溯和反思歷史的產物,但從這兩劇產生後的命運來看,這種權力話語下的歷史反思是有限度的。康熙二十八年(1689),《長生殿》間禍,儘管其間禍的根本原因存在一定的爭議,但禁演《長生殿》及革除洪昇、查嗣璉、陳奕培等人國子監學籍,革除朱典、趙執信等人官職均是由康熙帝下旨,可見此次禁演由皇帝授意是沒有疑義的。《桃花扇》問世第二年(1700)底,時任戶部廣東司員外郎的孔尚任以"疑案"被貶官,"迄今爲止,跨越兩百年的戲曲檔案和史料中未曾出現過清代宮廷演出《桃花扇》或其中部分折子、選場的記載。"[1]不僅這兩部名劇如此,康熙年間曾被禁演或遭牽連的戲曲作品還有康熙二十年(1681)禁毀《三元記》、康熙五十一年(1712)葉稚斐因作《漁家哭》傳奇入獄,[2]等等。可見,權力話語下所倡導的歷史反思並不等於放任文人發出不同聲音,當易代之心、民族之見觸及統治者

---

　　① 丁汝芹:《清代内廷演戲史話》(北京:紫禁城出版社,1999年),頁127。

　　② 參見丁淑梅:《清代禁毀戲曲史料編年》(成都:四川大學出版社,2010年),頁12—74。

的底線時，其命運仍會走向悲涼，正所謂"可憐一曲《長生殿》，斷送功名到白頭"①，反思歷史的主動權並未掌握在文人自己手裡。

正是由於主動權在權力話語一方，目前學界的研究也多是從文禁的角度來闡發的，如李惠儀教授認爲"文禁在某種程度上決定了文人面對歷史時書寫的形式、方向、隱顯取捨及其成果能否流佈於世"，②諸如此類的研究成果比較豐富，但從被動方（文人）的視角進行研究的較少。事實上，權力話語下反思歷史的過程並非一味地"寬"或"嚴"，而是時寬時嚴的動態變化過程，文人正是遊走於這種寬度與限度之間，雖無主動權，但他們對這種歷史反思的態度和接受情況是很值得關注的。從戲曲視角來説，劇本故事已經成型，無法反映問世後的接受情況，但觀劇詩以後設視角彌補了這一不足，康雍時期的觀劇詩作品中不僅記載了戲曲上演的盛況，同時也留下了戲曲問禍後文人心態變化的痕跡，是文人歷史觀的心靈寫照。

第一節　《長生殿》的歷史反思與文人命運

洪昇在《長生殿序》中自言："古今來逞侈心而窮人慾，禍敗隨之。"③其中不僅蘊含著奸臣誤國導致明朝滅亡的反思，還有人性善惡的垂戒之意。這種通過歷史劇的創作對興亡變遷的探索與總結已成爲康雍時期歷史劇作家的一種"集體無意識"，從吳

---

① ［清］屈復：《弱水集》卷十四，見《清代詩文集彙編》，第 223 册，頁 208。
② 李惠儀：《清初文學的歷史與記憶》，見孫康宜主編：《劍橋中國文學史》下卷（上海：三聯書店，2013 年），頁 196。
③ 俞爲民，孫蓉蓉編：《歷代曲話彙編》，清代編，第一册，頁 656。

偉業的《秣陵春》到葉稚斐的《遜國誤》,再到陸世廉的《西臺記》,直至《長生殿》達到了巔峰。

一　觀劇詩中的《長生殿》

　　清代觀劇詩對《長生殿》解讀的基點便是楊李愛情,其中包括楊貴妃編排《霓裳羽衣曲》、二人纏綿悱惻的愛情、馬嵬坡的訣別、李隆基對楊貴妃的思念等齣目,少數寫到李龜年、雷海青這些藝人的民族情結,偶有關於此劇的成書、編排問題的討論,具體統計情況如下:

作者	詩題	楊李愛情	貴妃之美	追憶	馬嵬坡	南内	李龜年	編劇演出	其他
吳綺	夜讀昉思諸樂府題贈	√							
朱彝尊	贈昉思								√
	酬洪昇								√
	題洪上舍傳奇							√	
梅庚	《長生殿》題辭(二首)							√	
陳玉璂	題《長生殿》(二首)								√
周在浚	題《長生殿》(三首)								√
王士禎	挽洪昉思							√	
孫鳳儀	和贈洪昉思原韻(其四、五、七、八)							√	
吳雯	再示昉思								√
查慎行	送趙秋谷宮坊罷官歸益都四首								√
趙執信	上元觀演《長生殿》劇十絕句	√	√		√				
楊嗣震	《長生殿》題辭(二首)		√						
金德瑛	馬嵬驛				√				

续表

作者	詩題	楊李愛情	貴妃之美	追憶	馬嵬坡	南內	李龜年	編劇演出	其他
	南內					✓			
王昶	觀劇六絶(其四)			✓					
舒位	觀演《長生殿》樂府(四首)						✓		
姚燮	觀演《長生殿》院本有作				✓		✓		
楊芳燦	消夏偶檢填詞數十種,漫題斷句,仿元遺山論詩體		✓						
凌廷堪	論曲絶句三十二首(其三十)							✓	
劉墉	觀劇十六首(其八)	✓							
蔣士銓	《長生殿》題詞	✓	✓	✓					
王文治	冬日浙中諸公疊招雅集,席間次李梅亭觀察韻(其四)			✓				✓	
張際亮	閱《燕蘭小譜》諸詩,有慨於近事者,綴以絶句(其三)							✓	
王先謙	馬嵬驛				✓				
	南內					✓			
皮錫瑞	馬嵬驛				✓				
	(再和)馬嵬驛				✓				
	(三和)馬嵬驛				✓				
	南內(三首)					✓			
易順鼎	馬嵬驛				✓				
	南內					✓			
葉德輝	馬嵬驛(三首)				✓				
	南內(三首)					✓			

续表

作者	詩題	楊李愛情	貴妃之美	追憶	馬嵬坡	南内	李龜年	編劇演出	其他
佚名	演《長生殿》口號（三首）							√	√
沈德潛	觀《長生殿》劇			√			√		
	寄洪昉思								√
石卓槐	《長生殿》題詞（四首）	√	√		√				√
	再跋《長生殿》後			√			√		
袁枚	席上贈楊華官（三首）							√	
于學謐	觀演《長生殿》彈辭						√		
彭啟豐	同年王孫同招集錫壽堂即事		√					√	
秦瀛	閱《長生殿》傳奇偶成二絕						√	√	
	哭洪昉思三首								√
蔡殿齊	題《長生殿》傳奇（二首）		√						
張祥河	七夕立秋	√							
吳清鵬	觀演劇二首			√	√				
貝青喬	觀演《長生殿》雜劇	√					√		
李星沅	書《長生殿》劇後	√		√					
俞樾	讀元人雜劇							√	
	費屺懷太史以檀板一具見示，鐫有二詩，並有兩小印，一洪字，一昉思兩字，蓋稗畦故物也，爲賦二絕句							√	
陳夔龍	入觀恭祝慈壽紀恩八首	√						√	
陶元藻	聽演《長生殿》傳奇口占四絕			√			√		
先著	演《長生殿》傷洪昉思							√	

　　《長生殿》曾被當時文人感歎曲譜難讀,朱彝尊言:"十日黃梅雨未消,破窗殘燭影芭蕉。還君曲譜終難讀,莫付樽前沈阿翹。"①洪昇幾易其稿,使得此劇更適合演出,孫鳳儀等人在杭州吳山觀演《長生殿》時巧遇洪昇,孫鳳儀作詩和洪昇道:"至尊偏是占風流,舞衣香盟七夕秋。已信曲中訛字少,周郎故故動星眸。"②詩中透露出洪昇對《長生殿》的改編,同時還提及楊、李的愛情主題。楊、李愛情比較吸引文人目光的情節集中在對楊玉環女性美的欣賞,以及二人之間的深情,其中包括了生死離別和深深的思念。《長生殿》劇中對楊玉環之美的刻畫主要在其編排、演出《霓裳羽衣曲》的部分,即劇中的第十二齣《製譜》、第十四齣《偷曲》、第十六齣《舞盤》。趙執信《上元觀演〈長生殿〉劇十絕句》(其二)寫道:"月殿酣歌夢許攀,輕將仙樂落人間。笑他穆滿無情思,身到瑤池白手還。"③此詩將《偷曲》一折中主要情節穿連起來,化用了劇本中的三支曲子:

　　[道宮調近詞·應時明近]只見五雲中,宮闕影,窈窕玲瓏映月明。光輝看不定,光輝看不定。想潛通御氣,處處仙樓,闌干畔有玉人憑。

　　[畫眉兒]音繁調聘,絲竹縱橫。翔雲忽定,慢收舞袖弄輕盈。慢收舞袖弄輕盈,飛上瑤天歌一聲。

　　[鵝鴨滿渡船]霓裳天上聲,墻外行人聽。……人散曲

---

　　① [清]朱彝尊:《題洪上舍傳奇》,《暴書亭集》卷二十,見《清代詩文集彙編》,第116冊,頁189。
　　② [清]孫鳳儀:《和贈洪昉思原韻十首》(其七),見趙山林選注:《歷代詠劇詩歌選注》,頁364。
　　③ [清]趙執信:《因園集》卷十,見《景印文淵閣四庫全書》,第1325冊,頁402。

終紅樓靜,半墻殘月搖花影。①

此齣借李謩之口描述了他看到的楊貴妃的舞姿,覺得恍若天人,"慢收舞袖""飛上瑤天"是貴妃之舞動作的一個特寫,趙執信用"身到瑤池白手還"來概括,更增添了這個動作的畫面感,貴妃的手仿佛伸到了瑤池中,剛剛觸碰到瑤池水,便收了回來,帶有一種嬌羞的美。再如舒位在《觀演《長生殿》樂府》(其一)中寫的是楊貴妃盤上起舞的畫面:"一飯張巡妾,三秋織女星。他生原未卜,此曲竟難聽。羯鼓催鼛鼓,盤鈴換閤鈴。青山啼杜宇,何處雨冥冥。"②其中"羯鼓催鼛鼓,盤鈴換閤鈴"指的是楊貴妃在向李隆基介紹霓裳曲二疊的藝術技巧:"[八仙會蓬海]有慢聲,有纏聲,有袞聲,應清圓,驪珠一串;有入破,有攤破,有出破,合裊娜飜飫千狀;還有花犯,有道和,有傍拍,有間拍,有催拍,有偷拍,多音響;皆與慢舞相生,緩歌交暢。"③由此引出[羽衣第二疊]中楊貴妃翠盤起舞,再展霓裳曲的風姿,也是全劇達到的第一個高潮。舒詩尾聯的"青山杜宇"既照應了《舞盤》第一支曲[仙呂引子·奉時春]中唱的"山靜風微晝漏長,映殿角火雲千丈。紫氣東來,瑤池西望,翩翩青鳥庭前降。"④同時又暗合第三十齣《情悔》中楊玉環所唱"一曲霓裳逐曉風,天香國色總成空。可憐只有心難死,脈脈常留恨不窮。"⑤暗示了此劇由歡轉悲的結構。

　　事實上,劇情的設置中在《舞盤》之後,也是急轉直下,接著

---

　　①　[清]洪昇著;[日]竹村則行(たけむら,のりゆき),康保成箋注:《長生殿》(鄭州:中州古籍出版社,1999年),頁101,102,104。

　　②　[清]舒位:《餅水齋詩集》卷四,見《清代詩文集彙編》,第479冊,頁50。

　　③　[清]洪昇著;[日]竹村則行,康保成箋注:《長生殿》,頁118。

　　④　同前注,頁115。

　　⑤　同前注,頁216。

便是《合圍》《夜怨》《偵報》《驚變》等齣目，楊、李的愛情受到衝擊。王昶（1724—1806）《觀劇六絕》（其四）將故事的轉折概括爲："長生殿裡可憐宵，曾炷沈檀禮鵲橋。一樹梨花人不見，青騾蜀棧雨瀟瀟。"[1]詩中前兩句寫的是第二十二齣《密誓》，渲染二人的戀戀不捨，第三句呼應的是第二十五齣《埋玉》，梨花指楊玉環，第四句則對應第二十九齣《聞鈴》，全詩將二人的脈脈情深與楊玉環葬身馬嵬、李隆基蜀道聞鈴之間形成強烈反差，更添悲涼之感。劉墉（1719—1805）《觀劇十四首》（其十一）專寫《聞鈴》一齣："蜀道山青怨杜鵑，鳥啼花落雨如煙。鈴聲恰似丁寧語，好爲三生話舊緣。"[2]將李隆基的思緒又拉回到與楊貴妃的恩愛時光，從《長生殿》劇本情節來看，後半部分的劇情也是集中在對楊貴妃的思念中。王文治（1730—1802）有"芍藥欄低春是夢，華清人去草如煙"[3]之句，沈德潛（1673—1769）有"雨季聞鈴荒主泣，墓前觀襪衆人憐""道流海外傳仙語，私誓秋宵締宿緣"等句，[4]將李隆基自白的"蜀江水碧蜀山青，贏得朝朝暮暮情。但恨佳人難再得，豈知傾國與傾城"（第三十二齣《哭像》）[5]再度詮釋。值得注意的是，文人對楊、李愛情由歡至悲的轉折關注頗多，同時又對悲劇的造成究竟應當歸因於誰闡發了不同的討論，以下面一組寫馬嵬驛的觀劇詩爲例：

> 皤發移情牛女因，芙蓉花作斷腸羣。將軍效帝安唐策，

① ［清］王昶：《春融堂集》卷六，見《清代詩文集彙編》，第385冊，頁73。

② ［清］劉墉：《文青遺集》卷十七，見《清代詩文集彙編》，第348冊，頁96。

③ ［清］王文治：《冬日浙中諸公疊招雅集，席間次李梅亭觀察韻》（其四），《夢樓詩集》卷十二，見《清代詩文集彙編》，第370冊，頁739。

④ ［清］沈德潛：《觀〈長生殿〉劇》，《歸愚詩鈔餘集》卷十，見《清代詩文集彙編》，第234冊，頁328。

⑤ ［清］洪昇著；［日］竹村則行，康保成箋注：《長生殿》，頁226。

前日親誅韋庶人。(金德瑛《馬嵬驛》)

鈴騎漁陽弟戰書,上皇凄絶馬嵬車。竟將煙月沈天寶,那有蓬萊幻海虛。(姚燮《觀演《長生殿》院本有作》)

擘盒分釵事渺茫,風流如此太郎當。苔封玉柙無遺蛻,塵掩珠囊有剩香。(蔣士銓《〈長生殿〉題詞》其三)

名花帶笑幾相歡,羅襪成塵照眼寒。月殿霓裳元是夢,空留遺跡萬人看。(王先謙《馬嵬驛》)

血污遊魂竟不歸,凄涼環上系羅衣。宮中莫沮親征議,那怕將軍秉鉞威。(皮錫瑞《馬嵬驛》)

一樹梨花縊女輕,美人顏色果傾城。當時又說吞金屑,總是君王太薄情。(葉德輝《馬嵬驛》)[①]

金德瑛(1701—1762)和皮錫瑞(1850—1908)將楊、李二人的樂極生悲歸因於戰亂,皮錫瑞化用杜甫詩"明眸皓齒今何在,血污遊魂歸不得"[②]之句,爲楊玉環的香消玉殞感到惋惜;姚燮(1805—1864)、蔣士銓、葉德輝(1864—1927)將此事歸咎於李隆基,認爲他風流郎當,實則薄情,即便馬嵬坡上哭聲凄絶,也不可能有後來的重逢,蓬萊幻海終歸虛無,與劇中因二人伉儷情深而得以團圓的劇情設置有所差異;王先謙則將羅襪成塵當作現實寫照,認爲"名花傾國兩相歡"以及"月殿霓裳舞"本就是一場夢,把讀者帶入了"真情深"還是"假離合"的思索中。《長生殿》的劇本在寫作與演出的流傳過程中,其劇本内容並未産生巨大變化,但通

---

① 金德瑛、王先謙、皮錫瑞詩見《歷代曲話彙編》(合肥:黃山書社,2008年),清代編,第2册,頁102,116,129;[清]姚燮:《復莊詩問》卷八,見《清代詩文集彙編》,第618册,頁503;蔣士銓詩見《中國古典戲曲序跋彙編》(濟南:齊魯書社,1989年),頁1599;[清]葉德輝:《檜門觀劇絶句》下卷,葉氏觀古堂刻本,見頁7a。

② [唐]杜甫:《哀江頭詩》,《杜工部集》(長沙:嶽麓書社,1989年),頁214。

過不同觀者的觀劇詩對此劇進行解讀,其中的意味得到了進一步挖掘,對於悲歡之情的理解也不盡相同。

二 觀演《長生殿》與康雍文人的人生選擇

《長生殿》問世以來,人們對其劇本的解讀有著不同的理解,有的認爲是以史寫情,但卻不是著力刻畫情的美好與華麗;有的認爲是以情寫史,但也並非著力刻畫歷史的曲折與嬗遞,洪昇本人認爲《長生殿》是一出"熱鬧的《牡丹亭》",顯然他是受到湯顯祖"情至"思想的影響,但又不同於湯氏的情。洪昇將"情"置於"史"的維度之下,不僅增強了歷史感與厚重感,更是對個體命運與時代推力之間相互作用的一種反思。① 此劇因國喪時期上演而致禍,致禍原因學界看法不一,但其牽連到清初一些重要文人,他們的命運從此改變,面對突如其來的禍端,文人開始重新反思自身處境與歷史記憶。

作者洪昇在京城已無立足之地,狼狽遷居,李天馥(1635—1699)《送洪昉思歸里》詩有:"斯編那可褻里巷,慎毋浪傳君傳之。揶揄頓遭白眼斥,狼狽仍走西湖湄。"②記錄了洪昇因《長生殿》問禍而遭遇的窘境,此詩作於康熙三十年(1691),距《長生殿》問禍的時間很近,李天馥仍穩坐大學士之位,成爲康熙的寵臣,可見《長生殿》一事波及的範圍並不廣泛,只是當時觀演的文人遭受牽連,洪昇身邊的友人並未受到影響。

---

① 正如劉彥君:《失落的同構——洪昇命運與《長生殿》主題》中所述:"他(洪昇)的情感支點,並不在於歷史事件和人物情緣關係所結成的那種獨特的生存狀態,而在它的結果,在於它給劇作主人公帶來的無窮盡的綿綿惆悵。而他,則在人物的悲劇命運中咀嚼人生的苦澀,在對歷史的反觀裡品味時代的悲哀。"見氏著:《失落的同構——洪昇命運與《長生殿》主題》,《藝術百家》,1995年,第1期,頁14。
② [清]李天馥:《容齋千首詩》,見《清代詩文集彙編》,第138冊,頁59。

趙執信(1662-1744)在觀演之列,因此事坐廢終生,未能再步入仕途,他在《寄洪昉思》詩中寫道:"垂堂高坐本難安,身外鴻毛擲一官。獨抱焦桐俯流水,哀音還爲董庭蘭。"①趙執信性格峻傲,不適應爲官處世之道,②從詩的前兩句看,他在被罷官之後調整自己心態,將官職比作鴻毛,他更珍惜的是心靈的知己,在後兩句中化用董庭蘭的典故③將洪昇及其戲曲作品視作知音。陳大章(1659-1727)《觀演劇悼洪昉思》(其五)應和趙執信此詩道:"萬劫情緣一瞬間,才人薄命抵紅顏。風流不是庭蘭輩,漫把哀音付等閒。"④《長生殿》被禁的時間並不長,康熙三十四年(1695)即授梓刊刻,毛奇齡爲其作序,⑤此後亦多次演出,或爲喪期已過,便不再追究,甚至在康熙第五次南巡時還觀演了《長生殿》。此劇重新上演後,趙執信作《上元觀演《長生殿》劇十絶

---

① [清]趙執信:《因園集》卷三,見《景印景印文淵閣四庫全書》,第1325册,頁349。

② 趙執信爲康熙十八年(1679)進士,任右春坊右贊善兼翰林院檢討,同館人以詩集及土物餽贈,他卻説:"土儀謹領,大稿璧還。"再如,時王士禛以詩爲天下倡,論詩謂:"當如雲中之龍,時露一麟一爪。"趙執信作《談龍録》反駁:"當指事切情,不宜作虛無縹緲語,使處處可移,人人可用。"參見李森文:《趙執信年譜》(濟南:齊魯書社,1988年),頁36-37。

③ 董庭蘭(約695-約765),唐開元、天寶時著名音樂家,善胡笳、篳篥,與高適過從甚密。高適《別董大》詩中:"莫愁前路無知己,天下誰人不識君",寫的便是送別董庭蘭,成爲千古名句。李頎《聽董大彈胡笳聲》描繪董庭蘭高超技藝:"言遲更速皆應手,將往復旋如有情",可見其並非只是指法精妙,更寄深情於演奏中,富有感染力。趙執信將洪昇視作董庭蘭一樣的人物,不僅《長生殿》文辭音律皆美,更重要的是,他對此劇中賦予的情懷有著深深的認同。

④ [清]陳大章:《玉照亭詩鈔》卷十八,見《清代詩文集彙編》,第202册,頁298。

⑤ [清]毛奇齡:《長生殿院本序》載問禍事:"會國恤止樂,其在京朝官,大紅小紅已浹日,而纖練未除。言官謂遏密讀曲大不敬,賴聖明寬之,第褫其四門之員,而不予以罪。然而京朝諸官,則從此有罷去者。"

句》,在第十首中吐露當時致禍的內心感受:

> 清歌重引昔歡場,燈月何人共此堂? 六百餘年尋覆轍,
> 菟裘怪底近滄浪。①

"重引"二字點出是《長生殿》解禁之後,詩人回憶起當年觀劇致
禍的一眾文人,再次觀演的時候同堂而坐的已非當年故友,因而
頗生感慨。後兩句詩化用蘇舜欽詩:"聞道滄浪有遺築,故應許
我問菟裘。"②趙執信自注:"余以此劇被放,事跡頗類蘇子美。"蘇
舜欽因參加以范仲淹爲首的革新派而被人彈劾,以賽神事被捕
入獄,後隱居滄浪亭。③ 王士禛(1634-1711)亦用"菟裘"典故評
價《長生殿》問禍一事,《輓洪昉思》詩云:"送爾前溪去,棲遲歲月
多。菟裘終未卜,魚腹恨如何。采隱懷苕雪,招魂弔汨羅。新詞
傳樂部,猶聽雪兒歌。"④屈復(1668-?)《消暑詩十六首》(其十
一)亦爲趙執信才華橫溢卻因此事遭受牽連而感到惋惜,詩云:
"未飲狂泉狂未休,《談龍錄》出砥中流。可憐一夜《長生殿》,斷
送功名到白頭。"⑤

　　同是因觀演《長生殿》而遭牽連,查嗣璉(1650-1727)更名
"查慎行"再次登第並延續仕途,康熙四十二年(1703)特賜進士
出身,改翰林院庶吉士,自此謹言慎行。康熙四十九年(1710),
《長生殿》風波已過,民間繼續流行此劇,查慎行婉拒好友邀其觀

---

① [清]趙執信:《因園集》卷十,見《景印景印文淵閣四庫全書》,第1325冊,頁
402。
② 趙執信自注化用此句,而此句詩未見於現存的蘇舜欽詩集中,存疑。
③ 參見楊重華:《蘇舜欽年譜》,[宋]蘇舜欽著;楊重華注釋:《蘇舜欽詩詮注》
(重慶:重慶出版社,1988年),頁447。
④ [清]王士禛:《帶經堂集》卷六十一,見《清代詩文集彙編》,第134冊,頁
557。
⑤ [清]屈復:《弱水集》卷十四,見《清代詩文集彙編》,第223冊,頁208。

演此劇，並作兩首絕句答之：

> 曾從崔九堂前見，法曲依稀㲨段傳。不獨聽歌人散盡，
> 教坊可有李龜年。（其一）
>
> 上客紅筵興自酣，風光重說後三三。老夫別有燒香曲，
> 憑向聲聞斷處參。（其二）①

第一首詩化用杜甫的七絕《江南逢李龜年》，孫洙曾評杜甫這首七絕二十八字中"世運之治亂，華年之盛衰，彼此之淒涼流落，俱在其中"②，查詩同時又暗合《長生殿·彈詞》中安史之亂後，李龜年流落江南的情節，李氏曾唱："當時天上清歌，今日當街鼓板"、"唱不盡興亡夢幻，彈不盡悲傷感歎，淒涼滿眼對江山"③等句。查慎行將自己設置爲第三人稱視角，仿效杜甫七絕的手法，意在回憶當年曾觀演《長生殿》，歌聲依稀在耳畔迴蕩，現在曲終人散，世易時移，即便重新上演《長生殿》，其心緒也不似當年了。第二首詩中查慎行將此心緒表露的更加徹底，"老夫別有燒香曲"一句點破詩人不是因爲其他事情的阻隔而不能前去觀演，而是別有寄託，本意便是不想前去。

此外，旁觀的文人也從不同的角度探討《長生殿》問禍一事，先著（1651－？）認爲《長生殿》只是個導火索，但未明言真正的原因，其《演〈長生殿〉傷洪昉思》云："一曲新聲是禍媒，當時傳寫遍燕臺。陽侯不爲才人惜，竟向錢塘水底埋。"④指出《長生殿》演出

---

① 〔清〕查慎行：《〈長生殿〉傳奇，余不及赴，口占二絕句答之》，《敬業堂詩集》卷三十八，見《清代詩文集彙編》，第178冊，頁439。
② 〔清〕蘅塘退士手編；鴛湖散人撰輯：《唐詩三百首集釋》（臺北：藝文印書館，1977年），頁449。
③ 〔清〕洪昇著；康保成，〔日〕竹村則行箋注：《長生殿箋注》，頁273。
④ 〔清〕先著：《之溪老生集》卷六，見《清代詩文集彙編》，第182冊，頁93－94。

只是問禍的媒介；陳大章悼思洪昇詩有"舊曲新翻自性靈，哀絲急管遏行雲。柔聲入拍如將絕，眼見何人不哭君"①之句，化用賈島詩："昔年遇事君多哭，今日何人更哭君。"②朱彝尊（1629－1709）在《酬洪昇》詩中寫道："海內詩家洪玉父，禁中樂府柳屯田。梧桐夜雨詞淒絕，薏苡明珠謗偶然。"③此詩作於康熙四十一年（1702），首次暗示問禍一事事關明珠黨爭，並認爲此事與《長生殿》劇本身無關，是偶然事件。

從上述觀劇史料來看，《長生殿》是清初相對寬鬆的文化政策下，戲曲家寓情於史的一次大膽嘗試，無論其問禍的真正原因是什麼，都與歷史反思和人物命運分不開。統治者對喪期觀演《長生殿》一事的處理是寬嚴相濟的，僅制裁了觀戲現場的文人，並未株連其親友，但對遭到牽連的文人來說，也給他們的內心帶來了不小的衝擊：洪昇本人自此落魄，溺水而終；趙執信、陳子厚等人被革除國子監生籍或貶官，自此"斷送功名到白頭"；查慎行更名再仕，對此事仍心有餘悸；未受到牽連的文人也紛紛進行反思，或同情洪昇，或直指此事的禍端。《長生殿》經歷了"熱鬧"背後的"冷清"之後仍廣泛流傳於宮廷與民間，直到另一部歷史劇登上舞台，更加弱化了"情"的元素，強化了歷史背景，且直接叩問明史，這便是《桃花扇》。

---

① ［清］陳大章：《觀演劇悼洪昉思作》（其三），《玉照亭詩鈔》卷十八，見《清代詩文集彙編》，第 202 册，頁 298。

② ［唐］賈島：《過京索先生墳》，見黃鵬箋注：《賈島詩集箋注》（成都：巴蜀書社，2002 年），頁 370。

③ 朱彝尊：《曝書亭集》卷二十，見《清代詩文集彙編》，第 116 册，頁 189。

第二節　觀《桃花扇》的興亡之感與起伏悲歡

據孔尚任《〈桃花扇〉考據》載,此劇關涉二十四個歷史事件:甲申年四月十三日議立福王、謁孝陵設朝拜相、福王監國拜將、內閣史可法開府揚州、黃得功劉良佐發兵奪揚州、高傑叛渡江、高傑調防開洛、阮大鋮搜舊院妓女入宮、賜阮大鋮蟒玉防江、捕社黨、設壇祭禎帝、袁繼咸左良玉疏請保全太子、殺周鑣雷縯祚、左良玉發檄興兵清君側、調黃得功堵截左兵、大兵渡淮、史可法誓師、弘光帝欲遷都、弘光帝夜出南京,等等。正如李惠儀教授分析的那樣,《桃花扇》聚焦在外圍框架和閾限人物,把歷史和歷史的解釋同時化作戲台上的景觀呈現,從古至今地體驗歷史事件,再從今至古地憑藉記憶與歷史的重構來解讀過去,呈現出藝術的自覺(aesthetic self-consciousness)與歷史的反思(historical reflection)。[1]

一　文人視野中的侯李悲歡

《桃花扇》的演出經歷更爲波折,文人對此劇的關注主要集中在興亡之感和侯、李愛情之間,關於觀《桃花扇》詩的創作內容,具體分佈情況如下:

---

[1]　參見 WAI-YEE LI: "The Representation of History in *The Peach Blossom Fan*", *Journal of the American Oriental Society*, Vol. 115, No. 3, pp. 421-433.

作者	詩題	創作時間	興亡之感	侯李愛情	阮大鋮	柳敬亭	史可法	蘇崑生	黃得功	其他
徐 釚	觀《桃花扇》傳奇	康熙四十一年	✓		✓					
宮鴻歷	觀《桃花扇》傳奇六絕,次商丘公原韻	康熙四十三年		✓						✓
顧 彩	客容陽席上觀女優演孔東塘戶部《桃花扇》新劇	康熙四十四年		✓						✓
劉中柱	觀《桃花扇》傳奇歌	康熙四十四年	✓							
宋 犖	《桃花扇》題辭（六首）	康熙四十四年	✓	✓						✓
劉中柱	題《桃花扇》傳奇	康熙四十五年	✓	✓						
王廷燦	宋大中丞憲署觀演《桃花扇》劇	康熙間	✓							
田 雯	題《桃花扇》傳奇絕句（五首）	康熙間	✓	✓						
汪文柏	送查書雲下第歸,次孔東塘韻二首	康熙間								✓
沈廷芳	邗江寓樓書《桃花扇》後六首	雍正十三年	✓	✓	✓	✓	✓			

続表

作者	詩題	創作時間	興亡之感	侯李愛情	阮大鋮	柳敬亭	史可法	蘇崑生	黃得功	其他
程夢星	觀演《桃花扇》劇,四首絕句並序	乾隆六年		✓						
邵瓦	觀演《桃花扇》劇	乾隆十四年	✓							
袁枚	贈揚州洪建侯秀才	乾隆二十四年		✓						
金德瑛	觀劇絕句(其八)	乾隆二十四年				✓				
帥家相	觀何三十二《桃花扇》劇曲題辭行	乾隆間		✓						
王昶	觀劇六絕(其二)	乾隆間		✓						
陳壽祺	閱《桃花扇》曲,因感明季遺事作四首	嘉慶間	✓			✓	✓	✓	✓	
楊米人	都門竹枝詞(其二十八)	嘉慶間								✓
郭尚先	觀《桃花扇》雜劇	嘉慶間	✓							
許宗衡	無題	道光間								✓
廖樹蘅	題雲亭山人《桃花扇》傳奇四首	光緒間	✓	✓						

宋犖在《〈桃花扇〉題辭》(其一)中言:"中原公子説侯生,文筆曾

高復社名。今日梨園譜舊事，何妨兒女有深情。”[①]與《桃花扇》第四十齣《入道》的下場詩寓意相近“白骨青灰長艾蕭，桃花扇底送南朝。不因重做興亡夢，兒女濃情何處消。”[②]可見此劇雖是“借離合之情，寫興亡之感”[③]，但“離合之情”仍是貫穿始終的故事主線，如何看待侯、李愛情也成爲文人關注的話題。王昶《觀劇六絶》(其二)寫道：“秦淮舊夢已如塵，扇底桃花倍傷神。仿佛鸚籠初見日，香鈿珠笈不勝春。”[④]王詩所寫的秦淮舊夢發生在《桃花扇》第六齣《眠香》，[節節高]唱詞：“(生、旦)金樽佐酒籌，勸不休，沈沈玉倒黄昏後。私攜手，眉黛愁，香肌瘦。春宵一刻天長久，人前怎解芙蓉扣。盼到燈昏玳筵收，宫壺滴盡蓮花漏。”[⑤]寫出了侯、李初見的歡愉，[尾聲]還寫了“(合)秦淮煙月無新舊，脂香粉膩滿東流，夜夜春情散不收。”[⑥]王詩“香鈿珠笈不勝春”與此暗合。余家駒(1801—1851)在《演《桃花扇》劇》中對侯、李愛情的看法更進一步延伸至“愛江山更愛美人”：

媚座香樓緲何處？剩水殘山桃葉渡。香君當日别侯郎，粉褪香銷樓上住。(其一)

佳人不願配天子，一心甘爲才子死。不惜玉容濺血鮮，桃花紅染扇頭紙。(其二)

今日上場重演出，興亡戲劇都一局。人生何必南面王，

① 見趙山林選注：《歷代詠劇詩歌選注》，頁 351。

② [清]孔尚任著；王季思等注：《桃花扇》(北京：人民文學出版社，1980 年)，頁 252。

③ 同前注，頁 1。

④ [清]王昶：《春融堂集》卷六，見《清代詩文集彙編》，第 358 册，頁 73。

⑤ [清]孔尚任著；王季思等注：《桃花扇》，頁 46。

⑥ 同前注，頁 47。

能配美人心亦足。(其四)①

第一首詩中當日侯、李離別發生在第十二齣《辭院》,〔哭相思〕曲
"離合悲歡分一瞬,後會無期憑誰準……(生)吹散俺西風太緊,
停一刻無人肯。"②二人分離之後,李香君重新住回別院,本齣下
場詩唱"(末)人生聚散事難論,(旦)酒盡歌終被尚溫。(小旦)獨
照花枝眠不穩,(末)來朝風雨掩重門。"③"粉褪香銷"與"來朝風
雨"都暗示了二人的離別是由喜轉悲的轉折點。第二首詩對應
第二十二齣《守樓》,李香君爲守住與侯方域的愛情,〔攤破錦地
花〕唱道:"案齊眉,他是我終身倚,盟誓怎移。宮紗扇現有詩題,
萬種恩情,一夜夫妻。"④於是血濺詩扇,以示忠貞之心。若依照
劇本的結局,二人最後入道,算不得大團圓結局,但余詩的第四
首在劇情的基礎上做了重寫與延伸,他認爲侯、李二人在經歷悲
歡之後仍應相守相愛,興亡都不過戲一場,何必爲江山而拋卻美
人呢? 這樣的解讀在觀《桃花扇》詩中比較與衆不同。更有陳清
遠詩云:"欲將心贈侯公子,只唱琵琶絶妙詞"⑤,爲李香君的癡心
感到痛心,並將此劇解讀爲癡心女子負心漢的故事,與劇作者的
創作動機幾乎相悖。

　　另有一些文人雖不像余、陳等人一般幫侯方域作選擇,但也
對李香君投以深切的同情,如宋犖詩云:"血作桃花寄怨孤,天涯

---

　　①　[清]余家駒:《時園詩草》,轉引自《中國戲曲志》(北京:中國 ISBN 中心出版
社,2000 年),貴州卷,頁 570—571。

　　②　[清]孔尚任著;王季思等注:《桃花扇》,頁 82。

　　③　同前注,頁 83。

　　④　[清]孔尚任著;王季思等注:《桃花扇》,頁 144。

　　⑤　陳清遠生卒年不詳,此詩見於清華大學美術學院藏《李香君小像》圖卷,此畫
縱軸 115.5cm,橫軸 35.5cm。

把扇幾長吁。不知壯悔高堂下，入骨相思悔得無？”^①李香君血濺詩扇，後又將此扇寄與侯方域，其中蘊含了一個女子的孤獨無助與思念，而詩人試問，當侯方域看到血扇的時候，可否有過悔意，劇中當侯方域收到血染的桃花扇時感歎“爲這把桃花扇，把性命都輕了，真可感也。”（第二十七齣《逢舟》）又唱道：“［奈子花］這封書不是箋紋，摺宮紗夾在斑筠。題詩定情，催妝分韻……看桃花半邊紅暈，情懇！千萬種語言難盡。”^②此時劇中的侯方域表達的情感都是千言萬語難以表達的感動，但是沒有流露悔意，因此宋詩中的質問將侯、李愛情的思考又進行了更深一步的挖掘。與侯方域的猶疑相比，王廷燦更讚賞李香君的矢志不渝，其《宋大中丞憲署觀演《桃花扇》劇》云：“一時肝膽向夷門，文采風流今尚存。試問當年誰破壁？幾人刎頸爲王孫。曲中又見李師師，無價珍珠自一時。不羨通侯千富貴，丈夫寧獨在鬚眉？”^③此詩照應的也是《桃花扇》中《卻奩》《守樓》的情節，同時又化用了《史記·魏公子列傳》中“幾人刎頸爲王孫”的典故，^④更加深了對李香君堅貞氣節的體悟。

此外，《桃花扇》全劇中幾乎未見對李香君外貌身材的描繪，但在此劇風行之後，文人紛紛作李香君畫像，並通過題詩一起勾勒出這位色藝雙絕的女性形象，這些題詩與觀劇詩一樣作爲《桃花扇》劇的副文本，在題材上屬於觀劇詩與題畫詩的交叉部分，其功能在於對原有的劇本進行了補充和延伸。例如陳文述

---

① ［清］宋犖：《〈桃花扇〉題辭》（其四），見趙山林選注：《歷代詠劇詩歌選注》，頁351。

② ［清］孔尚任著；王季思等注：《桃花扇》，頁173。

③ ［清］王廷燦：《似齋詩存》卷五，見《四庫未收書輯刊》（北京：北京出版社，2000年），第28冊，頁515。

④ 參見［漢］司馬遷：《史記》（北京：中華書局，1982年），第7冊，頁2377。

(1771－1843)《題李香小影》描繪道："玉人玉立艷無雙，小影分明認李香。回首十三好年紀，彎環眉黛學鴉黄。梁園詞客騷壇起，才名第一侯公子。豆蔻花前早目成，瑯琊只合爲情死。一握宮紈賦定情，果然名士悦傾城。只應丁字簾前水，花月江南過一生。小玉風姿最明靚，佳俠含光氣尤勁。"[1]劇本中李香君出場在第六齣，"[一枝花]（末新服上）園桃紅似繡，艷覆文君酒；屏開金孔雀，圍春晝。滌了金甌，點著噴香獸。這當壚紅袖，誰最温柔，拉與相如消受。"[2]當中並未寫到李香君的容貌，反而是將老鴇李貞麗刻畫的很細緻："短短春衫雙卷袖，調箏花裏迷樓""深畫眉，不把紅樓閉"[3]等等，可見孔尚任並不是不注重對女性外貌的刻畫，而是刻意將李香君的形象模糊化，給人一種神秘感和美感的想象空間。文人題李香君畫像正是針對這種留白而產生，因此如陳詩中將十三歲的李香君容貌描繪得十分清晰，對十三歲的李香君的記載可見於侯方域《壯悔堂集》："李香，十三歲，從吳人周如松受歌，玉茗堂四傳奇皆能盡其音節，尤工琵琶，然不輕發也。"[4]以及余懷《板橋雜記》中"李香，年十三，亦俠慧，從吳人周如松受歌，玉茗堂四傳奇皆能妙其音節"[5]的敘述，這些記載與《桃花扇》第二齣《傳歌》中李香君唱[皂羅袍]和[懶畫眉]相呼應，詩中"彎環眉黛""風姿明靚"則是文人觀《桃花扇》劇之後對李香君外貌形象的認識。此外，還有"薄暈臉烘霞，雙鬢堆鴉，香

---

① ［清］陳文述：《頤道堂集》外集卷八，見《清代詩文集彙編》，第 504 册，頁686。

② ［清］孔尚任著；王季思等注：《桃花扇》，頁 43－44。

③ 同前注，頁 15。

④ ［明］侯方域：《壯悔堂集》（臺北：臺灣商務印書館，1937 年），頁 187。

⑤ ［清］余懷：《板橋雜記》（上海：上海古籍出版社，2009 年），頁 60。

名千載屬侯家"①"曼臉勻紅,修蛾鎖綠,內家妝束輕盈"②等句,都將觀劇之感以題畫的方式對李香君形象進行補充和描繪,不一一贅述。

文人觀演《桃花扇》時除了對興亡之感的關注外,也不乏對侯、李愛情的討論,無論是對李香君形象的補充,還是對二人情感悲劇的同情,亦或對侯方域愛情觀的質問,都是觀劇詩作爲戲曲的副文本所實現的價值,從觀者的視角與創作者形成互動,使得李香君這一位在晚明秦淮八艷中並不出衆的女性,通過一部《桃花扇》,不斷地被搬演,不斷地被探討,從而形成文學作品中經典女性形象之一。

二　觀演《桃花扇》與反思明史

康熙三十八年(1699)《桃花扇》成,新曲一出,名動京城,"新辭不讓《長生殿》,幽韻全分玉茗堂。"③內府曾索劇本呈進御覽,後孔尚任因"疑案"被罷官,世有揣測實因此劇問禍,雖無實據,但此劇較多地涉及明代歷史,在康雍時期觀演《桃花扇》的詩歌作品中,文人對戲中呈現的歷史問題的反思亦超出了對侯、李愛情的關注,吳梅《中國戲曲概論》評此劇"觀其自述本末,及歷記考據各條,語語可作信史。自有傳奇以來,能細按年月確考時地

---

　　①　[清]陶樑:《賣花聲·李香君小影》,《紅豆樹館詞》卷三,見《清代詩文集彙編》,第 507 册,頁 560。

　　②　[清]鄒弢:《高陽臺·李香君小影》,《三借廬集》卷四,見《清代詩文集彙編》,第 773 册,頁 68。

　　③　[清]宋犖:《〈桃花扇〉題辭》,見[清]孔尚任著,王季思等注:《桃花扇》,頁 28。

者,實自東塘爲始,傳奇之尊,遂得與詩文同其聲價矣。"①此時文人觀演《桃花扇》劇時對明朝衰亡所進行的探討,實際上是借用歷史與戲曲的框架抒寫易鼎之後士林群體的反思。

　　《桃花扇》中有一個貫穿始終的中心意象,即"桃花扇",全劇通過贈扇定情、血濺扇面、點染畫扇、寄扇代書、撕扇出家等情節勾勒出一幅悲歡離合的歷史畫卷,孔尚任在《桃花扇傳奇凡例》中將這一意象稱爲"曲珠"。② 中國古典詩詞中的桃花(扇)意象多象征美好的景象及其消逝的悵惘,有時空轉換的意味,如"去年今日此門中,人面桃花相映紅。人面只今何處在,桃花依舊笑

---

① 吴梅:《中國戲曲概論》卷下(上海:上海書店,1989年),頁31。王國維在《紅樓夢評論》中亦提及"《桃花扇》之作者,借侯、李之事,以寫故國之戚,而非以描寫人生爲事。故《桃花扇》政治的也,國民的也,歷史的也。"但自清代至今,也有不同的聲音認爲《桃花扇》所述歷史與真實的歷史之間有很大差異,清代的魯曾煜曾作《〈桃花扇〉傳奇訂誤五首》分別指出《桃花扇》失實之處,如"才子聲名魁復社,翰林風月冠吳趨。閒來舊院翻新曲,同聽歌喉小串珠。(其一)"魯氏自注:"侯朝宗訪李香君,與張天如偕往,今《桃花扇》誤楊龍友。"其餘四首分別指出"阮大鋮贈奩,有王將軍爲之緩頰,今《桃花扇》亦誤楊龍友"、"田仰買李香爲妾,香不代嫁,仰遺書責朝宗,無《桃花扇》後事"、"朝宗歸歸德,應順治二年乙酉科鄉試,無《桃花扇》後半事"、"朝宗早夭,無入道事"。見[清]魯曾煜:《三州詩鈔》卷三,見《四庫全書存目叢書》,集部,第270册,頁296。今學界亦有學者對《桃花扇》失實之處作出討論,如章培恒:《〈桃花扇〉與史實的巨大差別》一文,從"福王之立""侯方域入獄""侯方域與史可法""侯方域與李香君"四個方面例數曲文與史實差異之處。見氏著《〈桃花扇〉與史實的巨大差別》,《復旦學報》,2010年,第1期,頁1—6。筆者認爲,《桃花扇》作爲戲劇,儘管王國維、吴梅等學者認爲其貼近歷史,但它並不是史書,從創作需求上需要適當地進行藝術的升華與再創造,因此與歷史的真實有一些差異是可以理解的。

② 參見孫敏强:《試論孔尚任"曲珠"説與《桃花扇》之中心意象結構法》,孫敏强認爲"曲珠"説承繼了古代詩歌意象意境創造的藝術傳統和"詩眼"之説的敘事手段及結構方法,對後來《紅樓夢》、《西遊記》等經典作品的生成具有借鑒意義。見氏著:《試論孔尚任"曲珠"説與《桃花扇》之中心意象結構法》,《文學遺產》,2006年,第5期,頁106—112。

春風"①"況是青春日將暮,桃花亂落紅如雨"②,晏幾道《鷓鴣天》中"舞低楊柳樓心月,歌盡桃花扇底風"③更是廣爲流傳,孔尚任將詩詞中以"桃花"爲"詩眼"的創作手法移至戲曲創作中,營造了"桃花薄命,扇底飄零"的離合之感,更在《〈桃花扇〉考據》中明確自言:"南朝興亡,遂系之桃花扇底。"康雍時期的觀劇詩中亦不乏對桃花(扇)意象的思考:

> 妙舞清歌排日新,祇緣遊戲認爲真。桃花扇底堪招隱,碧玉簫中好避人。(《海陵觀俞水文女伶同曹秋岳侍郎》)

> 血作桃花寄怨孤,天涯把扇幾長吁。不知壯悔高堂下,入骨相識悔也無?(《〈桃花扇〉題辭》其四)

> 桃花扇合留遺恨,燕子箋猶記舊聞。細寫泥金王閣老,傳同濺血李香君。(《邗江寓樓書《桃花扇》後六首》其五)

> 零落桃花咽水流,垂楊頷頷暮蟬愁。香娥不比圓圓妓,門閉秦淮古渡頭。(《題《桃花扇傳奇》絕句》其五)④

第一首詩中杜首昌(1632－1698)自注:"歌臺前聯句:採隱於桃花扇底,避人在碧玉簫中。"前一句是指侯方域以隱居爲結局,後一句化用關漢卿所作[雙調]《碧玉簫》,關漢卿曾作《碧玉簫》十

---

① [唐]崔護:《題都城南莊》,見[清]彭定求等編:《全唐詩》,第 11 冊,頁 4148。
② [唐]李賀:《將進酒》,見[清]彭定求等編:《全唐詩》,第 12 冊,頁 4434。
③ [宋]晏幾道:《鷓鴣天》,見唐圭璋撰:《全宋詞》(北京:中華書局,1965 年),第 1 冊,頁 225。
④ [清]杜首昌:《海陵觀俞水文女伶同曹秋岳侍郎》(其四),《縮秀園詩選》卷中,見《清代詩文集彙編》,第 111 冊,頁 492;[清]宋犖:《〈桃花扇〉題辭》,見[清]孔尚任著,王季思等注:《桃花扇》(北京:人民文學出版社,1980 年),頁 28;[清]沈廷芳:《邗江寓樓書《桃花扇》後六首》,《隱拙齋集》卷五,見《清代詩文集彙編》,第 298 冊,頁 240;[清]田雯:《題《桃花扇傳奇》絕句》,《古歡堂集》七言絕句卷三,見《清代詩文集彙編》,第 138 冊,頁 343。

首,表面雖寫男女之情,實則是對隱逸生活與自由的嚮往,小令中多用"松徑""菊""白衣勸酒"等意象和典故,甚至直接提及"淵明"二字,這與第一句中的隱逸指向前後呼應,可見杜首昌與俞水文皆推崇此劇結局中的隱逸生活。後三首詩都抓住桃花的意象所傳達的"愁"與"恨",儘管李香君血濺扇面,其血被點染成桃花,暗示二人的幾經波折,但最後依然未能結爲眷侶,只空留"哀愁"與"遺恨"。桃花扇合,此劇終了,人們不禁反思,二人未能圓滿結局的根本原因是由時代背景造成的,若無複雜的復社黨爭、南明王朝的風雨飄搖、戰亂帶來的離合,侯、李二人可能仍是才子佳人大團圓,正因將其置於複雜的現實之中,直接影響了故事的結局。因此後三首詩表面在寫個人的"怨"與"恨",實則是經過了文人對歷史的反思而發出的喟歎。沈廷芳(1692－1762)將《桃花扇》與《燕子箋》進行對比,亦是觀劇詩中評點《桃花扇》的一種慣用手法,田雯(1635－1704)的《題〈桃花扇傳奇〉絕句》(其二)云:"白馬青絲動地哀,教坊初賜柳圈迴。《春燈》、《燕子》、《桃花笑》,箋奏新詞狎客來。"①王延燦(1652－1720)的《宋大中丞署觀演〈桃花扇〉劇》(其四)有:"鉤黨相傾四十年,南朝半壁死灰燃。王師飛渡長江水,舞榭猶歌《燕子箋》。"②徐釚的《觀〈桃花扇傳奇〉》寫道:"節義文章自古傳,南朝狎客有誰憐? 請看一本《桃花扇》,不是當時《燕子箋》。"③等等。《燕子箋》演繹了唐代士人霍都梁與妓女華行雲的故事,《桃花扇》亦爲文士與妓女的愛

---

① ［清］田雯:《古歡堂集》七言絕句卷三,見《清代詩文集彙編》,第 138 册,頁343。

② ［清］王延燦:《似齋詩詩存》卷五,見《四庫未收書輯刊》,第 7 輯,第 28 册,頁515。

③ ［清］徐釚:《南州草堂續集》卷三,見《清代詩文集彙編》,第 141 册,頁 483。

情,但文人認爲兩劇大有不同,主要就是因爲《桃花扇》加入了朝代興亡的社會大背景,詩中的"南朝狎客"暗指《燕子箋》的作者阮大鋮,阮大鋮依附魏忠賢,打擊東林黨人,爲忠義之士所不齒,因此詩人並不同情奸臣,而是歌頌忠義之人。明朝滅亡的原因不僅是有奸臣當道,更有君王昏庸等諸多因素,以下試舉幾例,對文人通過《桃花扇》作出的反思進行分析:

> 江潮無賴弄潺潺,一載春風化杜鵑。卻怪淒涼癡帝子,莫愁湖上住年年。(《題《桃花扇傳奇》絶句》其三)

> 商丘公子多情甚,水調詞頭弔六朝。眼底忽成千古恨,酒鉤歌扇總無聊。(《題《桃花扇傳奇》絶句》其四)

> 金陵佳麗足勾留,懷古曾登孫楚樓。如此江山多鼓角,君王擊鼓正無愁。(《邗江寓樓書《桃花扇》後六首》其二)

> 月明誰唱《後庭花》,此地曾經駐翠華。今日清溪歌舞散,賸留水榭屬丁家。(《邗江寓樓書《桃花扇》後六首》其三)

> 南渡真成傀儡場,一時黨禍劇披猖。翩翩高致堪摹寫,僥倖千秋是李香。(《〈桃花扇〉題辭》其二)[1]

這幾首詩不約而同地以歷史上的亡國之君比擬明朝滅亡於君主昏庸無道,第一首詩前兩句化用周朝末年屬地君王杜宇(即望帝)禪位退隱後不幸亡國之事,後兩句與第二、第四首詩都將南明王朝比作齊梁,二者的共同點是都城均在南京,都因統治者驕

---

① [清]田雯:《題《桃花扇傳奇》絶句》,《古歡堂集》七言絶句卷三,見《清代詩文集彙編》,第138冊,頁343;[清]沈廷芳:《邗江寓樓書《桃花扇》後六首》,《隱拙齋集》卷五,見《清代詩文集彙編》,第298冊,頁240;[清]宋犖:《〈桃花扇〉題辭》,見[清]孔尚任著,王季思等注:《桃花扇》,頁28。

奢淫逸而亡國，[①]詩人更用"商女不知亡國恨，隔江猶唱《後庭花》"[②]的典故將歌舞場中的歡愉與現實中國破家亡的飄零形成鮮明對比。第三首詩中雖未出現"六朝"或"齊梁"一類字眼，但作者將詩眼暗藏於"鼓"的意象中，"鼓"本是樂鼓，後用於戰場上鼓舞士氣之用，此詩第三句"江山多鼓角"指戰事頻繁，戰鼓與號角之聲不斷，第四句則是歌舞場中的樂鼓，君王觀戲聽曲，縱情聲樂，甚至親自下場擊鼓伴奏，將江山社稷拋之腦外，一味沉浸在無憂無愁的聲樂之中，兩句詩用同樣的意象描繪出完全不同的一緊一弛的兩種場面，反襯君王無道導致國破家亡。第五首詩則直言"南渡真成傀儡場"，即南渡之後，福王並無回天之力，只是沉浸在聲色的世界中，逃避現實，直至滅亡，劉中柱（1641—?）詩中曾以反諷的語氣寫道"福王生小解溫柔，吹竹彈絲第一流。蟋蟀相公工召敵，蝦蟆天子本無愁。"[③]將南明滅亡的原因表露得更加直白。

儘管如沈廷芳言"閱盡滄桑涕泗闌，承平遺老孔都官。閒將粉墨春秋著，樂府堪同檮史看。"[④]孔尚任或因撰寫了這部"野史"

---

① 參見葛曉音：《文質升降的遞嬗》中論及齊梁文風的形成"皇帝虛偽的德政只是徒然促進了風俗的淫侈，尤其突出地表現在燕飲女樂方面。各級官吏均可蓄妓，而且將資產全部花費在飲宴歌謠上。齊梁艷情詩中一大部分是士大夫爲聽妓或嘲戲家妓而作，即根源於這種社會風氣。"見氏著：《八代詩史》（北京：中華書局），2012年，頁208—224。

② ［唐］杜牧：《泊秦淮》，見［清］彭定求等編：《全唐詩》，第16冊，頁5980。

③ ［清］劉中柱：《題《桃花扇傳奇》》，見［清］阮元輯：《淮海英靈集》甲集卷二，見《叢書集成初編》，第1797冊，頁45。

④ ［清］沈廷芳：《邗江寓樓書《桃花扇》後六首》（其一），《隱拙齋集》卷五，見《清代詩文集彙編》，第298冊，頁240。

而被罷官一事①又將文人反思的思緒拉回到現實。宋犖（1634－1714）家班以擅演《桃花扇》而著名，其作《〈桃花扇〉題辭》時卻刻意將此劇與歷史的真實拉開距離，宋詩云：“氣壓甯南唯倜儻，書投光祿雜詼諧。憑空撰出《桃花扇》，一段風流也自佳。”②詩中“憑空”二字將《桃花扇》歸結爲純粹的文學作品，而非借歷史爲依託，並將此劇的格調定爲“詼諧”，這首詩與《〈桃花扇〉題辭》組詩中其他五首的風格、主旨都不相同，筆者認爲，此詩是宋犖本人出於自保心理，不僅撇清此劇與明史的關係，更是爲了撇清自己與反思明史的關係，有了此詩的保障，其他五首便可假託爲就戲論戲，將以戲問史的情愫隱藏得更深。汪文柏（1659－1725）則不同於宋犖，其《送查書雲下第歸次孔東塘韻二首》（其一）寫道：“揮手東華向草堂，疎林紅葉襯山光。半途事廢身無恙，千里人歸月滿廊。”③汪詩認爲孔尚任雖遭罷官，但未遭受身體上的痛苦，也算是萬幸。孔尚任的好友王特選與汪文柏看法相近，王詩云：“由來賈禍是文章，公子才人總擅場。一片癡情敲兩斷，正從扇底覓餘香。”④王特選不僅同情孔尚任的遭遇，更充分肯定了《桃花扇》的藝術價值。

　　康雍時期最著名的兩齣戲曲《長生殿》與《桃花扇》在觀劇詩

---

① 孔尚任被罷官一事原因存在爭議：《洪昇年譜》康熙三十八年（1699）：“六月，孔尚任《桃花扇》成，遂盛行於世。秋，康熙索《桃花扇》觀之，其後孔尚任罷官，世多疑其系以《桃花扇》賈禍”；《乾隆曲阜縣志》卷八十七載孔尚任“以事休致”；蔣攸銛《修撰李公蟠傳》載“孔尚任以作《通天榜》傳奇，宣播都下，斥逐”，因《通天榜》傳奇寫康熙時順天鄉試舞弊案。筆者從《桃花扇》賈禍説。

② ［清］宋犖：《〈桃花扇〉題辭》（其三），見［清］孔尚任著，王季思等注：《桃花扇》，頁28。

③ ［清］汪文柏：《柯庭餘習》卷七，見《清代詩文集彙編》，第202冊，頁163。

④ ［清］王特選：《〈桃花扇〉題辭》，見［清］孔尚任著，王季思等注：《桃花扇》，頁30。

對其接受中都蘊含了文人對歷史和現實的反思,其中對歷史的反思是由戲曲文本帶來的,對現實的思考是由演劇的具體遭際所引發的,二者都抱著客觀的處世心態,不再沉浸在自身的易代飄零之感中。

第三節　屈原戲的改寫與文人詠史

屈原是古代文人士大夫情結的源頭之一,易鼎之後,更成爲清代文人心靈的寄託,故將屈原故事入戲成爲文人戲曲創作樂於選擇的題材之一。清代屈原戲共計十四種(三種已佚),閱讀這些劇本會發現,其故事内容並未完全遵照楚辭的記載,而是在將歷史入劇的同時,還添加了一些劇作家杜撰的情節,從戲曲創作的角度看或許是考慮觀者的娛樂性需求,但在觀劇詩中,文人關注的焦點仍集中在探討楚辭中已有的"痛飲酒讀離騷""投江""招魂""招隱士"等,文人對杜撰情節的認識有一個共同的基點,便是爲屈原補恨,對單純爲娛樂因素而添加的情節並未給予關注。爲了便於下文的討論,筆者首先將屈原戲與楚辭内容進行對照,將楚辭中原有情節和劇中杜撰情節的大體分佈情況作簡單梳理,如下表:

作者	劇目	楚辭原有情節	杜撰情節
丁耀亢	化人遊	讀騷;作《橘頌》	買舟逢幻;征友追姝;仙舟放遊;吞舟漁腹
鄭瑜	汨羅江	屈原被誣陷;作《天問》、《離騷》	屈原請湘君彈錦瑟;與漁父大醉枕藉舟中
尤侗	讀離騷	讀騷;投江;招魂	宋玉與神女婚戀

续表

作者	劇目	楚辭原有情節	杜撰情節
張　堅	懷沙記	懷王寵幸鄭袖；不聽屈原諫言；屈原作《離騷》以解憤懣；屈原作《天問》；投江	楚王命子蘭、靳尚嚴刑拷打屈原
汪　柱	楚正則采蘭紉佩	作離騷	"紉秋蘭以爲佩"的來歷
楚　客	離騷影	屈原成仙	武陵古烈女故事
靜齋居士	吊湘	屈原懷才不遇	賈誼自認與屈原同病相憐，仿張衡作《四愁詩》
周樂清	補天石	投江	屈原復活後爲楚國報仇
胡盍朋	汨羅沙	屈原懷才不遇，作《天問》、《橘頌》、《哀郢》；投江	屈原前世爲橘樹，轉世爲人，死後升仙；懷王化鳥以示悔意
乾隆御製	正則成仙	屈原被誣投江	屈原親見民間慶祝端陽的喜慶氣氛
乾隆御製	漁家言樂	無	屈原前往漁父家，唱出沿途所見端午景致和喜悅心情
丁　澎	演騷(已佚)	暫無記載	暫無記載
顧　彩	楚辭譜(已佚)	招魂	暫無記載
朱瑞圖	秋蘭佩(已佚)	屈原懷才不遇	暫無記載

　　清代最早的屈原戲當爲成書於順治三年(1647)的《化人遊》

傳奇，①作者丁耀亢先有《化遊詞》，而後成《化人遊》傳奇，據宋琬
（1614－1674）評價此劇：“《化人遊》非詞曲也，吾友某渡世之寓
言，而托之乎詞者也。世不可以莊言之，而托之於詠歌；詠歌又
不可以莊言之，而托之於傳奇。以爲今之傳奇，無非士女風流，
悲歡常態，不足以發我幽思幻想，故一托之於汗漫離奇、狂遊異
變，而實非汗漫離奇、狂遊異變也，知者以爲漆園也、《離騷》也、
禪宗道藏語録也、《太史公自敘》也。”②也就是説，《化人遊》傳奇
所表達的是現實生活中“不可以莊言之”的意涵，只能通過“汗漫
離奇、狂遊異變”的想象來寄託自己與現實之間的格格不入，這
種失意又不同於“士女風流”之間的悲歡，而是一種無所寄託的
自我寫照。在現實生活中，丁耀亢也確實鬱鬱不得志，而且多次
出海避難，因而對屈原投江的情節十分感興趣。丁耀亢爲屈原
所補的恨便是第五齣何皋在水中進入魚腹之國和海上遇仙的部
分，他曾自言：“小魚百萬截煩入，噴薄千頃風煙回。”③對大魚的
強大力量充滿嚮往；《化人遊》劇中主人公在海上面臨著三種選
擇：北上琉球、南下黑海、東至蓬萊，最終選擇前往東海而得道，
丁耀亢詩云：“西母添籌注海齡，洞門之草郁青青。如何滿座煙

---

①　儘管《化人遊》傳奇中屈原形象出場較少，並非以屈原形象爲主，但因其爲屈
原故事的延伸，仍被屈原戲相關研究領域的學者收入此類題材之中，如徐扶明：《關
於屈原的戲曲作品》，《湖北師範大學學報》，1985 年，第 3 期，頁 65－71；何光濤：《元
明清屈原戲考論》，四川師範大學博士論文，2012 年；王楠：《元明清戲曲中的屈原形
象流變》，《作家》，2013 年，第 18 期，頁 137－138，等等，筆者亦將其列入屈原戲範疇。
②　［清］宋琬：《化人遊·卷首》，見《古本戲曲叢刊五集》（上海：上海古籍出版
社，1986 年），第 17 册，頁 3。
③　［清］丁耀亢：《海上漁人言往歲春水魚至，有三大魚來停海邊，身長如皋，經
旬始去，予欲見之，今歲冰雪海凍，大魚不至，恨然竟北，因爲大魚行》，《丁耀亢全集》
（鄭州：中州古籍出版社，1999 年），上册，頁 228。

霞客,少卻遼陽鶴姓丁?"①此詩與《化人遊》第九齣下場詩"(生)醉把玄言問老龍,(末)瓊芝朱草蔚青青。(淨)應知滿座煙霞客,(生)中有遼陽鶴姓丁"②極爲相近,在傳奇故事中,丁氏可以與左慈、王陽等人一起遊仙,得到度脫,但現實中的丁耀亢並未尋求到解脫,當他再反觀故事的時候,在内心中將自己抽離了出來,兩首詩同樣是求仙的場面,卻少了丁耀亢。可見"汗漫離奇、狂遊異變"的想象都是爲作者補恨而服務的,將戲曲與觀劇詩對讀便可看到文人理想與現實之間的矛盾心理,加深了對文人所補之恨的解讀。

姜城所作的《吊湘》是以屈原爲配角,賈誼爲主角,講述賈誼吊屈原的故事,在戲中和觀劇詩中都透露出此劇的創作基點便是愁的無處排解。劇中《愁端》和《楔子》寫道:

愁　端

[蝶戀花]萬緒千頭愁太瑣,平子吟來各自分成夥,東跳西鑽無不可。但須留個中間我。學譜新詞吾亦頗,我去尋愁,愁反無方躲,藉此消愁君莫抹,且來嚼個開心果。

楔　子

[沁園春]古往今來,愁端愁緒,千重萬重。嘆湘靈去後,交原久絕。家兄未至,送了還窮。大肚裝來,矮人演去,如是而觀。處處同傷心者,拼兩行眼淚,交付西風。　新聲敲響晨鐘,莫酒綠燈紅唱惱公。盡利交詞友,俱呼殷輦,錢神窮鬼,都喚英雄。以哭爲歌文爲戲,我亦雲煙過眼空,知

---

① ［清］丁耀亢:《出劫紀略》,《丁耀亢全集》,下册,頁 227。
② ［清］丁耀亢:《化人遊》,見《古本戲曲叢刊五集》,第 17 册,頁 102。

音客須觀，觀場上摸摸胸中。①

作者創作的主題便是愁，是“萬緒千頭”“千重萬重”的愁，這種愁唱在燈紅酒綠之處，澆的是胸中塊壘。姜城在《去岳州》詩中再次談到此劇中的愁：“昨登岳陽樓上望，長波莽莽山蒼蒼。魚龍饞嚼山鬼嘯，我胡初滯於茲鄉。當初賈誼吊屈子，遂令賈亦傷心死。我學平子吟愁吟，知有騷鬼無騷人。賈能吊屈我吊賈，一隻詞筆同瀟灑。若教我更死於斯，誰是將來吊我者？”②“魚龍”句照應楔子中“大肚裝來，矮人演去”，即屈原葬身魚腹的橋段，詩人之所以會使賈誼吊屈原，是在感傷自己一片忠心卻無人悼念，姜城一生也是命途多舛，也曾遇到小人陷害而被流放，無處申訴，只能“拼兩行淚，交付西風”“以哭爲歌文爲戲”，“誰是將來吊我者”的發問與［煞尾］中表達了同樣的絕望與悲涼：“看龍船已看過，吊湘靈吊未訖，判牢愁還只有這詞章樂。但不知萬歲千秋之後呵，可也有個作賦的人來吊吊我？”③《吊湘》劇與姜城的詩中都帶有深深的遺憾之感，期待能夠有人識得他們的忠貞，但又自知希望渺茫，因而寫劇以補憾，不料卻是反復加深了這種遺憾，正如姜城詩言：“豈是湘靈債未酬，要教親自吊湘流。騷如可繼離原好，家竟無緣聚反愁。”④到晚清時，左輔觀此劇，將屈原、賈誼、姜城的愁擴展至千古文人之愁，這種愁的無處排解，戲曲中的以

____

① ［清］靜齋居士：《四愁吟樂府》，中國藝術研究院藏清嘉慶刻本，頁 3a。《四愁吟樂府》共收姜城所作雜劇四種，第一種爲《吊湘》。據鄧長風先生考證，靜齋居士即姜城，筆者從。見氏著：《明清戲曲家考略續編》（上海：上海古籍出版社，1997 年），頁 286。

② ［清］姜城：《憶存齋詩稿》卷六，清道光二十六年刻本，頁 2a。

③ ［清］靜齋居士：《四愁吟樂府》，中國藝術研究院藏清嘉慶刻本，頁 27b。

④ ［清］姜城：《將之湘南臨行口號四絕》（其二），《憶存齋詩稿》卷六，清道光二十六年刻本，頁 3b。詩中自注：“余《四愁吟》樂府首即《吊湘》也”。

哭當歌,都加重了悲涼之感,左輔詩云:

> 自譜新詞歌哭宣,滿堂豪竹與哀絲。不愁驚起魚龍臥,
> 怕聽秋墳鬼唱詩。(其一)
>
> 茫茫大地寄愁難,今古才人一例看。誰向大羅天上去,
> 笑看海底眾星干。(其二)①

左輔認爲天地間排解愁緒最難,絲竹哀音配以歌哭如鬼唱詩一般,其幽怨之感愈加明顯,文人多有遊仙的結局對自己的愁緒寄託了某種想像,這種強作的"笑看"又有誰能夠真正實現呢。

爲屈原補恨也是爲千古懷才不遇的文人補恨,周樂清所作《補天石》傳奇達到了補恨之作的巔峰,這部戲在當時流傳也十分廣泛。其創作動機源於周樂清閱讀毛聲山評點《琵琶記》時曾言"欲撰一書,名《補天石》,歷舉其事,皆千古之遺恨,天欲完之而不能,人欲求之而未得者。"②毛聲山只言欲作此書,卻未見著錄,周樂清既是補毛聲山未著之憾,又將千古遺恨寓於其中,並直言所謂"千古遺恨",便是"天欲完之而不能,人欲求之而未得"的未完之志,歐陽紹洛評價此劇"一洗人間萬斛冤"③。此劇在晚清頻繁上演,周樂清詩云:"西抹東塗作嫁裳,阿婆重憶上年場。奇書未得窺中秘,樂府編傳到外洋。"詩中自注:"拙著《補天石》

---

① [清]左輔:《題天津姜城靜齋《四愁吟》樂府》,《念宛齋詩集》卷十,哈佛大學漢和圖書館藏清嘉慶刻本,頁 8b。

② [清]周樂清:《〈補天石〉傳奇八種自序》,見蔡毅:《中國古典戲曲序跋彙編》(濟南:齊魯書社,1989 年),頁 1404–1405。

③ [清]歐陽紹洛:《〈補天石〉題詞》,見蔡毅:《中國古典戲曲序跋彙編》(濟南:齊魯書社,1989 年),頁 1110。

傳奇遍演齊楚，近聞高麗貢使亦購去”，①周樂清曾在山東、湖南
等地做官，此劇傳遍齊楚是很可能的，傳至高麗還有待進一步考
察，但仍可以説明此劇在當時的流傳比較廣泛。張家榘在《補天
石》題詞中説“快事奇文似此無，宫商況可叶吳歈。”②此詩説明
《補天石》當時是以崑曲演唱的，崑曲作爲雅部，在文人之間還是
有市場的，因此筆者推測《補天石》劇流傳程度較高主要還是在
文人圈子流傳，其吸引文人目光的主要原因在於題材的選擇，即
爲千古遺恨洗冤。在劇情設置中，除了《補天石》爲屈原復活以
復仇之外，《汨羅沙》劇中更是將屈原的前世今生都補充得一清
二楚，同時也令屈原還魂洗刷冤屈，劇中對其還魂的解讀便是
“爲千古冤魂吐氣”(第十三齣《説夢》)、“把鐵案千秋翻到底”(第
十九齣《收場》)，③這種創作手法被張潤珍贊爲“《汨羅》樂府臨川
派，《牡丹》嗣響人稱快。”④

　　值得一提的是，在《補天石》與《汨羅沙》中還魂情節創作之
前，楚辭中便有宋玉爲屈原招魂的情節，也同樣得到文人關注。
《古典戲曲存目匯考》與《清代雜劇全目》中都曾著錄顧彩作《楚
辭譜》，劇本無傳，孔尚任曾觀此劇，並有詩記載，這首詩成爲關
涉到《楚辭譜》劇情内容的唯一史料，現今對顧彩戲曲的研究中

---

　　①　[清]周樂清：《癸丑冬因病乞退，感賦七律十六首》(其十二)，《靜遠草堂初
稿》卷六，見《清代稿鈔本》(廣州：廣東人民出版社，2007 年)，第 1 輯，第 28 册，頁
192。

　　②　[清]張家榘：《〈補天石〉題詞》，見蔡毅：《中國古典戲曲序跋彙編》(濟南：齊
魯書社，1989 年)，頁 1111。

　　③　參見[清]鄒式金：《雜劇三集》卷十八，載《續修四庫全書》，第 1765 册，頁
313，316。

　　④　[清]張潤珍：《〈汨羅沙〉樂府題詞》，見蔡毅：《中國古典戲曲序跋彙編》，頁
2369。

涉及《楚辭譜》故事情節的論述皆引此詩。詩云："顧郎新譜楚辭成，南雅清商絕妙聲。何事招魂删一折，筵前無淚與君傾。"①從此詩中可知《楚辭譜》中有宋玉爲屈原招魂的情節，卻不知何故被删，孔尚任詩後注："無錫顧天石名彩，作《楚辭譜》，傳屈、宋故事，南雅小班特善之，然不演《招魂》一折，觀者以爲恨。"②從這段説明中可知文人觀此劇的審美期待並不僅僅在於屈原的冤與恨，更在於《招魂》的部分，即期待忠貞之士能夠沉冤得雪，重新受到賞識，也就是補恨的部分。

　　屈原戲的重寫本較多，不能一一贅述，從上述例證中可以看出：一、對屈原形象的關注源於文人的香草美人情結，因自身的不得志或單純地對千古文人之恨的體悟轉向將屈原形象入戲，屈原戲的主要内容都圍繞在屈原被冤及招魂得雪的部分；二、此類劇的情感基調多爲"冤""愁""恨"，體現了文人在逆境中尋求解脱但又難以超脱的情感狀態，不同於湯顯祖以來"至情"傳統下的男女悲歡；三、通過觀劇詩與屈原戲的對比互涉，發現作家創作戲曲時多少要顧及到戲曲的觀賞性和娛樂性，因此杜撰出一些相對吸引人的情節，但在文人觀劇時，又將這些娛樂因素剥離掉，回歸到自身的香草美人情結中；四、將娛樂因素的剥離並不意味著所有杜撰的情節都没有價值（或不受文人關注），較容易受到關注的仍集中在招魂的部分，無論是成仙還是復仇，這些杜撰出的"招魂"模式恰好能夠澆文人之塊壘，因而成爲補恨的完美結局。

---

　　①　［清］孔尚任：《燕臺雜興四十首》（其十七），見汪蔚林主編：《孔尚任全集》（北京：中華書局，1962 年），頁 370。
　　②　同前注。

第四節　康雍時期戲曲創作的歷史再現

　　明清之際的戲曲作家有半數以上經歷過甲申之變，世變記憶與情感訴求成爲這一時期戲曲創作的主要動機之一，歷史題材常常被戲曲作家所青睞。戲曲作品可以透過虛構性的故事傳達寓言式的意涵，也可使歷史記憶超越時空進行演繹，①通過藝術加工消解政治敏感性，成爲文人面對動蕩社會現實的一種策略。觀劇詩借評點戲劇之由將歷史記憶拉回現實，發揮詩歌的"言志"功能，以互動形式呈現出"詩"與"劇"在藝術上的融通。這種做法有兩個層面的意義：一是以虛實相間的方式呈現出作者或觀者内心的渴望，前者體現在戲曲家的藝術構思，後者體現在觀者的戲曲批評；二是在"演"與"觀"的互動過程中，場上之戲引起場下觀衆的共鳴，形成共感，歸根結底仍是文人重構自我價值的一種途徑，而正是這樣的途徑選擇，構成了明清之際戲曲（主要指歷史劇）的藝術特色。

　　清前期戲曲中的明史再現，歷來關注頗多的是《桃花扇》，實有另一部反映明史的歷史劇較《桃花扇》早了三十三年，卻一直被忽略，這便是《史閣部勤王》。《史閣部勤王》劇本已佚，閭爾梅的觀劇詩《盧州見傳奇有《史閣部勤王》一闋，感而誌之》中對此劇有所記載：

---

　　①　明清之際歷史劇對往昔歷史的再現不受時空的限制，近則可以直接再現明史，如《史閣部勤王》、《桃花扇》等劇皆就地取材於明史故事；稍遠則可以追溯到宋史，如《西臺記》中對宋元之際文人的想象；更遠可以追溯到屈原情結，如《讀離騷》、《化人遊》等。

  元戎親帥五諸侯，不肯西征據上遊。今夜盧州燈下見，
還疑公未死揚州。（之一）

  繡鎧金鞍妃子裝，興平一旅下河陽。猿公劍術無人曉，
驚道筵前舞大娘。（之二）①

閻爾梅爲崇禎三年（1630）舉人，李自成攻陷北京時，曾隨軍討
伐，因不從李自成招降而入獄，出獄後成爲史可法參軍。詩中所
提史可法率領的五諸侯均爲南明將領，即左良玉、高傑、黄得功、
劉澤清與劉良佐。弘光時閻爾梅曾勸史可法進軍山東、河南，光
復大明，但未被採納，閻詩《惜揚州》七古自注：“予勸閣部西征，
徇河南，不聽；勸之渡河北征，徇山東，又不聽。一以退保揚州爲

---

  ① ［清］閻爾梅：《白牛山人詩集》卷八，見《續修四庫全書》，第1394册，頁457。
此詩題頗有歧義，“闋”字既可表示“一部分”，如詞中有上下闋之分，亦可以表示“結
束”的意思，因此詩中提到的劇目究竟是《盧州見》傳奇中有《史閣部勤王》折，還是閻
爾梅在盧州看到《史閣部勤王》這部戲，“闋”表示演出終了呢？目前僅有江巨榮：《明
清戲曲：劇目、文本與演出研究》中明確提出此劇題目爲《史閣部勤王》。見氏著：《明
清戲曲：劇目、文本與演出研究》（上海：上海古籍出版社，2014年），頁56－57。筆者
查閲《白牛山人年譜》（民國嘉萊堂本）中閻爾梅作此詩時確在盧州，因龔鼎孳在盧州
葬其先人，閻爾梅前往參加葬禮，同年所作詩中還有《盧州贈歌妓》等。但筆者又查
到盧州在今安徽省合肥市境内，明洪武元年（1368）盧州府屬中書省，治合肥縣，永樂
元年（1403）改隸南京，明亡後，史可法率領抗清軍隊置滁州，時爲南明江北四鎮之
一，屬盧州府管轄。若言此劇因史可法在盧州而命名，也有可能，但無更直接的證
據。因此暫從江巨榮説，將此劇目理解爲《史閣部勤王》。趙山林：《清前期詠劇詩歌
簡論》中曾論述此組詩中的第一首：“過去人們都認爲，孔尚任的《桃花扇》第一次塑
造了史可法的形象。讀了這首詩，才知道在《桃花扇》問世至少二十年前，劇壇上已
經出現過史可法的形象。”見氏著：《清前期詠劇詩歌簡論》，《中華戲曲》，太原：山西
古籍出版社，第30輯（2004年），頁86－104。此詩作於康熙五年（1666），《桃花扇》成
書於康熙三十八年（1699），事實上《史閣部勤王》比《桃花扇》早了33年。

上策。"①閻爾梅是積極的抗清者，但多次勸諫未被採納，他對史可法的評價並非如民間那般奉其爲"英雄"。因史可法一直將戰略重點放在保揚州，揚州一旦陷落，南明就大勢已去，而其死後一直未見尸身，這也使史可法的死成爲一個謎。閻爾梅詩中以真實的自我面對戲中的歷史人物史可法，發出的質疑帶有一定的諷刺意味。從第一首詩中可以看出閻爾梅是一個堅定的反清者，即便大局已定，他仍借助戲劇來叩問歷史，通過戲曲超時空性的特點，與歷史人物隔空對話，將鬱積於胸中的壘塊一吐爲快。

　　第二首詩中描繪的是一位戎裝女子的形象，閻爾梅自注："是高傑之婦，即李自成妻。"閻爾梅爲何會關注到一位女子呢？一則是戲曲創作者的劇情安排，閻爾梅所觀曲目中或有李自成妻表演的場面，《明史·高傑傳》載："自成妻邢氏，矯武多智。掌軍資，每日支糧仗。傑過失營，分合符驗。氏偉傑貌，與之通。恐自成覺，謀歸降。次年八月，遂竊邢氏來歸。"②據此可知，此劇中的李自成妻大抵就是《明史》中記載的邢氏。因此詩中的一、三、四句是基於歷史與劇情的真實描寫；另一則是閻爾梅通過

　　① ［清］閻爾梅：《上史閣部書·小引》中亦云："予以乙酉正月十六日赴閣部史公之聘，十九日至白洋河相見。時興平伯高傑新爲許定國所殺，河南大亂，予勸公西行鎮撫之，公懼甚，逗留不進。二十七日抵徐州，傑諸將約束待公命，公爲設提督統其衆，處分草草，又用左右計，退保揚州。予苦留之，弗聽，且欲挾予同行。"見氏著：《白耷山人文集》卷下，載《續修四庫全書》，第 1394 册，頁 524。
　　② ［清］張廷玉：《明史》卷二七三列傳第一六一，清乾隆武英殿刻本，頁 2829。另［清］劉中柱所作觀劇詩《題〈桃花扇〉傳奇》中有"壓寨夫人威奪幟，四鎮鼠牙爭角觭。黃金壩上陣雲飛，番天鷂子尤恣肆。"詩中自注："番天鷂子，高傑也。壓寨夫人，傑妻邢氏也。黃金壩之役，邢氏助戰。"可爲側證。參見［清］阮元輯：《淮海英靈集》甲集卷二，載王雲五等主編：《叢書集成初編》（上海：商務印書館，1935 年），第 1797 册，頁 12。

“猿公劍術無人曉”的典故與女子筵上舞劍形成鮮明對比，“猿公”指劍術高明之人，[①]並非此劇中的形象，閻詩借用此典爲虛寫。這樣的虛實結合實則是在爲第一首詩服務，亂世當前，女子亦披戎裝，反襯史可法消極不攻，死守揚州的策略失當。

　　從這兩首觀劇詩中可以看出：一、《史閣部勤王》早《桃花扇》至少三十三年，其創作時間與歷史事件發生的時間極爲接近，其人物形象與故事情節都極貼近真實，在創作手法上不同於一般的歷史劇[②]；二、閻爾梅曾爲史可法參軍，對當時那段歷史頗有發言權，其詩中主要表達兩種情愫，即對史可法的譏諷和對自己壯志未酬的感慨，閻氏心中的史可法與民間評價其爲“英雄”是有出入的，他對史可法的諷刺並非戲中的情節，而是在觀劇過程中自身經驗被戲曲中的歷史再現所觸發而形成的自我超越；三、閻爾梅借觀劇、寫詩吐露自己的心境，能看出他是始終效忠於明朝

---

　　①　［西晉］左思：《吳都賦》中有：“其上則猿父哀吟”句，［晉］劉淵林注引《吳越春秋》曰：“越有處女，出於南林之中，越王使女聘問以劍戟之事。處女將北見於越王，道逢老翁，自稱袁公，問處女：吾聞子善爲劍術，願一觀之。女曰：妾不敢有所隱，唯公試之。於是袁公即跳於竹林，槁折墮地，處女即接末，袁公操本以刺處女，女應節入，三人，因舉枝擊之，袁公即飛上樹，化爲白猿，遂引去。”參見［南朝梁］蕭統：《昭明文選》卷五（瀋陽：春風文藝出版社，1995 年），頁 90。詩詞中常化用“白猿”典故，如［北周］庾信：《周柱國大將軍紇干弘神道碑》中有“受書黃石，意在王者之圖；揮劍白猿，心存霸國之用。”見氏著：《庾子山集注》卷十四，載《景印景印文淵閣四庫全書》，第 1064 冊，頁 499。［清］陳維崧《夜遊宮·秋懷》（之三）中亦有：“齷齪誰能耐，總一笑浮雲，睚眥獨去，爲儒學無賴。圮橋邊，有猿公，期我在。”見氏著：《迦陵詞全集》卷五，載《續修四庫全書》，第 1724 冊，頁 40。例中庾信、陳維崧都經歷過易代之變，借用“白猿”的典故發出壯志未酬的感慨，推測文中閻爾梅也頗有此意。

　　②　歷史劇的創作主要有兩種：一是直接追溯歷史事件，一般相對創作時間較遠；二是假託較爲遙遠的時間，但從日常生活場景、官宦制度等方面可以看出是反映當下，真假交錯。《史閣部勤王》劇就選取剛剛經歷的歷史，其中人物角色都是真名真姓，顯然是很大膽的選材，在古典戲曲作品中並不常見。

的,苦痛的心境並未使他的價值觀發生動搖,^①這種任憑世事變化而自身信念始終不變的做法,亦是易代之際文人自我認同的一種價值體現。

方文(1612－1669)雖不若閻爾梅一般幾度爲復明奔波努力,但在入清之後亦未出仕,以對歷史的遙想寄託故國之思,其受到徐渭《四聲猿》雜劇的啟發欲仿作《六聲猿》,通過對六位宋元之際文人的追思來觀照當下。但方文不諳音律,難成戲曲作品,所幸寫成《六聲猿》絕句六首,其藝術構思在詩中得以保留。

《謝侍郎建陽賣卜》:骯髒乾坤八尺軀,且將卜肆溷屠沽。當時猶解欽風節,今日程劉輩亦無。(其一)

《家參政河間談經》:平生志業在春秋,説與諸生涕泗流。吳楚風詩猶不采,那堪戎索遍神州。(其二)

《唐玉潛冬青記骨》:鳳巢龍穴不成棲,玉匣珠襦踏作泥。唯有年年寒食節,冬青樹下杜鵑啼。(其三)

《鄭所南鐵函藏書》:吳門春草綠參差,枯井藏書那得知。三百餘年書始出,中原又似畫蘭時。(其四)

《王炎午生祭文相》:文相精忠泣鬼神,當年猶有見疑人。可知盡節惟應死,才説權貴便不真。(其五)

《謝皋羽慟哭西臺》:嚴子灘頭風雪飄,生芻一束薊門遙。傷心豈獨悲柴市,萬古崖山恨不銷。(其六)^②

---

① 閻爾梅在觀劇詩中表達效忠明朝心境的還有《贈扮蘇屬國者》:"節旄殘落雪氈青,十九年來不可腥。直到河梁分手去,苕苕白髮焰龍庭。"見氏著:《白耷山人詩集》卷八,載《續修四庫全書》,第 1394 冊,頁 462。諸如此類詩例,不一一詳述。

② [清]方文:《六聲猿》,《嵞山集》卷十二,見《清代詩文集彙編》,第 38 冊,頁 171。《六聲猿》自序載:"昔徐文長作《四聲猿》,借禰衡諸君之口,以洩其胸中不平,真千古絕唱矣!予欲仿其義作《六聲猿》,蓋取宋末遺民六事,演為雜劇。詞曲易工,但音律未諳。既作復止,先記以詩。俟他日遇知音者,始填詞焉。"

第一首詩中的謝侍郎即謝枋得（1226－1289），字君直，號疊山，別號依齋，信州弋陽（今江西上饒）人，南宋時曾任吏部侍郎，著有《疊山集》。謝枋得堅定抗元，其妻子、兩個兄弟、三個侄子都被元軍迫害致死，南宋滅亡後，他走上流亡的道路，以卜卦、織賣草鞋爲生。元統治者先後五次派人勸其仕元，謝枋得堅定拒絕，決不失志，後絕食而亡，謚號"文節"。[①] 詩中方文自注程、劉二人爲"程文海""劉夢炎"（按應爲"留夢炎"），程文海入元之後出任御史，他在向元朝統治者推薦南宋三十位賢人的名單中將謝枋得列在首位，這種行徑已然違背了文人所推崇的"守節"情操，但程文海在寫給留夢炎的信中仍自稱"大宋遺民""大元逸民"，因此方文在詩中斥其沒有"風節"。方文另在《京口即事》（之一）中亦用謝枋得事："骯髒乾坤剩此身，曾將彩筆撼星辰。于今東海揚塵日，來作江湖賣卜人。"[②] 從《六聲猿》的第一首中可見方文構思的第一出雜劇《謝侍郎建陽賣卜》當演南宋滅亡後，謝枋得流亡建陽，以卜卦爲生，程文海欲勸其仕元，遭到拒絕。

第二首詩所寫人物爲家鉉翁（約 1213－1297），號則堂，眉州（今四川眉山）人，著有《則堂集》。曾任南宋大理寺少卿、浙西安撫使、戶部侍郎等職，入元後拒不出仕，以教書爲生，善講《春秋》事。[③] 方文構思的《家參政河間談經》劇當是演宋亡後家鉉翁拒絕出仕，開館授書，每每講及《春秋》諸事，感慨時事而涕下。

---

① 謝枋得生平參見[元]脫脫：《宋史》卷四二五列傳第一八四，清乾隆武英殿刻本，頁 4442－4443。

② ［清］方文：《嵞山集》卷十二，見《清代詩文集彙編》，第 38 冊，頁 168。

③ 家鉉翁生平參見[元]脫脫：《宋史》卷四二一列傳第一八零，清乾隆武英殿刻本，頁 4395－4396。李聖華：《方文年譜》認爲此詩寫的是方鳳，未言依據。見氏著：《方文年譜》（北京：人民文學出版社，2007 年），頁 232。據筆者文中所述，此詩描寫的是家鉉翁應無疑義。

　　第三首詩所寫人物爲唐珏（1247－?），字玉潛，號菊山，會稽（今浙江紹興）人。唐珏在南宋無功名記載，宋亡後，唐珏出家資收集被楊璉真伽損毀的宋代帝王遺骸，復葬於蘭亭山，並移植宋故宮的冬青樹於墓邊，引起轟動。[①] 唐珏曾作《冬青行》二首，其第二首中有"遙遙翠蓋萬年枝，上有鳳巢下龍穴"之句，方文詩中第一句"鳳巢龍穴不成樓"即化用此詩。方文欲寫的《唐玉潛冬青記骨》劇大抵演繹此事。另有明代戲曲家卜世臣（約 1610 前後在世）曾作《冬青記》傳奇，亦演此事。

　　　第四首詩所寫人物爲鄭思肖（1241－1318），原名不詳，字憶翁，號所南，自稱菊山後人、景定詩人等，擅畫蘭，與趙孟頫交往頗深，著有《心史》《鄭所南先生文集》《所南翁一百二十圖詩集》等。鄭思肖因懷念趙宋，取"趙"字中的"肖"字部分，更名爲"思肖"。其《心史》一書於明崇禎十一年（1638）發現於蘇州承天寺的一口枯井中，書以鐵函保存，上題"大宋孤臣鄭思肖再拜書"[②]，其發掘時間距鄭氏生活年代已有三百餘年，是爲方文詩中"枯井藏書三百年"的由來。方文《鄭所南鐵函藏書》的故事情節以崇禎年間發掘出三百年前鄭思肖所藏《心史》一書爲主要事件，借以表達對守節之士的欽佩和仰慕。

　　　第五首詩寫南宋王炎午（1252－1324），初名應梅，字鼎翁，別號梅邊，江西舟湖（今江西洲湖）人，著有《吾汶稿》，宋亡後更名炎午。王炎午曾捐其家產助文天祥抗元，後文天祥被捕，王炎

---

　　① 唐珏生平參見柯劭忞：《新元史》卷二四一列傳一三九，民國九年天津退耕堂刻本，總頁 2038－2039。

　　② 鄭思肖生平及"枯井藏書"事參見柯劭忞：《新元史》卷二四一列傳一三八，民國九年天津退耕堂刻本，總頁 2038。

午作生祭文勵其以死守節。① 方文欲作《王炎午生祭文相》劇主要就是講王炎午在文天祥被捕後寫《生祭文丞相》一文以作鼓勵之事。清代戲曲家蔣士銓(1725－1784)所作《冬青樹》中《野哭》一齣亦演此事。

　　第六首詩寫謝翱(1249－1295)，字皋羽，號宋累，又號晞髮子，福州長溪(今福建霞浦)人，著有《晞髮集》。十九歲時應試不第，後文天祥起兵，謝翱率同鄉數百人投奔文天祥。文天祥遇難後，謝翱漫遊江浙，直至終老。謝翱曾作《登西台慟哭記》一文以悼文天祥，明清之際被黃宗羲贊爲"至文"②。方文《謝皋羽慟哭西臺》劇主要故事情節爲宋元之際，謝翱有感國破家亡，爲悼念文天祥而作《登西台慟哭記》一文之事。明末戲曲家陸世廉(1585－1669)所作《西臺記》亦取材自此段歷史。後蔣士銓《冬青樹》中《賣卜》一齣演謝枋得與妻子走散，遇到謝翱，被告知妻子自縊而亡事，這齣戲中出現的是歷史上的謝翱形象，但故事情節爲杜撰。

　　從方文這組詩的分析可以看出：一、這組詩不同於多數觀劇詩或點評戲曲、或吟詠伶人、或抒發情感，而是從戲曲接受直接轉向了再創作，有"詮釋與再詮釋"的意味。這種創作的動機源於對《四聲猿》雜劇中歷史上有節之士的認同感，以及入清之後，詩人自己希圖守節明志的內在情感，二者之間的共鳴使詩人產生了再創作的衝動。二、方文構思的六齣雜劇中的主人公和選取的歷史事件，都緊密圍繞著宋元之際這個時間段，不同於《四

____

　　① 王炎午生平參見柯劭忞：《新元史》卷二四一列傳一四零，民國九年天津退耕堂刻本，總頁2039－2040。
　　② ［清］黃宗羲：《謝皋羽年譜遊錄注序》，《南雷文定》(上海：商務印書館，1937年)，上冊，頁9－10。

聲猿》中的簡單高潔之士的刻畫，對時間節點的強調加深了方文強烈的易代心緒。三、方文的《六聲猿》承襲了《四聲猿》中對文人品格的探討和對忠心之士的頌揚，這源於創作者自身面對易代世變的態度。方文這種忠心故國、矢志不渝的心緒在看到《四聲猿》的時候與徐渭産生了共鳴，但未直接在詩中抒發，而是想通過二度創作展現，將心緒融入到對歷史的追憶之中，可見明清之際戲曲之於文人心靈超越的強大力量。四、從創作手法上看，方文選擇的是直接追溯歷史的方法，人物設置與故事情節都沒有跳脱歷史，這與後來清中期（如蔣士銓）戲曲創作中用真實的人物搭配虛構的情節，或"張冠李戴"地將歷史的真實進行消解的做法是完全不同的，這種藝術構思具有明清之際歷史劇創作的時代性特徵。

　　正如司徒琳（Lynn A. Struve）教授在評價《桃花扇》的歷史價值時候所説的那樣，其作者以個體的自覺性與敏感性勾連了戲曲故事世界與南明真實的歷史世界，使得戲曲作品成爲歷史的一尊雕塑，並深刻影響著它的觀者，文人以戲曲中的歷史圖景爲依託,對真實的歷史進行反思。① 那麼筆者不禁要問,這種以戲問史的創作淵源從何而來？ 在文人心中對這類戲曲作品是如何接受的？ 爲何在康雍時期觀劇評史會坐廢終身？ 生活在此種文化政策下的文人又將如何看待人生？

首先,以戲問史的傳奇創作要從晚明的傳奇創作説起,自明萬曆間始,文人逐漸介入戲曲創作,使戲曲發生由俗至雅的轉變,文人把填詞度曲看作風雅之舉。加之心學的興起與個性解放的提倡,戲曲創作更成爲文人彰顯個性的良好載體,自此文人開始借戲抒懷。但晚明文人的抒懷,以湯顯祖爲代表,多是抒發男女之情,這種主題在經歷了明清易鼎之後,既被清初傳奇作家所繼承,又融入了新的時代感。《長生殿・彈詞》中唱道:“唱不盡興亡夢幻,彈不盡悲傷感歎,大古里淒涼滿眼對江山。我只待撥繁弦傳幽怨,翻別調寫愁煩,慢慢的把天寶當年遺事彈。”②《長生殿》雖不是直寫明史,但寫的也是朝代由盛轉衰的歷史時期,

---

① 參見 Lynn A. Struve:“History and *The Peach Blossom Fan*”,文中認爲 “*The Peach Blossom Fan* stimulates private consciences and sensibilities and creates a self-contained world in the minds of viewers or readers as they respond to the imaginary world of characters in the play. By virtue of its historicity, historical drama also makes assertions about how things really transpire in human affairs; it relies on the audience knowing that the imaginary world of the play is linked directly to the actual.” Lynn A. Struve 將《桃花扇》之於歷史反思的作用總結爲如下三條:“(1) The connections of characters in a play to actual historical forces in the period portrayed; (2) What transpires in the interval between the time portrayed and the time when a play is first performed, particularly the way in which this interval affects knowledge of, and perspectives on, the period portrayed, in both the playwright and his intended audience; (3) The particular historical-biographical situation of the playwright, which shapes his intentions and delimits possibilities in his art.” 見氏著:“History and *The Peach Blossom Fan*”, *Chinese Literature*: *Essays*, *Articles*, *Reviews*, Vol. 2, No. 1, 1980, pp. 55-72. 文中司徒琳教授的觀點爲筆者所譯。

② [清]洪昇著;[日]竹村則行,康保成箋注:《長生殿箋注》,頁 273。

曲中對借戲曲之言傳達興亡之感的創作目的描繪得十分清晰，不能説洪昇有"遺民情結"或以唐史影射明史，但是可以説《長生殿》是其自身進行歷史反思得到的結果。《桃花扇》的創作意圖則更加直接明顯，以"桃花扇底送南朝"，行文中不免對清兵的貶斥之語。筆者認爲，清初雙璧的問禍都不是偶然的，它們觸及了統治者寬嚴相濟的文化政策中的底線。

其次，從康雍間的文化政策來看，康熙帝繼順治時"明史案"之後再次授意纂修《明史》，其主要目的是爲了拉攏文人，穩固江山，作出寬容的姿態，任由文人撰寫、反思歷史，但這種反思不是沒有限度的。《長生殿》和《桃花扇》與之相比，多的便是家國之感的歷史背景，將文人的視野由個體情感抒發上升至對歷史的深深思索，卻因此坐廢。可見，統治者對文人個體情感的反思是不予控制，或控制較少的，對反思歷史的情愫則比較敏感，這主要是出於對政權穩定性的考慮。對於權力話語的控制，文人是毫無反駁之力的，只能遊走於權力話語的寬度與限度之間，嘗試、挑戰、問禍，如此反復。康、雍兩位帝王對文人的態度相對宋元之際來説是寬容很多的，因戲問禍的文人或被除學籍、或被罷官，但未見傷及性命，這種寬容也給了文人重新反思的機會，因此康雍時期的以戲問禍不是集中在某一階段，也不是前寬後嚴或前嚴後寬，而是根據實際情況不斷反復出現，由此形成了這一時期文人反思歷史的獨特生存狀態。

再次，觀劇詩對於康雍時期文人反思歷史的情況的記載起到了重要作用。從戲曲文本來看，其只能以寓言性的故事講述某段歷史，但是否勾起觀者的共鳴，或觀者如何看待戲曲，都已經超出了戲曲文本所涵蓋的功能範疇。從單篇戲曲序跋來看，其主要記述戲曲家的創作動機，或戲曲所產生的影響，對個體情感的關注度較低；從當時流傳下的單篇文字來看，多記述演出情況，或涉及問禍之事，對文人自身如何看待此劇及以戲問禍之事亦難以覆蓋。觀劇詩則觸及到戲曲作品産生後的方方面面，包括文人觀戲之後的感受，對戲中的哪些情節、哪些具體歷史事件感觸頗深，如何看待、如何評價，清初雙璧賈禍，文人内心如何徘徊、彷徨與抉擇，甚至至雍正間，兩戲問禍的風波已過境遷，文人如何再反思、再檢討、再追憶，等等，都在觀劇詩的記載之中。文人觀劇已如明清之際文人介入戲曲創作一般，逐漸成爲這一群體抒興遣懷的重要媒介，他們雖處在權力話語的被動狀態下，仍積極探索戲曲之於娛樂之外的文化功能，觀劇詩亦成爲記載文人心態史的重要史料。

第四章　觀劇詩與乾隆時期的盛世之音

　　乾嘉時期距明清易鼎已經走過了近百年的歷史,這一時期的大部份文人都沒有經歷過朝代更迭的戰亂與飄零,其内心鮮少有明清之際文人那般濃烈的家國之感,也已經走出了康雍時期對歷史反思的熱潮,文化、政治、學術都逐步開啟了新的風尚。新潮流的誕生,同時也意味著故有的思維方式被逐漸改寫或取代。

　　從乾嘉戲曲的發展來看,無論是傳奇還是雜劇,文人都較少選擇氣勢恢宏的歷史主題去進行創作,而是轉向教化劇的創作,以傳播儒家的忠、孝、節、義思想爲主要功能。這種創作視角由於缺乏對歷史變遷、文化遞嬗的深入思考,不僅在創作主旨上變得單薄,其藝術性也相對較低,因此很難出現如《長生殿》《桃花扇》般的扛鼎之作。儘管偶有文人選取歷史題材,也經常是對已有作品進行模仿性互涉式的創作,並未能實現思想性上的超越。但是,這一時期產生的戲曲作品數量與流行程度都不容小覷,上至宮廷貴族,下至黎民百姓,觀劇聽曲成爲最受歡迎的娛樂方式之一。據郭英德教授統計,清代從 1719 年至 1820 年間有 187

位以上的作者創作出 311 部傳奇,另有 55 部作品作者不詳,[1]其數目之龐大,遠遠超過了清初戲曲作品的規模,這使得乾嘉戲曲創作呈現出以數量之勝補質量之不足的特徵。

戲曲創作思想上的轉變直接影響到文人觀劇詩的創作。乾嘉時期觀劇詩的數量較多,內容涵蓋文人生活的諸多方面,儘管鮮少有文人在觀劇詩創作中融入對歷史、對時局的思考,看似多流連於個體生活的雅俗描繪,但文人通過自己的視角向世人呈現出了乾嘉盛世的生活樣態,以及身處盛世的文人心緒。因此這一時期觀劇詩所呈現出的文人心態表面上以閒賞爲主,閒賞背後卻是由時代所帶來的士人心態轉變的過程。

第一節　花雅爭勝與戲曲中心的北上流播

乾隆年間形成了南北兩個戲曲文化中心,即北京和揚州,周貽白先生認爲:"北京在當時既爲帝都所在,事實上是當時的政治中心。文化的發展,往往是隨著政治力量的轉移而轉移,戲劇本爲具有教育作用的東西,其盛衰固攸關文化,同時,又是繁榮都市的不可少的點綴,物力所關,尤爲伶工子弟們所爭赴,北京一地,由是成爲各地角逐之場,實際上便代表了這一時期中國戲劇形式上的衍變。"[2]北京戲曲的變革源於花雅之爭,定局於四大徽班進京之後,值得注意的是,四大徽班的發源地並不都在徽州,而是出於安慶、揚州等地,稱著一時的"安慶二黃"是由揚州

---

① 參見郭英德:《明清傳奇綜錄》(石家莊:河北教育出版社,1997 年),下冊,頁894—1194。

② 周貽白:《中國戲劇史長編》(上海:上海古籍出版社,2004 年),頁 456。

轉道入京的,並在入京前先與揚州的唱腔融合,繼而以相容並蓄的姿態面對與崑腔爭勝的局面。因此,從徽班進京到京劇生成,實際上是多種聲腔由南至北的一次大規模競逐。

一　徽班進京前後之揚州劇壇

揚州作爲戲曲中心興起之後,在演出體制上也不斷完善,並效仿蘇州“梨園”“老郎廟”等舊制,於城内蘇唱街老郎廟設立了“梨園總局”,使演出更加規範化。所謂“花雅之爭”,實際上也是南北曲藝之間的較量,崑曲有著濃厚的楚越文化的積澱,伴隨政治中心的北移,客觀上需要與燕地文化相匹配的曲藝呈現,因此花部的繼起是由歷史所推動的。胡忌先生認爲“揚州是花部的搖籃”[①],據考證,徽班進京之前活躍在揚州劇壇上的職業戲班有近 20 個,常演劇碼近 30 部。[②]

觀劇詩中對花部演劇的盛況及花部演出的具體劇碼都有所記載。林蘇門(1748－1809)《續揚州竹枝詞》中提及此時的花部:

> 亂彈誰道不邀名,四喜齊稱步太平。每到彩觴賓客滿,石牌串法雜秦聲。(其三)
>
> 喧闐鑼鼓手中義,急管繁弦靜又嘩。嵩祝卻教新改後,魏三留得鐵蓮花。(其四)[③]

---

① 胡忌:《“花部”與“雅部”之爭》,見《昆劇發展史》,(北京:中國戲劇出版社,1989 年),頁 20。

② 揚州花部戲班考證參見周貽白:《中國戲劇史長編》,(北京:人民文學出版社,1960 年),頁 62;演出劇碼參見戴健:《清初至中葉揚州娛樂文化與藝術》,(北京:社會科學文獻出版社,2008 年),頁 75－77。

③ 〔清〕林蘇門:《續揚州竹枝詞》,見雷夢水等主編:《中華竹枝詞》(北京:北京古籍出版社,1997 年),頁 1349。

亂彈的興起在觀者間的接受是一個逐漸變化的過程，林蘇門認爲揚州的亂彈有其獨特的藝術性，並以其演出盛況爲證，正符合了小鐵笛道人所言："蹈蹄競勝，墜髻爭妍，如火如荼，目不暇接，風氣一新。"①董偉業《揚州竹枝詞》中對當時的流行劇碼《王大娘補缸》的演出也進行了記錄："靴破難縫走不忙，忽然間又跳慌張。太平鼓子銅錢響，親喊一聲王大娘。"②此劇以梆子腔爲主，雜有四平調、秦腔等，是花部亂彈的典型作品，《燕蘭小譜》亦對此劇有所記載："吳下傳來補破缸，低低打打柳枝腔。庭槐何與風流種，動是人間王大娘。"③可知此劇在當時的受歡迎程度是比較高的。再如董偉業所描述的《借妻回門》："豐樂朝元又永和，亂彈班戲看人多。就中花面孫呆子，一出傳神借老婆。"④無論是《補缸》還是《借妻》，亂彈所演劇碼與崑曲差別是比較大的，情節多爲百姓生活或神仙教化，因而受到底層民衆的喜愛，使觀劇的受衆範圍不斷擴大。焦循在《花部農譚·序》中曾對這一現象進行解釋："花部原本於元劇，其事多忠、孝、節、義，足以動人；其詞直質，雖婦孺亦能解；其音慷慨，血氣爲之動盪。郭外各村，於二八月間，遞相演唱，農叟、漁父，聚以爲歡。"⑤因此花部有了民間支撐，爲其進一步入京參與花雅之爭，以及步入宮廷演劇打下了基礎。

文人觀劇中較早地提及揚州花雅之爭的當屬孔尚任，其《有事維揚諸開府大僚招宴觀劇》中寫道："一未盡兩部齊，雙聲迭作

① ［清］小鐵笛道人：《日下看花記》，見張次溪編：《清代燕都梨園史料》，上冊，頁 55。
② ［清］董偉業：《揚州竹枝詞》，見《中華竹枝詞》，頁 1314。
③ ［清］西湖安樂山樵：《燕蘭小譜》卷二，見《清代燕都梨園史料》，上冊，頁 20。
④ ［清］董偉業：《揚州竹枝詞》，見《中華竹枝詞》，頁 1317。
⑤ ［清］焦循：《花部農譚》，見《中國古典戲曲論著集成》，第 8 冊，頁 225。

異宮徵。座客總厭清商歌,院本斠酌點鳳紙。曲曲盛世太平春,烏帽牙笏雜劍履。亦有侏儒嬉諧多,粉墨威儀博衆喜。"①當時的文人家班,仍多以崑班爲主,如毛奇齡家班、查繼佐家班、俞錦泉家班等,而孔尚任此次所觀之劇分爲兩部,除了傳統的崑班之外,還有花部,之所以會選擇花部獻藝,主要是文人開始厭煩了清商之曲的演唱,想要尋求新的旨趣,是次演出邀請了滑稽劇的表演者粉墨登場,博得文人歡喜。其後乾隆初年旅居揚州的戲曲家王昶所作《觀劇六絶》中亦對醜、末等角色爲主的花部戲予以關注,花部演出走入文人視野。

二　徽班進京後之北京演劇

在高宗六次南巡之後,江南的戲班經歷多次承應戲獻藝,在表演藝術和演出經驗上都比較成熟。因此在乾隆五十五年(1790),閩浙總督伍納拉推薦揚州的三慶班入京爲高宗八十壽辰祝壽,隨後各大徽班紛紛入京,這些徽班並非皆來自徽州,而是伶人多爲徽籍,因此稱爲"徽班",其中以四喜班、春台班、和春班最爲著名,習慣上與三慶班合稱"四大徽班"。據統計,僅現留有記載的揚州籍在京徽班藝人就有近百位,②其間不乏蜚聲劇壇的名角,更不用説其他花部,可以推想花部在京的陣容之龐大。

孔尚任在《燕九竹枝詞》中描繪了花雅爭勝早期,徽班進京之前北京演劇的熱鬧場面:"七貴五侯勢莫當,挨肩都是羽林郎。

---

① ［清］孔尚任:《湖海集》卷五,見《清代詩文集彙編》,第 527 册,頁 139。
② 參見戴健:《清代揚州籍在京徽班藝人名録》,見氏著:《清初至中葉揚州娛樂文化與藝術》,頁 295－308。

他家吹唱般般有，立馬閑看枷戲場。"①其中的"他家吹唱"即指花部諸班。此後陳于王同詠《燕九竹枝詞》道："鑼鼓喧闐滿缽堂，鶯彈花旦學邊妝。三弦不數江南曲，唯有囉囉獨擅場。"②"鶯彈"當爲"亂彈"，"囉囉腔"由弋陽腔轉化而來，據劉廷璣《在園雜記》載："近今且變弋陽腔爲四平腔、京腔、衛腔，甚至等而下之爲梆子腔、亂彈腔、巫娘腔、嗩吶腔、囉囉腔矣，愈趨愈卑，新奇迭出，終以崑腔爲正音。"陳詩中的"江南曲"暗指崑曲，從此詩的記載來看，康熙間的高腔與崑腔之爭，已經對崑腔產生了很大的觸動，雖然文人"終以崑腔爲正音"，但難抵高腔的"新奇迭出"，所謂的"愈趨愈卑"，換言之，便是高腔的演出愈來愈貼近底層生活，這樣便注定了花部唱腔更容易被平民階層所接受。

徽班進京之後，民間演出形式更加多元，花部諸腔的特色愈發鮮明。據李聲振觀劇所得《百戲竹枝詞》記載諸腔百花爭豔的姿態：

> 弋陽腔：查樓倚和幾人同？高唱喧闐震耳聲。正恐被他南部笑，紅牙槌碎大江東。

> 秦腔：耳熱歌呼土語真，那須叩缶說先秦。鳥鳥若聽函關曙，認是雞鳴抱槖人。

> 亂彈腔：渭城新譜說昆梆，雅俗如何占號雙？縵調誰聽箏笛耳，任他擊節亂彈腔。

> 四平腔：越客吟隨渖水空，柯亭誰辨數竿清。劇憐禹廟

① ［清］孔尚任：《燕九竹枝詞》，見［清］楊米人等著，路工編選：《清代北京竹枝詞》，頁4。
② ［清］陳于王：《燕九竹枝詞》，見《清代北京竹枝詞》，頁5。陳于王，字健夫，蘇州人，著有《西峰草堂雜詩》。

　　春三月，畫舫迎神唱四平。[①]

弋陽腔及其衍變出的四平腔皆起源於南戲，因其在曲牌選擇上集合了南曲與北曲的曲牌，以"一唱衆和"爲特色，聲音高亢，融合了南曲雅韻與北曲激昂的雙重氣質，從乾隆間畫舫迎神皆唱四平腔來看，可知當時花部對陣雅部有壓倒性的優勢。秦腔分爲歡腔和苦腔兩種，表演上往往粗獷豪放，夾雜"土語"，詩人反而認爲這種演出是"本色當行"的。亂彈腔，也稱"梆子腔"，是以江西的宜黄腔爲主，結合了秦腔、安徽的石牌腔和湖北的楚腔混合而成，李詩中記述了昆腔與亂彈之間的競逐，展現了雅俗之間的不同特色。

　　上述花部聲腔以各自優長在北京劇壇立足，此時的崑腔地位岌岌可危，李聲振對吳腔的描繪便是"陽春院本記崑江，南北相承宮譜雙。清客幾人公瑾顧？空帶逐字水磨腔。"[②]此時的崑腔已不是張煌言所説的"十部梨園奏尚方，穹廬天子亦登場。纏頭豈惜千金費，學得吳歈進一觴。"[③]乾隆間閩浙總督伍拉納之子在《詠高腔》中稱讚花部演劇："臉脹筋紅唱未全，後場鑼鼓鬧喧天。主人傾耳搖頭贊，今日來聽戲有緣。"[④]可知從民間到宮廷都將觀劇的視野由崑曲轉向了花部諸腔。

---

①　［清］李聲振：《百戲竹枝詞》，見《清代北京竹枝詞》，頁149—150。

②　同前注，頁149。

③　［清］張煌言：《建夷宮詞》（之六），《張蒼水集》卷一，見《叢書集成續編》（臺北：新文豐出版公司，1991年），頁491。

④　見［清］袁枚著；顧學頡點校：《隨園詩話》（北京：人民文學出版社，1982年），頁861。

第二節　太平盛世與宮廷演劇

乾隆時期是清代宮廷演劇的第一個高峰期,從演劇的頻率、齣目數量都呈一時之盛,乾、嘉兩位皇帝又將宮廷演劇的機構進行了細緻的劃分,舞臺規模也逐漸擴大,甚至欽定了新的演出劇目,自此將宮廷演劇這一文化活動以典章的形式固定下來。同時,這一時期的演劇不僅僅是單純的休閒娛樂,更承載了滿漢文化融合、勸善教化、以及向各國使節展現盛世大國風範等多重文化意義,如洪亮吉描繪的那樣:"三層樓,百盤砌,上干青雲下無際。上有立部伎,坐部伎,其下回皇陳百戲。蟠天際地不足名,特賜大樂名《昇平》。考聲動復關民事,不特壽人兼濟世。萬方一日登春臺,快看寶筏從天來。"[①]此時觀劇詩所關注的焦點也轉向了盛世圖景的勾勒,以及蒙恩感激之情。

尹繼善(1695—1771)於乾隆初年重陽賜宴時作:"收圍行殿集藩王,四面雲開翠幕張。樂奏清平頒厚賞,同聲忭舞慶重陽。"[②]時演尤侗劇作《清平調》,講述李白登科事,尹繼善援引郭湜《高力士傳》中"傾城道俗,一時忭舞"[③]句,以"同聲忭舞"形容當時的歡慶場面,此時距康熙平定三藩已時過境遷,乾隆於重陽佳節宴請藩王亦有以示海內昇平之意,因此"四面雲開""樂奏清

---

①　［清］洪亮吉:《萬壽樂歌三十六章》(之三十三),《卷施閣集》詩集卷九,見《洪亮吉集》(北京:中華書局,2001 年),第 2 冊,頁 644。

②　［清］尹繼善:《沐恩紀事恭成十二首》(之十一),《尹文端公詩集》卷十,見《清代詩文集彙編》,第 279 冊,頁 638。自注:"重陽賜宴,演《李白清平調》,賞賚諸藩。"

③　見［明］袁宏道參評;屠龍點閱:《虞初志》(臺北:新興書局,1956 年),頁 74。

平""同聲忭舞"都兼具對盛世的描繪。宮廷演劇的同時多有群臣陪侍,據錢載(1708－1793)記述:"碧檻紅樓御榻安,東西廂敞藉群官。高高面北三層閣,閣下笙簫按鳳鸞。"①此詩的内容與越南燕行使所繪熱河行宮福壽園清音閣觀劇圖。

　　承德避暑山莊的清音閣與故宮的暢音閣、頤和園的德和園並稱清代"三大戲樓",清音閣多用於皇親國戚、三品以上官員觀戲,以及宴請邊疆少數民族王公、使臣等。②如詩中所述,清音閣的建築均爲"碧檻紅樓",東西兩廂坐的是文武官員,面北的三層戲樓上演各色劇目,場面熱鬧非凡。錢載此組詩作於款待蒙古諸王,其第八首云:"齊天聖壽月初開,蒙古諸王續續來。並懇行圍隨雁磧,先教入坐侍瓊臺。"③演劇活動多伴在酒席之間,錢詩第三首寫道:"三陳玉食即分頒,盤炙甌香次第間。内苑晚晴勝早暖,微臣白髮也丹顏。"④從錢載的詩中可以看出,文人眼中的宮廷演劇的中心並不是劇或表演本身,而是聚焦在演出現場的人、事、物上,進而勾勒出一種盛世情懷。此時文人的心緒已不同於清初文人那般滄桑、沉鬱之感,而是轉向了一種明快的格調,透過宮廷演劇時的種種奢華、以及四方朝拜的場面來歌頌帝

---

①　[清]錢載:《賜清音閣觀劇恭紀十首》(之一),《蘀石齋詩集》卷三十七,見《清代詩文集彙編》,第 314 册,頁 203。

②　參見廖奔:《中國古代劇場史》中所載:"清音閣坐南朝北,規模宏大,氣勢雄偉。戲樓高三層,每層高約 5 米,全高 15 米多。舞臺寬 17 米,進深 15 米。上層叫'福臺',乾隆題額爲'清音閣';中層叫'禄臺',乾隆題額爲'雲山韶濩';下層叫'壽臺',乾隆題額爲'響葉鈞天'。"見氏著《中國古代劇場史》(鄭州:中州古籍出版社,1997 年),頁 132。

③　[清]錢載:《賜清音閣觀劇恭紀十首》(之八),《蘀石齋詩集》卷三十七,見《清代詩文集彙編》,第 314 册,頁 203。

④　[清]錢載:《賜清音閣觀劇恭紀十首》(之三),《蘀石齋詩集》卷三十七,見《清代詩文集彙編》,第 314 册,頁 203。

王仁德,德保(1717－1789)在《乙巳上元正大光明殿賜宴恭紀》中將帝王風範描繪得更加直接:"雜伎紛陳迷色相,群仙高唱出雲煙。陪臣貳國承恩寵,抃舞嵩呼聖主前。"①此詩作於乾隆五十年(1785)上元節,時逢朝鮮、暹羅貢使入宮,宮中大慶,賜宴演劇,趙翼(1727－1814)在《簷曝雜記》中記載了"嵩呼萬歲"的場面:"日既夕,則樓前舞者三千人列隊焉,口唱《太平歌》,各執彩燈,循環進止,各依其綴兆,一轉旋則三千人排成一'太'字,再轉成'平'字,以次作'萬'、'歲'字,又以次合成'太平萬歲'字,所謂'太平萬歲字當中'也。舞罷,則煙火大發,其聲如雷霆,火光燭半空,但見千萬紅魚奮迅跳躍於雲海内,極天下之奇觀矣。"②英國使臣馬戛爾尼(George Macartney)對乾隆上元嵩萬歲的場景也有所記述,③可見乾隆盛世的風華及其影響力。

儘管乾嘉盛世經濟、政治、文化都極度繁榮,但帝王並未沉迷於縱情聲樂,相反,他們利用這種君臣共樂的方式教化百官,令其沐皇恩且感皇恩。孫士毅(1720－1796)曾作《蒙恩賞假演劇宴客恭紀》詩言:"部頭競獻魚龍戲,天子能知犬馬年""一時賓客皆君賜,太史知應奏《聚賢》",孫士毅是封疆大吏,其忠心與否直接關係到西南邊疆的安定,而從他所作的觀劇詩中可知其深感皇恩,既欽佩天子英才,又知自己的一切都是天子給予的。更重要的是,孫士毅是漢臣,乾隆帝十分重視滿漢之間的關係,通過孫士毅這首詩也可側面看出清中期滿漢文化的融合,這正是

① [清]德保:《樂賢堂詩鈔》卷下,見《清代詩文集彙編》,第344冊,頁564。
② [清]趙翼:《簷曝雜記》卷一,《趙翼全集》(南京:鳳凰出版社,2009年),第3冊,頁232。
③ 參見[英]馬戛爾尼(George Macartney)著;劉半農譯:《乾隆英使觀見記》(上海:中華書局,1916年),頁35－36。

順康以來幾位帝王所努力想要達成的狀態，在乾隆時已經基本實現。同爲重臣的紀昀（1724—1805）曾於乾隆三十三年（1768）因給親家盧見曾通風報信而捲入鹽政虧空案被發配到新疆烏魯木齊，但紀昀並未因此而自怨自艾，甚至儘管身在新疆，觀劇詩仍感念皇恩。在其《烏魯木齊雜詩》（之二十五）中寫道：“金碧觚棱映翠嵐，崔嵬紫殿望東南。時時一曲昇平樂，膜拜聞呼萬歲三。”①詩後自注：“壽宮在城東南隅，過聖節朝賀張樂，坐班一如內地。其軍民商賈亦往往在宮前演劇謝恩，邊氓芹曝之忱，例所不禁。庫爾喀喇烏素亦同。”庫爾喀喇烏蘇於乾隆二十二年（1757）歸入清朝版圖，乾隆三十七年（1772）方置領隊大臣，隸屬烏魯木齊參贊，②紀昀在新疆時，庫爾喀喇烏蘇還没有正式的行政區劃與管理，但從此詩記述來看，軍民商賈都已歸附並感皇恩，每逢佳節還於壽宮演劇謝恩，紀昀於壽宮觀劇時，隨衆人一起遙望東南帝都，膜拜高呼“萬歲”。

統治者爲教化臣民，曾命御制宮廷大戲，《昇平寶筏》《鼎峙春秋》《勸善金科》《忠義璇圖》等都是宮廷教化劇的代表作。以彭啟豐（1701—1784）觀演《勸善金科》所作觀劇詩爲例：

欲撤人天最上層，善緣歷歷引梯登。青牛度世來關尹，白馬傳經過凡僧。早信真常原不滅，本來圓覺證誰能。雲軺芝蓋凌空舉，頓使清涼散鬱蒸。（其一）

蝸角從來有戰爭，建中遺事足傷情。綠林擾攘多乘釁，白馬縱橫自擁兵。誰使腹心輸佞豎，卻憐菹醢到忠貞。早

① ［清］紀昀著，孫致中等校點：《紀曉嵐文集》（石家莊：河北教育出版社，1991年），第1冊，頁597—598。
② 參見［清］鄂爾泰等修；李洵，趙德貴主點：《八旗通志》（長春：東北師範大學出版社，1986年），第1冊，頁471。

知受諫無今日，終古金城孰敢傾。（其二）①

《勸善金科》以《佛說盂蘭盆經》中《目連救母》故事爲藍本，假託爲唐德宗時事，其中穿插李希烈、朱泚等人謀反，後被李晟平定一事，可見此劇的創作意圖有二：一是以謀反事說"忠"，一是以目連事言"孝"，彭啟豐這兩首詩即圍繞"忠孝"思想所作。第一首詩中援引"青牛度世""白馬傳經"的典故引出對佛教"真常"思想的討論，在藏傳佛教中，"真常"並未形成一個單獨的理論體系或學派，但在傳入中國以後，與中國傳統的道教思想產生共鳴，形成中國佛教領域獨有的"真常唯心論"，而"真常"的基本意義與《常清靜經》中"真常之道，悟者自得。得悟道者，常清靜矣"②比較接近。當然，佛教的"真常"不能完全等同於道教的"真常"，正如勞思光先生所談到的："若以爲佛性在中國大乘佛教中成爲真常系思想的關鍵性概念，實和中國哲學人性論之思想可以相互參驗，彼此啟迪，這自然是中國佛教思想發展史的事實，但在人性論與佛性論之間卻仍然存在相當程度的意義距離。"③而"圓覺"思想亦指一切有情皆出自本覺、真心，④目連便是由發自本心的"孝"行所驅使，排除萬難，最後救出母親，詩人認爲行事遵從"真常"或"圓覺"的基本規範，心中便會豁然開朗，不受世事困擾，同時如目連那樣積累善緣，便能如蹬梯般引領我們上升。可

---

① ［清］彭啟豐：《觀演〈勸善金科〉》，《芝庭先生集》詩稿卷十二，見《清代詩文集彙編》，第 296 冊，頁 254。

② 參見胡曉光：《中國真常唯心佛學思想芻議》，《法音》，1997 年，第 2 期，頁 10—14。

③ 勞思光：《中國哲學概論》（臺北：五南圖書股份有限公司，2005 年），頁 227。

④ "圓覺"思想主要源於大乘佛教經典著作《大方廣圓覺修多羅了義經》，即《圓覺經》，但胡適、呂澂等學者曾認爲《圓覺經》與《楞嚴經》並非印度所傳，而是中土高僧所作，作期約在公元 7—8 世紀間，此問題另當別論，不在本著討論範疇。

見一個流傳了幾百年的救母故事，在發展到《勸善金科》時已經昇華爲一種信仰，或言爲一種普世的行爲準則，足見其教化用意之深。第二首詩則圍繞劇中穿插的叛亂故事所作，提出了君王納諫與臣子忠貞是保證江山穩固的基本條件，視角較清初發生了轉變，不再關注戰亂與疾苦，而是轉向了忠君情懷的表達，既是基於盛世江山穩固的客觀現狀，又是逢迎帝王思想而作。目前學界對《勸善金科》及宮廷教化劇的研究成果較多，[①]主要從戲曲創作的選材、戲曲故事的流變、御製教化的動機、宮廷演出情況等方面進行探討，從接受視角切入的不多，筆者以彭啟豐的觀劇詩爲例，管中窺豹地展示當時文人對於宮廷教化劇的接受，應製而作的觀劇詩中不僅有對劇情的分析和理解，更重要的是忠貞之心的剖白，可見統治者以觀劇這種娛樂活動作爲統一君臣思想的工具之一，其實踐效果基本上是符合預期的。

在乾嘉文人關涉到宮廷的觀劇詩中，其創作風格與思想内容發生了轉變。這種轉變主要基於社會環境（即身處太平安定的盛世氛圍中）與戲曲創作動機（教化功能）而產生，觀劇詩的内容從戲曲故事本身走向宮廷生活、君臣思想、外交關係等諸多面向，其外沿已經超越了戲曲本身，但這種延伸出的情愫又不同於清初的歷史情懷，而是投向了對當下的關注。

---

① 如戴雲：《〈勸善金科〉研究》（北京：北京師範大學出版社，2006 年）、陳芳英：《目連救母故事之演進及其有關文學之研究》（臺北：臺灣大學出版委員會，1983 年）等。

第三節　文人眼中的民間小戲①與神鬼觀念

　　乾隆時期的戲曲活動不僅活躍於宮廷和文人的生活之中，普通百姓亦樂於以演劇的方式豐富日常生活，觀劇成爲一種自上到下，雅俗共賞的娛樂活動。唐宋詩中也偶爾出現描繪民間社戲的詩歌，多是文人途中偶遇，記述演出場面之作。在乾嘉時期，文人觀劇詩中記載民間小戲演出的詩歌數量較多，內容也更加豐富詳細，主要集中在豐年酬神、春社賽戲等，文人筆下的民間演劇主題多是輕鬆愉悅的，不再如《琵琶行》《臨淮老妓行》等作品呈現出蒼涼哀傷之感，這種筆調的轉變源於太平盛世的社會環境，詩人眼中所見的歡快場景與心中的盛世情懷產生共鳴，更添其樂趣。同時，民間演劇不似文人讌集，小戲中的情節比較通俗，且常常涉及神鬼形象，文人在雅俗共賞之餘，還將自己對於神鬼觀念的認識寫入觀劇詩中，既呈現出乾嘉時期"理性與信

---

　　①　"小戲"的概念參見曾永義：《先秦至唐代"戲劇"與"戲曲小戲"劇目考述》中："所謂'小戲'，就是演員少至一個或兩三個，情節極爲簡單，藝術形式尚未脫離鄉土歌舞的戲曲之總稱；其具體特色是：就演員而言，一人單演的叫'獨腳戲'，小旦小丑二腳合演的叫'二小戲'，加上小生或另一旦腳或另一丑腳的叫'三小戲'，劇種初起時女腳大抵皆由'男扮'；就妝扮歌舞而言，皆'土服土裝而踏謠'，意思是穿著當地人的常服，用土風的步法唱當地的歌謠。因爲是'除地爲場'來演出，所以叫做'落地掃'或'落地索'；而其'本事'不過是極簡單的鄉土瑣事，用以傳達鄉土情懷，往往出以滑稽笑鬧，保持唐戲'踏謠娘'和宋金雜劇'雜扮'的傳統。"見氏著：《先秦至唐代"戲劇"與"戲曲小戲"劇目考述》《臺大文史哲學報》，第 59 期(2003 年)，頁 215－266。

仰並存”①的思想特徵，又成爲觀劇之作的獨特之處。

孔復禮(Philip A. Kuhn)教授在《叫魂——乾隆盛世的妖術大恐慌》中探討了“妖術如何在一個複雜而龐大的社會中超越階級的界限傳播”②，而戲曲同樣是可以作爲超越階級界限進行傳播的一種文化形式，其產生的意義多是積極的，而“戲曲”與“妖術”在民間存在著一定的相關性，即人們對神鬼的想像和敬畏。在乾嘉觀劇詩中多有記載民間祭神、賽神之作，如胡季堂(1729－1800)《己酉九月出京途中口號五疊前韻》：

> 年年讞獄遵欽命，又度關城大道門。塞馬販行群結隊，鄉農迎賽會連村。春花幸得成秋實，新菜還須養舊根。到處人民咸鼓腹，徜徉樂歲荷天恩。③

此詩作於乾隆五十四年(1789)，身爲刑部尚書的胡季堂每年都要奉皇帝之命到各地巡查案情，正如孔復禮教授分析的那樣，乾隆帝對於自己所能夠掌控的力量是比較放心的，而不放心的是藏於暗處、無法操控的力量，正是所謂君權的“幻影”，④胡季堂的每年欽命巡訪也是乾隆帝強化與鞏固政權的一種方式，在一路巡查過程中，處理的不一定全部都是刑事案件，也可能涉及一些

---

① 正如龔鵬程教授所言：“由乾嘉時期士大夫喜説鬼狐仙怪故事，可以發現當時並不具備現代意義的科學理性觀。理性與信仰並存，或交互爲用，纔是普遍的現象。而且精英士大夫階層在面對這些鬼狐故事時所顯示的倫理觀，非特與庶民無異，抑且爲世俗命定果報信仰之熱心傳播者。”見氏著：《乾嘉年間的鬼狐怪談》，《中華文史論叢》，第 86 期(2007 年)，頁 151－180。

② ［英］孔復禮(Philip A. Kuhn)著；陳兼、劉昶合譯：《叫魂——乾隆盛世的妖術大恐慌》(臺北：時英出版社，2000 年)，頁 296。

③ ［清］胡季堂：《培蔭軒詩集》卷三，見《清代詩文集彙編》，第 365 册，頁 524。

④ ［英］孔復禮(Philip A. Kuhn)著；陳兼、劉昶合譯：《叫魂——乾隆盛世的妖術大恐慌》，頁 291－304。

對民間情況的瞭解。胡季堂再次走到關城的時候恰遇鄉農酬神賽會,路上成群結隊的商販,村與村之間的連臺匯演,營造出熱烈的氣氛,勾勒出一幅國泰民安、商品經濟繁榮的畫面。胡季堂將這一熱烈場面的出現不僅僅歸結到農民慶祝豐收,更將百姓能夠吃飽穿暖歸結於天恩浩蕩,這種感恩之情並不完全是百姓呼聲,同時也是胡季堂自己的心聲。

　　同時,民間演出的劇目中也不乏神鬼題材,百姓觀後的反應又是怎樣的呢?沈赤然(1745－1817)的觀劇詩中寫道:"一聲鉦響集如雲,鼓鈸喧轟曲不聞。神鬼荒唐驚變相,虼蚤零落笑行軍。擔頭高唱賣新果,樹底午風吹畫裙。望斷守閭翁媼眼,歸來兒女話紛紛。"[1]本詩所演的具體劇目暫不可考,從詩的內容來看,觀衆聚焦在戰爭場面,同時應有神鬼相助,扭轉劇情,整體上呈現出比較歡樂的氛圍,此劇應具有喜劇效果。沈赤然爲乾隆三十三年(1768)年舉人,後所任官職均爲知縣一級,比較瞭解民間狀況。值得注意的是,乾隆三十三年即爲孔復禮教授所研究的妖術大恐慌發生的那一年,被其稱爲"中國悲劇性近代的前夕",民間儘管出現了對"叫魂"之術的恐慌,但從沈詩來看,民間並沒有一味地排斥鬼神之說。再如劉大紳(1747－1828)的觀劇詩中寫鬼更加直接:"嫠婦經師盡出門,北邙風日正晴暄。逢場但唱人間曲,行樂須憐地下魂。碧血森森春草短,青燐點點月輪昏。誰爲鄒衍重吹律?百鬼歡騰起九原。"[2]劉大紳爲乾隆三十七年(1772)進士,爲官時間也在"妖術恐慌"之後。此詩應爲記

---

① ［清］沈赤然:《途次觀村落演劇》,《五研齋詩鈔》卷七,見《清代詩文集彙編》,第411册,頁231。
② ［清］劉大紳:《北邙》,《寄庵詩文鈔》詩鈔續卷五,見《清代詩文集彙編》,第421册,頁127。詩中自注:"村人演劇其間。"

述喪禮之時以戲娛鬼的場面，詩人援引鄒衍的"五德始終説"認爲人生的生老病死是一種周而復始的循環運轉，也是一種客觀的必然，又引鄒衍的"大九州説"①來描繪九州之下的百鬼世界，在聽到人間之曲之後，也是歡騰愉悦的。孔復禮教授在追索妖術恐慌的由來時，找到的原因之一便是"軀體與靈魂的可分離性"②，劉詩中也是認同靈魂與軀體可以分離，有人間和陰間兩重世界，但劉大紳認爲通過在喪禮上演劇這種娛鬼的方式，可以使亡靈得到歡愉，能夠安息，文人並不是簡單地看到"靈"與"肉"的世界，而是上升爲一種哲學思考，能夠客觀地看待生死與鬼神之説。

　　筆者認爲，孔復禮教授以乾隆三十三年的叫魂事件作爲切入點，輻射到乾嘉時期的法律、經濟、政治及社會制度等方面，其研究價值是不言而喻的，但從中可以進一步追溯到中國古典哲學的宇宙觀。人、鬼、神三界之説在秦以前就已經產生，發展至清代，在普通百姓心中幾近根深蒂固，在祭祀、酬神、喪禮時演劇娛神（或鬼）已經逐漸演變爲一種文化傳統，加之中國的稗史傳

---

　　①　"五德始終説"與"大九州説"參見《漢書·藝文志》中對鄒衍的記載。[漢]班固著，楊家駱主編：《新校本漢書》（臺北：鼎文書局，1986 年），第 2 册，頁 853-854。
　　②　孔復禮教授寫道："有關一個人的靈魂可以從軀體中分離出去的看法，是以一種有關靈魂構成的複雜信念爲基礎。中國人相信，靈魂本來就有著多種層次。一種非常古老的傳統看法是，在一個活人的身上同時存在著代表精神之靈的'魂'及代表軀體之靈的'魄'。早在公元前二世紀，這種關於靈魂兩重性的認識便已存在；而且，當時這一認識已經與'陰''陽'雙重構成的宇宙觀連結在一起——陰陽相依，方有世間萬物（包括人類）的存在。同陰陽相對共存一樣，當人活著的時候，靈魂的兩個部份和諧地共存於人體内；而當人死去時，它們便分開了。'魂'與'陽'相對應，'魄'則與'陰'相對應。'魂'所控制的是較爲高級的機制（腦與心），而'魄'所管理的，則是有形的感覺和身體的功能。"見氏著：《叫魂——乾隆盛世的妖術大恐慌》，頁135。

統,鬼怪故事與聖賢學問在文人心中並存,因此當巫術造成恐慌時,民間信仰並未被個別事件而大幅度動搖,民間也没有因此而規避鬼神,在文人眼中則將鬼神之説與生死輪回結合起來。由此可以推測,使得造成恐慌的並不是"叫魂"這種巫術本身,而是其造成的生病或死亡的負面效應。從觀劇詩的記載來看,發生恐慌前後的民間演劇活動中也并没有因此排斥戲曲中與鬼神相關的因素,其中流露出的文人思想也不同於雅集時感歎的"人生易老",而是將"人生易老"進一步深化爲生死輪回的循環往復,其視野也從自身轉向普羅大衆,可見這一時期的文人與市井百姓之間所持的倫理世界是有相通之處的。

第四節 《烏魯木齊雜詩》與少數民族演劇

《烏魯木齊雜詩》(下簡稱"雜詩")是紀昀被放新疆時結合一路的見聞所作的大型組詩,長達一百餘首,涉及新疆地區的風土人情、文化傳統、生活樣態等等,可謂是乾嘉時期記述新疆的一組風物志。其中有近二十首詩涉及演劇,記録了新疆少數民族所演之劇承襲了包括傳統漢文化在内的多地域文化,既體現了民族文化的融合,又以娛樂方式的多樣化折射出邊疆少數民族安居樂業的生活圖景,是盛世邊疆的真實寫照。紀昀不僅將所見所聞彙集成詩,還將所感通過自注的方式隨詩保留下來,使簡單的觀劇之作又多了一層思想性的意味。

鄭樵《七音略》中曾言:"孔氏之書,不能過斡難河一步。"①而

---

① [宋]鄭樵:《七音略》,(臺北:藝文印書館,1975年),頁13。

雜詩中第六十二首寫道：“山城是處有絃歌，錦帙牙籤市上多。爲報當年鄭漁仲，儒書今過斡難河。”[1]斡難河發源於蒙古，也是蒙古部族的發祥地，成吉思汗于此即位，身在南宋的鄭樵以此意指中原與邊疆部落之間針鋒相對的狀態，同時也暗指不同的文化傳統難以融合。到了四百餘年后的清代，江山已幾度易主，而此時執掌江山的是同樣與斡難河有著不解之緣的女真族，斡難河於蒙古發源後，一路向北流淌，最終彙聚到女真族的母親河黑龍江（古稱黑水），經歷了元、明兩代開疆拓土，以及清康熙帝平定準噶爾，中國的版圖已經囊括了蒙古、新疆等少數民族聚居區，因此紀昀言“儒書今過斡難河”。過了斡難河之後又是怎樣的一幅景象呢？百姓也是安居樂業，以劇娛情，作爲一種重要的休閒方式，是爲“是處有絃歌”。

紀昀見到的“絃歌”都演出哪些内容呢？雜詩第一百四十三首寫道：“地近山南佑客多，偷來蕃曲演鶯哥。誰將紅豆傳新拍，記取摩訶兜勒歌。”[2]“鶯哥”是吐魯番地區對歌妓的稱呼，鶯哥所唱本爲蕃曲，新疆傳統的于闐樂、龜茲樂、高昌樂都是熱情豪放的風格，但這首曲子卻唱出了中原《紅豆》曲的感覺，是柔婉動人的，《紅豆》歌唱的是相思之情，可以推知歌妓所唱之曲的内容與愛情有關。紀昀自注：“春社扮番女唱番曲，侏離不解，然亦靡靡可聽。”可見詩人雖聽不懂番樂的曲詞，但對其溫婉動人的唱調還是頗爲欣賞的。紀昀進一步追憶了中原與新疆音樂間的交流始於何時，他所追想到的是漢代張騫出使西域帶回來的《摩訶兜勒歌》，《摩訶兜勒》本爲大曲，後李延年將其改爲《摩訶》《兜勒》

---

① ［清］紀昀著；孫致中等校點：《紀曉嵐文集》，第1冊，頁601。
② 同前注，頁608。

兩首曲子,在當時被評爲:"因胡曲更造,音聲曲度,迥異周秦,所謂'新聲樂'也。"①紀昀認爲眼前歌妓所唱的番曲亦有李延年"新聲變曲"的意味。漢代另一首與新疆地區頗有關聯的當屬王昭君所唱《出塞曲》,昭君出塞的故事在新疆時有演出,雜詩第一百四十五首記録了演出此劇的場景:"竹馬如迎郭細侯,山童丫角囀清謳。琵琶彈徹明妃曲,一片紅燈過綵樓。"②紀昀自注:"元夕,各屯十歲内外小童,扮竹馬燈,演《昭君琵琶》雜劇,亦爲可觀。""竹馬"多指中原地區兒童的玩具,有時也可以用於戲曲演出之用,本詩中新疆地區演劇用各地的兒童帶著自己的玩具竹馬在戲中客串,他們雖是業餘演員,又不失天真爛漫,在戲中成群出現,更爲上元演劇增添了活潑的氣氛。

此外,新疆演劇活動中還融合了各地曲藝形式,不僅有盛極一時的崑曲,還有楚樂、兩廣地區的舞龍舞獅等,現列舉雜詩中的一組絶句:

> 簫鼓分曹社火齊,燈場相賽舞狻猊。一聲喝道西屯勝,飛舞紅箋錦字題。(之一百四十四)

> 越曲吳歈出塞多,紅牙舊拍未全訛。詩情誰似龍標尉,好賦流人水調歌。(之一百四十六)

> 老去何戡出玉門,一聲楚調最銷魂。低徊唱煞《紅綾袴》,四座衣裳浣酒痕。(之一百五十一)③

第一首詩記述的是新疆孤木地屯和昌吉頭屯相賽舞獅的場面,

---

① 參見王福利:《〈摩訶兜勒〉曲名含義及其相關問題》,《歷史研究》,2010年,第3期,頁89—103。
② [清]紀昀著;孫致中等校點:《紀曉嵐文集》,第1册,頁608。
③ 同前注。

賽程正酣的時候只聽一聲高喝,獅子吐出一道紅箋,長達五六尺,上面題寫"天下太平"四個大字,讓人歎爲觀止。① 舞獅的起源有多種説法:漢代起源説、北魏起源説、唐代起源説、南北朝起源説、佛山起源説等,無論何種起源的説法,其起源或流行的地方都集中在兩廣、福建、浙江一帶,而後傳入新疆,從紀昀的記述來看,新疆的舞獅與南獅比較像。舞獅的高潮部份便是采青、吐箋,本詩的重點在於吐箋,上面寫有"天下太平"四字,是詩人向天子威德致敬的點睛之筆。第二首詩則不同於舞獅的陽剛之氣,而是轉向了以吳儂軟語爲主的崑曲的欣賞,崑曲傳播到新疆主要是依靠一些"遺戶",他們因戰亂或流放流落到新疆,本爲江浙一帶的人,紀昀自注新疆有"梨園數部,遺戶中能崑曲者,又自集爲一部,以杭州程四爲冠。"可見當時生活在新疆的江浙人並非寥寥無幾,並將自身的地域文化植入新疆,在梨園佔有一席之地。後兩句借用王昌齡晚年貶赴龍標作《聽流人水調子》事,王昌齡詩的基調是淒清幽暗的,"嶺色千重萬重雨,斷弦收與淚痕深"②,紀昀則不同,側重於人生經歷帶給他的詩情和感悟,相對是比較豁達的。第三首同樣是"遺戶"的表演,採用的是楚調,楚調多是淒涼哀傷的,或以巫風融入其中,可是這位演員所唱的卻是一出艷曲。《紅綾袴》劇現已不存,也鮮見於著述,從紀昀自注來看,這出劇是與香豔有關的:"遺戶何奇,能以楚聲爲艷曲,其《紅綾袴》一闋,尤妖曼動魄。"從詩的描繪來看,詩人的心情是比較愉悦的,不僅認爲此劇"最銷魂",而且與滿座賓朋痛飲大醉,以致衣裳上面都滴落點點酒痕。

---

① 紀昀自注:"孤木地屯與昌吉頭屯以舞獅相賽,不相下也。昌吉人舞酣之時,獅忽噴出紅箋五六尺,金書'天下太平'字,隨風飛舞,衆目喧觀,遂爲擅勝。"
② [唐]王昌齡《聽流人水調子》,見[清]彭定求編:《全唐詩》,第4册,頁447。

綜觀紀昀的人生軌跡，流放新疆是他生命中的一大挫折，同樣也是一大轉折，改變了他應世的態度，爲他提供了新的視角，這樣的經歷也對紀昀的詩風及詩歌的思想内涵產生了影響，《烏魯木齊雜詩》便是這種轉變的代表之作。在其163首雜詩中，涉及新疆諸地的民俗風化、人口流動、社會生活的方方面面，在清同治時期中亞浩罕汗國入侵新疆，造成回亂，大批清官方檔案被焚毁以後，《烏魯木齊雜詩》因收録於紀昀的詩集中而使得這些史料記述得以保存，更顯彌足珍貴。究其創作主旨，正如其在《烏魯木齊雜詩·序》中所言："欲俾寰海外内咸知聖天子威德郅隆"、"用以昭示無極"，①這種心態的產生不僅有紀昀自身的豁達性格於其中，與乾隆時期所帶給他的盛世情懷更是分不開的，在其創作的《閲微草堂筆記》中也有大量類似《烏魯木齊雜詩》的新疆書寫，有的甚至以文本互涉的樣態出現。同時，《烏魯木齊雜詩》也影響著紀昀同時代及後輩學者，洪亮吉的《伊犁紀事詩》四十二首、林則徐的《回疆竹枝詞》二十四首都有模仿紀昀的痕跡。

第五節　《檜門觀劇絶句》與詠史戲曲觀念的生成

金德瑛曾仿元好問《論詩絶句》三十首作《觀劇絶句三十首》，並單獨結集，自此，以詩論曲的戲曲評論形式正式確立。《檜門觀劇絶句》本爲金德瑛手抄贈予其弟子楊潮觀（1712－1791）的，不知何故流傳到坊間書市，文人讀後紛紛效仿或進行唱和，金德瑛的後人金蓉鏡（1855－1929）又攜此書稿本請當時

---

① ［清］紀昀著；孫致中等校點：《紀曉嵐文集》，第1册，頁590。

的文學大家王先謙(1842－1917)、易順鼎(1858－1920)、葉德輝(1864－1927)等人題詩或以序跋贈之,後又得葉德輝重新刊刻,流傳更加廣泛,《檜門觀劇絶句》成爲以詩體形式進行戲曲評論的代表作品。[①]

《檜門觀劇絶句》不同於以往對某一部戲曲或某一位伶人的欣賞性評點,組詩中共涉及戲曲作品三十部,其中評點戲曲故事的十一首,評點歷史人物的十九首,均以一條主線貫之,即"詠史變體",這也代表了金德瑛的戲曲觀念。《檜門觀劇絶句·序》中金德瑛自言:"稗官院本,虚實雜陳,美惡觀感,易於通俗,君子猶有取焉。其間褻昵荒唐,所當刊落。今每篇舉一人一事,比興諷喻,詠史之變體也。"[②]戲曲創作可取材於歷史,又在史實的基礎上進行藝術想象,使得戲曲故事虚實相間,而金德瑛認爲,文人觀劇時對戲曲故事中的虚實應有所取捨,應透過戲劇本身去看待歷史的真實,因此戲劇也可以成爲記録歷史的一種方式,故稱其爲"詠史變體"。

一　《檜門觀劇絶句》的詠史敍述

《檜門觀劇絶句》中所關注到的歷史事件和人物涉及的主題

---

① 對《檜門觀劇絶句》研究的已有成果主要有:劉于鋒:《乾隆魁首金德瑛及其《檜門觀劇絶句》在晚清的流播》,《中國典籍與文化》,2012年,第3期,頁66－73;宗雪梅:《論金德瑛〈觀劇絶句三首〉的特徵》,《四川職業技術學院學報》,2013年,第4期,頁73－75;張曉蘭:《〈檜門觀劇絶句〉二種考》,《蘭州大學學報》,2015年,第1期,頁35－42,《清代觀劇詩考論——兼及金德瑛《觀劇絶句》》,《清代文學研究輯刊》,第4輯(2011年),頁344－368;李碧:《金德瑛詩歌研究》,黑龍江大學碩士論文,2013年。因筆者碩士論文中已涉及《檜門觀劇絶句》中部分文本的賞析,爲免重複,將不一一贅述。

② 俞爲民,孫蓉蓉合編:《歷代曲話彙編》(合肥:黄山書社,2008年),清代編,第2集,頁101。本章所引《觀劇絶句三十首》皆源於此版本,下同。

既有忠奸之辨，又有家國情感與個體情感的衝突，值得注意的是，金德瑛詩中的忠奸、男女並不是同一部戲中的人物，而是選取多部戲中的多位人物進行描繪，在組詩整體上形成了忠與奸、家國與個人的對立，可見其關注的不是某一對男女主人公或某一位具體人物，而是通過不同的案例來看待歷史中相似的一類人，呈現出一種宏觀的歷史觀念。例如組詩的第四首寫到了牧羊多年而不改節的蘇武，"望鄉對友鬱忠情，通國憐於雪窖生。卻有終宵懷不亂，黃繻負托白虹睛。"①第十六首、第二十四首還寫到了武將岳飛和周遇吉，"十二金牌三字獄，七陵弗恤況臣躬。天護碑詞隨地割，龍蛇生動〔滿江紅〕。""守關誰似周將軍，萬丈光芒盡合門。燭黯杯停人起立，太行山頂與招魂。"②可見文臣武將皆以自己所能及的方式向朝廷盡忠，在草野之中又有像豫讓一般為君自刎的死士，其詩第十首寫周倉"撫士恩偏史筆昭，漳鄉從死一何廖。周倉名在傳奇著，居里原鄰豫讓橋。"③儘管如此，仍有奸臣當道，金德瑛沒有寫進讒言害死岳飛的秦檜，而是寫到了《鳴鳳記》中的嚴嵩，竊據相位，把持朝政數年，詩云："偃月堂奸無子孽，黔山國賊更親仇。淋漓寫到卑田院，快過銅山露布不。"(其二十)④相傳《鳴鳳記》作於明隆慶年間，時嚴嵩之子嚴世藩伏誅不久，因而詩人感慨"偃月堂奸無子孽"，為奸者伏法拍手稱快。

歷史上還有一些人在面對家國和個人命運的時候作出了不同的選擇，金德瑛寫到范蠡捨卻西施時"語兒溪水去來春，風月

① 俞為民，孫蓉蓉合編：《歷代曲話彙編》，頁102。
② 同前注，頁104，105。
③ 同前注，頁103。
④ 同前注，頁104。

扁舟遂保身。蒙面太公情太忍,大夫私自羨巫臣。"(其十二)①認
爲范蠡此舉是爲保身;在寫到李隆基時又云:"皤髮移情牛女因,
芙蓉花作斷腸蘔。將軍效帝安唐策,前日新誅韋庶人。"(其七)②
認爲其在馬嵬驛賜死楊貴妃是爲了安邦定國,所生白髮皆因傷
情,同時又寫道:"杜鵑春去無人拜,墜翼江頭細柳長。"(其八)③
當時過境遷之後,這種爲家國大義而抛卻兒女私情或許也會被
人淡忘,因而詩人爲楊貴妃的死感到惋惜。詩人在寫到范蠡時
沒有正面寫西施,寫李隆基的時候也沒有正面寫楊貴妃,而是在
另外兩首詩中寫出了女性的哀怨與傷情,一首是寫虞姬:"廿八
騎殘尚幾時,濤濤江水豈還期。穀城他日遊魂到,不作蒼龍夢薄
姬。"(其三)④另一首寫王昭君:"蛾眉一誤賜單于,爲妾伸威畫士
誅。賢傳含冤今報未,琵琶還帶怨聲無。"(其五)⑤對這種因家國
大義而做出犧牲的女性投以同情之感。

　　金德瑛筆下的這些忠臣與奸臣、爲國運而抛卻私情的男性
與女性,並不是同一時空下的人物,也不是同一劇本中的人物,
以金德瑛的詩筆將他們串聯起來,通過錯位敘事(disorders of
historical narration)來實現時空的留白,這種創作的靈感其實源
於戲曲創作。宗白華在《美學散步》中曾論及抒情與敘事的
關係:

　　　　抒情文學的對象是情,敘事文學的對象是事,戲曲文學
　　的目的,卻是那由外境事實和內心情緒交互影響產生的結

①　俞爲民,孫蓉蓉合編:《歷代曲話彙編》,頁103。
②　同前注,頁102。
③　同前注,頁102。
④　同前注,頁101。
⑤　同前注,頁102。

果——人的"行爲"。①

戲曲文本在進行創作時,往往通過藝術的想像將不同時空的人物或事件捏合在一起,以實現作家的創作動機,如前文提到的戲曲中賈誼可以爲屈原招魂、湯顯祖可以和"四夢"中的人物進行對話等,這樣的編排會給觀者耳目一新的感覺。金德瑛在戲曲觀念上試圖將文人的視野拉回到現實的歷史中來,但在創作筆法上又吸取了戲曲創作中錯位敘事的形式,從而營造出宏觀的歷史感,而不是局限在一個個單獨的劇目上,筆者認爲,這樣的構思未必是依照金德瑛所觀之劇的劇目或演出順序而形成的,而是詩人有意爲之。

此外,金德瑛對"歷史"這一概念的定義也比較寬泛,將神話傳說也包含在歷史範疇之内,《檜門觀劇絕句》中也有數首詩涉及神話形象或宗教故事,意在實現勸善教化的功用,如:

　　風隔蓬萊不露津,蟠桃爭獻事疑真。就中有杖扶持者,意謂登天許蹇人。(其二)
　　如革破戒入重科,賴感慈悲孝行多。殺業羯肌夷最大,可能行法問閻羅。(其二十七)
　　胸科象笏綠掀髯,作使山妖擔幾盒。舊事題名君記否,翠微深處逞威嚴。(其二十八)
　　一蘆飛渡一蘆回,滿壁嵩雲長翠苔。剩下江心流宕月,獼猴聯尾工探來。(其三十)②

第二首和第二十八首分別寫到八仙和天師鍾馗,八仙分別代表

---

　　① 宗白華:《美學散步》(合肥:安徽教育出版社,2000年),頁229。
　　② 俞爲民,孫蓉蓉合編:《歷代曲話彙編》,頁101,105,106。

男女老幼、貧賤富貴這八類人群,每一位原本都是凡人,也都有各自的缺點,在經歷了不同的人生起伏之後,方悟道成仙,金德瑛詩中所觀雜劇《爭玉板八仙過海》也是意在規勸觀者從善悟道;鍾馗是神話中辟邪鎮宅的神君,懲惡揚善,剛正不阿,詩人所觀《鍾馗嫁妹》講的是凡人鍾馗自盡後被杜平安葬,待鍾馗成仙後,感應到有惡人要娶自己的妹妹,便下凡懲惡,並使鬼卒擔妝奩迎親,將妹妹嫁給了善良的杜平,展現了善有善報、惡有惡報的因果循環,從而勸人行善。第二十七和第三十首涉及的都是佛教故事,《目蓮救母》出自《盂蘭盆經》,宣揚孝道,也是戲曲作品中教化題材的代表作;達摩被尊稱爲"東土第一代祖師",據胡適《菩提達摩考》一文考證其來華宣揚佛法約在南宋滅亡之前,跋涉多地,弟子眾多,其血脈論自言:"吾本來此土,傳法救迷情。一華開五葉,結果自然成。"①也就是要用佛法來拯救妄念不絕的眾生。

因此,金德瑛所言的"詠史變體",意在強調戲曲也可以成爲記述歷史的一種文體形式,希望透過戲曲表演,關注到戲曲背後的歷史,而對於"歷史"的概念,並未要求時空的確定性,在其自身的詩歌描繪中,甚至通過戲曲中常用的錯位敘事的手法來模糊時空感,意在表達一種宏觀的歷史觀念。同時,這種歷史感不僅可以供文人反思,還可以實現教化功用,懲惡揚善。

二　"詠史變體"觀念的接受

《檜門觀劇絕句》問世後,題跋和詩者多達三十六位,題詩、和詩作品達百餘首,這些詩歌也多對"詠史變體"的觀念給予關

---

① 參見胡適:《胡適文存》(香港:現代書店,1953 年),頁 449。

注。題詩作品中如麟桂："史筆文章觀劇詩，興衰事業固如斯。注成鐵案千年後，公論難將一字移"①、金安瀾："絲竹樽前興，風霜筆底遒。崔鴻良史補，蘇鶚雜編搜。論世追千古，遊仙夢十洲。寓言通諷喻，褒貶例春秋"②等，這些題詩在金德瑛提出以戲來記錄歷史之後，將金德瑛所作的《檜門觀劇絕句》也列入史筆的範疇，並認爲其中的寓言諷喻、微言大義，以及價值判斷，都有模仿春秋筆法的意味。

在唱和詩中值得一提的是皮錫瑞所作《三和檜門先生觀劇絕句三十首》，不僅對《觀劇絕句三十首》進行唱和，同時又自注考證，其考證的視角涉及曲本流傳情況、史書記載情況（包括地名、人名考），以及古禮中的記載等，將金德瑛提出的"詠史變體"更進一步落實到"史"字上。其中涉及戲曲版本情況例如對《尋親記》的考證，皮錫瑞時《尋親記》的版本有兩種，故事並不完全相同，因此自注云："王孝子尋親劇，見《元史‧孝義傳》。王覺經，建昌人，五歲遭亂失母。稍長，誓天願求母所在。乃渡江涉淮，行乞而往。至汝州梁縣春店，得其母以歸。劇今不傳，此當是關羽之子飯店逢父事，所異者，一尋母，一尋父也。雨村曲話：'《尋親記》詞雖俏俚，然讀之可以風世。'亦《六十種曲》中之《尋親記》也。"③由此《尋親記》的兩個不同版本便清晰明了了，其後葉德輝在《和觀劇絕句三十首》中又將每一部劇的版本情況進行了考證，補充得更加詳盡。因《檜門觀劇絕句》中所涉及的歷史人物或故事都有資料記載，皮錫瑞便將這些故事的原典注釋其後，便於對比戲曲作品與史料記載之間的差異，如《和八仙》時引

---

① 俞爲民，孫蓉蓉合編：《歷代曲話彙編》，頁112。
② 同前注，頁112。
③ 同前注，頁139。

用了劉向《列仙傳》中的記述、《和蘇子卿》時援引了《瑯玉集》中所載的蘇武故事、《和虞姬》中提及了《春秋》和《史記》中對虞姬記載的異同,等等,這種做法受到考據之風的影響,將金德瑛的"詠史變體"進一步和史實去對照,更關注歷史的真實,"詠史"意味更加深厚。皮錫瑞在《和周倉》詩中寫道:"漢亭侯印太荒唐,河記撈刀更未詳。今日普天尊俎豆,宜乘赤兔從周倉。"詩後又對其中所用典故進行自注:"漢壽,地名;亭侯,爵名。後人誤以漢爲漢朝,僞造壽亭侯印。吾鄉有撈刀河、撈刀嘴,尤謾不經。"①此類注釋不僅是受到考據的影響,更有向學人之詩靠攏的傾向,從最初的"詠史"發展到"辨史"。

　　近世研究者最早將史實、詠史詩、講史藝術三者聯繫到一起的當屬任半塘先生《唐聲詩》中的討論,任先生在《雜吟與聲詩》的部分專闢《講史》一節,認爲:"唐人有'詠史詩'一體,配合説白,而成講吟。其完備之本,今雖不傳,而胡曾、周曇、孫玄晏三家之詠史詩,則仍可見其大體……晚唐詠史之詩篇雖傳入後世話本,若其吟詠之法,則並未傳入説話技藝。"宋代話本作爲勾欄瓦肆講唱的底本,發展至明清時,一部分發展爲戲曲,一部分發展爲小説,也是戲曲題材中歷史劇的源頭之一。筆者認爲,金德瑛及唱和《檜門觀劇絶句》的文人是受到詠史詩和歷史劇的雙重影響,對戲曲的功能進行了重新的思索和定位,將戲曲亦歸入詠史的文本載體之一,進而又以戲曲中的歷史故事或人物爲線索,通過考據的方式,借觀劇詩的寫作,回歸到史料記載中去,將觀劇詩也内化爲詠史的一種方式,這類觀劇詩既與詠史詩有交叉,同時又拓展了觀劇詩的功能。

---

　　①　俞爲民,孫蓉蓉合編:《歷代曲話彙編》,頁139。

第六節 《燕蘭小譜》與伶人評點體系的雛形

　　從《詩經》中的《大雅》、《小雅》開始，"雅"是詩文批評中無疑的讚美之辭，但在戲曲領域，祁彪佳的《遠山堂曲品》中將戲曲分爲"妙、雅、逸、艷、能、具"六品，不入流的爲雜調，"雅"僅列第二，乾隆年間又發生了花雅爭勝，是什麼樣的標準可以與"雅"一爭高低呢？據《揚州畫舫錄》記載："兩淮鹽務例蓄花、雅兩部以備大戲。雅部即崑山腔；花部爲京腔、秦腔、弋陽腔、梆子腔、囉囉腔、二簧調，統謂之'亂彈'。"[①]胡忌先生在《走向雅部——戲曲藝術的一條"絕"路》一文中提出"雅部、花部之説，先見之於吳長元《燕蘭小譜》"，[②]么書儀教授進一步論證《燕蘭小譜》是'花譜'之類刊刻物的'一時創建'"[③]。此書作於乾隆五十年（1785），作者親歷了花雅之爭全過程，除第一卷對伶人王湘雲的畫蘭詩進行專卷介紹之外，第二至第五卷將伶人分部介紹，基本情況如下表：

---

　　① ［清］李斗：《揚州畫舫錄》卷五（北京：學苑出版社，2001年），頁79。
　　② 參見胡忌：《菊花新曲破：胡忌學術論文集》（北京：中華書局，2008年），頁180。《燕蘭小譜》問世時，作者署名"西湖安樂山樵"，據張次溪《著者事略》載："西湖安樂山樵：仁和吳長元，字太初，別署西湖安樂山樵。"見張次溪：《清代燕都梨園史料》，上冊，頁24。
　　③ 參見么書儀：《晚清戲曲的變革》（臺北：秀威出版社，2013年），頁340。

卷數	評點樂部	被評伶人	詩歌數目
第二卷	花部	十八人	四十六首
第三卷	花部	二十六人	四十八首
第四卷	雅部	二十人	四十四首
第五卷	雜詠；雜感	三十六人	四十六首

　　從此書的結構與內容中可以看出：一、以花、雅、雜進行分類既是結合花雅之爭的現狀，又有借鑒《遠山堂曲品》的痕跡；二、從內容分佈來看，花部所占比重較大，既有花部唱腔、曲目衆多的因素在裡面，同時也可看出作者的側重；三、將花部置於雅部之前，雜詠置於最後，顯然不是由下品至上品的排列順序，優劣先後之感初見端倪；四、每卷都按照伶人分條，先對伶人概況加以介紹，再以兩至四首絕句進行評點，作者雖然沒有以“品”爲題，但是已經體現出了品題的評點意識。由此，《燕蘭小譜》不僅是最早提及花部、雅部的著作，同時也開拓了以詩品“花”的先河。

一　花部品題

　　在吳長元（約 1770 前後在世）眼中，雖未明言高於“雅”的標準是什麼，但在其花部評點中可見他最爲推崇的便是“真”，“真”即“自然”。他在評點萃慶部伶人劉二官時詩云：“一劇傳摹女悦男，晴絲裊裊吐春蠶。卻憐南國生劉二，不似西州熟魏三。”[1]詩

---

　　① ［清］西湖安樂山樵：《燕蘭小譜》卷二，見張次溪：《清代燕都梨園史料》，上册，頁 19。

人引用宋代魏野《贈妓詩》中“君爲北道生張八,我是西州熟魏三”①之句,認爲劉二官所演之劇並未能超越前人,詩中自注:“雲閣仿婉卿《縫格(按應作“裓”)膊》②一則,終遜自然。”他認爲,伶人所演劇目難免重合,或紛紛效仿,但怎樣能夠形成藝術上的超越,是比較困難的,正如文人間紛紛效仿王漁洋的《秋柳詩》,“知其妙而未必能名也”③。吳長元所崇尚的“真”分爲兩個層面:一是真情,一是真趣。前者如他在評點餘慶部伶人陳金官時所言:“嬌小婀娜逸興賒,夜行秉燭步欹斜。真王佳氣從兒現,贏得風開豆蔻花。”④在對陳金官的介紹中,詩人評價其“雖曲藝未能精熟,而聲容真切”⑤,可見陳金官演出的動人之處並不是憑藉技藝,而是真情流露,從詩中“嬌小”、“豆蔻”可知其年紀不大,技藝未精是可以理解的,但也正因其沒有運用過多的技巧,只是憑藉孩子般的真情,也可打動在場觀衆。後者如吳氏諷刺韻湖時所作:“玉韞山輝媚有餘,連城聲價尚徐徐。心香本是無明火,莫向明兒賦子虛。”⑥此詩借評點萃慶部伶人高明官來嘲諷好友,而詩人自身對這位高明官的評價也是認爲其美中不足:“豐致娉婷,絕無浮艷之態,惜藝未嫻熟,真趣不能流露。”⑦所謂“真趣”,是指真正的意趣、旨趣,吳長元認爲高明官的演技並不嫻熟,沒有領

---

① [宋]沈括:《夢溪筆談》卷十六(臺北:臺灣師範大學出版中心,2012 年),頁83。

② 《縫裓膊》即《富春樓》,又稱《陳三兩》,京劇、徽劇、河北梆子均有此劇目。參見許祥麟:《京劇劇目概覽》(天津:天津古籍出版社,2003 年),頁 22。

③ [清]西湖安樂山樵:《燕蘭小譜》卷二,見《清代燕都梨園史料》,上冊,頁 18。

④ 同前注,頁 21。詩中自注:“是日演《龍蛇鎮》。”

⑤ 同前注。

⑥ [清]西湖安樂山樵:《燕蘭小譜》卷二,見《清代燕都梨園史料》,上冊,頁 22。詩中自注:“韻湖以‘心香’字蕙官,今易愛明兒,詩以嘲之。”

⑦ 同前注。

會到所演劇目的真正旨趣。可見演劇對伶人的要求不僅要
"雅"，更要"真"，既能領略到劇本的旨趣所在，還要融入真情，前
者考察的是技藝，後者考察的是心靈的體悟。

此外，時值花部方興未艾之時，不同地域、不同唱腔的伶人
聚集京城，對旦角的品評不再是以崑山腔中閨門旦的温婉柔美
爲唯一評價標準，各類花旦的藝術性也得到認同。如永慶部的
白二，被吳氏贊爲"旦中之天然秀也"[1]，吳詩云："未睹妖妍二月
時，品題何處寫芳姿。永新歌韻依然在，玉樹臨風祇一枝。"[2]天
然秀是元雜劇的著名演員，常扮演綠林角色，從"旦中天然秀"的
評價可知白二擅長扮演的不是閨閣小姐，結合詩中"玉樹臨風"
的造型可以推知白二當時所表演的形象應爲小生或女俠，這兩
種形象都不同於閨閣小姐的温柔嫵媚，而是流露出剛毅灑脱之
美，同樣得到了青睞。另有大春部的孟九兒善扮京劇中的刀馬
旦，吳氏詩贊曰："繡旗錦纛列前幢，劍氣龍紋鼎可扛。漫説將軍
無敵手，古來巾幗最難降。"[3]這首詩較之對白二的描寫就更爲清
晰了，詩人將孟九兒所扮演的女英雄形象刻畫得活靈活現，並將
她瀟灑的氣勢、英勇的風姿描繪得比男性英雄更爲勇猛，可到敵
軍"無敵手"的地步。這樣的女英雄可以推測或爲花木蘭，這一
形象最早見於樂府詩，但木蘭從軍被改成戲曲是比較晚的，直到
明代徐渭作《雌木蘭》雜劇，花木蘭的形象才被搬上舞台，同時，
在晚明的現實生活中，也有像花木蘭一樣的女將，如秦良玉、沈
雲英等。到乾隆時，京劇中的刀馬旦形象開始深受青睞，這類角
色更強調"唱、念、做、打"中的"做"和"打"，場面較爲精彩，常常

---

① ［清］西湖安樂山樵：《燕蘭小譜》卷三，見《清代燕都梨園史料》，上册，頁 25。
② 同前注。
③ 同前注，頁 27。

吸引觀衆眼球。刀馬旦中不僅演女將,還演綠林女子,如在品評
宜慶部的彭萬官時,彭萬官所演的角色是《鎖雲囊》中的女賊,詩
云:"黑帕紅靺粉面妝,踰垣巧護鎖雲囊。綠林俠骨真堪羨,誰識
人間窈窕娘。"①吳氏自評彭萬官的演出"不似'楊柳岸曉風殘月'
女郎"②,可見觀衆的審美趣味已經由單一追捧閨閣小姐逐漸變
得多元化,開始認同如刀馬旦一類略帶英氣的女性形象,這種接
受與認同是在花雅之爭的背景下,京劇自身的舞台藝術所呈現
出的獨特魅力。

二 雅部品題

在花部向著"真"的標準邁進的時候,崑曲仍在追求"雅"的
風範,並在聲律與文辭皆雅的標準之上,對伶人自身如何呈現
"雅"的姿態提出了較爲具體的範本。吳長元在對雅部伶人進行
評點時所圍繞的便是伶人之"雅"的標準,他認爲"饒他三慶多嬌
艷,雅韻宜人有太和"③,"三慶"即花部的萃慶、宜慶、永慶部,其
伶人多爲花部魁首,吳氏認爲那些伶人嬌艷有餘,雅韻不及崑
伶。那麼,崑伶雅在哪裡呢?詩人在評點錫齡官時有云:"漫說
妖妍帶露姿,殷紅獨占晚霜時。秋江冷艷無人賞,惟有閒漚仔細
知。"④詩中將錫齡官比作晚秋芙蓉,殷紅冷艷,於妖妍百花中鶴
立,雖無人欣賞,亦不失雅態,不與百花同流,因此詩人評價錫齡
官"雅艷不浮"⑤,雅者需美艷,但不能俗艷。更進一步地説,崑伶

① 〔清〕西湖安樂山樵:《燕蘭小譜》卷二,見《清代燕都梨園史料》,上册,頁20。
② 同前注。
③ 〔清〕西湖安樂山樵:《燕蘭小譜》卷四,見《清代燕都梨園史料》,上册,頁36。
④ 同前注。
⑤ 同前注。

的雅不僅不俗艷,更被冠以評價君子的"蘭""風骨"等詞,如品評嚴秀林時有詩:"倜儻張公爲賞音,恨山奚止一鉤金。從來豪客多輕薄,誰解如蘭臭味深。"①認爲嚴秀林有"如蘭之雅"②;而品評韓學禮時云:"洗滌鉛華靜不浮,哀絲苦調見風流。梨園盡是他鄉侶,誰把杭州曲子謳。"③吳長元自言將韓學禮列入品題的原因:"蓋南中梨園不事艷冶,惟取曲肖形容,伶人怡情而已。新自蘇來京,友人張君見其《送米》、《哭靈》,爲之感痛,因以梓里,屬余品題。"④認爲韓學禮是"萬壑千岩,其秀在骨"⑤,可見這位伶人在梨園行多數人都向"曲肖形容"轉型時,依然保持著自己的風骨,其打動詩人之處即在於此。

在花雅爭勝的過程中,文人較爲讚賞崑伶的"靡容膩理,雅態柔情"⑥,更將這種雅艷不俗上升爲内在風骨,而"風骨"一詞既可指性格、品格,同時在古典文學評論史中,詩、文、畫、書法等多個審美系統都採用了"風骨"一詞借指風格或格調。吳長元評點崑伶雅艷不浮、其秀在骨時,不自覺地將傳統古典美學的語詞借用過來,進一步提升了崑曲的藝術魅力。然而,儘管崑曲的雅韻打動了衆多文人,並伴隨文人走過了百餘年的歷程,到乾隆時,面對花部諸曲的爭勝姿態,崑曲還是不可避免地走向了餘勢。《燕蘭小譜》中僅收録品題崑伶二十人,有近四分之一的伶人曾學習亂彈,筆者暫舉幾例如下:

---

①　[清]西湖安樂山樵:《燕蘭小譜》卷四,見《清代燕都梨園史料》,上册,頁 37。
②　同前注。
③　同前注,頁 39。
④　同前注。
⑤　同前注。
⑥　同前注,頁 37。

　　吳大保：本學崑部，與屬伶彭萬官同寓，因兼學亂彈，然非所專長。

　　四喜官：雖兼唱亂彈，涉妖妍而無惡習。

　　孫秀林：崑旦中之嬌嬌者，在京班一二年，即棄所業。

　　張發官：本崑曲，去年雜演亂彈、跌撲等劇。[1]

對於這些改部學唱亂彈的伶人，吳氏也只能感慨："太平無像儘消搖，妙舞清歌樂聖朝。會得詩人風化遠，鄭聲屏去走虞韶。"[2]字裏行間可見詩人的惋惜之情，文人對崑曲的崇尚有著不短的歷史，面對花部崛起，雅部式微，既有遺憾，又無能爲力，這也是《燕蘭小譜》對雅部的評點中極贊"雅艷不浮""其秀在骨"的另一原因。

三　雜詠品題

　　在《燕蘭小譜》第五卷中雜品花、雅各部伶人，多是選取軼事或新聞，品題時並無明顯的次序先後之分，其中雜詠部分以記述新鮮趣事爲先，雜感部分以直抒胸臆爲主。值得注意的是，此卷中記述乾隆間"以詩品花"的一個現象，即"歌樓一字評"，是以品題伶人入手，背後蘊含了文人如何看待花雅之爭這一戲曲史現象。

　　吳長元詩云："尹謝風流絕世無，聊將一字擬形模。歌樓盡日爭嬌艷，笑是綏綏九尾狐。"[3]詩中提到的"一字擬形模"便是當時流行的"歌樓一字評"，即僅以一字來概括伶人，吳氏例言："友

---

① ［清］西湖安樂山樵：《燕蘭小譜》卷四，見《清代燕都梨園史料》，上冊，頁34，37，40。

② 同前注，頁41。

③ ［清］西湖安樂山樵：《燕蘭小譜》卷五，見《清代燕都梨園史料》，上冊，頁47。

人有以'歌樓一字評'相告,嫌其於諸旦頗有未愜,乃以近時習見者爲更定之。魏三曰'妖',銀官曰'標',桂官曰'嬌',玉官曰'翹',鳳官曰'刁',白二曰'飄',萬官曰'豪',鄭三曰'騷',蕙官曰'挑',三元曰'糙',其他則未入品題也。"[①]例中所舉皆爲花部伶人,有的也曾在卷二、卷三的花部評點中出現過。文人用一字概括出的伶人形象並非以同一標準進行點評,"標""挑""翹"應爲外形特徵;"妖""嬌""騷""糙"多是根據伶人扮演的形象所呈現出的特色;"刁""飄""豪"則是從性格角度切入點評。從列入品題的這些一字評來看,文人所選取的評點之字除"飄""豪"一類詞之外,其他的多是中性詞或略帶呈現俗艷意味的詞語,可以推知文人對花部名伶的評價並不是很高。但對雅部的評點卻未見一字評,吳長元言:"至於崑旦,聲容優劣有不可以一字概,當仿書畫評,各綴數語爲善,姑闕之,以俟賞音者。"[②]可見在吳氏心中,崑曲還是屬於雅文化的一種,甚至將其與書畫比肩,並不是一字可以概括其美妙的,需要慢慢品讀。

又據《燕蘭小譜》卷五的卷首説明載:"余敘列諸伶,以甲午爲限。而前此名優之可採者,于斯附見焉。"[③]乾隆甲午(1774)是魏長生(人稱"魏三")第一次入京時,但魏長生"大開蜀伶之風",成爲"歌樓之盛"[④]是在五年之後再次入京時,從"歌樓一字評"中對魏長生冠以"妖"字的評價可推知其第一次入京時還未得到文人的充分認同。從廣義上來講,花雅之爭起於明末崑山腔與弋

---

① ［清］西湖安樂山樵:《燕蘭小譜》卷五,見《清代燕都梨園史料》,上册,頁47。

② 同前注。

③ 同前注,頁42。

④ ［清］浮槎散人:《花間笑語》,見張次溪輯:《北京梨園掌故長編》,載《清代燕都梨園史料》,下册,頁890。

陽腔之爭，後逐漸有更多唱腔參與進來，爭勝之事一直蔓延至晚清，方見分曉，其間所達到的高潮是在乾隆中後期。本卷所載的内容當是在花雅之爭達到高潮之前，可見崑曲式微，花部興起，但在文人心中仍認爲崑曲爲雅音，花部諸腔難免俗艷。隨著花雅之爭的分野日漸清晰，“歌樓一字評”逐漸發展成爲日後的“一字定品”。

四 《燕蘭小譜》的奠基之功

《燕蘭小譜》之前不乏記載伶人的作品，如元代夏庭芝的《青樓集》對一百餘位元雜劇演員的技藝或專長進行點評，但並未按類別加以劃分，更無品題意識；鍾嗣成的《録鬼簿》將一百五十位金元戲曲家分爲“前輩已死諸公”“方今名公”“方今已亡名公才人”等幾類，並對每位曲家以小傳記述，這種分類方法亦無任何品題之感，而後的百餘年間文人的評點視角便回歸到曲與劇本身，出現了一系列曲品、劇品的戲曲評論作品，明清時期夾雜於文人詩集中散見的觀劇詩多有描述伶人及其演出情況，其中流露出的評點意識很難歸爲一個系統，當文人再度集中將視角投射在伶人身上並形成一定的品題意識時，最先出現的便是吳長元的《燕蘭小譜》。

將詩學評點的概念引入戲曲多源於古典的詩樂傳統，這樣的評點無論是針對曲還是劇，側重的仍是其文學性本身，因此並不難理解，但對伶人的評點則具有特殊意義，即將戲曲視爲一種表演藝術，而不是僅僅停留於文本。作爲奠基之作，《燕蘭小譜》爲後世提供了評點伶人的基本架構：一是分類評點，《燕蘭小譜》中所分的花、雅、雜三部分並不是嚴格意義上的以“品”分類，而是迎合當時戲曲發展所流行的花雅之爭的現狀，以花部、雅部分開,具有一定的現實意義,其後較爲規範的品花作品多是以"品"進行分類,而"一字定品"的雛形則源於雜品中的"歌樓一字評";二是每一類評點中有明顯的高下之別,正如吳長元在其例言中自言:"陳、王、二劉,時稱'四美',以冠花部,允協興情。若白二之歌喉,永亭之態度,洵梨園名輩,置于次卷之首,不忍没之"、"雅旦非北人所喜。吳、時二伶兼習梆子等腔,列于部首,從時好也",①但因是較爲初期的評點作品,除置于卷首的幾位外,後面臚列的伶人是不分先後的,"諸伶敘次,惟部首數人略有軒輊,此下皆隨意編録,無定見也"②;三是以"小傳＋詩"的結構進行評點,"小傳"即是對伶人情況的簡單介紹,有的涉及本事,有的只是講一件軼事,視評點人所選取的側重點而定,真正具有評點價值的是後面所附之詩;四是明顯的個體意識的介入,吳長元所收録的伶人,多是他親自觀演過伶人演出,或聽聞友人介紹,再前往觀演,通過第一人稱的視角直言伶人技藝的優劣,這種收録的方式可以"仁者見仁,智者見智",同一時期出現的作品也可能收録不同伶人,爲嘉道以後伶人評點的多樣化發展奠定了基礎。

　　綜上所述,乾隆時期的觀劇詩主要呈現出兩大主題:一是文人眼中的盛世;二是文人心中的自我,在從宏觀到微觀的表達中,離不開社會因素、文化因素、文學因素的推動,同時促成了這一時期的觀劇詩與清初觀劇詩創作思想上的不同之處,因此與清初相比,乾隆文人的心態發生了較爲明顯的變化。那麼,觀劇詩如何容納這些變化? 又以怎樣的視角將整個乾隆盛世的文化樣態展示給世人?

---

①　［清］西湖安樂山樵:《燕蘭小譜》卷首,見《清代燕都梨園史料》,上册,頁6。
②　同前注。

這要從文人心態的三重轉變說起，首先，宮廷演劇對文人有兩重意義：一是向外使番邦展示大國風範的自豪感；二是忠君之情。自唐以來，重大節日或外使來訪，宮廷都會安排大型樂舞演出，至清代更側重於戲曲演出，到乾隆時期已經有固定的大型戲臺，專供戲曲演出之用，並設專門的司樂部門，用於培養宮廷伶人，這些伶人享有月銀，宮廷伶人也開始作爲一種固定職業，此時的宮廷演劇已經程式化，並以典章加以規範。在文化傳承上，許多樂舞都源於番邦，而戲曲多爲中原所創，因此戲曲演出更能彰顯中原文化的豐厚底蘊。在觀演時，帝王、臣子、外使同聚一堂，文人於筵席上所作的觀劇詩，既能向外使展示天朝人才濟濟，又是向天子述表忠心的好機會，一幅幅盛世圖景便由文人之筆勾勒出來。在劇本的選擇上，乾隆帝開始欽定劇目，並命內府創作，這些戲曲主要是教化劇，以忠、孝、節、義思想使臣民更加歸附。出於統治者的選劇意圖，文人創作的觀宮廷演劇之詩中多有表述忠貞的意味，這種表達與清初觀劇詩是不同的，清初文人剛剛經歷易鼎之痛，對清統治者還沒有完全認同，較少有忠於新主的表達，而乾嘉文人多成長於清代定鼎之後，感沐皇恩，因此這些效忠之作並不能說是完全意義上的奉承之作，其中蘊含著對統治者的感恩與欽慕之情。

其次，入清以來，統治者一直致力於多民族文化的融合，到乾隆時期已頗具成效，呈現在戲曲上，從宮廷到民間，都表現出各民族文化間的相互認同。乾隆帝自身的漢文化素養較高，並重用漢臣，在宮廷演劇中作詩意在感恩的既有漢族文臣，又有漢族武將，這種君臣一心的狀態也是鞏固盛世的必要因素。同時，在少數民族地區的民間演出中，藝人將自身的地域特色與多民族文化相互融通，形成新的表演樣式，引進新的演出內容，豐富了民間娛樂生活，對文化的傳播更是功不可沒。更重要的是，這些看似平常的演出卻走入了文人的視野，或因出遊，或因出仕，或因流放，文人以自己的足跡和視角記録了文化融合的諸多方面，並被作爲珍貴史料保存下來。自古便有遊記的文學傳統，多爲描繪山水之作，雜有寄託，記録少數民族文化的則不多，正是盛世文學、藝術等領域的多樣化發展爲此類題材的創作提供了更爲廣闊的空間。

再次，文人自身觀劇過程中產生了新的思考。在文人視角轉向民間賽神娛鬼的演劇活動時，又轉變爲一種古典哲學的宇宙觀，文人並没有將這些生死觀念與自身聯繫起來，而是客觀地看待人、鬼、神的三界倫常。可見演劇帶給文人的不僅有戲裏的故事，還有戲外的人生。乾隆時期的觀劇活動因其可以跨階級地進行傳播而爲文人提供了近似全能的視角，大到盛世圖景，小到個體情懷，觀劇詩都可以輻射到，同時也更增添了觀劇詩的厚重感和縱深感，成爲打開乾嘉時期文化視野的一扇窗。在文人心態的三重轉變背後，可以發現觀劇詩的内涵逐漸變得更加廣闊，雖是由觀劇這一活動發起，但可以跟隨文人的足跡和眼光看到不同層面的世界，在具象層面，觀劇詩可以看到民間小戲、祭祀、多民族演劇，以及宫廷的大型觀劇場景；在抽象層面，可以讀到文人内心的忠貞、感慨及思辨等多個面向的心緒，這些心緒因不同的演出場景、不同的觀者、不同的環境而不同，整合起來在觀劇詩中集中體現，使讀者看到更加豐富的文人内心世界。

乾隆時期觀劇詩内涵的豐富性源於繁盛的社會環境及文人思想上的雅俗融通。經濟、文化的繁榮推動戲曲的發展及演劇活動的增加，爲觀劇詩的創作提供了更廣闊的平臺，這是不必多言的。觀劇詩視域中兩種新的評點體系初具端倪：一是觀劇組詩的創作，係以同一位文人針對不同劇目或演劇的某一側面，如人物刻畫、情節的推演等，進行微觀分析，且以某一戲劇觀念貫穿組詩的始終，以此形成邏輯嚴密的戲曲評論；二是伶人評點體系，對當下流行或受歡迎程度較高的戲曲演員進行評點，包括姿容、技藝等，對戲曲演員的關注度大大增強，且清代中前期伶人史料傳世較少，從觀劇詩中可以獲取到的伶人信息更顯珍貴。這兩種評點方式均體現出乾隆時期觀劇詩的創作已經上升到理論化的視角，並成爲文人戲曲觀念和審美眼光的表達途徑，組詩創作和伶人體系的不斷建構一直持續到清代晚期。

第五章　觀劇詩與嘉慶時期的"復古"評點

　　自杜甫《戲爲六絕句》以來，文壇逐漸形成以詩體形式進行文學評論的風氣，以詩的形式進行評論有其自身的優越性：詩歌篇幅短小，富於變化，既便於個案分析，又可將主要觀點點到爲止，不用做太多的發揮和論證。當論詩絕句發展至清時，因清詩數量龐大，如何選取好的作家作品進行評點，以什麼樣的標準進行評點，都爲論詩絕句的創作增加了難度，面對這樣的情況，清代的論詩絕句發生了一些變化，即所論及的方面愈來愈廣泛，包括詩法淵源、藝術風格、創作特點、思想內涵等，審美標準也向多樣化方向發展。

　　論詩絕句的發展直接帶動了論曲絕句的創作，因詩一變而爲詞，詞一變而爲曲的發展理路，文人的視野從以詩論詩到以詩論詞，再到以詩論曲，相伴而生。嘉慶間的戲曲評點基本承襲乾隆時期的評點格局，但已經打破了以褒爲主的評點局面，切入視角與以詩論詩、以詩論詞也有相通之處，因這種評點方式均以元文本爲依託，或詩或詞或曲，元文本的藝術呈現決定了評點之詩的基調，在對元文本的討論中，涉及的層面比較廣泛，以詩論詞及以詩論曲更增添了對音律（詞律、曲律）方面的探討，由此形成多樣化的評點作品，並不以某一部作品或某一組評點之詩爲依歸，作家只需明確自身的評點標準即可。這一時期的戲曲評點以文人爲主導，以文人的觀劇感懷爲基礎，以文人的戲曲觀念爲理論基調，觀劇感懷的閒賞旨趣已脫離易代之思，更加注重個性化表達，由宋代文人"人生如夢"的理路進一步提煉爲"人生易老"的慨嘆。有了乾隆時期金德瑛崇尚以戲詠史，注重歷史真實的《桧門觀劇絕句》爲先導，嘉慶時期凌廷堪則推崇在史實基礎上進行合理的藝術加工，舒位提倡曲律宗唐，以及石韞玉評點毛氏汲古閣《六十種曲》、文人觀劇詩創作參照《牡丹亭》至情思想形成的審美標準，其中都閃現著晚明情懷與評點思想的復古回歸。這些戲曲觀念在清代並行，並不衝突，反而使戲曲批評更加豐富。

第一節　嘉慶文人的觀劇感懷與閒賞旨趣的回歸

　　乾隆時期是宮廷戲曲的全盛時期，到嘉慶時，盛況已不如前，且時有削減宮中住人的衰退之象。民間達官貴族的專屬家班數量也逐漸減少，戲曲演出多面向文人雅集或公衆視域，絲竹佐酒、追歡作樂、附庸風雅成爲文人雅趣，這一時期的觀劇詩在抒發文人心緒的時候，往往也是抓住"絲竹"或"酒"等意象化的符號進行表達。絲竹在廣義上用以代指音樂，古典樂器種類繁多，歷來所隱含的意義也不盡相同，如琴瑟可代表愛情，簫、箏可營造蒼涼之感，胡琴、羌笛、琵琶帶有濃郁的民族特色，等等，傳統的絲竹誕生於江南，文人多雅集觀劇於江南地區，久而久之，絲竹便逐漸濡染上種種文人情懷，隨著戲曲表演藝術的發展，所需樂器也不僅僅局限於絲竹一類，但停留在文人觀劇詩中的絲竹，已經成爲一種文化符號，繼續承載著文人心緒。常常伴隨絲竹或文人雅集而出現的另一類傳統意象便是酒，"詩"與"酒"有著不解之緣，從魯迅先生《魏晉風度及文章與藥及酒之關係》到王瑤教授《文人與酒》的探討，文人、詩、酒一直是古典文學津津樂道的話題。筆者試將酒放置於清代戲曲發展的視野，在酒伴絲竹共賞的雅趣中，再觀乾嘉時期文人的閒賞旨趣以及其中暗含的文人心態的變化痕跡。

前文曾提及宮中上元佳節的熱鬧場面，現看一首描寫民間上元觀劇的情景，是另一番風華：

> 上元佳節忙中過，會補傳柑興不窮。銕鎖星橋連釣浦，銀花火樹逗春風。江搖歌管清音細，鐙上亭樓碧落紅。猶是琵琶彈恨地，今人何必古人同。[1]

雖然不同於宮中慶典的大氣磅礴、場面恢弘，民間過節也不失一番熱鬧，詩中前兩聯描繪爲慶祝佳節所做的準備，"會補傳柑""銕鎖星橋""銀花火樹"點綴出上元夜晚街市的色彩繽紛，一個"逗"字將喜慶氣氛又大大提升，在喧囂熱鬧之中傳來的"歌管清音"如一泓清泉流入人們的耳中，既爲已有的畫面增添了一絲雅趣，同時又營造出聲音的氛圍，使整個場景的描繪更加立體、豐富。最後的點睛之筆，詩人採用了"琵琶"這一意象，"琵琶"所抒之"恨"有多種，小到白居易"別有幽愁暗恨生，此時無聲勝有聲"[2]，大到抒發家國之感的昭君琵琶怨詞，以及辛棄疾的"馬上

---

① ［清］唐英：《補上元詩》，《陶人心語》卷四，見《清代詩文集彙編》，第 251 册，頁 236。

② ［唐］白居易：《琵琶行》，見［清］彭定求等編：《全唐詩》，第 13 册，頁 4821。

離愁三萬里,望昭陽宮殿孤鴻没。弦解語,恨難説。"①到唐英(1682—1756)這裡,琵琶之恨都已經煙消雲散,入耳的只有歌管清音,可見太平之世文人心境所受到的社會環境的影響,唐英所作觀劇詩中還有"殘春新夏雨聲中,拍譜清笳蠟炬紅"②"軟拍輕吹渡野灘,鷗心鷺性海天寬"③等句,都是其恬淡生活旨趣的寫照。

　　一部在明清之際遭到文人唾罵的戲劇《燕子箋》,在嘉慶時期文人眼中也發生了轉變。沈德潛(1673—1769)寫道:

　　　　紅氍毹上響歌筵,兒女情長衆所憐。半壁江山等閒送,只今贏得看場圓。④

阮大鋮因晚明時與復社文人之間的糾葛,其所作《燕子箋》劇在演出時遭到文人罵座、演員罷演,這與時代背景是分不開的,但《燕子箋》劇也由此被忽略了其藝術性,而是轉向對阮大鋮的個人攻擊,或借以感歎晚明帝王的昏庸無道以致江山被拱手讓人。到了嘉慶時期,無論是阮大鋮,還是復社文人,都已駕鶴仙遊,而《燕子箋》仍一直活躍在戲曲舞臺上,隨著觀衆群體的改變,終於回歸到對此劇的内容與藝術性的探討上。從沈詩中可以讀到,此時文人觀演《燕子箋》主要聚焦於"兒女情長",即此劇所講述的唐代士人霍都梁和名妓華行雲的身上,詩人認爲儘管這部戲

---

　　① ［宋］辛棄疾:《賀新郎・賦琵琶》,見唐圭璋:《全宋詞》,第 3 册,頁 1889。

　　② ［清］唐英:《立夏後二夜,雨窗觀劇偶演,予筄騷填詞,座上有擊節歎自形之吟詠者,率和原韻示之》(其一),《陶人心語》卷三,見《清代詩文集彙編》,第 251 册,頁 199。

　　③ ［清］唐英:《丙寅小陽月昌江泛舟》(其三),《陶人心語》卷五,見《清代詩文集彙編》,第 251 册,頁 252。

　　④ ［清］沈德潛:《觀〈燕子箋〉劇席上戲題》(之四),《歸愚詩鈔餘集》卷三,見《清代詩文集彙編》,第 234 册,頁 260。

曾經歷了時代變遷,但到嘉慶這段時期剩下的就只是場上之戲了,阮大鍼創作此劇時極力模仿湯顯祖,直到一百多年之後,"情"的主題才得到觀者的認同,得益于文人觀劇的心態已經轉向紅氍毹上的聲色娛悅。

嘉慶時期的觀劇活動已經成爲較爲普遍的娛樂方式,文人無論是擅長寫詩、寫論,還是考據,多數都並不排斥這種雅俗兼具的休閒生活樣態,而這些日常生活中產生的文學作品與其學術思想也並無太多關聯。身爲史學大家、"江右三大家"之一的趙翼(1727—1814)亦不惜筆墨,留下自己的觀劇追歡之作:

> 急管繁絃總樂方,梨園小隊簇新妝。憑他檀末都盧戲,演出人間傀儡場。曼睩波橫燈影炫,纖腰風蕩舞衣香。冰霜簾外寒如許,誰識春光此地藏。[1]

詩人從"急管繁絃"入手,勾勒出一幅熱鬧圖景,梨園弟子身著鮮豔的全新戲服,將一折折來源於社會生活的戲曲故事搬上舞臺,滿目的燈影燭紅配合舞衣飄香的氛圍,即便窗外傲霜鬥雪,室內依然春光旖旎,詩中將寒冬臘月文人雅集的歡快場面通過絲竹與伶人演繹展現得淋漓盡致。

從上述文人透過絲竹之樂描繪出的閒賞情趣中,流露出觀劇帶給他們的輕鬆與愉悅。但嘉慶文人的觀劇之作中是否僅限於閒賞表面,而無深入的思索呢?蔡毅與胡有清兩位教授在《中

---

① [清]趙翼:《歲暮劉蘭陔刑曹、竹軒中翰招同章習之吏部,暨北墅、漱田、玉亭諸同人讌集梨園小部,縱飲追歡,即席有作》(其二),《甌北集》卷五,見《趙翼全集》(南京:鳳凰出版社,2009年),第5冊,頁83。

國歷代飲酒詩賞析》中認爲"明清詩酒關係呈現出一派蕪雜現象",①事實上"蕪雜"是一種表象,其中暗含了文人的心跡變化。乾嘉文人並未脫離"酒爲詩侶,詩見酒魂"②的詩酒魅力,同時本著酒後見真情的旨趣,絲竹佐酒更容易觸發文人的情思,呈現出"醉人之韻"③,即由宋人"人生如夢"的思考轉向感歎"人生易老"的傾向。如上述趙翼與同僚歡聚所作的組詩中,第三首寫出了酒後的狀態:

> 腐儒風味本孤清,竿木逢場也有情。絲竹中年人易老,冰霜暮景歲將更。肉屏筵上修眉史,拇陣燈前戰酒兵。沉醉莫辭殘燭跋,蝦蟆梆亂又參橫。④

這首詩較前一首在思想性上更進了一步,趙翼將自己定位爲"腐儒",這位腐儒在觀劇時也有"情"的訴求,這種"情"是人之常情。趙翼所感歎的人之常情是什麽呢? 是人到中年,身心易老的悲涼,如"冰霜歲暮",即將更新爲另一種圖景,舊的景色就會被取

---

① 蔡毅,胡有清合著:《中國歷代飲酒詩賞析》中認爲:"明清詩酒關係則呈現出一派蕪雜現象。從明代前後七子,到清代神韻派、格調說之類擬古主義、形式主義詩風,大都匍匐于前人詩酒勝境之下,亦步亦趨,言詩之作多爲搬弄典故,無病呻吟。"並且"當時社會風尚是追逐錢財,崇尚聲色,士大夫多以斯文掃地爲樂趣,酒便成爲這場特殊戰鬥的金鼓和號角。"見氏著:《中國歷代飲酒詩賞析》(南京:江蘇文藝出版社,1991年),頁18—19。

② 蔡毅,胡有清合著:《中國歷代飲酒詩賞析》中將酒之於古人詩歌創作的獨特作用歸納爲"真"、"狂"、"幻",乾嘉觀劇詩中的酒後之作主要呈現的是"真"這一特色。見氏著:《中國歷代飲酒詩賞析》,頁13。

③ [明]袁宏道:《壽存齋張公七十序》:"故叫跳反擲者,稚子之韻也;嬉笑怒罵者,醉人之韻也。醉者無心,無心故無理所托,而自然之韻出焉。"見《袁中郎全集》(上海:國學整理社,1935年),第2冊,頁45。

④ [清]趙翼:《歲暮劉蘭陔刑曹、竹軒中翰招同章習之吏部,暨北墅、漱田、玉亭諸同人讌集梨園小部,縱飲追歡,即席有作》(其三),《甌北集》卷五,見《趙翼全集》,第5冊,頁83。

代,頗有力不從心之感。乾隆三十六年(1772),趙翼稱母病辭官歸里,於安定書院講讀,此詩作於辭官之前,趙翼約在四十歲左右,曾因查處廣州海盜一案受到牽連,被彈劾降級。他自小家道中落,三十歲方金榜題名,轄管廣東、廣西、貴州多地軍務,終究好景不長。詩中以酒筵代沙場,於"燈前戰酒兵",可見他對自己的官宦生涯還是有所留戀的,但無奈被彈劾,仕途轉向黯淡,因此才會發出"中年人老""暮景將更"的感歎,亦暗合了其在《論詩》(其二)中所言"江山代有人才出,各領風騷數百年。"①

"江右三大家"中的袁枚看似在文學思想與生活態度上與趙翼都不同,能夠不囿於官場生活,構建隨園,自得其樂,但在袁枚看似灑脫的背後,也發出了人生易老的感慨,同時又是雜有寄託的。其《臘月五日相公再招觀劇命疊前韻》中寫道:

> 難得共相於。閒來置酒先招隱,老去聽歌當讀書。玉笛聲涼殘臘後,梅花香撲捲簾餘。席間頗憶倪高士,教把新詩索向渠。(其三)
>
> 野人連日作嘉賓,東閣憐才到十分。酒罷人驚窗外雪,山空鶴盼夜歸雲。每依絳帳心難別,但坐春風客自醺。不負彭宣生白髮,後覺絲竹此番聞。(其四)②

此詩爲袁枚與其師尹繼善觀劇所作,在邊觀劇邊飲酒的過程中,袁枚援引"招隱"與"彭宣"兩則典故:從淮南小山的《招隱士》到左思的《招隱詩》,西晉時以"招隱"爲題的詩歌創作蔚然成風,彰顯士人不與世俗同流的高尚情操;而彭宣在經歷幾度宦海沉浮

---

① [清]趙翼:《甌北集》卷二十八,見《趙翼全集》,第6冊,頁282。

② [清]袁枚著,王英志主編:《袁枚全集》(南京:江蘇古籍出版社,1993年),第1冊,頁64-65。

之後也在王莽篡權時走向了隱逸之路。袁枚對隱逸生活是較爲提倡的，他自己也在隱居中找到了新的生存旨趣，即觀劇。他對"老去"與"白髮"並不悲觀，暮年方悟出"絲竹""聽歌"可以當作"讀書"，即從戲曲中可以感悟到詩書中的人生道理，將戲曲之於文人的價值提升到較高的位置。袁枚詩主性靈，強調直接抒發真情實感，但當席間回憶起真正的隱士倪瓚時，袁枚覺得新詩都黯然失色，由此可見袁枚極其崇尚隱逸生活，並認爲隱逸之雅趣在於觀劇聽曲，若生活得此，縱使容顏衰老，亦不負此生。作爲袁枚與趙翼的老師，尹繼善也爲此次觀劇賦詩一組：

> 落日相招一舉觴，寒村又踏板橋霜。賓朋已散開新盞，絲竹初聞入後堂。翠袖當筵年半老，紅梅繞座語皆香。芒鞋有約來須晚，爲愛殘冬夜正長。（其一）
>
> 何妨深夜再留賓，聚會縱無手不分。六出纔飄占歲雪，三更又入送山雲。老來觀劇悲兼喜，酒後興歌醉亦醺。遙憶柴門人到處，數聲犬吠隔溪聞。（其四）[①]

從尹繼善的記載來看，此次觀劇並非大規模的讌集，而是在大部份賓客走後，與幾位好友知己進入後堂，重新開酒，喚伶人演劇，真正的熱鬧才剛剛開始。尹繼善在亦醉亦醒之間時，身覺隨著年紀的增長，對觀劇的感悟更深了一層，年輕時或看大團圓結局、或關注熱烈的演出場面，而到老觀劇則覺"悲兼喜"，這種所謂的"悲"不同於趙翼官場失意而悲，也不同於袁枚的隱逸中自尋樂趣的感慨，尹繼善的"悲"其實是一種比較泛化的思維方式，即人過中年之後，經歷日漸豐富，"悲"與"喜"都不再帶給文人年

---

① ［清］尹繼善：《歲暮招子才觀劇仍用前韻》，《尹文端公詩集》卷八，見《清代詩文集彙編》，第 279 冊，頁 608—609。

少輕狂時那般心緒的起伏，因此此時的觀劇也不再停留於表面的喜，而是辨證的喜憂參半的人生感悟。

此外還有紀邁宜（1678－？）"過費徵歌重命酌，老顛起舞欲頹巾"[①]；楊鸞（1711－1778）"而今怕聽絲兼竹，不到中年感慨生"、"對酒謾驚新髀肉，登樓常憶舊星辰"[②]；秦瀛（1743－1821）"不嫌老大頹唐甚，喚取笙歌一部聽"[③]，等等。

在嘉慶時期文人的觀劇詩中，追歡作樂貫穿始終，使得這一時期的戲曲深入到文人生活之中，成爲休閒娛樂的主要方式之一，客觀上促進了戲曲的發展。但在歡愉的背後，文人的心緒又很少一味地放鬆暢快，常常帶有一絲對人生的感慨。這種感慨承襲了明代以來文人觀劇詩中常常出現的"人生如夢"的主題，同時又與"人生如夢"略有不同。明代文人感慨的"夢"多帶有幻滅之感，或源於帝王獨斷、或源於繁複的黨爭、或源於嚴酷的文化政策等，文人是帶有一種危機感而小心翼翼地生存，直到湯顯祖將"情"與"夢"勾連起來，"人生如夢"成爲文人感慨世事的代名詞，清初文人更是將這種"夢"脫離出杜麗娘的春夢，直接對應爲文人自己的夢。但夢畢竟是虛幻的，所涵蓋的内容又比較複雜，乾嘉文人將"夢"的内涵之一，即文人自身抽離出來，轉化成對自身心路的表達，即"人生易老"。這一話題之所以在文人間産生共鳴，具有其社會因素的推動。清代定鼎百餘年，又經歷了康、雍兩朝勵精圖治，到乾嘉時期可以説是太平盛世，亂世飄零

---

① ［清］紀邁宜：《署中親友復爲我張筵演劇，一日三用前韻酬之》，《儉重堂詩》卷九，見《清代詩文集彙編》，第 243 册，頁 599。

② ［清］楊鸞：《秋夜觀劇有感》（其一）、（其二），《遯雲樓集六種·遯雲草》（北京：北京出版社，1997 年），頁 10。

③ ［清］秦瀛：《揚州雜詩十首》（其一），《小峴山人集》卷十六，見《清代詩文集彙編》，第 407 册，頁 299。詩中自注："賓谷招飲觀劇"。

之感距當時的社會環境來説是比較遙遠的,家國情懷也逐漸淡出文學主題,文人的視角逐漸轉向了自身的感悟,對於他們自身來説,年華逝水是人人都要經歷但又不想經歷的,因而"人生易老"才能激發文人的共鳴。在對"老"的感歎中有的找到了新的生活旨趣,有的沉溺於官場失意不能自拔,有的或許只是附庸風雅而已,這些不同層面的思考構成了觀劇詩中"人生易老"主題的基本圖景。

第二節　觀演《牡丹亭》與"情至"思想的互涉

晚明經典戲曲文本衆多,戲曲評論活動也十分活躍,除王驥德《曲律》、徐復祚《曲論》、凌濛初《譚曲雜劄》等專論以外,也有採用批注、序跋、選本等方式來表達戲曲觀念的。《牡丹亭》作爲高頻演出劇目,其評論的焦點多聚焦在湯沈之爭,如茅元儀爲《批點牡丹亭》作序的時候便針對臧懋循的删改提出了自己的看法,王思任《批點玉茗堂牡丹詞敘》評析了湯氏人物形象塑造上的形似與神指,孟稱舜的《古今名劇合選序》也是站在湯顯祖一邊。到了清代中期,《牡丹亭》已基本跳脱湯沈之爭的桎梏,被推上了較爲崇高的地位,觀劇詩中體現的戲曲觀念和部分戲曲文本的創作都以"情至"思想爲依歸。

一　清代觀劇詩中的《牡丹亭》

爲了更清楚地了解清代文人對《牡丹亭》的接受,筆者首先在毛效同《湯顯祖研究資料彙編》的基礎上對清代觀《牡丹亭》詩進行了整理和增補,列表如下:

作者	詩題
徐士俊	添字昭君怨和湯若士韻弔杜麗娘
吴震生	讀曲歌(其三)
	適閱《牡丹亭》再疊二首
舒　位	論曲絶句十四首,並示子雲孝廉(其十)
王彦泓	櫟園姨翁座上預聽名歌,並觀二劍,即事呈詠(三首)
朱　隗	鴛湖主人出家姬演《牡丹亭》記歌
錢謙益	春夜聽歌贈秀姬十首
	讀豫章《仙音譜》漫題八絶句,呈太虚宗伯並雪堂、梅公、古嚴、計百諸君子
李元鼎	春暮偕熊學堂少宰、黎博菴學憲讌集太虚宗伯滄浪亭,觀女伎演牡丹劇,歡聚深宵,以門禁爲嚴,未得入城,趨臥小舟,曉起步雪花老前韻,得詩四首
	丁酉初春,家宗伯太虚偕夫人攜小女伎過我,演《燕子箋》、《牡丹亭》諸劇,因各贈一絶,得八首
	初春寄示宗伯年嫂,並憶煙波、曉寒諸女伶
梁清標	冬夜觀伎演《牡丹亭》
黄宗羲	聽唱《牡丹亭》
	偶書
尤侗	春夜過卿謀觀演《牡丹亭》
陳維崧	同諸子夜坐巢民先生宅觀劇,各得四絶句(其三)
王文治	冬日浙中諸公疊招雅集,席間次李梅亭觀察韻四首
	汪劍潭偕何數峰雨中過訪寓齋,留飲竟夕,命家伶度湯臨川還魂、邯鄲二種曲。翌日,劍潭製詞見贈,淒怨温柔,感均頑艷,余弗能爲詞,以詩答之

续表

作者	詩題
張際亮	閲《燕蘭小譜》諸詩,有慨於近事者,綴以絶句
陳文述	婁東訪曇陽仙子祠(其五)
程瑞祊	都門元夕踏燈詞(其十一)
單學傳	重葺玉茗堂攜吳伶合樂演《牡丹亭》,竟夕而罷,題詩二首
樊增祥	憶歌(其一)
	贈蘭卿爲子珍六兄屬賦
方濬頤	金陵兩哀詩
方世舉	病起看庭院牡丹憶事懷人牽連十首(其七)
方　文	贈歌者韻郎
郭金臺	戲贈歌妓八首(其一)
李世熊	涼夜觀停梅雜劇
梁雲構	牡丹亭
彭兆蓀	揚州郡齋雜詩二十五首(其十四)
屈復	名園
	聽演牡丹亭傳奇
沈維基	尹方伯召集半畝天香亭讌集賞牡丹步韻二首
宋長白	傷此曲
欽千子	余至吳閶諸客過從者各出長技,明日分贈一絶句以酬焉
唐英	丙寅小月昌江泛舟
文昭	十七日長男第中觀劇看放煙火十首
吳榮光	南安府牡丹亭戲題
吳嵩梁	湯若士先生玉茗堂

作者	詩題
謝啟昆	論明詩絕句九十六首(其八十七)
薛敬孟	宮怨三十韻(其十一)
閻爾梅	彰德王太守出其吳歌侑酒,醉後贈之
袁翼	贛州府照磨雲伯湯公
張藻	看牡丹作
鄭熙績	定舫觀梅演《牡丹亭》即席紀事(原詩缺)
周壽昌	南安鄧厚甫仁塈太守招飲牡丹亭戲柬二絕
毛師柱	虞山陸次公別駕舊任撫州,曾爲湯義仍先生修復玉茗堂,隨設木主,演《牡丹亭》傳奇祀之妍倡流傳率成賡和
王士禛	門人陸次公略通判撫州半載,掛冠重建玉茗堂於故址,落成大宴群僚,出吳兒演《牡丹亭》劇,二日解纜去,自賦四詩和寄
唐孫華	常熟陸次公曾爲撫州別駕,重葺玉茗堂,設湯義仍先生木主,演《牡丹亭》傳奇祀之,詩紀其事,屬和二首
龔自珍	乙亥雜詩(其一〇三)

　　儘管"情至"思想是"情"的一種極端狀態,與傳統的倫理綱常有所悖逆,流傳過程中褒貶聲音不一,但在思想性上帶給人們的啟發仍是其影響力的核心所在。王藻《觀劇四首》(其一)寫道:"《牡丹亭》曲譜當筵,風雨煙波句欲仙。要識臨川湯若士,一生愛好是天然。"①詩中化用戲曲文本中"雨絲風片,煙波畫船"

──────────

　　① ［清］王藻:《鸚脰湖莊詩集》卷五,轉引自徐扶明:《牡丹亭研究資料考釋》,頁155。

"一生兒愛好是天然"①的唱詞,將湯顯祖的創作思想概括得恰到好處;黃仙根對上文提到的湯詩中"不遣銷魂不遣知"句作了進一步的延伸:"紛紛梅柳總情根,春夢因緣不著痕。畢竟長埋花下骨,還魂原是舊銷魂。"②認爲銷魂與還魂之間存在必然的聯繫,正是因爲銷魂難忘,才會還魂,而一切的根源便是"情";舒位在《論曲絶句十四首,並示子雲孝廉》(其十)中也贊此劇"玉茗花開別樣情"③,指出《牡丹亭》的價值在於對情的體悟不同以往,即對"至情"的表達。

因《牡丹亭》影響巨大,問世之後,不斷出現改編或模仿創作,一時間戲曲創作陷入《牡丹亭》的窠臼,凌廷堪(1757-1809)在《論曲絶句三十二首》(其十八)中針對這一問題寫道:"玉茗堂前暮復朝,葫蘆怕仿昔人描。癡兒不識邯鄲步,苦學王家雪裏蕉。"④湯顯祖也曾援引王維雪中芭蕉圖的典故,意在表明《牡丹亭》不會因便於演唱、配合音律而隨意改寫,⑤在詩文創作中常用"雪中芭蕉"典故借指文學作品立意"天機獨到""意在筆先",這樣的立意往往具有不可模仿性,凌廷堪借與湯顯祖同樣的典故巧妙地指出盲目效仿《牡丹亭》的創作反而局限了戲曲作品的創造性。《牡丹亭》帶來的另一個負面影響便是使世間多了許多癡

---

① [明]湯顯祖:《牡丹亭還魂記》,見錢南揚校點:《湯顯祖戲曲集》,上册,頁268,267。
② [清]黃仙根:《銀花藤堂詩鈔》,轉引自徐扶明:《牡丹亭研究資料考釋》,頁153。
③ [清]舒位:《餅水齋詩集》卷十四,見《清代詩文集彙編》,第479册,頁191。
④ [清]凌廷堪:《校禮堂詩集》卷二,見《清代詩文集彙編》,第448册,頁287。
⑤ 參見[清]龔煒《巢林筆談》記載:"湯臨川見改竄《牡丹》詞失笑,作有絶云:'醉漢瓊筵風味殊,通天鐵笛海雲孤。縱饒割就時人景,卻愧王維舊雪圖。'傖父妄涂佳製,最可恥。"參見俞爲民,孫蓉蓉合編:《歷代曲話彙編》,清代編,第2册,頁115-116。

情兒女,甚至使得少女失節,這也是《牡丹亭》被列入《金瓶梅》
《西廂記》《紅樓夢》等禁書行列的原因之一,長白浩歌子詩云:
"死死生生一縷情,臨川妙筆可憐生。誤他多少癡兒女,博得風
流玉茗名。"①《牡丹亭》帶給女性的震撼也是巨大的,小青的典故
自不必説,女性文人的觀劇詩中也有"情生情死亦尋常,最是無
端杜麗娘"②之類的詩句,可以説,杜麗娘的情生情死很大程度上
影響了清代女性的愛情觀。

　　《牡丹亭》在清代的流傳還捧紅了許多伶人,他們因擅演此
劇而受到文人的關注,並以觀劇詩的方式被載入文人詩集中。
如蘇州集秀班的創始者金德輝擅演《尋夢》,彭兆蓀(1769—
1821)詩云:"臨川曲子金生擅,絶調何戡嗣響難。也作貞元朝士
看,班行耆舊漸闌珊。"③此時的金德輝已老,其所唱《牡丹亭》仍
給人印象深刻,無人能傳;得碩亭在北京觀程秀林演《尋夢》《題
曲》時作詩道:"牡丹亭畔種情根,沁入情腸一縷温。《題曲》獨傳
千古恨,居然情女乍離魂。"④贊程秀林將劇中的情與恨演繹得出
神入化;藝蘭生在觀陸小芬演《遊園驚夢》時有:"清詞不負《牡丹
亭》,翠剪春光覺有情。庭院無人鳴鳥歇,丁香花下坐調笙。"⑤將
陸小芬飾演的杜麗娘在遊園時的狀態描繪得惟妙惟肖,正因伶
人扮演得本色當行,才能讓觀者覺得園內的春光仿佛也帶有情

---

①　[清]長白浩歌子:《螢窗異草》(濟南:齊魯書社,1985年),頁115。
②　[清]浦映綠:《題《牡丹亭》》,見[清]劉雲份:《名媛詩選》,貝葉山房刻本,
1936年,頁54。
③　[清]彭兆蓀:《揚州郡齋雜詩二十五首》(其十四),《小謨觴館詩集》卷八,見
《清代詩文集彙編》,第492冊,頁89。
④　[清]得碩亭:《草珠一串》,見[清]楊米人等著;路工編選:《清代北京竹枝詞》
(北京:北京出版社,1962年),頁46。
⑤　[清]藝蘭生:《評花新譜》,見張次溪編:《清代燕都梨園史料》,上冊,頁466。

感色彩;張際亮在觀韻香演《遊園》時的感歎與藝蘭生略有不同,"撩眼春光妙悟生,天然易理出音聲。年來略解詩人意,癡婦豪僧怨女情。"①張際亮(1799－1843)是通過伶人的演繹,來體會戲中的情,因此在詩後自注:"近見韻香演《小青題曲》《遊園驚夢》,乃悟詩人所謂纏綿。山樵解易,固非戲語。"

二　以《牡丹亭》爲評判標準的戲曲題詩

清代文人在戲曲題詞時往往以《牡丹亭》或湯顯祖的戲曲思想作爲評判戲曲作品的標準,從而形成一種以《牡丹亭》爲參照的評點範式。據筆者統計,關涉到此種現象,並以詩體形式題詞的劇目有:《文錦山》《江花夢》(亦名《瓊花夢》)《遺真記》《洞庭緣》《紅樓夢傳奇》《梅喜緣》《人間世》《玉獅堂傳奇》《臨川夢》《花月痕》《畫中人》《夢中緣》《汨羅江》,其中既有關涉到《牡丹亭》内容的文本重寫,又有受到《牡丹亭》啟發而創作出的新故事,都與《牡丹亭》有著千絲萬縷的聯繫。

對《牡丹亭》故事的改寫如乾嘉時朱依真所作的《人間世》,劇本雖已不傳,但據吳嵩梁(1766－1834)《〈人間世〉院本題詞爲桂林布衣朱小岑依真作》的前七首詩所載,能夠了解到此劇演繹的是一個女子相思成疾,逝世後又還魂,與男主人公再續前緣的故事,此劇與《牡丹亭》的故事情節高度一致,可以當做是對《牡丹亭》故事的重寫。吳嵩梁題詞的第八首寫道:"因果茫茫共執論,鏤冰剪雪妙無痕。情天合下才人拜,前有《還魂》後補魂。"②

---

①　[清]華胥大夫:《金臺殘淚記》,見張次溪編:《清代燕都梨園史料》,上册,頁228。

②　[清]吳嵩梁:《香蘇山館今體詩鈔》卷一,見《清代詩文集彙編》,第482册,頁333。

直接道出了此劇受到《牡丹亭》的影響，是對還魂故事的重寫。
再如蔣士銓的《臨川夢》劇，更是綜合了臨川四夢中的主人公，同
在夢中遇到劇作者湯顯祖，從而產生了新一番對四夢的探討，宋
鳴瓊(1750—1802)《題〈臨川夢〉》評價此劇："四夢人歸夢一場，
風流異代續遺芳。夢中説夢原無著，才子憐才更自傷。信有奇
書翻造化，偏傳癡癖到閨房。憑誰粉碎虛空筆，再譜鉛山入夢
鄉。"①認爲此劇將四夢歸爲一夢，是出於"才子憐才更自傷"，《臨
川夢》第四齣《想夢》中蔣士銓就曾借俞二姑之口道出創作動機：
"前日購得《牡丹亭》曲本，乃是江西湯顯祖所著。看他文字之
中，意旨之外，情絲結網，恨淚成河。我想此君胸次，必有萬分感
歎，各種傷懷，乃以美人香草，寄託幽情。"②俞二娘讀出的湯顯祖
文字中的情是對"至情"思想的解讀，而"香草美人"的寄託則既
有對湯顯祖的致敬，又有蔣士銓的"憐才"與"自傷"。

《牡丹亭》成書百年來如《臨川夢》所唱那樣，"幾年間撥盡寒
灰，吸盡空杯，成一串鮫人淚"，③然而臨川已矣，玉茗筆荒，文人
多想繼承臨川才思，在文人劇的創作上有所成就，因此清代多部
劇作都或多或少地汲取臨川派創作思想，在戲曲題詞中亦多以
繼筆臨川的創作動機入手進行評點。以下面一組題詞爲例：

> 玉茗新筆聲已荒，歌場三夢絶華堂。誰知後起多才思，
> 檀板輕敲滿座香。(馮傳《〈江花夢〉題詞》)
> 玉茗花殘閣亦傾，是誰拈筆與爭名？到頭一例神仙夢，

---

① ［清］宋鳴瓊：《味雪樓詩稿》，清道光二十四年刻本，頁 33a。參見 McGill U-
niversity"明清婦女著作數據庫"，http://digital. library. mcgill. ca/mingqing/search/
details-subwork. php? workID＝37＆subworkID＝63＆language＝ch。
② ［清］蔣士銓：《蔣士銓戲曲集》(北京：中華書局，1993 年)，頁 228－229。
③ 同前注，頁 228。

樂府新傳兩柳生。（洪北江《題陸孝廉繼輅〈洞庭緣〉樂府》）

　　簫譜新從月底修，三生綺夢舊紅樓。臨川樂府先生續，別有梧宮一段愁。（清聞居士《題〈紅樓夢傳奇〉》）

　　玉茗風流四百年，玉獅詞譜壓前賢。不須粉白登場奏，也觸雄心一惘然。（劉鼎《〈梅喜緣〉題詞》）

據徐扶明考證，《江花夢》講述了江雲仲屢試不第，幾經波折，終於功成名就的故事，[①]本劇的中心並不是男女愛情，且結尾江雲仲抱得兩位美人歸，與《牡丹亭》中一心一意的愛情大相徑庭，只因其第二齣《夢箋》模仿了《牡丹亭・驚夢》，且其中也出現了花神形象，以預示愛情，便被評價爲才思超越湯顯祖；仲振奎（1749－1811）的《紅樓夢傳奇》中爲了大團圓結局而設置了林黛玉還魂的情節，仿《牡丹亭・還魂》而作，讚美“生生死死隨人願”的有情人，因而被譽爲“臨川先生續”，張彭年在此劇題詞中也評價道：“又見還魂事可傳，別裁新體繼臨川”；《梅喜緣》本取材于《聊齋・青梅》故事，著意增添了女主人公王喜夢父緩死的情節，與《牡丹亭・冥判》一齣極爲相似，由此被劉鼎贊其藝術性可壓倒臨川劇；《洞庭緣》也是取材于《聊齋》，講柳毅傳書故事，與《牡丹亭》中的柳夢梅同稱“柳生”，便也被拿來與《牡丹亭》進行比較。從上述幾劇的分析中，可以發現，這些劇作有些與湯顯祖的劇作聯繫緊密，或模仿其中的部分情節而作，有的聯繫並不是很緊密，但也借此來提升新劇的聲響，從中可見《牡丹亭》在清代劇作家心中地位之高。

　　《牡丹亭》在清代的接受過程中被推以崇高的地位，猶如《臨川夢》中的唱詞所說“情將萬物羈，情把三塗系，《小雅》《離騷》結

---

　　① 　徐扶明：《牡丹亭研究資料考釋》，頁243。

就情天地"①,"至情"思想既是湯顯祖四夢創作的核心,同時也極大地影響著清代戲曲創作的主題選擇,文人甚至將其置於與《小雅》《離騷》比肩的地位,也是對"情"的進一步延伸,男女愛戀、忠孝節義、仙夢神癡,皆是情。

第三節　曲律宗唐:舒位
《論曲絶句十四首並示子筠孝廉》

王國維先生的《宋元戲曲史》中認爲:"我國戲劇,漢魏以來與百戲合,至唐而分爲歌舞戲及滑稽戲二種;宋時滑稽戲尤盛,又漸借歌舞以緣飾故事;於是向之歌舞戲不以歌舞爲主,而以故事爲主,元雜劇出而體制遂定。南戲出而變化更多,於是我國始有純粹之戲曲。"②這種將戲曲體制的成熟歸爲宋元時期的説法在戲曲史研究領域一直是主流觀點之一,值得注意的是,在《宋元戲曲史》問世的四十年後,任半塘先生的《唐戲弄》針對《宋元戲曲史》及整個中國戲曲史的研究做出了"重新體認,重做結論"③,重新構建了"唐五代戲劇觀",將戲曲的成熟期又向前推進了一步。早在任半塘之前,清代戲曲家舒位就已從音律的角度以觀劇詩的形式對戲曲宗唐進行了論述,形成《論曲絶句十四首並示子筠孝廉》組詩,爲方便討論,先列其詩如下:

千古知音第一難,笛椽琴囊幾吹彈? 相公曲子無消息,

---

①　[清]蔣士銓:《蔣士銓戲曲集》,頁228。

②　王國維:《宋元戲曲史》,見《王國維全集》(杭州:浙江教育出版社,廣州:廣東教育出版社,2009年),第3冊,頁10。

③　任半塘:《唐戲弄·弁言》(上海:上海古籍出版社,1984年)。

且向伶官傳裏看。（其一）

苦將詞令當詩酒，有句無聲總不如。一部《說文》都注遍，無人歌曲換中書。（其二）

天寶梨園有舊風，湘潭紅豆老伶工。莫將一段《霓裳序》，闌入元人《北九宮》。（其三）

連廂司唱似妃豨，蒼鶻參軍染綠衣。比作教坊雷大使，歌衫舞扇是耶非。（其四）

笛色旋宮忽變聲，京房縊死馬融生。要知人籟還天籟，歸北歸南一串鶯。（其五）

便將樂句贈青棠，腰鼓零星有擅場。協律終憐魏良輔，安絃定讓陸君陽。（其六）

綠繡笙囊侑笛家，十三簧字鳳開花。提琴搖曳雙清撥，更與歌天作綺霞。（其七）

蕭寺迎風記會真，銅絃鐵板苦傷神。雖然減字偷聲慣，十丈氍毹要此人。（其八）

村村搬演蔡中郎，樓上燈花是瑞光。一曲琵琶差可擬，玉人初著白衣裳。（其九）

玉茗花開別樣情，功臣表在《納書楹》。等閒莫與癡人說，修到泥犁是此聲。（其十）

流水青山句自工，桃花省識唱東風。南朝無限傷心事，都在宣娘一笛中。（其十一）

一聲檀板便休官，誰向長生殿裏看。腸斷逍遙樓梵字，落花時節女郎彈。（其十二）

若向旗亭賈酒還，黃河祇在白雲間。祇愁優孟衣冠破，絕倒當筵李義山。（其十三）

中年絲竹少年場，直得相逢萬寶常。他日移情何處是，

海天空闊一山蒼。（其十四）[①]

舒位詩中提及的畢子筠,生卒年不詳,名華珍,嘉慶丁卯（1807）
舉人,與舒位相識于京師,因二者皆擅音律而結爲知音,後同客
禮親王府邸,常與當時的戲曲家石韞玉、陸繼輅等人一起探討音
律、作曲等問題。[②] 因此舒位在第一首詩中就表達了度曲最難得
的是有知音,能夠成爲舒位度曲知音的人首先要擅聲律,"曲子
相公"指後唐時的和凝（898－955）,和凝因擅製短歌艷曲而聞
名,但舒位推崇和凝並不是因其艷曲的創作,而是因爲和凝擅長
音律,據《舊五代史·和凝傳》載其"長於短歌艷曲,尤好聲律"[③],
舒位很遺憾這樣的曲子沒能夠流傳下來,只能憑藉史料記載來
追索一二了。在舒位看來,文字的魅力是不能與音樂的魅力相
匹敵的,其第二首詩中認爲將曲子詞屈居詩歌之下,稱爲"詩餘"
的做法抹殺了曲子詞的音樂性,如果將音樂因素考慮進去,曲的
藝術性未必不如詩,一部《説文解字》將所有文字都注釋一遍,解
釋得再清楚,也沒有音樂的美感。趙山林教授在《清代中期詠劇

---

① 俞爲民,孫蓉蓉合編:《歷代曲話彙編》,清代編,第 3 集,頁 539－541。

② 關於舒位和畢子筠的交往文獻記載不多,陸萼庭先生曾論及"嘉慶十六年辛
未,與舒位一起在北京而且交往極密的,其實除了畢華珍,尚有秀水王曇,長洲宋翔
鳳和畫師朱鶴年等。舒位和畢華珍同住在虎坊橋,王曇則住在虎坊與粉坊之間,朱
鶴年的寓所在粉坊琉璃街,與宋翔鳳連牆,都屬北京宣武門以南一帶。這五人,居處
近,臭味同,過從就特別頻繁了。"見氏著:《清代戲曲家叢考》,（北京:學林出版社,
1995 年）,頁 183。但此段論述未見史料佐證,存疑。石天飛認爲畢子筠於嘉慶十六
年（1811）在北京會試,同年,舒位也在京應試,二人始相識。見氏著:《乾嘉詩人舒位
研究》,廣西師範大學博士論文,2011 年,頁 28－29。但也沒有直接史料證明二人相
識的具體時間。筆者認爲,通過畢子筠《放歌行送别鐵雲》"逢君於長安之市中,酣歌
擊築將毋同"句,只能證明二人結識於北京,其他問題待考。舒位和畢子筠在禮親王
府邸的交往參見［清］葉廷琯:《鷗陂漁話》（上海:新文化書社,1934 年）,頁 11。

③ ［宋］薛居正等撰:《舊五代史》（北京:中華書局,1976 年）,頁 1903。

詩歌簡論》中對此詩解讀道："不爲世人所重,不被正統文化承認,只能淪落爲抒發個人體會的雕蟲小技。"①這固然是詞曲發展的窘境,舒位此詩意圖也是爲了強調詞曲的音律美一直被忽略,即曲子詞的音樂性在評點系統中的缺席。

由此,舒位開始重新梳理曲的音樂性相關問題。在戲曲音樂的起源方面,第三首詩中舒位認爲《霓裳羽衣曲》不能入《北九宮》。在曲學領域,"南北九宮"已經成爲元、明時期南北曲曲譜的主要構成,有時也可以"南北九宮"代指元明時的南北曲,在追溯南北曲的源頭時,多從唐代燕樂二十八調談起,後來又受到宋教坊的承襲與改編,變成雅俗七宮十二調,詩中提及的《霓裳中序第一》便是依樂調和詞牌創作的填詞曲子,而非自度曲。但在舒位看來,霓裳曲與元人北九宮曲並非同一譜系,原因在於金入主中原時,北宋的宮廷樂人一部分流落民間,一部分繼續任職於南宋宮廷,流落民間的藝人結合金統治者制定的音樂系統將原本的北宋樂做了調整和改編,這樣便造成了南北曲的第一次分野,乾隆十一年(1746)勘定出版的《九宮大成南北詞宮譜》中將《霓裳曲》歸爲北曲,此前《長生殿》劇中楊貴妃在向李隆基介紹《霓裳羽衣曲》的時候曲調也是選用了北曲中[正宮]調裏的[九轉貨郎兒],舒位此評點也是針對《九宮大成南北詞宮譜》而談,他認爲北曲較唐調已經發生了改變,因此將其歸爲南曲更恰當,而不是歸爲北曲。這並不是表示舒位好南曲而不好北曲,其第五首詩中借用西漢京房去世之後,東漢馬融對其有所承襲的典故,意在説明儘管笛子旋宮轉調之後樂律發生了變化,但南北九

① 趙山林:《清中期詠劇詩歌簡論》,《廣西師範大學學報》,2005年,第1期,頁62。

宫之間不分高低,所創音樂動聽感人,便可稱爲“天籟之音”。

　　曲子的創作在戲曲音樂的流傳過程中數次被改編,舒位對此的看法也是比較客觀的。其詩第六首中談到了魏良輔對崑曲的改良,認爲魏良輔對崑曲的改編使崑曲更加協律,貢獻巨大,在魏良輔改良的過程中,陸君暘作爲樂師也起到了不可或缺的作用,舒詩從聲腔改編的角度對崑曲給予了高度評價。第八首詩中同樣涉及戲曲的改編,樂師在試圖將《北西廂》改爲《南西廂》時傷透腦筋都不能合律,最後解決的辦法是“減字偷聲”,也就是增損字句以求將北調變爲南曲,這種改編的方式得到了舒位的認同。另一部戲曲史上改編爭議比較大的便是《牡丹亭》,曾引發了戲曲究竟應該重文詞還是重音律的爭論,舒位第十首詩中認爲葉堂的《納書楹曲譜》中重訂“臨川四夢”的不合律之處,使得這部戲能夠更便於演唱,這樣最直接的貢獻便是推動了這部劇的傳播,正是葉堂的改訂,才使得四夢得以雅俗共賞。

　　曲美不僅依靠唱腔、曲律,還要靠伴奏。舒位第七首詩中提及戲曲伴奏的樂器笛、笙、提琴等,談到笙主要是輔助笛子的演奏進行伴奏,提琴則不同於現代意義上西洋樂器中的提琴,而是指弓弦類樂器,據項陽《中國弓弦樂器史》介紹,弓弦樂器在唐代時開始出現,到明清時爲適應戲曲伴奏的要求,各地方戲中不斷創造出適合自身唱腔的弓弦樂器,如京劇中的京胡、粵劇中的高胡、梆子戲的板胡、錫劇的二胡,甚至少數民族的馬頭琴、嘎那、納西胡琴等,其伴奏的效果可實現合奏時激昂,獨奏時柔婉。[①]記載宫廷戲曲演奏情況的《律吕正義後編》中也將上述弓弦類樂

---

①　參見項陽:《中國弓弦樂器史》(北京:國際文化出版公司,1999 年),頁 168—259。

器稱爲"提琴",舒位認爲戲曲有了提琴的伴奏,再結合唱曲,形成的藝術效果宛若天邊彩霞一般美輪美奐,同時也側面説明舒位在樂器的關注上,也傾向於選擇唐樂中的樂器。第九首詩中描繪了伶人白衣出場,伴以琵琶的畫面,素雅之中帶有天然之美,琵琶在先秦時已有之,唐代開始將琵琶引入宮廷,教坊司專設樂師傳授,琵琶開始成爲曲樂演奏中頻繁出現的樂器之一,唐代白居易有《琵琶行》、元稹有《琵琶歌》,舒位將《琵琶記》劇單獨討論的另一個緣由或爲此劇被魏良輔、黄圖珌贊爲南劇之宗,詩中"一曲琵琶差可擬,玉人初著白衣裳"句應爲《琵琶記》中回夢遊仙半抱琵琶的橋段。舒詩中的第十一、十二首分別從樂器的視角切入到音樂傳達出的情感,宣娘的笛子吹出"南朝無限傷心事",女郎彈奏、配合檀板,流露出"腸斷逍遙"之音,笛子、檀板、弓弦樂器等,大多也都興盛於唐樂,從這兩首詩中可以看出,舒位不僅僅強調傳統樂器在清代戲曲中的運用,同時也提出了要"以聲傳情"的藝術要求。

此外,舒位的觀劇詩中還涉及到戲曲的搬演與創作的問題。舒詩第四首中認爲金代的連廂司唱源於唐代梨園中的參軍戲,並明確指出戲曲不同於歌舞。王國維在《宋元戲曲考》中也曾提出金代的連廂司唱(包括宋雜劇、金院本的演出)都是由唐代的參軍戲發展而來,其中的歌舞與教坊樂舞有關。趙山林教授就舒詩第四首的評點認爲"其歌舞與宋代教坊樂舞有關係"[①],據張瀚墨教授考證,宋代教坊直接承襲自唐代教坊,二者所習內容、所司職能都十分接近,只是機構設置不同,因而表面上看似差異

---

① 趙山林:《清代中期詠劇詩歌簡論》,《廣西師範大學學報》,2005 年,第 1 期,頁 62。

較大。① 同時從本詩的内容來看,整首詩都在談金院本的表演形式是宗唐的,句中關於樂舞的問題也當是與唐教坊進行的比較,因此可以進一步明確,舒詩所指意在表明金院本演出中的歌舞形式源於唐代教坊,樂舞並不是戲曲的核心,二者仍存在差異,正如王國維先生的界定:戲曲是以歌舞演故事,②也就是説,戲曲的三大構成因素分别爲"歌舞""表演""故事",可見,歌舞只是戲曲演出中的一部分。舒詩第十三首借用《中山詩話》所載伶人將西崑體詩人生吞活剥李商隱的詩歌創作的故事搬上舞台,用來諷刺文學創作中直接抄襲的現象,詩人對於戲曲的創作要求也是同樣,不能一味地搬抄經典,而無原創性。舒位認爲戲曲的藝術性在於老少皆宜,年長者與年少者皆能陶冶性情,如其詩第十四首所言"海天空闊一山蒼"的審美境界,使觀者在與戲曲的對話中實現移情的審美體驗。

舒位的《論曲絶句十四首》借與畢華珍探討戲曲的機會,將其對戲曲的體悟通過詩的形式表達出來:舒位認爲,戲曲的音樂性源頭可以追溯至唐樂,其在音律、曲法、唱腔、樂器的選擇上都可以找到宗唐的痕跡;在表演形式上,戲曲的樂舞源於唐教坊中的樂舞系統,儘管樂舞是戲曲表演不可缺少的要素,但樂舞並不難等同於戲曲;在創作上,戲曲不能一味地照抄或搬演經典,而是應當通過新的構思與創作帶給觀者海天空闊的體驗,以實現戲曲陶養性情的功能。其中舒位最大的貢獻就在於側重於曲的視角,論證了曲當宗唐的觀念。

---

① ZHANG Hanmo: "Property of the State, Prisoners of Music: Identity of the Song Drama Players and Their Roles in the *Washi* Pleasure Precincts", 見《饒宗頤國學院院刊》(香港:中華書局,2015 年),頁 277—326。
② 王國維:《戲曲考原》,見《王國維全集》,第 1 册,頁 33。

第四節　凌廷堪《論曲絶句三十二首》

與"律嚴文質"的戲曲觀念

　　凌廷堪作爲著名的經學家在經學研究領域備受矚目,同時他也對戲曲感興趣,近年來,凌廷堪的戲曲理論愈來愈受到關注。[①] 在已有研究成果中,或集中在對詩歌文本的賞析,或僅涉及《論曲絶句三十二首》中的部分詩歌,筆者認爲,凌廷堪的《論曲絶句三十二首》其實是一篇整體的戲曲創作理論,其中涉及到戲曲文本的創作、如何處理創作中的藝術真實與歷史真實的關係、創作中曲律的編寫與運用、甚至包括曲詞編寫中的用字與用韻等,因此,《論曲絶句三十二首》不能割裂地來看待。

一　尚古求新:《論曲絶句》中對曲律的探討

　　凌廷堪首先肯定了戲曲的生成是由詩到詞、由詞到曲的過程,其詩第三首云:"誰鑿人間曲海源? 詩餘一變更銷魂。倘從五字求蘇李,憶否完顔董解元。"[②]詩中第一句便提出曲產生的源

---

　　① 對凌廷堪的戲曲理論投以關注的研究主要有朱秋華:《認取崑崙萬里流——凌廷堪和他的《論曲絶句》》,《藝術百家》,1993 年,第 2 期,頁 46－48;駱兵:《論凌廷堪的戲曲理論》,《藝術百家》,2007 年,第 3 期,頁 28－31;李娟:《妙手新繰五色絲——凌廷堪和他的論曲絶句》,《語言文學研究》,2011 年,第 6 期,頁 14－15;俞爲民:《凌廷堪對曲律的考證及其曲論》,《中國戲曲學院學報》,2013 年,第 4 期,頁 1－6;張曉蘭:《論清中葉經學家凌廷堪的戲曲觀——兼論清代樂學、禮學與曲學之互滲》,《殷都學刊》,2014 年,第 2 期,頁 67－73;謝婧:《凌廷堪《論曲絶句》研究》,集美大學碩士論文,2014 年。

　　② 俞爲民,孫蓉蓉合編:《歷代曲話彙編》,清代編,第 3 集,頁 242。本文中採用的凌廷堪《論曲絶句三十二首》皆出於此,下同。

頭,即由詞一變爲曲,且曲在詞的基礎上藝術性有所增强。在凌廷堪看來,如果説最早的五言詩始於蘇武和李陵,那麼最早的戲曲代表作品就應當爲董解元的《西廂記》。繼而凌廷堪以關漢卿和馬致遠爲例,辨析曲之於詩、文的不同之處:

> 時人解道漢卿詞,關馬新聲競一時。振鬣長鳴驚萬馬,雄才端合讓東籬。(其四)
>
> 大都詞客本風流,百歲光陰老更道。文到元和詩到杜,月明孤雁漢宫秋。(其五)[1]

第四首詩中的"關""馬"指的是關漢卿和馬致遠,時人多傳唱關漢卿的作品,並認爲關漢卿是元雜劇創作的集大成者,而凌廷堪獨樹一幟,化用《太和正音譜》中朱權對馬致遠的評價"有振鬣長鳴,萬馬皆暗之意"[2],認爲關漢卿的藝術成就與創作才華都不及馬致遠。緊接著詩人又從關、馬二人的比較進一步升華,第五首詩中"大都詞客"關漢卿固然風流,但不及馬致遠的遒勁滄桑,"百歲光陰"出自馬致遠〔雙調〕《夜行船·秋思》中"百歲光陰一夢蝶,重回首,往事堪嗟。"[3]凌廷堪認爲,從文體創作的角度來看,文成就最高的當屬韓愈,詩成就最高的當屬杜甫,曲成就最高的當屬馬致遠的《破幽夢孤雁漢宫秋》,這不僅僅是贊揚馬致遠《漢宫秋》雜劇的成就之高,同時又將曲置於與詩文相比肩的地位進行評價。

清中期戲曲創作具有案頭化傾向,凌廷堪認爲戲曲的藝術魅力不僅在於文本,更在於其音樂性,二者兼而有之,才不失戲

---

① 俞爲民,孫蓉蓉合編:《歷代曲話彙編》,頁 242,243。

② 〔明〕朱權:《太和正音譜》(臺北:學海出版社,1976 年),頁 11。

③ 陳常錦選注:《元曲》(貴陽:貴州人民出版社,2000 年),頁 47。

曲集文學與表演於一身的特質。其《論曲絶句》第一首便談及嘉慶時期戲曲音樂性的衰微，"三分損益孰能明，瓦釜黄鐘久亂聽。豈特希人知大雅，可憐俗樂已飄零。"①"三分損益"是古代樂律創作的一種方法，據《漢書·律歷志》所載，曲律的定位依據黄鐘，稱爲"元聲"，再根據黄鐘的曲調定位其他曲律，可推衍出十二曲律，因其他曲律是根據黄鐘之聲損益而得，因此稱爲"三分損益"，②"瓦釜"是民間俗樂常用的樂器，"黄鐘"爲雅樂所用，詩人對乾嘉時期曲樂的現狀概括爲不僅懂得曲律的人不多，而且雅樂與俗樂也經常混淆使用。雅樂與俗樂之間不能簡單地以在朝或在野進行分辨，甚至有的時候俗樂還用來特指燕樂，歐陽修等撰寫的《新唐書·禮樂志》中"凡所謂俗樂者，二十有八調"③，便是專指燕樂，雅樂爲八十四宮調，燕樂爲二十八宮調，凌廷堪曾著有《燕樂考原》，對南北曲調的宮調體制作了考訂，因南北曲宮調都源自唐代燕樂二十八宮調，但在流傳過程中，到凌廷堪時，南北曲常用宮調僅剩九宮十三調，因此凌廷堪作出了補訂，同時也是對沈璟《南九宮十三調譜》、鈕少雅《南曲九宮正始》的修正。

凌廷堪緊接著在組詩第二首中表明了音律的優越性，"工尺須從律吕求，繊兒學語亦能謳。區區竹肉尋常事，認取乾坤萬里流。"④"工尺"即曲譜中表示音階的符號，工尺依據曲律進行標記，這種標記方法便於依譜進行演唱，凌廷堪認爲呀呀學語的小

---

① 俞爲民，孫蓉蓉合編：《歷代曲話彙編》，頁242。
② ［漢］班固著；楊家駱主編：《新校本漢書》（臺北：鼎文書局，1997年），第2冊，頁959。
③ ［宋］歐陽修等著：《新唐書》卷十二，見《四部備要》（臺北：中華書局，1965年），史部，第276冊，頁4。
④ 俞爲民，孫蓉蓉合編：《歷代曲話彙編》，頁242。

兒也能依照工尺譜演唱,《世説新語》中有"絲不如竹,竹不如
肉"①之句,泛指音樂的優美動聽,詩的後兩句意在説明那些動聽
的音樂看似尋常,卻能容納百川,萬事萬物皆可入曲,由此證明
音律的重要。《論曲絶句》中用了近三分之一的篇幅來具體討論
戲曲音律的相關問題:

> 清如玉笛遠橫秋,一月孤明論務頭。不獨律嚴兼韻勝,
> 可人鴛被冷堆愁。(其七)
>
> 傳奇作祖施君美,散曲嗣音陳大聲。待到故明中葉後,
> 吾家詞客有初成。(其十六)
>
> 四聲猿後古音乖,接踵還魂復紫釵。一自青藤開別派,
> 更誰樂府繼誠齋?(其十八)
>
> 妻東辛苦戀吳歈,良輔新聲玉不如。誰向岐陽摹石鼓?
> 世人爭效換鵝書。(其二十二)
>
> 一字沉吟未易安,此種層折解人難。試將雜劇標新異,
> 莫作詩詞一例看。(其二十三)
>
> 前腔原不比幺篇,南北誰教一樣傳。若把笙簧較弦索,
> 東嘉詞好竟徒然。(其二十六)
>
> 譜聲製譜幾人諳?徐、沈分鑣論北南。白介云科渾不
> 熟,浪傳於室共寧庵。(其二十七)
>
> 即空三籟訂南聲,騷隱吳騷亦有情。更與殷勤訂曲品,
> 美他東海鬱藍生。(其二十八)②

上述幾首詩中對多位曲家進行了評點:第七首中認爲周德清《中

---

① ［南朝宋］劉義慶著,徐震堮校箋:《世説新語校箋》(北京:中華書局,1984
年),卷中,頁212。

② 俞爲民,孫蓉蓉合編:《歷代曲話彙編》,頁243,245,246,247。

原音韻》中所謂"律嚴""韻勝","玉笛橫秋"源於《太和正音譜》中
對周德清的評價,"周德清之詞,如玉笛橫秋","務頭"一般指戲
曲演唱中要彩之處,如何才能稱爲"務頭",曲家解説不一,周德
清認爲"要知某調、某句、某字爲務頭,可施俊語於其上","全篇
中務頭上使,以別精粗,如衆星中顯一月孤明也"①,王驥德則認
爲務頭要"合律作腔"②,凌廷堪在此是讚同周德清的既合律又擅
韻的,最後以周德清創作的〔中吕〕《陽春曲》(秋思千山落)中"人
去後,鴛被冷堆愁"③句爲典範,認爲如此的曲作既動人,又音律
嚴謹,是爲佳作。在曲律創作的傳承方面,凌廷堪於第十六首詩
中列舉了三位曲家,他認爲傳奇創作的始祖應爲元代曲家施惠,
散曲創作成就較高的當屬陳鐸,明中葉以後,當推與凌廷堪同姓
的曲家凌濛初,故稱"吾家詞客"。

　　儘管凌廷堪反復強調曲律的重要,但他並不是刻板地遵循
曲律而不求變化的。其詩第十八首中認爲徐渭的《四聲猿》雜劇
突破了北曲的音樂體制,徐渭本人也曾論道:"本無宮調,亦罕節
奏,徒取其畸農、市女順口可歌而已。"④湯顯祖的《牡丹亭》、《紫
釵記》也是多有不合律之處,凌廷堪認爲,在徐渭首開突破曲律
格範的先河之後,還有誰像朱有燉的《誠齋樂府》一樣創作嚴格
遵守古律的作品呢?其詩第十八首中又談到了魏良輔對崑山腔
的改革,以石鼓文的嚴謹工整比之於王羲之的行雲流水,認爲魏
良輔改良後的崑腔水磨調更加細膩,不拘一格。第二十八首詩

① 〔元〕周德清:《作詞十法》,《中原音韻》(臺北:藝文印書館,2001年),頁141。
② 〔明〕王驥德:《論務頭第九》,《曲律》,見《中國古典戲曲論著集成》,第4册,頁114。
③ 見徐征等主編:《全元曲》(石家莊:河北教育出版社,1998年),第3册,頁627。
④ 〔明〕徐渭:《南詞敘錄》,見《中國古典戲曲論著集成》,第3册,頁240。

中更進一步舉出了凌濛初《南音三籟》對南曲音律的改訂、張琦《騷隱合編》中對情意纏綿一類曲子的收錄、呂天成《曲品》中著錄之豐富，可謂各有千秋。但曲子的改良並不是隨意而爲的，凌詩第二十六首中以高明的《琵琶記》爲例，此作爲南曲的代表作品，詩人認爲，若將以笙簧伴奏爲主的南曲《琵琶記》改用以弦樂伴奏爲主的北曲來進行演唱，那麼，即便曲詞再美也是徒然，南北曲之間各有特色，若任意改換，反而會影響戲曲的藝術性。其詩第二十七首明確指出，首先要精通聲調韻制方能製訂曲譜，代表之作如徐于室的《北曲譜》和沈璟的《南九宮十三調譜》，但有些作曲者對"白""介""云""科"還沒有熟悉，就妄自評價南北曲律，實屬空談。凌廷堪在第二十三首詩中肯定了作曲的艱辛，往往爲了一字一韻絞盡腦汁，且曲的創作不能與詩詞相混淆，若想標新立異，其創作的難度只有作者自知。

二　本色獨具：《論曲絕句》中對文本創作的探討

凌廷堪並不是一味地崇尚曲律，在戲曲創作過程中，他也關注到了戲曲文本的生成，並作出了相關的思考，如要圍繞劇與劇之間的劇情借鑒、歷史真實與藝術的真實、如何創作出各具特色的戲曲作品等。

凌廷堪對文本創作如何相互借鑒、如何形成不同風格進行了較多的討論，涉及詩歌如下：

> 爲文前後公相襲，千古才人慣乞靈。若爲《西廂》尋粉本，莫忘《醉走柳絲亭》。（其六）
>
> 殘紅撲簌胭脂落，大石新詞最排場。安得櫻桃樊素口，來歌一曲《㼝梅香》。（其八）
>
> 二甫才名並世夸，自然蘭谷擅風華。紅牙按到《梧桐

雨》，可是王家遜白家。（其九）

　　天子朝門撮合新，後園高吊榜頭人。《青衫淚》與《金錢
記》，只許臨川步後塵。（其十）

　　妙手新繰五色絲，繡來花樣各爭奇。誰知白地光明錦，
卻讓《陳州粜米》詞。（其十一）

　　玉茗堂前暮復朝，葫蘆怕仿昔人描。癡兒不識邯鄲步，
苦學王家雪裏蕉。（其十九）

　　齲齒顰眉各鬥妍，粲花開出小乘禪。鼎中自有神仙在，
但解吞刀未是仙。（其二十）

　　仄語纖詞院本中，惡科鄙諢亦何窮。石渠尚是文人筆，
不解俳優李笠翁。（其二十一）

　　《下里》紛紛競品題，《陽阿》、《激楚》付泥犁。元人妙處
誰傳得？只有曉人洪稗畦。（其三十二）①

組詩第六首提出戲曲創作本就是前後相襲，受閱讀經驗的影響，
創作者習慣於吸取前人作品的成功之處，並在一定程度上進行
改寫和模仿，詩人以《西廂記》爲例，即便是這樣的名作，也同樣
有模仿雜劇《醉走柳絲亭》中的橋段。同樣，第十首詩中以《牡丹
亭》爲例，認爲《牡丹亭》中有模仿馬致遠《江州司馬青衫淚》中唐
憲宗爲白居易和裴興奴婚配的情節，以及模仿喬吉《李太白匹配
金錢記》中高中狀元的情節。第三十二首詩中以洪昇爲典範，認
爲儘管《陽阿》《激楚》這些古曲已經失傳，但洪昇仍得元人曲子
創作之妙處，也可獲得更高的藝術成就。在對前人的效仿創作
中，亦有因刻板模仿反而影響了作品藝術性的反例。其詩第十
九、二十首便以後人對湯顯祖的單純照搬和吳炳對湯顯祖的模

---

　　① 俞爲民，孫蓉蓉合編：《歷代曲話彙編》，頁 243,244,245,247。

仿爲例進行了説明,第十九首在前文(第七章)已有分析,不再贅述,第二十首所舉的吳炳,又號"粲花主人",曾作《綠牡丹》傳奇,詩人借用佛教"小乘禪"的典故,吞刀吐火並煉得仙丹才能成爲神仙,若只是吞刀吐火,便只能是雜技,並用"齲齒""顰眉"等表示故作姿態進行效仿的詞語,皆意在説明,戲曲創作可以模仿,但不能一味照搬形式而毫無新意。

那麼,在戲曲文本的創作中,怎樣才能超越前人而成爲經典呢?凌廷堪認爲,關鍵之處不在於是否模仿,而是如何形成獨特的創作風格。其詩第九首以王實甫和白樸的創作進行對比,白樸,字仁甫,二人在當時以"二甫"齊名,但凌廷堪將二者對比出了高下之別,認爲若以《西廂記》比《梧桐雨》,則《梧桐雨》更加清新自然,宛若谷中幽蘭,這種自然風華在當時便是白樸所獨具的特色。同樣,第十一首詩中以錦繡作比,詩人認爲白地明光錦在各色錦緞中以其樸實無華而出衆,正如雜劇《包待制陳州糶米》一樣,純樸自然,不事雕琢,反而更惹人注目。在第二十一首詩中,凌廷堪以吳炳和李漁二人進行對比,認爲吳炳是文人之筆,所作之劇皆爲"仄語纖詞",而李漁是伶人之筆,所作之劇有粗鄙庸俗的一面,詩人並未對某一方進行絕對的褒或貶,而是認爲這兩種創作風格之間是有明顯差異的,不能盲目地擇俗或選雅。從凌廷堪舉例論證戲曲創作獨特風格的形成中,可以推知他比較推崇的是戲曲理論中"本色當行"中"本色"的一面,即文本創作可於蒼白之中見驚艷,於萬花之中見質樸,既要遵從創作者的"本色",又要遵從所選題材的"本色"。

在進行題材選擇時,戲曲情節多取自真實的故事,並進行藝術加工,凌廷堪對文本創作中如何處理歷史的真實與藝術的真實也進行了考量,涉及的詩歌有:

仲宣忽作中郎婿，裴度曾爲白相翁。若使硜硜徵史傳，元人格律逐飛蓬。（其十二）

比干剖心鮑吉甫，玄奘拜佛吳昌齡。摘星樓暨唐三藏，莫笑譴言都不經。（其十三）

博望燒屯葛亮才，隔江門智玳筵開。至今委巷談三國，都自元人曲子來。（其十四）

是真是戲妄參詳，撼樹蚍蜉不自量。信否東都包待制，金牌智斬魯齋郎。（其十五）

弇州碧管傳《鳴鳳》，少白烏絲述《浣紗》。事必求真文必麗，誤將剪采當春花。（其十七）[1]

第三首詩“仲宣忽作中郎婿”指的是鄭光祖（1264－?）《王粲登樓》劇中將主人公王粲設置爲蔡邕的女婿，“裴度曾爲白相翁”是鄭光祖另一雜劇《㑇梅香》中裴度將小女兒許配給白居易的弟弟白敏中爲妻，這些情節都與歷史不符。凌廷堪認爲，如果一味地以歷史的真實來驗證戲曲文本的高低，猶如蓬草一樣混亂飄忽，因而凌氏在此詩後自注：“元人雜劇事實多與史傳乖忤，明其爲戲也。後人不知，妄生穿鑿，陋矣。”進一步論證了此觀點。第十四、十五兩首詩又以三國時諸葛亮事和包拯斷案的故事爲例，有些戲曲中的故事是根據歷史人物進行改編，有些是爲情節需要而杜撰，有些甚至是直接來源於街頭巷尾的民間傳說，凌廷堪指出，用歷史還原的方法來甄別戲曲，就像蚍蜉撼大樹一樣可笑。可見，凌廷堪對歷史真實與藝術真實的審美眼光與金德瑛的“詠史變體”是截然相反的。第十三首詩中又討論到戲曲作家對民間故事和神話傳說的改編，以鮑天佑的《摘星樓比干剖腹》和吳

昌齡的《唐三藏西天取經》兩部雜劇爲例,比干剖腹和玄奘取經故事都帶有一定的神話色彩,甚至是否真實存在比干這樣的人物也存有爭議,但這都不影響戲曲家的創作,反而給作者帶來更大的想像空間,在這一點上,凌廷堪是推崇戲曲創作進行想像和虛構的藝術處理的。第十七首詩中,作者以相傳爲王世貞(1526－1590)所作的《鳴鳳記》和梁辰魚(1521－1594)所作的《浣紗記》作爲反例,認爲如果戲曲作品太過於貼近歷史的真實,反而顯得呆板雕琢,就像把精心裁剪出來的美麗窗花當成春天裏自然開出的花朵,這樣的過分求真,儘管輔以華美的詞韻,也難抹雕琢之感。

三　語真韻工:《論曲絕句》中關於戲曲語言的探討

凌廷堪本人雖無戲曲創作,但他精通音律,潛心詩書,對戲曲創作中語言的運用和韻律的把握也有討論,涉及的詩歌有:

> 語言辭氣辨須真,比似新篇別樣新。拈出進之金作句,風前抖擻黑精神。(其二十四)

> 半窗明月五更風,天寶香詞句浪工。底事五言絕佳處,不教移向晚唐中。(其二十五)

> 五聲清濁杳難分,去上陰陽考辨勤。韻是劉臻當日訂,周郎錯怨沈休文。(其二十九)

> 一卷中原韻最明,入聲原自隸三聲。扣槃捫籥知何限,忘卻當年本作平。(其三十)

> 先纖近禁音原異,誤處毫釐千里差。漫說無人辨開閉,車遮久已混家麻。(其三十一)①

---

① 俞爲民,孫蓉蓉合編:《歷代曲話彙編》,頁246,247。

第二十四首詩中凌廷堪認爲戲曲的語言用辭要逼真，能夠顯示出劇中人物的獨特性格，使得新劇有別於其他劇目，並以康進之《梁山泊黑旋風負荆》一劇爲例，詩後自注："抖擻著黑精神，扎撒開黃髭髯，康進之《黑旋風負荆》［端正好］曲也。"劇中李逵的粗獷都通過這兩句唱詞描繪出來，雖然並未用華麗的辭藻加以裝點，但足以展示出李逵的形象，並且此種描述對李逵的性格、外貌、舉止描繪得都很貼切，這便是戲曲審美要求"本色當行"中的"當行"。接著，凌廷堪以王伯成《天寶遺事諸宮調》爲反例，在第二十五首詩中指出，一味地追求文辭華美並不能體現戲曲的本色，王伯成［金盞兒］有"對半窗千里月，一枕五更風"[1]之句，凌廷堪認爲這兩句只是爲了文辭華美而作，並將其與晚唐詩風作比，即便五言詩有其妙處，但也不應使戲曲的語言都寫作晚唐詩一樣浮華穠艷。

在前面的論述中，凌廷堪對周德清《中原音韻》中音律的部分給予了肯定，在第三十首詩中又對其音韻的部分加以讚揚，認爲《中原音韻》中對韻律的要求是最爲嚴明的，以入派三聲爲例，很多人在創作的時候忘記了入聲原本是作平聲的，而產生用韻錯誤的情況。宮、商、角、徵、羽五聲和平、上、去、入的音調都是很難辨析的，凌廷堪在第二十九首詩中認爲在劉臻與陸法言訂製《切韻》的時候都已經談及這個問題，後經過《集韻》《廣韻》進行增補，從而形成音韻體系。第三十一首詩中凌廷堪以具體用字爲例，"先"和"纖"、"近"和"禁"的音調原本是不同的，"先"和"近"原本爲開口聲，"纖"和"禁"原本爲閉口聲，但由於人們不注意分辨他們的區別，而導致在當時的戲曲創作中也存在這樣韻

---

① ［元］王伯成：《天寶遺事諸宮調》（天津：天津古籍出版社，1986年），頁29。

部不清的問題，就像"車"和"遮"、"家"和"麻"也存在這樣的情況。凌廷堪在短短四句詩中舉了三組字例來說明音韻的混用對戲曲創作產生的負面影響，以如此短小精悍的篇幅來表述這樣複雜的問題，在戲曲評論中並不多見。

以詩論曲的樣式在唐詩中也可見端倪，明清則更豐富，在金德瑛之前，以詩論曲鮮少以組詩出現，多是單篇，或少數幾首，並未形成規模，由不同文人進行創作，各自的評點之詩也沒有形成系統的戲曲觀念。金德瑛《檜門觀劇絕句》的出現爲以詩論曲的評點創作提供了一個範式，即以文人自身的戲曲觀念爲核心，輔以對不同戲曲作品的評點與賞析，使得看似毫不相關的劇目因觀劇組詩而串聯在一起，共同呈現觀者的審美趣味。當然，不同文人眼中看到的是戲曲的不同層面，舒位基於對音律的濃厚興趣，在《論曲絕句十四首》中將清代戲曲的曲律創作追溯至唐代，認爲無論從曲調的選擇、亦或樂器的運用上，都應以唐樂爲宗，由此形成獨具特色的曲論。而凌廷堪的《論曲絕句三十二首》可謂是比較系統的戲曲創作論，從音律到文本，甚至連用字、用韻也可兼及，更彰顯了詩體評論形式的靈活性。以詩論曲的形式在清代中晚期比較盛行，創作者並非都是戲曲家，如凌廷堪精通音律，也對戲曲創作表現出了極大的興趣，但從未親嘗戲曲創作，這並不影響其戲曲批評的建樹，將戲曲創作者和戲曲愛好者對戲曲的看法統統納入以詩論曲的評點創作中，可以極大地豐富戲曲作品的藝術性，同時也可以看到觀劇詩之爲戲曲批評的包容性。

第六章　觀劇詩與道咸時期公衆視域的成熟

　　明清以降，才女開始走出閨閣，與男性文人交往甚密，成爲知己，女性逐漸走上嘗試文學創作及文學批評的道路，閨閣文人的陣營不斷擴大，據《歷代婦女著作考》統計，清代女文人的數量達 3574 位之多①。到道咸時期，女性走向公衆視域的轉型更加成熟，創作視野不再局限於曾經熟悉的閨閣情調，在思想變革的社會助力之下，女性轉而投入到對家國命運、生死輪回的思考之中，而這些思索長久以來都是男性關注者甚衆，女性的思想轉變此時已介入到男性視域。相當一部分男性文人對其轉變所顯示的是一種包容、認同的態度，表現爲男性對女性之美的多元價值判斷。與此同時，觀劇詩對伶人的評點已進入成熟階段，形成了"一字定品"的評點體系，即以一字進行品位定位，如神品、逸品等，每一品下以詩歌形式對品類審美要求進行闡釋，這種評點範式一直影響至民國時期。

---

　　①　胡文楷：《歷代婦女著作考》，(上海：上海古籍出版社，2008 年)，頁 212－826。

第一節　社會性別的越界與女性觀劇詩創作

　　所謂"社會性別"(gender),是區別於"生理性別"(sex),從文
化建構的角度探討社會發展過程中男性與女性在角色、行爲、腦
力和情感方面的差別,①也就是説,社會環境爲男性和女性營造
了更多的社會角色,使其賦有不同於生物特性的思想和情感。
就中國古典文學層面來説,男性的作品通常展現雄心壯志、家國
情懷,女性的作品多關注個體情感,如春思、閨愁等,但並不是完
全絶對的。文學史中曾經出現過社會性別的越界現象,如"男子
作閨音",因一直以來"以夫妻喻君臣"的文學傳統,男性文人以
臣妾心態進行創作,呈現出一種社會性別的投射和轉移。社會
性別的轉移延續至道咸時期,男性作品中時有將自身的社會責
任感藴含於對女性的讚美之中,這種讚美並非是對女性外貌或
溫婉性情的欣賞,更多的是與文學作品中的女性形象或女性的

---

　　①　此界定參見高彦頤:《閨塾師:明末清初江南的才女文化》中基於《女性研究
百科全書》所作出的概括。同時,高彦頤教授將社會性別(gender)與生理性別(sex)
進行區分,認爲生理性别是"在將人類(和其他生命方式)區分爲男性和女性的基礎
上,兩者所包含的生物和生理形態的差别。它只應被用在直接由男女生物差異所引
發的特徵和行爲關係中。"見氏著:《閨塾師:明末清初江南的才女文化》(南京:江蘇
人民出版社,2005年),頁5。美國學者 J. Richard Udry 在其文章"The Nature of
Gender"中認爲"Gender is the range of characteristics pertaining to, and differentia-
ting between, masculinity and femininity. Depending on the context, these character-
istics may include biological sex (i. e. the state of being male, female or intersex),
sex-based social structures (including gender roles and other social roles), or gender
identity."見氏著:"The Nature of Gender",*Demography*, Nov. 1994, p. 561. 從 J.
Richard Udry 的觀點來看,社會性別與生理性別之間是存在互涉關係的。

文學作品所呈現的思想内涵産生共鳴,其共鳴源於晚清女性的社會生活及思維方式的轉變。

一 道咸時期女性觀劇詩的越界

到晚清時,女性更强調個體獨立性,甚至將自己置身於男性視角,試圖以男性的方式和立場來重新審視自我價值,這種非真的預設實現了女性社會性别的跨界,從中可以觀察到女性思想發生的變化。以凌祉媛(1831－1852)《試鐙後三日集吴山淳素山房觀演鐙劇》爲例:

> 樓臺百尺羅綺裝,屏風九疊琉璃張。離合金碧摇神光,廣寒仙子歌霓裳。銀華寶炬列兩行,月明忘卻圓中央。此時觀者如堵墙,紛紛幻作天花場。一隊兩隊旌旆揚,繽紛綺組織女相,穠歌艷舞明珠妝。翩翩鬢影兼衣香,琵琶絃索笙竽簧。妙音婉轉調宫商,忽驚赤燄騰熒煌,火攻灼爛清輝影。恍如旭日摇扶桑,金迷紙醉交相當。或疑神龍來巨洋,攫拏鱗爪爲低昂。犀燃牛渚耀海藏,魚腥尾炙升穹蒼。或疑埜火焚崑岡,緑煙朱燄紛飛颺。蹲獅伏兔奔踉蹌,樓鸞宿鳳驚迴翔。[①]

以上爲此詩的前半部分,描繪了女詩人到公衆場所看戲的情景,觀劇地點爲杭州吴山笙鶴樓[②]。前兩句可以讀到笙鶴樓被裝點

---

① [清]凌祉媛:《翠螺閣詩蘂·畫眉餘暑集》,咸豐四年(1854)延慶堂丁氏刻本,見方秀潔(Grace Fong),[美]伊維德(Wilt L. Idema)合編:《美國哈佛大學哈佛燕京圖書館藏明清婦女著述彙刊》(南寧:廣西師範大學出版社,2009年),第2册,頁61－62。

② 據[清]陸以湉:《冷盧雜識》"笙鶴樓"條載:"杭州吴山城隍廟後淳素房笙鶴樓,俯瞰西湖,境絶超曠。"(北京:中華書局,1984年,頁465)

一新,宛若披上了華麗的綢緞,接著描繪演出現場,可知演員陣容強大,配以多種樂器,樂調輪換,更爲現場氛圍增色不少。詩人以兩個"或疑"將實景虛化,把舞台描繪成衆神獸下凡的磅礴氣勢,其創作的筆法近似漢賦式的富麗與雕琢,詩筆文采令人讚歎。

> 不然赤壁聯軍航,舳艫縱火神周郎。不然焦土嗟阿房,丹青一炬誇項王。其他妙技各奏長,鰲山一座森光芒。星流電逝難永望,綵棚陳設紛琳瑯。禁掌金吾笑不妨,聲催玉漏情俱忘。須史微白生東方,綺筵已罄流霞觴。明星落盡日出剛,鐙殘燭焰光微茫。事作如是觀最良,熱中我欲投清涼。①

詩的後半部分勾勒出赤壁之戰及項羽西屠咸陽、火燒阿房宫的圖景,這些與"火"相關的典故未必是當時演出的劇目,也有可能是詩人通過燈劇呈現的舞臺效果所作出的聯想和想像,無論是否爲實景,詩人都並非如離亂之際的難女那樣恐懼戰亂或感傷戰爭帶來的痛苦,而是以歷史的眼光,將其視作流星閃電,轉瞬即逝,呈現出歷史的縱深感。值得注意的是,詩人寫到其觀劇飲酒作樂直至東方既白,這種情況是不大可能出現的,儘管當時的閨閣小姐或少婦可以走出庭院,但也不會通宵娛樂而不歸,且凌祉媛先爲閨閣小姐,後嫁與丁丙爲繼室,並非歌妓藝人身份,幾乎不可能徹夜不歸。凌祉媛此處將自己的社會性別定位在男性,想像自己如男子一般飲酒作樂、高談闊論,也爲她接下來的慨歎作了鋪墊。詩人認爲所有戲中的熱鬧、歷史上的繁華都要

---

① ［清］凌祉媛:《翠螺閣詩葉·畫眉餘暑集》,咸豐四年(1854)延慶堂丁氏刻本,見《美國哈佛大學哈佛燕京圖書館藏明清婦女著述彙刊》,第2册,頁61—62。

作"如是觀",其"如是觀"便是要"熱中投清涼",呈現出一種客觀的歷史視角,其放曠的態度恰似男性所崇尚的高蹈之姿。

無獨有偶,劉慧娟[①]也曾寫道:"傾國名花各擅長,半探春色半秋光。孤芳已入繁華夢,澹想能空熱鬧場。勘破穠華成幻相,留將晚節認寒香。人生對酒當歌樂,誰識東籬未舉觴。"[②]《繁華夢》由才女王筠所作,於乾隆四十三年(1778)刊刻問世,到劉慧娟生活的道光時期,此劇已流傳幾十年之久。《繁華夢》自身便是女性作家社會性別越界的代表之作,劇中的主人公恨爲女兒身,期待能像男子一般登科取仕,有所作爲,於是便托夢實現胸中所想,使女性可以通過社會性別的預設實現内心的渴望,從性別意識的跨界展現女性的内心張力。從劉慧娟對《繁華夢》的體悟來看,她對劇中夢醒成空略感惋惜,劉詩中提到的"幻相"照應劇中王夢麟悟道時的一曲[清江引]:"無端一覺消春夢,夢裡空馳騁。三生情枉癡,一笑今何用?方曉得女和男一樣須回省。"[③](第二十四齣《仙化》)惋惜之餘著眼於對"節"的探討,這種探討既與眼前梨園觀賞的菊花有關,又與其推崇的高潔之士陶淵明密不可分,作爲一位女子,不關注兒女情長,而是將世間繁華澹如落花,繁華過後,自有心中的一番天地,因而劉慧娟晚年自號"幻花女史",再次印證了其如男子般對淡泊人生的追求。鄭蘭孫的詩中也有"莫怪騷人心不死,文章做到返魂時""淚盡未酬知

---

① 劉慧娟,生卒年不詳,字湘齡,晚號幻花女史,廣東香山人。順德舉人梁有成妻。工詩詞,善作賦,並精術數。參見胡文楷:《歷代婦女著作考》(上海:上海古籍出版社,2008年),頁719。

② [清]劉慧娟:《梨園賞菊》,《曇花閣詩鈔》(次集卷三),光緒十六年(1890)刻本,見:《美國哈佛大學哈佛燕京圖書館藏明清婦女著述彙刊》,第3冊,頁181。

③ [清]王筠:《繁華夢》,乾隆四十三年(1778)槐慶堂刊本,頁154a。

遇感,天高難問離别由"①的句子,著眼於壯志未酬的文人情懷,與《繁華夢》中女子期待登科取仕的心態也比較接近。

　　《繁華夢》與《邯鄲夢》被並視爲男女兩性作家以夢造境、追尋自身理想的代表之作,一個尋求閨閣外的功名,一個想要實現虚有的富貴,前者不僅在創作構思及手法上繼承了《邯鄲夢》,其對人生的思索也引導了女性讀者跨越社會性别(甚至是佛、道範疇)去體悟。如梁蘭漪《題盧生夢》中寫道:"人生總是邯鄲夢,若個天門掃落花。丁令已聞身化鶴,安期空説棗如瓜。"②《邯鄲夢》中掃去落花暗喻掃除世間煩惱,劇中吕洞賓度人成仙,功德無量,詩人由觀《邯鄲夢》聯想到丁耀亢的《化人遊》,此劇便是主人公何皋東海求仙,途中仙遇屈原等人的故事,可見梁蘭漪對求仙悟道的興趣頗爲深厚;再如錢守璞對改編自小説的戲曲《鏡花緣》的解讀:"人間那有小蓬萊,慧想奇思筆底開。百八牟尼珠一串,竟無隙處著纖埃。"③詩中的"纖埃"與梁蘭漪提到的"落花"一樣,詩人感歎人人都在尋求蓬萊仙境,以期得到超脱,在探求解脱的路上唯有不斷地掃除世間煩擾,恰如米蘭・昆德拉所言:

<hr />

　　①　[清]鄭蘭蓀:《讀〈紅樓夢〉前後傳奇,戲題二律》,《蓮因室詩集》(卷二),光緒元年(1875)刻本,見:《美國哈佛大學哈佛燕京圖書館藏明清婦女著述彙刊》,第2册,頁488。鄭蘭蓀,字娛清,仁和徐鴻謨妻。參見胡文楷:《歷代婦女著作考》,頁744。

　　②　[清]梁蘭漪:《晼香樓詩稿》(卷一),光緒二十一年(1895)刻本,見:《美國哈佛大學哈佛燕京圖書館藏明清婦女著述彙刊》,第4册,頁61。梁蘭漪,字素涵,號蓉溪,太守汪劍潭母。參見胡文楷:《歷代婦女著作考》,頁546。

　　③　[清]錢守璞:《題李少正〈鏡花緣〉傳奇》(其三),《繡佛樓詩稿》(卷一),同治八年(1869)自刻本,見:《美國哈佛大學哈佛燕京圖書館藏明清婦女著述彙刊》,第2册,頁252。錢守璞,字藕香,又字蓮因,亦字蓮緣。參見胡文楷:《歷代婦女著作考》,頁750。

“生活就是一種永恆的沉重的努力。”①

此外還有一些曾經較少受到女性關注的創作主題，如家國、生死等，此時也開始吸引女性文人的目光。明清之際的難女曾以切身經歷成詩，隨著盛世道來，這些主題漸漸澹出，晚清時又被重提，並非是女性再次受難，而是在她們的思想與視域發生變化之後，重新作出的歷史思考。如錢惠尊對《桃花扇》的解讀：“白門衰柳噪寒鴉，六代青山日又斜。滿紙淋漓都碧血，傷心豈獨爲桃花。”②以女性的視角來看，多是同情李香君“桃花易落”的悲慘命運，正如劇中［錦上花］的唱詞“一朵朵傷情，春風懶笑；一片片消魂，流水愁漂。”③錢惠尊抛卻以往女性惺惺相惜的視角，轉而關注到晚明的風雨飄搖，其“滿紙淋漓都碧血”句末自注“史可法”，可知她的傷心不是爲李香君，而是一種家國情懷。袁綬（1821－1850）在觀《酧紅記》時也曾有“干戈擾攘生離易，骨肉飄零死別難”④的感歎，此劇所講述的便是才子佳人因戰亂分離的悲劇。值得注意的是，收錄於袁綬《瑶華閣詩草》中的《題〈酧紅記〉樂府》詩與筆者所搜集的東京大學東洋文化研究所藏《酧紅記》善本題詞中的此詩相似又不同，其差異主要在於男女之情的弱化與家國之感的增強，現錄兩首詩如下，以便對比：

———————

① ［捷克］米蘭・昆德拉（Milan Kundera）著；余中先譯：《被背叛的遺囑》（上海：上海譯文出版社，2003年），頁135。
② ［清］錢惠尊：《題〈桃花扇〉》，《五眞閣吟藁》，光緒四年（1878）合肥學社刊本，附錄於陸繼輅《崇百藥集》，見：《美國哈佛大學哈佛燕京圖書館藏明清婦女著述彙刊》（南寧：廣西師範大學出版社，2009年），第4册，頁397。錢惠尊，字讀宜，陸繼輅妻。參見胡文楷：《歷代婦女著作考》，頁754。
③ ［清］孔尚任：《桃花扇》（杭州：浙江古籍出版社，1989年），頁402。
④ ［清］袁綬：《題〈酧紅記〉樂府》，《瑶華閣詩草》，同治六年（1867）刻本，見：《美國哈佛大學哈佛燕京圖書館藏明清婦女著述彙刊》，第二册，頁175。

一卷新詞萬恨攢，愛河刻刻有驚湍。干戈擾攘生離易，骨肉飄零死別難。紅豆種成憐月缺，綠章奏罷惜花殘。佳人小傳才人筆，挑盡蘭燈不忍看。（《瑤華閣詩草》）

一寸傷心一寸酸，江河處處起波瀾。干戈擾攘生離易，骨月飄零死別難。紅豆種成憐月缺，綠章奏罷惜花殘。佳人小傳才人筆，挑盡蘭燈不忍看。（《酬紅記·題詞》）[1]

兩首詩首聯明顯不同，意境分屬男女之情、家國之感兩個陣營，是否會是《酬紅記》作者趙對澂在收入此詩題詞時或刊刻者在刊刻之初對此詩進行了修改，有意突出家國主題？筆者認爲可能性不大。[2] 因爲此版本《酬紅記》中另收有女詩人王瑾的題詞："生離死別空餘恨，護玉憐花好續緣。知音幸遇周郎顧，拈來紅豆翻新句。湘絃轉撥咽哀音，淒涼抵得《招魂賦》。艷色清才幾合併，能傳姓字死猶生。世間薄命知多少，豈獨傷心杜宇聲。"[3] 這首詩的側重點完全在於男女離別之苦，作者或刊刻者不會只改袁綬詩而不改王瑾詩，因而此詩當爲袁綬之作。又從通常意

<hr>

①　[清]野航撰：《酬紅記》，東京大學東洋文化研究所藏民國十三年上海席氏掃葉山房石印本，頁4。野航，即趙對澂(1798—1860)，字子徵，一字念堂，號野航，別署浮槎山樵。著有《小羅浮館詩詞雜曲》、《野航雜著》、《酬紅記》傳奇(又名《鵑紅記》)。

②　日本學者合山究(ごうやまきわむ)在《明清女子題壁詩考》一文中以《酬紅記》的成書問題爲例，認爲令趙對澂感而成劇的鵑紅題壁詩爲男性假託女性之名所作，從其舉證的陸繼輅、馬星冀、郭麐等人的觀點來看，也是衆説紛紜，僞託之説並非定論。另據《然脂餘韻》(卷一)載："嘉慶六年(1801)，富莊驛有蜀中女子鵑紅題壁詩六首。趙君野航見而和之，且譜爲《鵑紅記》院本八齣，屬其題後"，可以推想趙對澂本人是傾向於相信鵑紅題壁詩爲女性所爲。合山究文參見李寅生中譯版本，原載《河池師專學報》，2004年，第1期，頁53—57。

③　[清]野航撰：《酬紅記》，東京大學東洋文化研究所藏民國十三年上海席氏掃葉山房石印本，頁3。王瑾，字潤如，江蘇上元人。參見胡文楷：《歷代婦女著作考》，頁247—248。

義上題詞先收入被評點的作品中，而後收入題詞者詩文集中的順序來看，《酬紅記》所收當早於《瑤華閣詩草》，那麼可以推斷，此劇帶給袁綬最初的震撼應當是側重於戰亂之苦的家國情懷，而非男女之愛。至於爲何在《瑤華閣詩草》中有如此改動，應另當別論。

二 道咸時期男性觀劇詩中的女性認同

在晚清男性觀劇創作中暗含著一種對女性審美欣賞的變化，即更加讚賞女性的獨立人格，如烈女、孝女、女英雄等，這種審美判斷不同於以往男性對女性外表的欣賞，而是更加注重女性思想的變化，常將女性與男性進行對比，發出自愧不如的感喟。

緹縈救父的故事幾百年來一直傳爲美談，至康熙時泰州孝女蔡惠趁康熙帝南巡之機，上書爲父伸冤，得釋重罪。光緒時，安徽大儒汪宗沂（1837－1906）將此事譜爲樂府，稱之爲《後緹縈》傳奇，再次引起衆人對孝女的關注。袁昶（1846－1900）觀此劇感歎道：“習之手表高貞女，石笥曾歌女李三。解道百男何憒憒，藉詞漆室風姍嫿。”[①]一句“解道百男何憒憒”將孝女蔡惠與男性形成鮮明對比，認爲有多少男兒應當“百善孝爲先”，卻不敵一位女子的勇敢，這是對蔡惠極高的評價；陳作霖（1837－1920）言：“萬乘南巡萬物春，嫈嫈弱女志能伸。拜章夕入恩朝降，千古緹縈有替人”、“維揚志乘事難忘，譜入宮商更擅場。絕勝是非身

---

① ［清］袁昶：《題仲伊〈後緹縈〉傳奇》，《漸西村人初集》（詩集卷九）。《後緹縈》傳奇劇本今已不存，據劉師培《汪仲伊先生傳》記載此劇爲汪宗沂所作，載於［清］閔爾昌纂：《碑傳集補》卷四十一，見周駿富輯：《清代傳記資料叢刊》（臺北：明文書局，1985 年），頁 786－788。

後錯，琵琶一曲演中郎。"①蔡中郎的形象自宋代戲曲中便開始出現，巔峰之作爲《琵琶記》，但直到《琵琶記》時蔡中郎都是一個負心漢的形象，陳作霖援引"身後是非誰管得，滿村爭説蔡中郎"句，趙五娘與蔡伯喈成爲了"癡心女子負心漢"這一久演不衰的主題中的代表人物，這樣的負心男子竟有一位孝順的女兒，便是蔡惠形象的原型——蔡文姬，那麽，詩人若只想突出孝女的主題，爲何不將蔡惠與蔡文姬進行對比，卻提起《琵琶記》中的負心漢呢？這種男性與女性之間對比所形成的強烈反差恰恰也暗示出詩人創作的心理樣態，即借用社會性別所賦予男性和女性的情感與思想，當然也包括了忠孝節義等社會責任感的範疇，更突顯這一時期女性心理空間的成長。

乾隆時董榕(1711－1760)所作《芝龕記》傳奇以明末秦良玉、沈雲英二位女將爲主人公，刻畫了二人的颯爽英姿，晚清時因秋瑾(1875－1907)對此劇極爲讚賞而再次掀起熱潮，秋瑾之所以欣賞《芝龕記》，與她一直投身於女權運動與民主革命密不可分。事實上，在秋瑾之前，道光十一年(1841)一甲一名進士龍啟瑞(1814－1858)就已經關注到此劇的價值，其《浣月山房詩集》中收有《讀《芝龕記》傳奇得秦良玉、沈雲英二女帥詩各二，魏費二宮人詩各一》，集中刻畫了四位女英雄形象：

英雄蓋代出釵裙，愧殺鬚眉有此君。卻恨凌煙高閣上，當年未畫女將軍。（其一）

手釁梟頑快復仇，女郎大義寫春秋。歸來自設宣之帳，不羨書生萬戶侯。（其四）

① ［清］陳作霖：《〈後緹縈〉樂府題辭三首》(其一、其三)，《可園詩存》卷十三，見《清代詩文集彙編》，第 736 册，頁 218。

　　昭陽院裏望烽塵，倡義從君尚有人。不見玉河橋畔柳，
貞魂常護漢宮春。（其五）

　　黃虎營中劍影寒，妖星夜隕陣雲寬。隱娘匕首今何在，
應化英雄一寸丹。（其六）①

第一首詩描寫秦良玉，將其與男性進行對比，認爲此女雖未位居
高閣，但其戰功仍可使鬚眉愧殺；第二首詩中的沈雲英之所以征
戰沙場，不是爲了如書生一般覓得官職，而是出於大義，因此足
以名垂青史；第三首詩寫配角魏宮人，援引春秋時楚國昭陽的典
故，以昭陽與魏宮人進行對比，昭陽因輔佐楚懷王發動了楚魏襄
陵之戰而名滿天下，魏宮人作爲婢女的身份跟隨二位女將軍馳
騁沙場，昭陽與魏宮人都爲保家衛國貢獻力量，詩中將魏宮人比
作昭陽雖然略有誇張，但仍可見詩人對女性的推崇與讚賞之心；
第四首中黃虎（即張獻忠）曾與李自成同爲高迎祥的闖將，後二
人分裂，黃虎多次背叛舊主，最終死於豪格平定川陝之戰，②崇禎
十七年（1644），張獻忠攻破成都，蜀王朱至澍及其全部嬪妃均自
殺身亡，費宮人便是其中一位，儘管她並非女將，也未效力戰場，
詩人以觀者的視角仍對其讚賞有加，認爲她的自盡是英雄丹心
的體現，同時將她想像成聶隱娘的形象，能夠武藝超群，懲奸除
惡。從龍啟瑞對女性（尤其是女英雄形象）的認同中可見其創作
傾向於將男性與女性進行對比，側面反映出女性在走出閨閣之
後，無論是馳騁沙場還是深居宮廷，她們的思想都在發生變化，

　　① ［清］龍啟瑞：《浣月山房詩集》卷五外集，見《清代詩文集彙編》，第 655 册，頁
428。
　　② 參見《張獻忠傳》，《明史》卷三零九。崇禎三年（1630）張獻忠起事，自號八大
王，因身長而黃，人稱黃虎。見［清］譚吉璁纂修：《延綏鎮志》卷五，載《四庫全書存目
叢書》，史部，第 227 册，頁 498。

這種變化有些已經超越了女性自身的社會角色，介入到男性視角，甚至以抵禦外敵、保家衛國爲己任，而龍啓瑞對女性的這種變化是認同和讚許的，詩作中再通過男女對比的反差，展現出女性內柔外剛之美。

或許是受到父親影響，龍啓瑞之子龍繼棟（1845－1900）對俠女、烈女一類的女性形象也頗爲關注，並創作了傳奇《烈女傳》、《俠女傳》[①]。朱㝢瀛（1845－1928）對《烈女傳》的評價較高：

> 濁霧暗月光，不改明蟾潔。衆草鋼蘭芽，愈顯奇香烈。
> 卓哉江氏女，克創千秋節。始羞秋胡金，終銜精衛石。尊章
> 與父母，相愛莫知惜。骨肉一何愚，天地一何窄。我讀槐廬
> 詞，感慨重於邑。古今貞孝事，多少稱殊絶。不遇闡幽者，
> 總付荒榛棘。即茲烈女心，豈計名不滅。一朝表其奇，滿紙
> 遂惻惻。當年侘傺狀，如見復如識。直可風世人，奚止慰幽
> 魂。所願知音士，普聽此歌闋。寫以綠筠箋，吹以紫雲笛。
> 女有屈原心，詞真董狐筆。[②]

《烈女傳》的産生並非只是父子相承這麼簡單，主要是由於晚明以來的戲曲形成"人情以放蕩爲快，世風以奢靡爲高"[③]的風氣，淫靡之風多見，而忠貞之跡不常有，因此清代中晚期開始，統治者漸漸注意到淫詞艷曲的危害，[④]多次禁戲，同時文人也轉向忠

---

① 參見黃義樞：《〈味蘭簃傳奇〉作者考辨》中通過湖南圖書館藏《烈女記》和《俠女記》稿本考證署名"槐廬生"的這兩部作品之作者當爲龍繼棟。見氏著：《〈味蘭簃傳奇〉作者考辨》，《戲曲研究》，2010 年，第 1 期，頁 372－378。筆者同此説。

② ［清］朱㝢瀛：《題槐廬生〈烈女記〉院本》，《金粟山房詩鈔》卷四，見《清代詩文集彙編》，第 759 册，頁 360。

③ ［明］張瀚著；盛冬鈴點校：《松窗夢語》（北京：中華書局，1985 年），頁 139。

④ 據黃義樞統計，清初節烈戲曲創作僅 8 部，中晚期達到 33 部。見氏著：《清代節烈戲曲考論》（福建師範大學博士論文，2011 年），頁 1。

孝節義劇的創作，以正世風教化，形成"以詞陷之，即以詞振之"的效果。[①] 朱寯瀛詩的前半部分綜括了《烈女傳》的故事情節，"古今貞孝事，多少稱殊絕。不遇闡幽者，總付荒榛棘。"點出節烈劇的産生背景，認爲龍繼棟將烈女故事呈現給觀者，不僅使烈女事跡不至於湮没無聞，更重要的是可以教化世人，因晚清節烈劇多改編自真實故事，因而此劇被朱寯瀛贊爲"董狐筆"。其對烈女忠貞的讚美認爲可以與屈原之心相比肩，是有著意誇讚的意味，本劇源於咸豐間一位烈女的真實故事，朱寯瀛大可將其與歷史上的貞女、烈女相比較，但作者没有，而是將其比作歷史上不朽的忠貞之士，將女性亦納入男性的審美評判標準之中。

上述事例中存在一個共同的問題：爲何男性將女性與自身進行對比，而不是單純地欣賞蔡惠的孝、女將的忠、姜氏之烈？筆者認爲，首先不能排除這些男性文人著意提升女性的地位與思想價值，但從他們的創作手法上看，這些文人已經關注到了性別視角，從不同社會性別所承擔的思想範疇入手，更能突出女性社會性別的越界，即女性思想轉變的價值所在。其次，晚清士風式微，男性文人通過與女性對比所發出的感喟，同時也是對男性自身的一種反思。基於上述兩點形成了男性對女性審美標準的轉變，由對女性柔美一面的欣賞轉向對外柔内剛的獨立人格的讚賞。

---

① 關於晚清節烈戲曲創作的産生還有官方修史、士風頹廢等原因，參見郭英德：《是"風教"還是"風情"——明清文人傳奇作家的文學觀念散論》，《中州學刊》，1990年，第4期，頁78—82。

第二節　女性觀劇詩創作心理空間的兩面性

《歷代婦女著作考》中收録女性著作四千餘種,其中清代女性文人作品占三千餘種,從這個比重上看,清代女性著作規模之大,女性文人群體之興盛,都是很突出的。女性群體的興起與發展,主要得益於當時的文學風氣、文學世家的熏陶、詩文集刊刻之風的流傳、女性文人的結社交遊等,這些因素的推動都離不開一個共同的關鍵詞——男性文人的推崇與鼓勵,二者之間形成互動關係,既有融合,又有延伸,使女性的作品中增添了社會關懷,男子作閨音之餘也融入了對士風的思索。如何在社會性別的交互創作中找到焦點,是這種創作方式的難點,從史料來看,男性與女性都恰到好處地選擇了戲曲作爲跨界創作的媒介,通過觀劇詩表達出來,使觀劇詩在戲曲史的發展脈絡之外,增添了更多的思想價值。本節將結合上述内容,追溯晚清社會性別的越界創作中受到哪些因素影響,釐清這一創作風格的淵源,進一步明確這種創作方式給作家的創作心理帶來怎樣的變化,對觀劇詩這一媒介來説又具有怎樣的意義。

一　心學與性靈

明代長久以來以八股取士爲正宗,標榜宋學,是束縛文人思想的桎梏和牢籠。至王陽明和李贄時,極力提倡打破以往的禁錮,在解放思想、倡導平等的同時,客觀上也將女性的地位加以提升。王陽明《答顧東橋書》中曾論述道:"良知良能,愚夫愚婦與聖人同……與愚夫愚婦同的,是謂同德;與愚夫愚婦異的,是謂異端。"①雖然這段話的立足點在於人天性相同、稟性相近,但同樣表達出聖賢之道並非男性的專利,而是男女相同,且均與聖人同。王陽明之後繼續發揚此觀點的便是李贄,其《答以女人學道爲見短書》中明確表示:"謂人有男女則可,謂見有男女豈可乎? 謂見有長短則可,謂男子之見盡長,女子之見盡短,又豈可乎?"②也就是說,一直以來"女子見識短"的説法在李贄看來是毫無道理的,他認爲"設使女人其身而男子其見,樂聞正論而知俗語之不足聽,樂學出世而知浮世之不足戀,則恐當世男子視之,皆當羞愧流汗,不敢出聲矣。"③若女子讀書識禮,未必輸於男子,因此李贄在其《初潭集》中記錄了二十五位女才子,以"真男子"的評價來稱讚她們,之後的作品常以男子來與出色的女子進行對比,多少都是受到李贄的影響,李贄意在説明才能高低不在於性別之差,女子有丈夫之行,男子也當自愧不如。對王、李二人思想極爲推崇的便是泰州學派,晚明戲曲大家也出自泰州一派,湯顯祖筆下有敢於追求幸福的杜麗娘,徐渭《四聲猿》中有《雌木蘭替父從軍》和《女狀元辭凰得鳳》兩出大戲,正所謂"世間好事屬何人,不在男兒在女身。"④

二　閨閣文學及其刊刻、編選

清代女性文人的才學多源於家庭的熏陶,父兄一輩皆爲文豪,女性跟從學習,耳濡目染,呈現出一定的文學造詣。據鍾慧

---

① ［明］王陽明:《傳習録》(鄭州:中州古籍出版社,2008 年),頁 158。

② ［明］李贄:《焚書》卷二(北京:中華書局,1974 年),頁 164－165。

③ 同前注,頁 167。

④ ［明］徐渭:《女狀元辭凰得鳳》,見氏著:《四聲猿》(上海:上海古籍出版社,1984 年),頁 162。

玲《清代女詩人研究》統計,清代閨閣較著者,"清初有會稽祁氏、錢塘黄氏、建安鄭氏;乾嘉年間,有歸安葉氏、錢塘袁氏、太倉畢氏;嘉道年間,有長樂梁氏;道咸以後,則有陽湖張氏、湘陰左氏"[1],等等。這些女性中,有的是家族男性中有擅戲曲者,如楊蕓受到其父楊芳燦的影響,"幼承庭訓,博學工詩,兼善填詞"[2],及梁符瑞受到其兄梁章鉅的影響,亦工詩詞;有的是家中豢養戲班,從小跟隨家人觀劇者,如上文提及的袁枚孫女袁綬,不僅是袁綬,袁門女性多具文采,袁祖志在袁嘉的《湘痕閣詩稿·序》中說:"余姊輩亦有能詩者三:一曰琛華,爲余長姊;一曰柔吉,爲余堂姊;一曰黛華,爲余再從堂姊。彼時同居隨園中聯袂唱酬,無間寒暑。"[3]還有的女性文人是受到母親、姊妹的影響,如葉氏姐妹三人(葉小鸞、葉小紈、葉紈紈)皆受其母沈宜修的熏陶,葉小鸞更將其三人之間的親情寫成戲曲《返生香》,葉小紈也有戲曲《鴛鴦夢》,閨閣女性對戲曲從欣賞逐漸走向創作,到晚清時更爲普遍,如上文提及的王筠等,不再一一贅述。由此,"閨閣""文學修養""戲曲"三個關鍵詞的連接愈加緊密,爲晚清女性借觀劇詩以實現社會性別的跨界打下了基礎。

　　在女性尚未完全走出閨閣之前,其聲名的流播主要得益於詩文集的刊刻出版,以及男性文人編選的女性詩集。女性的詩文集多由父兄夫婿贊助出版,前附有男性文人作序,多數男性文人以家中女子能夠作文善詩爲自豪,如張叔珽爲其妻江蘭的《倚雲樓詩草》作序云:"試思太上立德,其次立功,其次立言,言亦豈

---

① 鍾慧玲:《清代女詩人研究》(臺北:里仁書局,2000 年),頁 109。

② [清]惲珠輯:《國朝閨秀正始集》卷十九,清道光十一年紅香館刻本,頁 5a。

③ [清]袁祖志:《湘痕閣詩稿·序》,見[清]袁嘉:《湘痕閣詩稿》,收於《隨園三十六種》(上海:集成圖書公司,1908 年)。

易已哉？況婦人而識字塗鴉，亦足以洗鉛華之陋，乃能纘柳絮之遺風，步纖錦之芳軌，豈不稱巾幗中女士也哉！則付之剞劂，亦於義無悖也。"[1]此外還有葉紹袁爲妻女刊刻的《午夢堂集》、王祖慎爲其妻徐懋蕙刊刻的《綺窗遺詠》、洪守純爲其母王氏刊刻的《洪淑媛遺詩》等，這些女性雖囿於傳統觀念，尚未步出閨閣，但其文采已經廣爲流傳。

女性詩文以結集方式流傳的另一種方式是由男性文人進行編選，如陳維崧編選《婦人集》、王士禄選《然脂集》、王啓淑編選《擷芳集》等，這些詩文集起初是簡單的編選，後來隨文附有女性文人小傳，使讀者了解更多的作者信息，繼而發展到編選者加入自己的評點，爲女性作品增色，流傳較廣的有《歷朝名媛詩詞》《國朝閨閣詩鈔》《粧樓摘艷》等。此舉打破了長久以來男性活躍於文壇、女性往往湮没不傳的現象，如果説魚玄機、謝道韞、李清照在文壇上是流星般閃現的話，那麽，清代文壇上的諸位才女及其創作則可謂是蔚然其盛了。

三 結社、從師、交遊

隨著女性受教育的程度愈來愈高，與男性的交往也日益頻繁，閨閣文人開始效仿男性交遊結社，甚至拜師。拜師之風最盛時當屬袁枚的隨園女弟子，嚴迪昌教授認爲："中國詩史，到清代袁枚的反撥，乃是最後一次詩的生命——詩的本體生命的潮起和强力振奮。"[2]正是性靈詩學的文壇主盟地位引得衆多閨閣才媛紛紛拜師求教，梁乙真指出："有清一代，提倡婦女文學最力

---

① ［清］張叔珽：《倚雲樓詩草·序》，見［清］江蘭：《倚雲樓詩草》，清道光十八年刻本。

② 嚴迪昌：《清詩史》（杭州：浙江古籍出版社，2002 年），頁 815。

者,有二人焉,袁隨園倡於前,陳碧城繼於後。"①性靈派的詩學觀念也滲透給了女性文人,她們的文學創作開始轉向"詩主性情""自然成韻",這種影響不僅僅局限於創作形式,同時也開拓了女性思想空間,其思索的範圍不再僅圍繞閨閣之内,而是隨著女性的步伐一同邁出了閨閣之外,方能生成社會性別跨界的觀照。除袁枚外,當時的文壇領袖毛奇齡、陳文述等人也收過衆多女弟子,②知名文人的引領成就了清代的女性文壇。

走出閨閣爲女性提供了更多的交流空間,她們一起品詩題畫、觀劇唱酬,還結成詩社,文學活動逐漸規模化。較爲著名的有徐燦等人的蕉園詩社、吴中十子的清溪吟社、郭潤玉等人的梅花詩社等,女性文人對男性交遊形式及内容的效仿,都不自覺地爲社會性別的跨界創作埋下了伏筆。

釐清女性文人的成長軌跡,不難發現,每一個環節都離不開男性的支持與推動。心學之後,男性眼中的女性地位有所提升,對女性文學作品的認同度日益增進,並主動爲女性提供受教育的機會,幫助其刊刻出版詩文集,爲其作序、跋、評點等。經歷了這樣的成長,女性的視野不斷拓寬,女性作品中仍然多有閨閣之趣,同時也逐漸浮現出對社會的關懷,對時事的感慨,出現了壯言壯語,由委婉之風轉向豪邁之作,這些作品的生成過程也是女性跨界創作的實現過程。男性對於女性及其創作風格的轉變持有認同和讚許的態度,加之"男子作閨音"的創作傳統,男性也不乏擬態而作代言體,因此常常引發女性作品真與假的討論。上述因素在以往閨秀詩詞興盛原因的討論中均有涉及,如孫康宜

---

①　梁乙真:《清代婦女文學史》(臺北:中華書局,1979年),頁105。

②　參見鍾慧玲:《清代女詩人研究》,(臺北:里仁書局,2000年),頁206—238。

教授的《明清婦女詩詞選集及其編選策略》、王曉燕《清代女性詩學思想研究》、梁乙真《清代婦女文學史》等,女性觀劇詩的創作當然也離不開這些因素的影響,然而,觀劇是女性走出閨閣的一個實質性舉動,觀劇詩是其思想轉變經由實際行動所激發出來的創作,同時也是女性思想內在轉化的外在體現。

四　女性觀劇詩創作心理空間的轉變

晚清女性文人群體的崛起不容小覷,詩、詞、文、戲曲、小說的創作蔚然成風,夏曉虹教授曾指出,中國古代婦女楷模的重新發現與認識使得晚清女性典範形象得到了極大豐富,同時也深刻影響和改變了外在的生活與內在的精神。[①] 晚清女性觀劇詩的創作恰好體現了其內在精神的外化表達,其中蘊含的變化是從閨閣情懷轉向對生命、家國等主題的思考,以社會性別越界的方式介入男性的思維視角,此時的文壇不再是男性獨佔,而是兩性互動,爲各自帶來了新的創作空間。

對女性來說,顛沛流離帶給她們的不再是個體的心靈創傷,而是對整個家國的痛惜與惋傷;忠孝節義不再是男子的義務,同樣是女性的責任與擔當,孝女、烈女、英雄等形象也被女性所嚮往;即便是飲酒作樂的休閒生活,她們也暢想如男性般通宵達旦,酣暢淋漓,這些創作視野上的開拓既源於其走出閨閣後的生活感悟,同時又得益於心學、性靈等文學觀念的熏陶。對男性來說,他們以更加暢達的心態來接受和看待女性,"女子無才便是德"的傳統受到質疑,在將女性與自身"等量齊觀"的過程中,男

---

① 參見夏曉虹:《晚清女性典範的多元景觀——從中外女傑傳到女報傳記欄》,《中國現代文學研究叢刊》,2006年,第3期,頁17—45。

性發現,女子的才華、勇氣、擔當都不輸男子,甚至讓男子自愧不如,因此在男性自身的反思中,他們採取了換位思考或反差比較的方式,不限於男性之間的比較,而是在對女性的欣賞中反思自身的不足,這既得益於女性的成長,同時又融入了晚清男性自身對士風日下的自我批評。

與以往不同的是,胡適先生在《清閨秀藝文略·序》中認爲:"在一個不肯教育女子的國家裡,居然有女子會作詩填詞,自然令人驚異,所謂'閨閣而工吟詠,事之韻者也。'"胡適認爲閨秀詩詞多是"不痛不癢之作",對於男性來説,刊刻自家女性詩文集"既可炫耀於人,又没有出乖露醜的危險",譚正璧在《中國女性文學史》中也讚同胡適的觀點:"至若明清兩朝女性詩人和詞家,可以車載斗量,但她們幾乎没有一個不是爲了要博得男性稱讚她們爲'風雅'而作。"①女性文人的崛起究竟是爲了滿足男性炫耀的心理需求而成爲一種附屬品,還是兩性之間真的形成了"等量齊觀"之勢? 筆者認爲,不能排除女性受教育的初因與男性的風雅之趣有關,但隨著時間的推移,女性受教育程度愈來愈高,才女數量愈來愈多,其思想不會一成不變。從觀劇詩的材料中可以看到女性對生命皈依的思考,對建功立業的渴望,未必是爲了迎合男性而作,若爲迎合男性,閨閣之詩即可滿足他們的心理預設,何必以略帶"競爭者"的姿態出現呢? 但同時也需注意到,男性文人對女性走出閨閣的支持度是有限的,並不會真的放縱她們去征戰沙場、考取功名,有的男性甚至不會認同女性走出閨閣之舉;女性以社會性別跨界的方式對自己不能實現的生活樣態進行想像,這種想像只能付諸筆端,從根本上體現了兩性創作

---

① 譚正璧:《中國女性文學史》(天津:百花文藝出版社,2001年),頁17。

的基點存在著實質性的差別，尚未能做到"等量齊觀"。

這種現象雖然窺見的是晚清觀劇詩的一個側面，但其價值卻遠遠超越了觀劇詩或戲曲本身，是融合了女性文學的生成與發展、男性對女性的認同心態這兩條文學史上的脈絡，經過由晚明至晚清三百多年的積澱，在晚清觀劇詩中可以梳理出一些變化的痕跡，以期爲性別研究提供一種視角。

第三節　一字定品與品"花"標準的確立

文人構建位人評點體系之時，往往稱伶人爲"花"，其中蘊含了文人自身香草美人的情懷，《曇波·序》中首次提出"編來樂府新篇，寓香草美人之意云爾"①，《擷華小錄·序》中再次申明："工美人香草之思""仿國風之編次，識來芳草名多。"②《詩經》以短小的篇幅同時展現出人物、環境、情感、思想等多重意蘊，在敘述上具有動態性和可觀性，早在關漢卿的雜劇《望江亭中秋切膾》中就借鑒過《詩經·邶風·新臺》中的故事情節，而《詩經》與戲曲所結之緣不止於此，《曇波》與《擷華小錄》兩部著作不僅仿照國風進行編排，意在呈現伶人不同的審美層面，同時品題之詩也效仿《詩經》而作四言體。

在品題標準上，文人傾向於以一字定品，如逸品、趣品、能品

---

① ［清］四不頭陀：《曇波》，見《清代燕都梨園史料》，上冊，頁387。
② ［清］沅浦癡漁：《擷華小錄》，見《清代燕都梨園史料》，上冊，頁533。據張次溪《著者事略》載："沅浦癡漁：余嵩慶，字自澂，別署沅浦癡漁，湖南武陵人。光緒丙子(1876)進士，戶部主事，改官河南知縣，終湖北知府。"見張次溪：《清代燕都梨園史料》，上冊，頁33。

等,這種品題的風格既借鑒了詩品中的方法,不同品題之間又是從不同層面評論伶人,意不在凸顯高下之别,而是如十五國風一般呈現不同伶人的色藝,不同品之間也是"品題特慎,界畫從嚴"①。在創作動機上,四不頭陀自言:"氣短英雄,聊取青梅煮酒;歌傳懊惱,且看紅杏裁衫。蓋與其桂宿含冤,空對友朋扼腕;何如梨園買笑,猶邀弟子傾心也""閲歷既多,品題難矣。可人姓字,胥歸夾袋之中;騷客心靈,半貯錦囊之内。描出群芳一譜,不負甯馨;粧成衆美全圖,何嫌優孟?"②從中可以看到文人關注的焦點從戲曲故事逐漸向伶人身上轉移,這主要歸因於戲曲成熟時期,伶人技藝也達到較高的藝術水平,甚至更加吸引觀衆的眼球。本節將以《曇波》和《擷華小録》兩部作品爲例作詳細分析。

一　《曇波》

《曇波》中分别以清、逸、艷、静、澹、俊、麗、潔、婉字界定了伶人九品,並分别以四言詩勾勒出伶人的色藝品格,而界定標準暗含於詩中。現録其詩如下:

福壽(清品):金谷花放,瑶臺月明。饒有風露,不著塵氛。就中佳麗,秋水神清。瞥驚鴻影,時聞鶴聲。珊珊其來,骨節自鳴。神光離合,奪人目精。

小添喜(逸品):白雲出岫,鳴鶴在林。風送花氣,月移柳陰。於裙屐間,如見晉人。和露簪菊,焚香鼓琴。有飄逸態,無塵俗心。西山爽氣,在我胸襟。

翠琴(艷品):璧月夜滿,瓊樹朝新。歌臺舞榭,睇此麗

---

① ［清］沅浦癡漁:《擷華小録》,見《清代燕都梨園史料》,上册,頁533。
② ［清］四不頭陀:《曇波・自敍》,見《清代燕都梨園史料》,上册,頁388,389。

人。容華照灼,春色二分。如鳥試羽,如花在林。百和交起,香生軟塵。是真嬌艷,一顧傾城。

金蘭(靜品):紅雨初過,綠陰乍寬。萬籟俱寂,古琴一彈。山色隱隱,水聲潺潺。若有人兮,儀靜體閒。心如止水,氣如幽蘭。蔚然深秀,令我忘餐。

玉慶(澹品):雲度銀漢,月洗瓊樓。荷香午淨,菊影晚幽。中有一人,蛾眉自修。意如煦春,神瑩若秋。鉛華弗御,醞藉夷猶。太羹元酒,古味長留。

小蘭(俊品):風好過竹,雨疏灑蕉。赤城霞起,華屋月邀。招來之子,饒有豐標。英姿颯爽,顧視清高。騎金圬馬,佩金錯刀。百尺樓上,橫笛吹簫。

翠玉(麗品):湛湛朝露,油油遠風。好花初放,搖綠顫紅。憑刪亭北,笑倚窗東。臥雨雲裏,來星月中。侍兒扶起,嬌態憐儂。身遐心邇,微波可通。

桂玉(潔品):春水波回,秋山雨過。紅軟消塵,綠淨難唾。有美人兮,出泥不涴。綺羅裏行,松雪間臥。蓮濯清泉,供法華座。是真脩潔,薰香獨坐。

巧福(婉品):新柳初綻,好花半開。酒盃春貯,香國人來。如山平遠,似水瀠洄。色相不著,天趣自佳。回頭一笑,顧影徘徊。是真婉約,欵步歌臺。①

上述四言詩均以景色起興,進而勾勒出佳人風姿,在對伶人形象的刻畫中點明品題的標準:“清品”著意強調眼神“秋水神清”;“逸品”指“有飄逸態,無塵俗心”;“潔品”爲“脩潔”之意;“澹品”指“古味長留”,等等,四言詩不僅是對伶人的點評,更是對一字

---

① [清]四不頭陀:《曇波》,見《清代燕都梨園史料》,上册,頁 392—394。

定品的延伸解讀,使得原本看似抽象的概括與伶人的出衆之處相互印證。

從審美傾向上看,四不頭陀所欣賞的伶人多是清新飄逸、出塵脫俗的類型,九品中除了艷品、麗品、婉品之外,其餘六品的伶人形象都是氣質高潔的,詩人以"幽蘭""松雪""蓮花"等意象作比,突出入品伶人的風姿獨俱。九品中所描繪的伶人形象分爲兩種:一種是舞台上的伶人;一種是生活中的伶人。舞台上的伶人可以"一顧傾城",可以"英姿颯爽",雖然美艷有餘,但終究不是本色。四不頭陀的筆下更傾向於評點那些生活中恬靜淡雅的伶人,焚香鼓琴時給人帶來洗盡鉛華之感,有"古味長留"的意蘊。值得注意的是,第一,伶人的演奏或演出體現在四言詩中總是與起興之筆的景色、外界環境相匹配,可知每首詩起筆的景色是著意造境,而不全是真實描寫,這與觀劇詩一直以來側重真實描繪現場之感的傳統不同,關注點更側重於評點;第二,在評點過程中,文人的主體意識介入程度較深,花部興起之後,作爲比較普泛的大衆娛樂方式,戲曲演出事實上仍是以娛樂性爲主,多是明艷歡快的,但《曇波》的作者更喜好優雅高潔、無塵俗心的伶人,這類伶人應屬少數,伶人本就是塵俗世界中的演藝者,如何能無塵俗心呢? 其中可以揣測評點者自身的期許,"四不頭陀"這一筆名與佛教的頭陀苦行法關係密切,可以推知評點者對佛學比較崇尚,因此在觀世俗表演之時,也是更喜好氣質清雅的伶人,甚至將伶人刻畫爲"供法華座""薰香獨坐"的神佛之態,這與《燕蘭小譜》中迎合時下流行風尚的品題主旨截然不同,作者的主觀參與度更強;第三,評點者在對伶人的認同中更著意提升伶人的地位與價值,多以帶有君子之風的意象與伶人作比,其中既有文人自身的心性寄託,又是與伶人的多次交往中所得,伶人在文人眼中不再是地位低下的表演者,而是能夠以一種欣賞的姿態去品讀。

二 《擷華小錄》

《擷華小錄》將伶人以逸品、麗品、能品劃分,每品之下收錄伶人若干,於卷後再綴錄數位伶人,次序不分先後,頗似《燕蘭小譜》中的雜詠部分。在所題三品中,作者余嵩慶以一字定品,再以四言詩對每品進行解析,現錄如下:

> 逸品:若有人兮,脩然塵表。或惠或夷,庶幾近道。紛紛裙屐,搔頭弄姿。鶵雛黃鵠,孰爲得之。

> 麗品:燕子簾櫳,梧桐庭院。中有璧人,不釵而弁。神駿可愛,高談轉清。珠玉在側,此焉移情。

> 能品:紅塵軟處,檀板催時。誰能遣此,詩復中之。噭噭飛花,聲聲入破。陶寫羈懷,唾壺在座。①

從“逸品”的闡釋中可以看到一位超塵脫俗的麗人形象,並不是純粹的美麗,重在“脩然塵表”的氣質,這種美感在詩人評點逸品中的伶人錦雯主人劉潤時表述得更加明確,即“爲化工感也”②。古典美學中的“化工”源於老子的虛實理論,進而發展爲“化實爲虛”“化虛爲實”的創作手法,具體到明清間的戲曲創作對“化工”的運用上,首推王驥德《曲律》中對“詠題”的論述:“詠物毋得罵題,卻要開口便見是何物。不貴說體,只貴說用。佛家所謂不即不離,是相非相;只於牝牡驪黃之外,約略寫得風韻,令人仿佛之

---

① [清]沅浦癡漁:《擷華小錄》,見《清代燕都梨園史料》,上冊,頁537,538,540。
② 同前注,上冊,頁538。

中如燈鏡傳影，了然目中，卻捉摸不得，方是妙手。"①這種思想直接影響到李漁所提出的"審虚實"理論。本詩中余嵩慶將戲曲創作論的審美標準挪用到戲曲表演評論中，以王驥德"劇戲之道，出之貴實，用之貴虚"②爲主要評判標準。筆者認爲，《擷華小録》中的"逸品"評點所推的"化工之感"兼具"化實爲虚"與"化虚爲實"③的雙重意藴：伶人通過扮演戲曲中的人物形象，無論所扮演的人物歷史中真實存在，亦或虚構，伶人都是以現實之身轉化爲藝術形象，帶給觀衆審美的觀感，是爲"化實爲虚"；從觀者的審美來講，其被伶人扮演的藝術形象所打動，必是結合了觀者自身對這一藝術形象所包含的情感及對生活的認識而得來，是爲"化虚爲實"。由此場上的表演者和場下的觀者形成虚實相生的共感狀態，能夠滿足觀者如此的審美訴求的表演者，即爲"逸品"。

在對"麗品"的評點標準中，除了伶人的美艷之態外，更值得關注的是"移情"。中西方的文藝理論中都有"移情"，側重點截然不同：西方的"移情"注重的是自我；中國古典美學中的"移情"

---

① ［明］王驥德著；陳多、葉長海注釋：《曲律》卷三（上海：上海古籍出版社，2012年），頁144。

② 同前注，頁201。

③ 所謂"化實爲虚"是指從藝術與現實生活的一般關係來講，藝術創作是把一定的現實生活轉化爲藝術形象；所謂"化虚爲實"是指藝術形象所包含的思想感情和對生活的認識，必須通過具體可感的、栩栩如生的藝術描繪表現出來。參見曾祖蔭：《中國古代美學範疇》（臺北：丹青圖書有限公司，1987年），頁177－188。

注重的是物我的相互交流與融合。① 中國古典文論中的移情源於一段關於音樂的記載:"伯牙學鼓琴於成連先生,三年而成,至於精神寂寞情志專一,尚未能也。成連云:'吾師子春在海中,能移人情。'乃與伯牙延望無人至蓬萊山。留伯牙曰:'吾將迎吾師。'刺船而去,旬時不返。但聞海水汩汨瀰漸之聲,山林窅冥,群鳥悲號,愴然歎曰:'先生將移我情。'乃援琴而歌之,曲終成。成連刺船而還。伯牙遂爲天下妙手。"② 因此余嵩慶所講"珠玉在側,此焉移情","珠玉"即詩中所描繪的絶色伶人,伶人通過表演將觀者帶入戲曲的世界,與劇中人物情感産生共鳴,這種"共鳴"不同於一般的觀者對戲的感悟,而是强調在不知不覺中被帶入,頗似詩品中的造境。司空圖曾提出"詩境"的觀點,並總結出詩歌中存在的二十四種詩境,在造境的過程中,司空圖較爲注重主觀思想與客觀物象之間的關係,審美主體通過自身的情感與聯想投射在所關注的事物之中,所形成的交流與融合即爲"移情"現象。在演劇活動中,伶人是客觀環境中的造境者,文人爲審美主體,二者通過戲曲演出作爲情感交流的媒介。因此,余嵩慶所界定的"麗品"伶人不僅僅有美貌,更有出衆的技藝,能夠令觀者"移情"。

---

① "移情"在德文中的原文爲 Einfühlung,字面意思爲"感到裏面去",可以理解爲"人們在觀照外界事物時,設身處在事物的境地,把原來没有生命的東西看成是有生命的東西,仿佛它也有感覺思想情感和意志活動。同時,人自己也受到對事物的這種錯覺的影響,多少和事物發生同情和共鳴。"中國古典美學中的移情主要理解爲"在凝神關照時,我們心中除開所關照的對象,別無所求。于是在不知不覺中,由物我兩忘進到物我同一的境界"、"最典型的運用移情作用的是司空圖的二十四'詩品'以及在南宋盛行的詠物詞。"參見朱光潛:《西方美學史》(新北:頂淵文化事業有限公司,2011年),下卷,頁 246—247。

② 〔唐〕吴競:《樂府古題解要·水仙操》,見《四庫全書存目叢書》,第 415 册,頁 13。

在能品的品題中，余嵩慶側重的是伶人的演唱，即“嚦嚦飛花，聲聲入破”。“入破”本意有二：一是唐宋大曲的專用語，大曲每套唱十餘遍，歸入散序、中序、破三大段；二是指樂聲驟變爲繁碎之音。入破曲段的唱法據北宋陳旸記載：“大曲前緩疊不舞，至‘入破’，則羯鼓、襄鼓、大鼓與絲竹合作，句拍益急。舞考入場，投節製容，故攧拍、歇拍，姿制俯仰，變態百出。”[①]“入破”在戲曲中的運用最早見於元末高明《琵琶記》中第十五齣［入破第一］、［入破第二］、［衮第三］、［歇拍］、［中衮第四］、［煞尾］、［出破］七曲連唱的唱段，[②]而後“入破”的唱法流行於雜劇與散套的演唱之中，甚至影響到日本能樂的演唱[③]。文人在觀樂表演中早已關注到“入破”的唱法，岑参詩吟：“白草胡沙寒颯颯，翻身入破如有神”[④]；白居易有“朦朧閒夢初成後，宛轉柔聲入破時”[⑤]；蘇軾有“霓裳入破驚鴻起”[⑥]；晏殊有“入破舞腰紅亂旋”[⑦]，等等。之所以“入破”廣泛被文人關注，主要是其發生在表演中由緩到

① ［宋］陳旸：《樂記》，轉引自王國維：《唐宋大曲考》，見《王國維遺書》（上海：上海書店出版社，2011年），第10册，頁5。

② 參見王國維：《宋元戲曲考》，見《王國維遺書》，第10册，頁5。王國維先生認爲《琵琶記》“七曲相連，實大曲之七遍，而亡其調名者也。”

③ 參見［日］山根銀二（やまねぎんじ）著，豐子愷譯：《日本的音樂》（北京：人民音樂出版社，1961年），頁36。山根銀二先生認爲日本的能樂中有第一曲爲“序”，第三曲爲“破”，最後一曲爲“急”，曲數没有限制，是唐宋大曲入破的變體。

④ ［唐］岑參：《田使君美人舞如蓮花北鋋歌》，見［清］彭定求等編：《全唐詩》，第6册，頁2057。

⑤ ［唐］白居易：《臥聽法曲霓裳》，見［清］彭定求等編：《全唐詩》，第13册，頁5136。

⑥ ［宋］蘇軾：《稍遍・春詞》，見譚新紅等編著：《蘇軾詞全集》（武漢：崇文書局，2011年），頁6。

⑦ ［宋］晏殊：《木蘭花》（池塘水緑風微暖），見張草紉箋注：《二晏詞箋注》（上海：上海古籍出版社，2008年），頁176。

急、由單一到多樣的轉變之時，不僅給觀者帶來視覺、聽覺上的震撼，同時對演員的技藝也是一種考驗。因此在余嵩慶的評點中，他認爲能將"入破"之曲表現得淋漓盡致的方爲"能品"，所謂"聲聲入破"即指演唱的效果，每一字每一句都如"入破"時演唱得那樣美妙，使觀者得到"霎霎飛花"般的審美享受。

《曇波》與《擷華小録》兩部作品是品花著作中評點體系與標準都比較明確的兩部代表作，其後的評點作品多效仿這兩部的品題標準進行點評。這兩部作品在形式與創作動機上意在向《詩經》致敬，在評點理論的運用上傾向於司空圖《二十四詩品》的理路，司空圖的每一品也都是以四言詩句來傳達，通過具象的山川流水、花鳥風物等造境，將抽象的詩歌品格展現出來，如司空圖對"纖穠"的評點標準解釋爲："采采流水，蓬蓬遠春。窈窕深谷，時見美人。碧桃滿樹，風日水濱。柳陰路曲，流鶯比鄰。"[①]可見《二十四詩品》當是《曇波》與《擷華小録》成書方式的主要源頭。

具體來講，這兩部作品對後世品花作品具有確立基本創作範式和評點視角的價值。在創作範式上，《曇波》和《擷華小録》與《燕蘭小譜》不同，雖是迎合戲曲風尚而作，但已確立了自身的評點結構，即以一字定品，每一類品題之下列數數位伶人，以詩加以評點，並輔以伶人本事。在評點理論的運用上，文人運用詩歌評點理論於伶人評點之中，客觀上提升了戲曲表演的審美價值，推動了戲曲雅化的進程。在評點標準的確立上，文人基本遵循三大評點標準：一是色藝雙絶的伶人，既有美貌，同時又具備

---

① ［唐］司空圖：《二十四詩品》，見［清］何文焕編：《歷代詩話》（臺北：漢京文化事業公司，1983 年），上册，頁 38－39。

高超的演出技藝,其演出可以打動觀衆,將觀者不知不覺間帶入
戲中的意境,更加深了觀者對戲的體悟;二是美艷的伶人,即以
色相出衆爲主要看點,因其自身的外貌條件優越,直接影響到扮
相的審美觀感,因此美艷的伶人亦可打動人,但美艷並不等同於
俗艷,而是要氣質高雅者被視爲美;三是技藝超衆的伶人,此類
伶人工於唱、念、做、打的功夫,或專長於其中一項,其中唱功是
戲曲傳統中最爲重要的表演技藝之一,對唱功的評點亦可追溯
至唐宋詩中,這一審美評判標準一直流傳至清代對伶人的專門
評點之中。此外,品花之作還可依從創作者自身的審美傾向呈
現出不同的風貌,如崇尚清雅、佛性等,因此在基本的品題參照
之外,亦可不拘一格。

第七章　觀劇詩與同光時期
新媒體的多元表達

　　報刊是繼書籍以來新興的出版文化，其印刷成本低、版式靈活、內容豐富、印刷精美、品種多樣等特徵較傳統書籍刊刻具有一定的優越性，同時報紙刊刻快、流傳快，一時間成爲人們接受資訊的主要媒體。這種媒體打通了雅俗之間的界線，士紳、富商、文人、官員、平民等不同社會階層皆可閱覽。梨園行也關注到了這種新媒體的價值，不僅在報刊上登廣告作宣傳，編輯也經常作一些戲曲評論式的小文，或記錄劇場發生的新聞軼事，引起讀者前去觀戲的興致。繼而人們對自己喜愛的劇碼或演員的評論也借報紙這個平臺表達出來，可用筆名或匿名發表，常常引起其他讀者的唱和呼應。白話文運動之前，以詩評劇、以詩捧角都被視作風雅之事，觀劇詩成爲戲曲評點的主力之一，所描繪的內容也是事無巨細，包括京師梨園南下的情況、對上海演劇場地的改造、演員的技藝、新戲的編寫等諸多方面，與其他戲曲史料共同搭建了晚清戲曲傳統與新變的基本構架。

第一節　戲曲中心的南下轉移

四大徽班在宮廷舞臺上飽受讚譽之後，便留在京城開設職業戲園演出，這種消閒娛樂文化在經歷了晚清的開埠通商之後，格局再一次發生了變化。同治六年（1867），京師梨園南下到上海，與上海本地的昆腔、梆子腔等融合，形成了"海派京劇"，受到極大歡迎。同時，京師梨園在劇場及舞臺設置上也爲上海帶來了京城的皇家氣派，促成了上海戲曲舞臺的變革，由此"從茶園而舞臺，而戲院，爲上海劇場演進的三個階段。"①隨著上海快速城市化的步伐，商業出版及新媒體（報刊）的普及，也爲戲曲的宣傳推波助瀾。

一　從戲園到戲院

據統計，從同治初年到宣統年間，上海的職業戲園約 120 家，其中最著名的丹桂、金桂、天仙、大觀合稱爲"清末四大京班戲園"，②其日日笙歌的熱鬧場面被描繪爲"洋場處處足逍遙，漫把情形筆墨描。大小戲院開滿路，笙歌夜夜似元宵"③，此詩題爲《戲園竹枝詞》，詩中卻用"戲院"二字，從"戲園"到"戲院"的變化正是京師梨園南下之後對上海梨園進行的變革。

京師梨園南下之前，上海的演劇場地多稱茶樓或戲棚，比較

---

① 《海上梨園的盛衰》，《申報》，1946 年 11 月 11 日。

② 參見《中國戲曲志·上海卷》（北京：中國 ISBN 中心，1996 年），頁 665－675。

③ ［清］養浩主人：《戲園竹枝詞》，《申報》，1872 年 7 月 9 日。

簡陋,有的甚至爲露天舞臺。北京戲班將京城戲園的氣派帶到上海,首先對茶樓和戲棚進行了改造,"群英共集畫樓中,異樣裝潢得畫工。銀燭滿筵燈滿座,渾疑身在廣寒宫。"①不僅雕樑畫棟,京師戲班對上海茶樓和戲棚中的舞臺也進行了升級,便於營造更好的演出效果,詩載:"最爲巧妙絶煙氛,地火光明面半醺。上下樓臺都照澈,暗中機括熟能分。"②將原本簡單的舞臺裝上燈光,配以冷煙和機關暗竅,使舞臺效果更加逼真,更容易將觀衆帶入戲曲的世界,如身處廣寒仙境一般,戲臺也由單一變爲上下樓臺,這種樓臺最早也是出現在宫廷之中,乾隆時的漱芳齋三層戲臺初修時也是極爲先進,到了晚清,在民間戲園中便可實現了。

　　無論北京的戲園,還是上海的戲園,多是由三個部分組成:戲臺,演劇的地方;觀衆席,看戲的地方;後臺,伶人化妝、休息及放置衣箱的地方。發展至戲院時,觀衆席發生了很大的變化,因爲觀者身份懸殊,不能同一而視,因此大型戲院又單獨設置了"官廳""包廂",若普通觀衆想多付戲價,得到更舒適的待遇,戲院又有"樓廳""邊廳","包定房間兩側廂,倚花傍柳大倡狂。有時點出風流戲,不惜囊中幾個洋。"③可見觀者爲得歡愉,包廂觀劇是比較普遍的。北京的戲園中也奉茶,提供瓜子、甘果等零食,到了上海的戲院,除上述之外,還特別爲包廂客人準備點心、提供手巾等,報刊中的觀劇詩對此細節也進行了記録:"案目朝朝送戲單,邀朋且盡一宵歡。倌人請客微分别,兩桌琉璃高腳盤";"戲院請客易調停,酒席包來滿正廳。座上何多征戰士,紛

---

① 〔清〕養浩主人:《戲園竹枝詞》,《申報》,1872年7月9日。
② 〔清〕松江養廉館主:《上海茶園竹枝詞》,《申報》,1874年2月5日。
③ 〔清〕養浩主人:《戲園竹枝詞》,《申報》,1872年7月9日。

紛五品戴藍翎。"①第二首詩記載的是包廂演戲,戲院甚至提供
酒席。

　　在表演場地不斷演進的同時,觀劇主體也在不斷擴大,與以
往不同的是,文人自古與妓相交好,爲其寫詞填曲,妓多扮演表
演者的角色,晚明時,部分歌妓也介入到詩詞創作,而到了晚清,
富商、士紳觀劇時會邀妓一同觀看,妓由表演主體轉換爲觀劇主
體。正所謂"四元在手邀花酒,八角無蹤入戲場。"②可見邀妓陪
同觀劇的價格也是不菲,比觀劇要昂貴許多,但觀者仍樂於此種
享受。"日日頻將戲目分,遍於妓館最殷勤。聲聲小姐來相請,
今夜新燈好戲文"③,"一陣花香香撲鼻,回頭行過麗人來。吳娘
喚到淡妝同,醉臉霏微淺露紅。隔座忽傳鴛牒下,花香釵影去匆
匆。"④從詩中的描繪可知,邀妓觀劇的場景頻繁出現,即便同時
同地觀演同一部劇,同一位妓女也可能收到不同的邀請,於是在
演劇時奔波於不同雅座之間,如臺上伶人換場一般,儼然已經成
爲戲院的另一道風景。

　　隨著京師梨園的南下,上海的茶樓與戲棚得到改良,觀劇日
益成爲一種社會風尚,加之觀者來自於不同的社會階層,于戲院
內形成了多階層文化的交融,而戲院成爲文化融通的主要場所
之一,因此戲院的繁盛並非偶然,人們爭先光顧觀演的熱鬧場面
被概括爲"丹桂園兼一美園,笙歌從不問朝昏。燈紅酒綠花枝
豔,任是無情也斷魂。"⑤

---

①　[清]懺情生:《續滬北竹枝詞》,《申報》,1872 年 5 月 18 日。
②　[清]懺情生:《上海感舊詩》,見葛元煦:《滬遊雜記》,(上海:上海古籍出版
社,1989 年),頁 49。
③　[清]鴛湖隱名氏:《洋場竹枝詞》,《申報》,1872 年 7 月 12 日。
④　[清]花川悔多情生:《滬北竹枝詞》,《申報》,1872 年 9 月 9 日。
⑤　[清]海上逐臭夫:《滬北竹枝詞》,《申報》,1872 年 5 月 18 日。

二　捧角與玩票

　　滬上梨園的興起也捧紅了許多名角,伶人成名不能單憑票房,還需要捧,正所謂"伶之成名,源於譽捧者半"①。這種捧角的風氣同樣源自京師梨園南下,據《上海戲園變遷志》載:"座客贈送花籃等物,此風盛於近數年間。初惟北平名伶到申,始有此舉,第僅花籃數事,於此伶第一夜出臺之時,陳列臺上表敬而已。逮後誇多鬥靡,乃有鏡額、對聯並銀盾、銀花瓶、銀鼎等物,且有綢製繡額,挖絨之字綴以五彩排須,輝煌奪目。"②捧角又分財捧和文捧,財捧有巨額纏頭、宴請、贈匾等方式;文捧有花榜、詩文褒揚,以捧角爲目的的觀劇詩多刊登於報刊上,迅速傳播開來。

　　丹桂茶園作爲晚清上海四大戲園之一,建成于京師梨園南下初期,是上海戲劇愛好者捧角最初的場所,"丹桂飄香金桂開,雙雙菊部帝都來。"③其中楊月樓紅極一時,是謂"月樓風貌偌人愛,不羨紅妝半浪台"④,"金桂何如丹桂優,佳人個個懶勾留。一般京調非偏愛,只爲貪看楊月樓。"⑤可見京劇在上海受到歡迎,另一因素便是名角風采。楊月樓曾與周春奎、馮三喜搭戲,演出深受觀者喜愛,當時的報紙點評道:"周文楊武共相推,三喜胭脂點兩腮。一自滿堂齊唱好,看他得意下臺來。"⑥劇中周春奎演老生,唱文戲;楊月樓演武生,演武戲;三喜演花旦,飾閨閣,從人物

---

① ［清］瓜葛:《故都捧角的風氣》,《戲劇週報》,1936 年,第一卷,第 2 期,頁 27。
② ［清］海上漱石生:《上海戲園變遷志》,《戲劇月刊》,1929 年,第二卷,第 2
期,頁 44。
③ ［清］洛如花館主人:《春申浦竹枝詞》,《申報》,1874 年 10 月 16 日。
④ ［清］養浩主人:《戲園竹枝詞》,《申報》,1872 年 7 月 9 日。
⑤ ［清］懺情生:《續滬北竹枝詞》,《申報》,1872 年 5 月 18 日。
⑥ ［清］鴛湖隱名氏:《洋場竹枝詞》,《申報》,1872 年 7 月 12 日。

設置可以推知此劇角色豐富、情節生動,加之名角連台,轟動一時。此外還有職業媒體人捧角,如當時風靡一時的《新聞報》館主汪漢溪捧伶人林黛玉,報紙評論詩云:"新聞報館主人翁,走馬章台老興濃。豔幟重張林黛玉,爲他生意作拉攏。"①這位林黛玉並非科班出身,而是由妓女轉行,然而有了媒體支撐和輿論宣傳,也曾聲名大噪。②

　　當時除男性觀者捧角之外,女性觀者也追隨捧角之風,對戲曲的關注度不亞於男性,"第一關心逢禮拜,家家車馬候臨門。娘姨尋客來相請,不向書場向戲院。"③時值女性啟蒙思想蓬勃之時,許多富家小姐走出閨閣到學校去讀書,從此詩來看,當時女性對觀劇的興趣甚至高於知識的吸引力。當時孫菊仙與穆鳳山的《二進宫》紅極一時,有閨閣小姐獨喜穆鳳山,因而作"鴻福名優迥出群,眉梢眼角鬥紅裙。飛輿竟說來山鳳,要看今朝唱《上墳》。"④

　　還有部分伶人爲成名而自捧,一個典型的例子便是汪笑儂。汪笑儂(1858－1918),本爲旗籍,在京時與名伶孫菊仙爲忘年交,便萌生了棄官從藝的念頭,後被革除旗籍,便南下上海,遍訪名伶學戲。⑤ 汪笑儂的資質並非最佳,在上海劇壇中也無豪客追捧,他成名的主要方式是藉助時局自我宣傳。時值動盪之際,他

---

　　① 見顧炳權編:《上海洋場竹枝詞》,(上海:上海書店出版社,2018年),第292頁。

　　② 關於林黛玉轉行及其與王漢溪的關係參見徐劍雄:《京劇與上海都市社會(1867－1949)》,(上海:三聯書店,2012年),頁256。

　　③ 〔清〕洛如花館主人:《春申浦竹枝詞》,《申報》,1874年10月16日。

　　④ 〔清〕洛如花館主人:《春申浦竹枝詞》,《申報》,1874年7月9日。

　　⑤ 汪笑儂的生平事蹟參見田根勝:《近代戲劇的傳承與開拓》,(上海:三聯書店,2005年),頁205－207。

常常演出歷史劇,並在報刊上刊登自己感歎時局的詩文,以此引起讀者共鳴,如其寫到《桃花扇》:"歐刀劃盡牡丹芽,偏寫人間薄命花。兒女英雄流熱血,一齊收拾付紅牙"[①],"延秋門外北風勁,吹斷秦淮紅板橋。指點夕陽殘照裡,亭邊花柳不彎腰。"[②]詩的內容激情洋溢,滿腔熱血,容易引起共鳴,如夢和視汪笑儂爲知己,詩云:"舊曲翻成新樂府,傷心不數《雨零淋》(按:應爲《雨霖鈴》)。若容懷酒論肝膽,君是昆生我敬亭。"[③]汪笑儂不僅翻演歷史劇,還編排時事劇,其編演的《瓜種蘭因》是京劇史上首部將外國題材編入京劇劇本的,此劇講述了波蘭與土耳其開戰,最後戰敗求和的故事,藉以宣揚家國情懷。汪笑儂還在報刊上大力宣傳此劇,詩云:"國香散盡野蘭芳,七月食瓜熱血涼。請就前因譚後果,感情焉得不心傷"[④],"一紙條約催命貼,內傷外感一齊來。良醫國手竟無效,妙藥終難打禍胎。"[⑤]這些詩同樣引起廣泛關注,如章榮欽和詩"是誰引水入牆去,從此開門揖盜來。鑄鐵九州難鑄錯,當年遺禍已成胎"[⑥],等等,這些自我宣傳與唱和之作隨著報紙的大量刊發而廣泛傳播,使得汪笑儂得以成名。

京師梨園南下帶給上海劇壇的另一種風氣便是玩票,所謂票友,即"不以優伶爲職業,以道樂而學戲劇者,成爲票友。南方

---

① [清]汪笑儂:《自題〈桃花扇〉新戲》,《大陸報》,1904 年 8 月 30 日。

② [清]汪笑儂:《自題〈桃花扇〉新戲》,《大陸報》,1904 年 9 月 29 日。

③ [清]夢和:《汪笑儂〈桃花扇〉京劇即以寄贈》,《二十世紀大舞臺》,1904 年,第 1 期。

④ [清]汪笑儂:《自題〈瓜種蘭因〉新戲》(之四),《大陸報》,1904 年 8 月 30 日。

⑤ [清]汪笑儂:《自和〈瓜種蘭因〉原作五首》(之一),《大陸報》,1904 年 9 月 29 日。

⑥ [清]章榮欽:《〈瓜種蘭因〉題詞用汪笑儂原韻》(之一),《揚子江小説報》,1909 年,第 5 期。

名:清客串"①,"票房之創,肪於北直,風尚所趨,爰及上海。"②光
緒間,上海成立了專業的票房"盛世母音",由蓋叫天、趙小廉等
名伶指導,成員皆爲戲曲愛好者。此後還有市隱軒、雅歌集、遏
雲集等知名票房,玩票成爲上海劇壇的另一片陣地。觀劇詩有
"殘蠟人多串戲來,皖南野鶴亦登臺。當場一出《胭脂虎》,喝彩
聲聲震似雷。"③可知當時票房演劇也深受追捧。民國時,雅歌集
票房還成立了專刊《雅歌集特刊》,玩票成爲梨園以外的演劇新
風尚。

　　京劇本由江南亂彈競逐而產生,融合了江南各曲種的唱腔、
曲本與文化,此次南下,正是用原本屬於江南的戲曲文化來改造
現有的上海劇壇,並產生了驚人的效果。京師梨園在表演環境
上的改造爲演劇和觀劇都提供了更廣闊的空間,捧角與玩票的
風尚又爲上海梨園增添了新的色彩,這些梨園新貌之所以能夠
迅速傳播並被接受,主要得益於報刊等新媒體的誕生。

---

　　① 〔日〕波多野乾一著,鹿原學人譯:《京劇二百年之歷史》,(上海:啟智印務公
司,1927年),頁123。關於票友的來源,說法不一。有人認爲"清代雍正未接皇位前,
即喜與善歌者往還,登位後,因念及這些舊雨,乃發給龍票,作爲他們的生活費用,但
禁止他們和戲班中人相混,以示與伶人有別。從此,凡好唱而不以此爲生者,均被稱
之爲票友。"(江上行:《六十年京劇見聞》,學林出版社1986年版,第220頁);也有人
認爲"乾隆征大小金川時,戍君多滿人,萬里征戍,自當有思鄉之心。乃命八旗子弟
從軍歌唱曲藝,以慰軍心,每人發給執照,執照即稱爲票,後凡非伶人演戲者,不論昆
亂曲藝,即沿稱爲票友。"(張伯駒:《紅毹紀夢詩注》,中華書局,1978年,頁43。)
　　② 義華:《上海票房二十記》,見周劍雲編:《菊部叢刊·歌台新史》,(上海:上
海交通圖書館,1918年),頁16。
　　③ 〔清〕朱文炳:《海上竹枝詞》,見顧炳權編:《上海洋場竹枝詞》,頁194。

第二節　觀劇竹枝詞與風土文化的變遷

竹枝詞自盛唐文人聽歌記聞或采歌入詩至今已有千年歷史，與地域文化的傳播有著不解之緣。值得注意的是，晚清竹枝詞已經跳脱了"棹歌""舫歌""漁唱"等鄉土地域的價值定位，陌生化爲描摹山川風物、百業民情、風流韻事等多方面社會内容的"竹枝體"，常被冠以"百詠""雜詠"等稱，其内容和表現手法均與傳統竹枝詞相同，但在詩境上已經得到了極大的豐富和開拓。滬上梨園竹枝詞的生成便是傳統竹枝詞邁向都市書寫的典範，報刊等新媒體的推動、租界文化的包容、商業消費模式的構建，在帶給戲曲更多可塑性空間的同時，也推動了以竹枝詞爲代表的風土詩歌的都市化轉型。

一　新媒體的推動與梨園竹枝詞的創作空間

清代中前期著意以竹枝詞刻畫戲曲的詩作並不多，筆者據顧炳權《上海歷代竹枝詞》統計，其所收 4000 餘首竹枝詞中，直接以戲曲演出爲主題創作不足 1%，另有散見於清人詩文集中的零星之作。這一時期竹枝詞的創作涉及宮廷演劇，如康熙萬壽有"千秋令節豔陽天，歌舞分班行殿前。此日球場開牧馬，更無台閣立飛仙"[①]；民間則流行"三里一台"的説法，如觀玉仙演《葛衣記》有："三里歌台未足奇，梨園只惜玉仙稀。垂簾擇得乘龍

---

① 陳金浩：《松江衢歌》，見顧炳權編：《上海歷代竹枝詞》，（上海：上海書店出版社，2018 年），上册，頁 12。

婿,院本當場笑葛衣"①;更多的民間演劇涉及節慶與祭祀,如春日搭台演戲(即春台戲)有:"春台好戲各爭強,忽聽新音韻繞梁。多少名班齊壓倒,讓他申客暫逢場"②,樓船戲有:"學士文佳碑石刻,院傳仁濟住黃冠。藥王誕日樓船戲,即在高王廟畔看"③;還有文人雅集的演劇,如施紹萃工詞曲,曾自製一舟,取名"隨庵",並邀好友與伶人共同載酒爲樂,竹枝詞有:"一天花影尋毿毿,峰泖雲霞次第探。郎譜新詞儂按拍,興來攜客上隨庵"④,等等。梨園竹枝詞的創作仍處於散點視角,既無戲曲發展的宏觀把握,對演劇細節的關注也不夠深入。隨著晚清戲曲發展迎來又一高峰,在多元文化的交流碰撞下,以上海爲代表的都市文化爲竹枝詞的創作注入了新的活力。

《申報》在創刊時便刊登了《申報館條例》,其中明確了收稿標準:"如有騷人韻士有願以短什、長篇惠教者,如天下各區竹枝詞及長歌紀事之類,概不取值。"⑤因報刊面向的讀者層面較廣,傳統文人詩只能與部分讀者產生共鳴,竹枝詞和長篇敘事詩在內容上更容易理解,創作要求也相對簡單,展現的風物民俗還可開拓讀者的視野,在創刊之初便納入了刊載視野。報紙上刊登文章往往要收取一定費用,而竹枝詞類作品"概不取值",即免費刊登,吸引了更多創作者紛紛投稿。幾十年間,《申報》刊登的竹枝詞作品涉及民俗民風的方方面面,成爲此類研究的重要史料。其中以戲曲類竹枝詞的創作爲最盛,最早在《申報》見刊的有關

---

① 陳金浩:《松江衢歌》,見顧炳權編:《上海歷代竹枝詞》,(上海:上海書店出版社,2018年),上册,第13頁。

② 陳祁:《清風涇竹枝詞》,見《上海歷代竹枝詞》,上册,頁102。

③ 沈蓉城:《楓溪竹枝詞》,見《上海歷代竹枝詞》,上册,頁116。

④ 丁宜福:《申江棹歌》,見《上海歷代竹枝詞》,上册,頁185。

⑤ 《申報》,1872年3月23日。

戲曲的竹枝詞爲《滬北竹枝詞》和《續滬北竹枝詞》，以後者爲例：

> 自有京班百不如，昆徽雜劇概刪除。街頭招貼人爭看，
> 十本新排《五彩輿》。
>
> 金桂何如丹桂優，佳人個個懶勾留。一般京調非偏愛，
> 只爲貪看楊月樓。
>
> 酒館方闌戲館招，才生弦索又笙簫。無端忙煞閒身漢，
> 禮拜剛逢第六宵。
>
> 案目朝朝送戲單，邀朋且盡一宵歡。倌人請客微分別，
> 兩桌琉璃高腳盤。
>
> 戲園請客易調停，酒席包來滿正廳。座上何多征戰士，
> 紛紛五品戴花翎。[①]

這組詩記載了海派京劇生成之前，京師梨園南下初期對上海梨園文化產生的衝擊，以及觀者對京劇的追捧和喜愛。《五彩輿》本屬徽班傳統劇碼，嘉慶二十一年（1816）由春台班搬演，歷經道、鹹、同、光四朝，道鹹年間曾於宮廷演出此劇，《故宮珍本叢刊》收其腳本，光緒間由四喜班發揚光大，名角王九齡、孫菊仙、梅巧玲、王瑤卿、馬連良均演過此劇，後福壽班、富連成班亦排演此劇。《五彩輿》是最早傳入上海的京劇連臺本戲之一，組詩第一首可推知此劇傳入上海的時間約爲同治十一年（1872）前後。其所演海瑞到嚴嵩府上拜壽，因忤逆嚴世蕃而被貶淳安事，爲大衆所熟知的歷史題材，涉及人物衆多，非大型戲班不能承演，因而此劇製作相對精良，在上海掀起一陣熱潮。據張紅考證，傳世的《五彩輿》版本有腳本兩種、馬連良藏十本戲版本及車王府藏

---

① 懺情生：《續滬北竹枝詞》，《申報》，1872 年 5 月 18 日。

十六本戲版本，①詩中提及的十本戲版本内容或與馬連良藏本相近，但應不同于北京曾上演的徽腔版本，而是皮黃版本。組詩第二首中直言"一般京調非偏愛"，可知京劇在上海受到歡迎並非皆因聲腔，除了如《五彩輿》般豐富多彩的連台大戲能夠大開眼界之外，還有名伶的個人魅力。如隸屬丹桂園的武生名角楊月樓，曾於上海梨園風靡一時，唱念講究，儀表堂堂，有"天官之譽"。京劇的演出吸引了大量觀衆，有些伶人或戲班紛紛效仿，"好是吳中窈窕娘，春風一曲斷人腸。只因聽慣京班戲，近日兼能唱二黃"②，就連崑腔名劇《玉堂春》也可以京腔唱之，且愈加得以弘揚，正所謂"花樣翻來局局新，京腔同唱《玉堂春》。"③組詩後三首可見京劇在上海流行初期，觀者甚衆，且觀者身份上至達官貴族、下至無業遊民，皆以看戲爲日常休閒娛樂活動，而戲園吸引觀衆的方法之一就是早早送上戲單，竹枝詞還有"清早紛紛送戲單，新來角色大奎官。恰逢禮拜無閒事，好把京班仔細看"④等句，戲單可謂戲曲廣告產生的雛形。以丹桂茶園爲代表的京班演劇獲得了巨大成功，加之常邀三慶、四喜等京班名角至滬上演劇，京班對上海的崑班、徽班皆形成了衝擊。大衆審美趣味皆向京劇轉變，"俏眼斜睃不自禁，先生也許訂知音。爲郎愛聽京腔調，不弄琵琶換月琴。"⑤在此過程中崑腔式微，一度難以在梨園生存，"共說京徽色藝優，崑山舊部倩誰收。一枝冷落宮牆笛，白

---

① 參見張紅：《〈五彩輿〉連臺本戲研究》，《中山大學研究生學刊》，2007 年第 3 期，頁 1—8。

② 袁翔甫：《續上海竹枝詞》，《申報》，1872 年 4 月 12 日。

③ 浙西惜紅生：《滬上竹枝詞》，《申報》，1872 年 5 月 7 日。

④ 夢蘭仙史：《洋場雜詠》，《申報》，1874 年 6 月 7 日。

⑤ 鋤月軒居士：《申江竹枝詞》，《申報》，1872 年 11 月 11 日。

盡梨園弟子頭。"①

　　在觀衆席的設計上,爲滿足不同階層觀者的觀演需求,又分爲官座、散座、池子、包廂等不同等級。散座和池子票價最爲低廉,官座以下場門第二座爲最貴。因下場門臨近戲臺,伶人在下場掀簾時會與觀者傳情會意,多了幾分情分的眼神之交,正所謂"隱約簾櫳半面窺,亭亭玉立雁行隨。秋波最是傳情處,一笑瓠犀微露時。"②有時在戲臺的東西房還有伶人排列而立,並非爲某個劇碼演出服務,而是集中展示伶人的風姿,謂之"月臺"。月臺的伶人往往還會走下戲臺與觀衆互動,或者與熟客寒暄交流,《梨園竹枝詞‧上座》對此進行了描繪:"輕移玉趾步翩翩,數語寒暄對客前。一握柔荑無限喜,好花相映各爭妍。"③"翩翩公子甚斯文,也向樓頭索解醺。左右玉人肩並倚,不知誰是小郎君?"④如此使觀衆與伶人近距離接觸,可以欣賞到伶人更爲生活化的一面。伶人亦侑酒,竹枝詞"詠官座"云:"坐時雙腳一齊盤,紅紙開來官戲單。左右並肩人似玉,滿園不向戲臺看。"⑤與伶人侑酒文化相伴產生一些行話,賦豔詞人《梨園竹枝詞》有:

　　　　飛座:青鳥何曾一束通,酒鑪驀地集飛鴻。深心不肯多留戀,恐有新人在意中。

　　　　留條:人來不速靜無嘩,莫道瘋狂錯認銜。拼卻十千沽美醉,樽前添得一枝花。⑥

---

① 葛其龍:《前後洋涇竹枝詞》,《申報》,1881 年 5 月 8 日。
② 藝蘭生:《宣南雜俎》,《清代燕都梨園史料》,下冊,頁 514。
③ 同前注。
④ 李虹若:《朝市叢載》(北京:北京古籍出版社,1995 年),頁 158。
⑤ 沈太侔:《宣南零夢錄》,《清代燕都梨園史料》,下冊,頁 809。
⑥ 藝蘭生:《宣南雜俎》,《清代燕都梨園史料》,下冊,頁 514-515。

酒席間如有伶人爲他人所召，客人便隔座相問，名曰"飛座"；爲避免伶人錯認座席，便在官座上留有便條，便於辨認，由此生成"留條"之規；此外還有"挑眼"，即指客人別有所屬，伶人間相互妒忌的情狀，等等，此類行話中充斥著濃重的商業色彩。伶人侑酒的商業利潤豐厚，導致一時間童伶之風興起，年僅 12 至 16 歲間的伶人紛紛月臺，流連於商賈豪客之間，成爲商人階層炫耀財富的一道獨特風景。但雛伶正處於學藝的起步階段，便淪爲戲班老闆謀求戲外之財的工具，極大地影響了雛伶的演藝水準，聲音細弱，不識音律，舞臺功底遜色，臺上功夫的欠缺都靠台下侑酒來彌補。

從竹枝詞的描繪可知，邀妓觀劇的場景頻繁出現，即便同時同地觀演同一部劇，同一位妓女也可能收到不同的邀請，於是在演劇時奔波於不同包廂之間，也有攜妓觀劇避人耳目選擇包廂就座的，"茶園丹桂滿庭芳，到底京班戲更強。出局叫來終不雅，避人最好是包廂。"並注："包廂，在台之兩旁，有門可避人，伴妓共肩者，都掩飾於此。"[1]妓女伴座時還提供水煙，"偶聞新戲便傷哉，怕向園中看一回。只恐尊親人在座，娘姨裝過水煙來。"[2]"鑼鼓聲喧戲上場，阿儂最喜坐包廂。裝煙大姐直忙煞，才罷張郎又李郎。"[3]在陪同看戲的過程中，如果客人不熟悉戲情，妓女還爲其詳細講解劇情，竹枝詞有："邀同看劇包廂樓，促膝殷殷體態柔。節拍新掐渾未識，嬌聲爲我説從頭。"[4]此時的戲曲演出作爲商業運營的一部分，其利潤來源不僅是一張戲票的價格，更多來

---

① 洛如花館主人：《春申浦竹枝詞》，見《上海洋場竹枝詞》，頁 64－65。
② 同前注，頁 65。
③ 茗溪醉墨生：《青樓竹枝詞》，見《上海洋場竹枝詞》，頁 491。
④ 辰橋：《申江百詠》，見《上海洋場竹枝詞》，頁 105。

自於叫局、侑酒等，豐厚的盈利再對戲曲演出進行反哺和包裝，臺上之戲得以不斷精進，使得戲曲文化產業走向良性循環。

《滬北竹枝詞》和《續滬北竹枝詞》中勾勒描繪了形形色色的都市文化生活，戲曲被視作其中一隅，僅僅經過兩年時間，1874年2月5日《申報》便刊登了署名"松江養廉館主"所作的《上海茶園竹枝詞》，凡29首，再現了梨園演藝的繁盛景象，涉及戲曲文化的諸多面向。此後，竹枝詞創作多以主題進行劃分，如煙館竹枝詞、女彈詞新詠、滬上青樓詞、香國流民乞食詞等，梨園竹枝詞也走上了專題創作道路，甚至單獨結集出版。以朱文炳的創作為例：

> 菊仙名角信非虛，聲調悠揚氣展舒。一樣內廷老供奉，叫天相較果何如。
>
> 靈芝草木有三人，昔日京華賞鑒真。海上僅來崔氏子，擅場第一《玉堂春》。
>
> 大觀名角紫金仙，小鳥依人亦可憐。還有三花李百歲，戲迷傳亦各完全。
>
> 當日春仙邱鳳翔，戲中常供夜來香。書生酸態描摹透，女子神情亦會裝。
>
> 伶隱爭誇汪笑儂，悔從宦海藚遭逢。做官做戲何分別，下得場來就改容。①

除前文提及的楊月樓外，滬上梨園的名角名家如百花齊放，這組詩中勾勒出的梨園名家群像，每首詩均圍繞一位伶人的技藝、樣貌或擅長的劇作展開，兼及生與旦、文與武，未見創作者自身的

---

① 朱文炳：《海上竹枝詞》，見《上海洋場竹枝詞》，頁228。

審美趣味和觀劇傾向,較爲客觀地展現了大衆審美風尚。正是詩人將主體性抽離於作品,才使得竹枝詞實現了詩史功能,將戲曲藝術的發展狀態客觀直接地記録和保存下來。

二 租界文化與戲曲藝術的可塑性

正如霍塞所言:"(上海)這個城市不靠皇帝,也不靠官吏,而只靠它的商業力量逐漸發展起來。"[①]在紛紛湧現的娛樂行業中,戲曲也爭相擠佔市場。租界設立以後,因其有别于傳統的城市管理方式,在戰亂中爲文化傳播營造了相對穩定的社會空間,成爲西學東漸的重要媒介。19世紀60年代後,租界内的娛樂場所數量激增,茶館、酒館、煙館、妓館、戲館、賭館等大量開設,昔諺云:"上有天堂,下有蘇杭。今則曰:下有申江。"此時的戲曲演出也呈現出"書場唱晚,響聞寶善之街。京戲偷看,擠斷百花之里"的繁盛景象,竹枝詞中對此時戲曲演出的盛況有大量的描繪,正所謂"洋場處處是逍遙,漫把情形筆墨描。大小戲園開滿路,笙歌處處似元宵。"[②]

租界中開放的社會風氣,挑戰了"男外女内"的傳統社會價值觀念,推動了女伶演劇及男女合台演出。儘管女伶演劇在戲曲發展的不同歷史時期都有零星記載,但多出現在家班或視作"官妓",並未面向廣大觀衆進行商業性演出,而真正的商業女戲班最先興起於上海的租界之中。同光年間,租界出現了女伶演唱京劇,起初被稱爲"髦兒戲"。髦兒戲多爲十二三歲女童登臺表演,既方便女眷觀劇,又不要求一定搭有較高的戲臺,多盛行

---

① [美]霍塞著,紀明譯:《出賣的上海灘》(上海:商務印書館,1962年),頁4。
② 養浩主人:《戲園竹枝詞》,《申報》,1872年7月9日。

於堂會演出，後由滿庭芳戲園名角桂芳將其帶入商業演出的視野，竹枝詞有載："月中丹桂舞衣涼，坤角登臺滿庭芳。大戲亦教題桂字，取名應啖木犀香味"①，坤角登臺給觀衆帶來了新鮮感，一時間形成了新的觀劇熱潮，"其時人心寂寞已久，忽然耳目一新，故開演之後，無日不車馬駢闐，士女雲集。"②髦兒戲的演出內容豐富，演員風貌佳音，都成爲吸引觀衆的看點，"髦兒戲俏聽人多，一陣笙簫一曲歌。風貌又佳音又脆，幾疑月窟降仙娥"③，"髦兒新戲更風流，也用刀槍與戟矛。女扮男裝渾莫辨，人人盡説杏花樓"④，可知髦兒戲在同治十一年（1872）已在杏花樓進行比較成熟的商業演出，其中男性角色亦由女伶反串，且有武戲。"鴻福班頭吳月琴，虧她色藝本雙清。當場演出《天門雪》，試問梨園有幾人"⑤，吳月琴的《天門雪》演出一度問鼎梨園，達到髦兒戲演出的巔峰。繼杏花樓之後，不同的髦兒戲館之間競爭激烈，"髦兒戲館各知名，丹鳳群仙各競爭。漫道曉峰音調好，少娥亦是女中英"⑥，其中較爲知名的爲丹鳳樓和群仙樓，各具特色，不相上下，觀者趨之若鶩，一時風靡滬上。

花鼓戲作爲典型的男女合台演出，在民間演出過程中屢次遭禁，"花鼓戲傳未三十年，而變者屢矣。始以男，繼以女，始以日，繼以夜，始於鄉野，繼於鎮市，始盛于村俗農氓，繼沿於紈絝子弟。"⑦早期秦榮光《上海縣竹枝詞》曾有"花鼓淫詞蠱少婿，村

① 朱文炳：《海上光復竹枝詞》，見《上海洋場竹枝詞》，頁281。
② 佚名：《女伶將盛行於滬上説》，《申報》，1899年12月9日。
③ 頤安主人：《滬江商業市景詞》卷二，見《上海洋場竹枝詞》，頁156—157。
④ 養浩主人：《戲園竹枝詞》，《申報》，1872年7月9日。
⑤ 蒲郎：《上海竹枝詞》，見《上海洋場竹枝詞》，頁517。
⑥ 朱文炳：《海上竹枝詞》，見《上海洋場竹枝詞》，頁229。
⑦ 中國戲曲志編輯委員會：《中國戲曲志·上海卷》，頁10。

台淫戲誘鄉郎。安排種種迷魂陣,壞盡人心決大防"①之句,當花鼓戲由鄉野走向都市,依然屢禁不止,租界也曾在清政府的照會下查禁花鼓戲,但始終網開一面,花鼓戲一度改稱爲"灘簧"以求存,竹枝詞中對"花鼓戲"和"灘簧"均有記載,前者有"暢月樓中集女仙,嬌官唱出小珠天。聽來最是銷魂處,笑喚冤家合枕眠"②;後者有"灘簧曲子自成腔,五鳳樓中竟少雙。編得淫詞供俗賞,一班遊女興難降"③。由兩首詩中的描述可知,花鼓戲不僅在都市文化中受到廣泛認同,且在上海的禁戲力度並不大,給予了花鼓戲發展的空間,暢月樓和五鳳樓兩地更爲花鼓戲的演出搭建了平臺。隨著越來越多的坤伶登臺,演技精湛的名角也受到追捧,竹枝詞"女伶封王"有云:"尋常一輩少年郎,喜爲坤伶去捧場。金字寫來如鬥大,崇銜喚作某親王。"④而在清政府的嚴格禁令之下,北平梨園直至民國初年才開始有坤伶演戲,"民國初元,平市始有坤伶之發現……老俞之子俞五見有機可乘,遂爾招致坤伶,藉以標新立異。當時遞呈警廳,請解坤伶入京之禁。批准後,即在香廟建一戲棚,仿外埠男女合演之例。"⑤

　　西風東漸的過程中,先進科技傳入中國,上海的都市文化以其獨有的包容性推進了現代文明的進程。中國傳統的戲曲演出中曾以真馬、真虎等大型動物登臺,以增強戲劇的真實性,當西方的馬戲傳入中國,爲中國的表演藝術開拓了視野。1882年,號稱"天下第一馬師"的義大利馬戲表演家車利尼到上海演出時,

①　顧炳權:《上海歷代竹枝詞》,上册,頁 253—254。
②　雲間逸士:《洋場竹枝詞》,見《上海洋場竹枝詞》,頁 458。
③　朱文炳:《海上竹枝詞》,見《上海洋場竹枝詞》,頁 229。
④　葉仲鈞:《上海鱗爪竹枝詞》,見《上海洋場竹枝詞》,頁 332。
⑤　醒石:《坤伶開始至平之略曆》,《戲劇月刊》,1928 年第 1 期,頁 18。

《點石齋畫報》刊載竹枝詞有："絕技天然出化工,雖雲戲術亦神通。可知事到隨心欲,猛獸也將拜下風""海外名班車利尼,象獅熊虎舞翩躚。座中五等分層次,信是胡兒只愛錢。"[1]其中將馬戲也歸爲"戲術","化工""翩躚"等評點之語皆挪用中國傳統藝術的評點語言。1908年,義大利人又在上海拍攝了第一部電影《上海第一輛電車行駛》,繼而美國人在上海創辦亞細亞影片公司,電影以"影戲"的稱呼定位,成爲又一種流行"戲術","東西影戲到春申,活動非常宛似真。各式傳奇堪扮演,一經入目盡稱神。"[2]影視文化的湧入給傳統戲曲帶來了巨大衝擊,不僅吸引了大量觀衆的眼球,也有一些伶人投入到戲曲題材的電影拍攝中。但畢竟電影的製作成本比較高,一些名伶爲擴大自身的影響力,也有選擇轉向灌製唱片,爲近代戲曲藝術留下了珍貴的有聲資料。竹枝詞"留聲機器行"條便對此進行了記述:"伶人歌唱可留聲,轉動機關萬籟生。社會宴賓堪代戲,笙簫鑼鼓一齊鳴""買得傳聲器具來,良宵無事快爭開。邀朋共聽笙歌奏,一曲終時換一回。"[3]留聲機的使用在給受衆帶來新鮮感的同時,也實現了足不出戶即可聽曲的需求。從演劇群體的擴大到全民參與,再到中西合璧,短短數十年間,戲曲以其極強的可塑性在租界文化的滋養下迅速發展。

三 觀劇竹枝詞在都市文化傳播中的價值張力

《文選·序》有云:"蓋踵其事而增華,變其本而加厲。物既

---

① 辰橋:《申江百詠》,見《上海洋場竹枝詞》,頁92。
② 頤安主人:《滬江商業市景詞》卷二,見《上海洋場竹枝詞》,頁134。
③ 同前注,頁156。

有之，文亦宜然。"①竹枝詞本由巴蜀民歌發展而來，以吟詠風土爲主要特色，常在描摹世態民情中呈現出鮮活的文化個性和濃厚的鄉土氣息。自《申報》公開徵求竹枝詞與長篇紀事詩相關稿件以來，大量描繪上海都市生活的竹枝詞創作湧現出來，客觀上促使竹枝詞脫離了鄉土氣息，轉向都市書寫，在都市文化傳播中發揮了不可忽視的作用。

首先，竹枝詞中大量記載了近代上海戲曲的變革，包括京師梨園南下、伶人技藝與舞臺生涯、戲曲評論等，客觀反映出滬上梨園的發展變化狀況，以及都市社會文化對戲曲發展進程的影響。在海派京劇誕生之前，京師梨園南下爲海派京劇的生成奠定了良好的基礎，也是傳統戲曲近代化的先聲，但在戲曲史研究中因其處於過渡性階段而較少受到關注。《申報》創刊之初便有多首竹枝詞圍繞京劇南下而撰寫，其中涉及最早由北京傳入上海的京劇連臺本戲、京劇名角到上海演出情況，以及觀衆的喜愛和追捧，等等，這些都爲海派京劇的生成研究提供了寶貴資料。竹枝詞的書寫還伴隨了海派京劇的發展、崑曲徽班的衰落等，種種戲曲變革盡收眼底，連綴起來可形成一部小型的晚清民國上海戲曲史。

其次，竹枝詞中描繪勾勒出梨園都市化、商業化的共用文化空間。清代中前期的觀劇活動多爲家班演出，後逐漸演變爲堂會演出，甚至是私寓性質的演出，觀者數量均控制在較小規模，幾乎未見大規模的商業性演出。上海的滿庭芳、丹桂茶園等大型娛樂場所的開設，以及租界對大衆娛樂的跨文化包容，開創了觀看戲曲演出的新範式。戲園設計宏大奢華，觀衆席的設置可

---

① ［南朝梁］蕭統編，［唐］李善注：《文選》（北京：中華書局，1977 年），頁 1。

滿足不同階層的需要，劇場中相應提供各種服務，觀衆和演員亦可近距離接觸，戲園逐漸成爲綜合性娛樂消費的場所，既可滿足觀劇聽曲的審美需要，還成爲了商人、仕宦炫耀財富和提升社會地位的新平臺。竹枝詞中記錄了這一共用文化空間生成的細節過程，包括戲園擴建、侑酒文化等，還兼及"叫局""飛座""留條"等行話的使用，生動再現了滬上梨園的繁華景象。

最後，戲曲文化空間的嬗變彰顯了近代都市社會觀念的變遷。上海素有"梨園之盛，甲於天下"的美譽，伴隨戲曲文化由傳統向現代的轉型，其每一次變革不僅是審美層面的創新，更蘊含著價值觀念的變化。女伶登臺演出極大地挑戰了"男尊女卑"的傳統觀念，自同光年間始，上海梨園不僅出現了以女性爲主體的演出班底，還支持男女同台的演出形式，打破了傳統戲曲舞臺上演員性別結構單一化的格局。舞臺上的坤伶演出不僅實現了女性自身的解放，還起到了啟迪民智的作用。衆多女性觀衆步入戲園，舞臺上的戲曲故事豐富了她們的視野，舞臺上的伶人也使她們意識到女性的社會作用不只是局限於家庭角色，甚至許多閨閣小姐與貴婦都曾以串客或票友的身份親身登臺，內心的解放意識以此得到宣揚。買辦和富商對公衆娛樂産業的經濟支援也體現了近代工商觀念和商賈階層社會地位的變遷。當西方近代工商觀念傳入中國，最先受到影響的都市便是上海，事實上，商人是推動晚清上海戲曲變革的最主要消費者和核心力量，其推進方式不僅在於投資興建大型戲園，還效仿明清時期的貴族、文士與伶人過從甚密，進行一系列捧角活動，在産生大量經濟效益的同時，也一度成爲其躋身上層社會的手段之一。

第三節　戲曲圖詠

　　晚清觀劇詩作亦延續了傳統題材，諸如詠史、酬唱、題畫等，
在彰顯才華、求取聲名、品鑒色藝以及吟詠家國之感中形成交際
網路和文化空間。戲曲圖詠的出現爲觀劇詩的創作提供了更好
的形式參考，值得一提的是清末才子宣鼎創作的《三十六聲粉鐸
圖詠》，該書將其對戲曲、書畫的藝術感悟融爲一體，每齣劇配有
一幅畫和一首歌行體詩，共收錄了三十六齣丑角戲，以崑曲劇碼
爲主，亦包括少量花部劇碼。册末載《鐸餘逸韻》，共創作七言絶
句十九首，均爲觀劇詩。上海申報館將《三十六聲粉鐸圖詠》的
文字部分輯錄成書並石印出版，書畫册原作現藏於揚州市博
物館。

　　樊遁園爲《三十六聲粉鐸圖詠》題詞"傀儡侏儒世界，嬉笑怒
罵文章"，戲曲中的故事往往與詩人自身的遭際相互印證，慨歎
劇中人物命運的同時也是欷歔自己的人生。以詠《盜甲》爲例：

　　　鐵裲襠，金鎖甲，服之禦刀兵，舍之藏錦匣。寒具之手
　　不許汙，翻羹之衣不容壓。寶重不亞璆琳偷，護以深樓幾重
　　閨。不易假，不易窺，而况午夜來取攜。取之攜之原不易，
　　何物小丑工難。難尚能啼甲不語，雕梁下瞰頭倒垂。猧兒
　　安眠鼠子動，街析遠震燈火微。翻身負甲出門走，跛足踥蹀
　　偏遲遲。嗚呼！匹夫祇坐懷璧罪，此甲漫藏了無味。視若
　　不止分文錢，猶得安身充宿衛。一旦窮破墮術中，爲小失大
　　何憤憤。金鎖甲，鐵裲襠，鼓上早，真跳樑。雞鳴狗盜有豪

傑,恨爾不逢田孟嘗。①

全詩大半篇幅在寫《雁翎甲·盜甲》的劇情,"嗚呼"之後,詩人轉向抒情,其關注的重點並不在於所盜之甲,而是感歎時遷的命運,被窮困所迫才淪爲雞鳴狗盜之輩,這些人中亦有豪傑,只是沒有遇到孟嘗君那樣的伯樂而已。宣鼎一生也是窮困潦倒,三十歲開始招贅外家,也曾輾轉到上海賣畫爲生,未至五十歲便辭世,從《鐸餘逸韻》中可知其創作《三十六聲粉鐸圖詠》的初衷便是"一窗風雨燈如豆,演出人間小戲文"②,"粉墨從何變鐸鈴,披圖只爲動秋聲"③句又解釋了爲何此集名爲"粉鐸圖詠",題畫與題詩均爲以史爲鑒、自警之語。宣鼎對人生窮困、懷才不遇的關注屢屢見諸筆端,如觀《燕子箋·狗洞》有云:"前日走馬京華重,多少窮儒側目送。奈何兔穎千金提不牢,跳過龍門鑽狗洞。"④對科場舞弊案發生後,鮮於佶胸無點墨被識破,只好鑽狗洞逃遁的劇情進行了諷刺;觀《拾金》有云:"雪中之炭莫輕送,乞兒乞兒須珍重,甯用黃金毋爲黃金用。"⑤以此告誡觀者,即便窮困潦倒,也不能輕易接受雪中送炭的饋贈,是爲文人最後的堅守;還有觀《鮫綃記·寫狀》有云:"興雲不漏月,摘花不留葉。用筆不用刀,殺人不見血。……猶複勤勤《貝葉經》,我佛如來當笑絕。"⑥痛批了訴訟代筆賈主文一類的人,以訴訟之筆製造冤案,誣陷被告,題詩所配的圖畫便是劉君玉求賈主文代爲訴訟寫狀時,賈氏手

---

① 傅謹:《京劇歷史文獻彙編》(南京:鳳凰出版社,2011年),清代卷一,頁900。
② 同前注,頁906。
③ 同前注,頁908。
④ 同前注,頁901。
⑤ 同前注,頁905。
⑥ 同前注,頁892。

持佛珠和狀紙，承諾定將被告置於死地的場面。宣鼎在圖詠觀劇詩的創作中基本遵從了劇情加慨歎的模式，以"嗚呼"或"噫嘻"作爲間隔，每首詩的最後多歸爲感慨懷才不遇或諷刺官場黑暗等，同時配以圖畫，將情感具象化，使詩的語言落實到形象上，更顯貼切。

《鐸餘逸韻》附於《三十六聲粉鐸圖詠》之後，並未附圖，是宣鼎將自己藝術創作的心路以詩傳達出來。如其寫《牡丹亭》："閑來珊管寫優伶，癡念何當讓小青。稽首臨川稱弟子，買絲欲繡《牡丹亭》。"[1]這首詩寫于宣鼎在兗州事集購得一本《臨川集》殘本之後，因從《牡丹亭》中習得填詞之法，而對湯顯祖極爲膜拜，詩中毫不掩飾其欽佩之情；宣鼎也曾將習得的填詞之法真正地運用於戲曲創作中，其在桃源創作《返魂香》傳奇一部，講王道人善行慘死，二十年後複生演繹出的故事，但完稿後並沒有財力將其出版，作詩云："許多酸淚灌愁腸，排遣無端罵玉郎。貽臭留芳俱不朽，當年譜出《返魂香》。"[2]詩中吐露其創作《返魂香》的動機是自己的許多辛酸無處排遣，便以戲曲創作的形式呈現出來；《夜雨秋燈録》創作完更是無力付梓，詩云："夜雨秋燈手一篇，寓公身在奈何天。蹉跎不上凌雲賦，且與稗官結幻緣。"[3]《夜雨秋燈録》是晚清筆記小説中的代表作品之一，作者辛苦創作一百餘篇故事，卻無力使其面世，只能作爲自己惆悵心緒的一種排遣。值得注意的是，《返魂香》和《夜雨秋燈録》均由上海申報館鉛印出版，使其成爲傳世佳作。不同于傳統意義上文人詩文集的出版，也不同於明代出版業興盛下的暢銷書寫作，宣鼎在上海以賣

---

① 傅謹：《京劇歷史文獻彙編》，頁 906。
② 同前注，頁 906－907。
③ 同前注，頁 907。

書鬻畫爲生，申報館能夠發現他的作品的價值，主要依靠的是媒體的敏感性和對大衆審美的熟知。

此外，早在清初便有戲曲圖詠，但多爲描摹伶人之作，題詩也多圍繞伶人的外貌、技藝等内容展開，較爲著名的如《九青圖詠》（又名《紫雲出浴圖》），聚焦於一幅畫，題詠者多達七十六人，遂結爲一集；成書於光緒二十一年（1895）的《情天外史》亦是將雛伶肖像與文字相配合，側重對伶人樣貌的勾勒；宣統三年（1911）出版的《新情天外史》系效仿《情天外史》之作；光緒三十二年（1906）出版的《北京唱盤》是法國百代公司在北京收録唱片的宣傳册，其中圖片收録的均爲北京名角，並輔以文字說明，亦是側重人物。《圖畫日報》專欄“三十年來伶界之拿手戲”和《民權畫報》專欄“菊部春秋”均著眼於戲曲演出場景，文圖並茂地記載了演員所擅長的劇碼、特技、絶活等，惜並未單獨結集，所配文字也並非詩體。《三十六聲粉鐸圖詠》是極少見的就戲論戲的圖詠集，從三十六幅圖中的戲曲場面，可以瞭解當時演出的服飾、化妝、舞臺佈置等元素，還有萬餘字的以詩論曲的文字資料，是晚清戲曲圖詠之大成。宣統三年出版的《黑籍冤魂圖説》所選用之“圖”並非手繪，而是直接攝製的照片，更真實地再現了演出場面，“圖説”也是以平鋪直敘的方式記述演劇情況，藝術性亦未能超越宣鼎之“圖詠”。

第四節 《情天外史》與品“花”之風的演進

《情天外史》成書於光緒二十一年（1895），時逢滬上梨園蓬勃發展,有"天仙、詠霓、留春諸家,皆京劇也,惟大雅爲純粹之崑劇"①,此書即爲天仙部造勢所作,作者在凡例中自言:"是書專爲天仙部表彰幽隱,故以天仙十人入正册,各班十人入續册。"②在對伶人的選取上,作者的眼光又是獨到的,"是以科班名角,概未登入""是以出師立堂,毋庸綴述""天資天籟,過時難保,是以十六歲以上,不入論列",③可見選取的都是未出師、未成名的小童,這如何能體現出天仙部及滬上其他梨園的演藝水平呢? 翻看《情天外史》所錄幼伶,王瑶卿、王鳳卿兄弟、楊小朵、孫菊仙、時慧寶等人,後來都成爲京派名角,且生、旦、淨、末都有,不單純以旦色定品,可知《情天外史》的品題標準不俗。作者自言其品題"專爲司坊揄揚色藝""專爲後進提倡風雅"④,因此"特修艷史"⑤,遵循了品花系統中提升戲曲雅化價值的創作動機,也仿照一字定品及以詩品花的基本範式。本節欲結合《情天外史》正、續册,探究文人如何慧眼獨具地評點雛伶,推動品花之風的演進。

一　《情天外史》正册

作者將天仙部雛伶定爲十品,分別爲神、雋、艷、俊、能、異、佳、倩、俏、逸,且品次有先後。現錄每品題詩如下:

神品第一:神奇天授小郎君,品格聲歌兩軼羣。芷僻蘭幽宜特賞,芬退香妙耐徐聞。

---

① 〔清〕徐珂:《清稗類鈔》(北京:中華書局,1986年),第11册,頁5046。
② 〔清〕佚名:《情天外史·凡例》,見《清代燕都梨園史料》,下册,頁684。
③ 同前注。
④ 同前注。
⑤ 同前注,頁683。

雋品第二：雋永珠喉最可嘉，品題一字未應差。菱歌清唱初更月，香圍頻開晚節花。

艷品第三：艷如桃李正春風，品質天然肖化工。馥播芳蕤賦大陸，林歌翠羽夢師雄。

俊品第四：俊雄出自短身材，品物應誇小忽雷。桂棹一歌江水湧，仙船初刺海潮來。

能品第五：能將冷艷訴幽情，品在花中似女貞。蘭轉光風入服媚，香凝濃露調清平。

異品第六：異相休嫌鼻點青，品兒應屬此宵馨。采雲一片裳成錦，仙樂三終壁畫亭。

佳品第七：佳音入耳喜洋盈，品似詩家太瘦生。采映鬖眉如玉照，芬流齒頰過雲行。

倩品第八：倩分微笑巧梳妝，品入詞家百媚娘。吟到梅花疊字錦，香含荀令滿庭芳。

俏品第九：俏學垂楊一搦腰，品聲合譜玉人簫。寶釵搖會眉橫嫵，蓮履娉婷步送嬌。

逸品第十：逸民自古七賢偕，品駕名優得九佳。采斡搜巖添一格，芝房樂府忍塵埋。[1]

《擷華小錄》中曾提及化工，並將其列爲逸品，視爲最佳，到了《情天外史》，同樣以化工爲標準，卻落入艷品行列。從審美角度來講，兩部作品的差異性在於重外形還是重風神，宗白華認爲："從這個時候（魏晉六朝）起，中國人的美感走到了一個新的方向，表現出一種新的美的理想，那就是認爲'出水芙蓉'比之於'錯彩鏤

---

① ［清］佚名：《情天外史》正冊，見《清代燕都梨園史料》，下冊，頁685—689。

金’是一種更高的美的境界。”①“出水芙蓉”重風神，“錯彩鏤金”重外形，二者的審美標準不同，從《擷華小錄》和《情天外史》的品花標準來講，二者皆重風神，尋求的是莊子所提出的“神動於外”②的風華，但後者比前者對於風神的要求則更高一些，即在艷品之中便不僅僅要有外在的形體美，更要有內在的風致美，是爲對美感要求的演進。

　　艷品位列第三，神品與雋品均列於前，二者在伶人具備美貌與風神之外，對唱功的要求也比較高。列入神品與雋品的伶人帶給觀者聽覺上的享受是與衆不同的，《樂記》中對“樂”的解釋便是“人心之感於物也”③，此二品的伶人演唱可如“初更月”、如“晚節花”、如“僻芷幽蘭”，可見歌聲帶給觀者“感於物”的多重享受。這種享受不同於位列能品的伶人“將冷艷訴幽情”的唱法，僅工於一類情感的演唱要求，如《燕臺花史》中評點伶人萬馨芳的歌喉“穿雲裂石”④、《丁年玉筍志》中評點伶人殷秀蕓的歌聲“圓亮清和”⑤，等等，這些具體的概括所展現出的都是伶人擅唱的某一方面，因此只能列爲能品。神品與雋品的演唱則如燕南芝庵《唱論》中所講的“清新綿邈”⑥之感，二者境界自然分明。

　　《情天外史》對伶人評點的進一步拓展還體現在兼顧了戲曲

---

　　① 宗白華：《中國美學史中重要問題的初步探索》，見《美學散步》（上海：上海人民出版社，2005 年），頁 22。

　　② ［戰國］莊周著；陳鼓應譯：《〈莊子〉今注今譯》（臺北：臺灣商務印書館，1987 年），頁 45。

　　③ 吉聯抗注：《樂記》（北京：音樂出版社，1958 年），頁 1。

　　④ ［清］蜃橋逸客等著：《燕臺花史》，見《清代燕都梨園史料》續編，頁 1065。

　　⑤ ［清］蕊珠舊史：《丁年玉筍志》，見《清代燕都梨園史料》，上冊，頁 332。

　　⑥ ［元］燕南芝庵：《唱論》，見任中敏編：《新曲苑》（臺北：中華書局，1930 年），第 1 冊，頁 2b。

曲目,將伶人置於具體劇目的環境中,使評點更加客觀,融入了
戲曲文本的維度。在十品中多可直接由評點之詩讀出當時演出
的劇目,如《清平調》(能品)、《旗亭畫壁》(異品)、《千金記》(俏
品)等,這些劇目都是清代演出頻率較高的劇目,其產生時間從
清初到清中期皆有,而此書產生於晚清,作者在評點伶人的同
時,也向世人呈現了晚清對於清中前期戲曲的接受,將伶人與曲
目巧妙結合。

在評點方法上,佳品與倩品並不似其他作品以詩論中的概
念評點伶人,而是直接挪用詩品與詞品,以類比的方式進行評
點,將伶人比作詩家"太瘦生"與詞家"百媚娘",更突出了梨園花
譜作爲文人間廣泛流傳的時尚讀物的特徵。

二 《情天外史》續册

《情天外史》續册的評點標準與正册頗爲類似,分爲超、上、
媚、妍、憨、殊、妙、美、靜、絕十品,十品之中仍以美艷嫵媚爲第
三,超品與上品置於其上,類似"異品"的有憨品與特品,仍列第
五、第六的位置。現列每品題詩如下:

超品第一:超然臺上問名花,品列孤山處士家。梅點壽
陽添艷額,仙逢萼綠比清華。

上品第二:上下誰將明月分,品流消息近來聞。鳳凰未
見題凡鳥,卿子何須號冠軍。

媚品第三:媚生一笑奈何情,品肖閨中靜女多。韻把小
闌花向午,芳塵曲沼芰橫波。

妍品第四:妍色原難妙藝嫌,品評應不混施鹽。瑶精山
草千年媚,卿手春蔥十指纖。

憨品第五:憨然情態美丰儀,品貌團團亦可兒。小曲細

喉頻弄響，朵釵椎髻自生姿。

　　殊品第六：殊好酸鹹豈俗同，品詩合遣唱玲瓏。貴聲宜在竹匏土，壽世還須筆墨工。

　　妙品第七：妙格簪花似女流，品饒姿媚勝同儔。菊觴應許陪佳士，仙曲宜歌上小樓。

　　美品第八：美堪説憚少人知，品與金蓮步步宜。彤管貽予諧雅韻，雲鬟助爾騁妍詞。

　　靜品第九：靜觀自得語從容，品畫評香莫負儂。慧業三生緣夙具，實傳一字衍真宗。

　　絶品第十：絶辭應紀魯郊麟，品擅詼諧迥出塵。岫半金烏饒艷色，雲中白鶴顯精神。①

續册中所列的超品和上品大致等同於正册中的神品與雋品，作者更加推舉首兩品，並認爲位列此兩品的伶人並非"凡鳥"，雖列榜首，但完全不需要與後面八品相比，自是絶頂清華。正册中的第五品本爲能品，是作者將伶人技藝作爲主要衡量標準所進行的品題，但續册中取消了能品，將表演技藝融入於其餘各品之中，更顯評點者對演員風神的追求與推崇。在對美的追求中，評點者毫不含糊，將美感細化，如位列第三、第四的媚品與妍品之間也有明顯的高下之別，媚品伶人楊韻芳多扮演小旦，兼習正旦，品題之中認爲其扮演的生角亦可一笑生情，時楊韻芳扮演的是《鐵蓮花》中的掃雪小兒，如此不引人注意的角色卻被評點者捕捉到一笑生情的情態，可知演技之精湛；妍品伶人王瑶卿儘管後來成爲京派名角，但在《情天外史》的評點中直言其演技之不足，從題詩來看，作者認爲王瑶卿的色勝於藝，這也成爲了媚品

----

① ［清］佚名：《情天外史》續册，見《清代燕都梨園史料》，下册，頁 690－694。

與妍品之間的差別。

與衆不同的是，正册第六品爲異品，描寫的是伶人張采仙，張采仙主要扮演小生，偶爾扮演小丑，異品側重刻畫的便是其扮演丑角時的情態。丑角在京劇行當中處於最末，幼童學戲時天資最好的往往選擇生、旦行當，丑角演員在外貌條件上遠不如生、旦演員，且丑角在劇本中以配角爲主，很難給觀衆留下深刻印象。《情天外史》在評點中兼顧到了容易被人忽略的丑角角色，將他們的優長展現給世人，正册中的異品是將丑角列入品花的初步嘗試，續册中則進一步具體爲憨品，較異品中的"異"字取"與衆不同"之意來説，"憨"字定品不再泛化，更能抓住丑角的特徵。憨品所列伶人楊小朵，本也是習花旦，但評點者認爲其扮演《鐵弓緣》一劇中的端茶小丑惟妙惟肖，"真乃珠喉一串，椎髻多姿"[①]。在第十品絶品中所收伶人王岫雲也是丑角演員，擅演《雙沙河》、《絨花計》等劇，主要扮演喜劇類角色，因此被評爲"詼諧出塵"，同時評點者認爲若超品、上品爲鳳凰，那麼王岫雲雖是凡鳥，也當爲雲中白鶴，既借用"岫雲"名字的來源"雲無心以出岫"，同時又以鶴立雲中的姿態作比，給予其超塵脱俗的評價。

此外，位列第九品的時慧寶，工京劇老生，師從孫菊仙，擅演《天水關》《五雷陣》《七擒孟獲》等劇，嗓音高亢清澈，《情天外史》中卻以"静"字定品，看似不合其演出特點，實則是因爲時慧寶擅書法，通詩文，其人温文爾雅，評點者不僅僅是觀其演劇，於生活中也是多有交流，才得出"静"字的結論。

《情天外史》以"史"定名，意在塑造一部梨園花譜中的經典之作，期待能夠流傳於世。此書成書之後，讀者甚廣，文人紛紛

---

① ［清］佚名：《情天外史》續册，見《清代燕都梨園史料》，下册，頁692。

傳閱，一時間洛陽紙貴，側面反映了晚清梨園花譜的流行狀況。《情天外史》的作者承繼了《曇波》的評點體系，在創作意圖與評點方法上較其之前的作品又有所拓展。其開拓性主要體現在：一、對伶人的選取上，生、旦、淨、末、丑皆録，增強了評點的客觀性，之所以評點者會關注到生、旦以外的角色，主要得益於京劇等其他劇種的蓬勃發展，演出劇目不再局限於才子佳人劇，且伶人技藝的整體水平有所提升，易於被觀者注意到；二、評點中對演員風神的要求進一步提升，品花之初的作品，伶人兼具美貌與良好的氣質情韻便被列爲最佳，但《情天外史》中僅列爲艷品，既是對伶人之美要求更高，同時也體現出了評點標準上的微妙變化；三、對唱功的強調，不再局限於"能品"一類，而是將演唱技藝分爲不同層次，唱技高超、氣韻出衆者方爲上品，即色藝雙絶者爲上；四、在評點理論的運用中，綜合了詩、詞、書、畫等領域的審美標準，形成新的審美判斷，提升了品花之作的美學價值。

第五節　品"花"文化淵源探析

《清代燕都梨園史料》中收録了大量的品花之作，其中"以詩品花"的作品藝術性和美學價值相對較高，在淵源上可屬詩品一脈。從具體作品的分析來看，其品題又不局限於詩品範疇，而是結合了人物評點、詩詞評點、書畫評點、音樂評點等多個審美範疇，匯聚成梨園新的流行風尚。筆者試從品花作品中的線索出發，追尋各美學範疇下的審美來源，進一步明確"以詩品花"的評點淵源。

一　人物評點的審美來源

　　古典文學作品中最早涉及人物描寫與評論的當屬《詩經》，其中曾有如"手如柔荑，膚如凝脂，領如蝤蠐，齒如瓠犀，螓首蛾眉"①的刻畫，開創了最早的古典美的標準。此後隨著賦體文的興起，描繪美人的代表作《洛神賦》將《詩經》中提及的美進一步具象化，不僅有"穠纖得衷，修短合度。肩若削成，腰如約素。延頸秀項，皓質呈露。芳澤無加，鉛華弗禦。雲髻峨峨，修眉聯娟。丹脣外朗，皓齒內鮮……"②的外形美，更有"翩若驚鴻，婉若游龍"的氣韻美。此後賦與宮體詩（詞）兩種文體對美人形象的刻畫流傳千年，無論是蕭剛的《美女篇》還是溫庭筠的《菩薩蠻》，抑或明代徐貞卿的《醜女賦》，都在反復探求古典人物視覺美的內涵與意蘊。

　　將關注點集中於人物評點的著作當屬《世說新語》，全書"出場的人物約計六百二十六人，加上劉孝標注，合計約一千五百餘人"③，其中多記載士大夫階層的文士風姿，包括外形、氣韻、舉止等方面，如描繪何平叔"美姿儀，面至白，魏文帝疑其傅粉"、王羲之讚歎杜弘治"面如凝脂，眼如點漆，此神仙中人"④，更有"看殺衛玠"的經典故事，皆從外形、風致入手。且《世說新語》中記載士大夫階層生活樣態的同時，還對文人雅士加以點評，簡明扼要，如品評諸葛亮三兄弟（諸葛瑾、諸葛誕）的才華高下之別為

---

　　①　周振甫譯注：《詩經譯注》，頁 82。
　　②　[魏]曹植著；黃節注：《曹子建詩注》（臺北：藝文印書館，1975 年），第 1 冊，頁 129。
　　③　[南朝宋]劉義慶著；余嘉錫箋疏：《世說新語箋疏·凡例》，（北京：中華書局，1983 年），頁 2。
　　④　同前注，頁 465,475。

"蜀得其龍,吳得其虎,魏得其狗"①,這種由表及裡的評點方式,爲後世的人物評點之作打下了基礎。《世説新語》以其故事引人入勝、人物刻畫筆力深厚而廣爲流傳,元代關漢卿的《玉鏡臺》雜劇、明代楊慎的《蘭亭會》雜劇都改變自《世説新語》中的故事橋段,而戲曲人物評點的直接受益者當屬夏庭芝的《青樓集》。《青樓集》以伶人或曲家爲中心,記述了教坊間的演藝情況及趣聞軼事,其中對伶人的描繪不乏"端麗巧慧""舉止温雅""姿格嬌冶"②諸語,對伶人的風致塑造上亦有"文雅彬彬""美風度,性嗜潔""語不傷氣,綽有閨閣風致"③等句,可謂是將人物視覺之美的關注轉移到伶人群體的開山之作。清順治年間衛泳所作的《悦容編》從鑒賞女子之美的角度對美人的外在形象從面、眉、口、腰、足、點額、肥瘦等方面對外在美進行了細緻的界定,清代梨園花譜對伶人美貌的細節刻畫亦多從這些方面入手。從《世説新語》到《悦容編》,古典美學中的人物評點更具規模,且從外形深入到風神、性格等對内在美的關注,這些人物評點美學的發展都爲清代文人如何看待伶人、如何評判伶人之美提供了思考的空間。

因此清代的品花之作首先關注到的便是伶人的外貌,即色藝要求中"色"的部分,這也是評點中尤爲關注的部分。從戲曲的本質來講,不能脱離表演藝術,演員在舞台上亮相的瞬間帶給人的視覺衝擊便是外在美的塑造,伴隨著文人的審美眼光和對美的認識不斷提升,品花並未停留在外形的表面層次,還深入到演員的氣質風韻、性格秉性及更多面向。

---

① ［南朝宋］劉義慶著;余嘉錫箋疏:《世説新語箋疏・凡例》,頁453。
② ［元］夏庭芝著;孫崇濤、徐宏圖合注:《青樓集箋注》(北京:中國戲劇出版社,1990),頁137,192,170。
③ 同前注,頁137,181,200。

二　技藝評點的審美來源

　　戲曲作爲一種舞台表演藝術,融合了唱腔、舞蹈、念白等多方面,如何能將一部戲曲故事演繹得活靈活現、深入人心,唱功與演技都是不可或缺的,《清代燕都梨園史料》中對於伶人的技藝評點主要側重於對唱腔和演技的關注。

　　"唱"主要延續的是古典的歌樂藝術,《樂記·樂本》篇中曾定義"樂"的概念爲:"樂者,音之所由生也,其本在人心之感於物也。"[①]由此對伶人的"唱"提出了兩種境界的要求:一是唱出"人心感於物"的樂曲;一是以樂打動人心。前者可滿足燕南芝庵在《唱論》中所提出的"仙吕調唱,清新綿邈。南吕宫唱,感歎傷悲。中吕宫唱,高下閃賺。黄鐘宫唱,富貴纏綿。正宫唱,惆悵雄壯。道宫唱,飄逸清幽。大石唱,風流蘊藉。"[②]若想將樂曲表達出其創作之初所藴含的情感,只需配以不同曲調,結合唱詞,即可實現。但若想以樂曲打動觀者,尤其是在戲曲表演中,"唱"並不及"做"、"打"的場面熱鬧,以"唱"吸引觀者,對伶人技藝的要求是比較高的,這要求伶人不僅具備基本的唱功,更要具備對樂曲的理解和一定的文化素養。而在伶人的歌喉打動聽者的時候,這些文人士大夫在意念上對歌曲的理解便更加多元:尊老子者崇尚"大音希聲",往往將樂曲與人本天性結合起來;尊莊子者或依據"聽之以心"而又外於"心知",推崇音樂的審美心理,強調"物

---

　　① 吉聯抗注:《樂記》(北京:音樂出版社,1958年),頁1。
　　② [元]燕南芝庵:《唱論》,見任中敏編:《新曲苑》(臺北:臺灣中華書局,1930年),第1册,頁2b—3a。

我同一""法貴天真",①與《樂記》中的"凡音之起,由人心生也。人心之動,物使之然也"②的理論不謀而合。

　　表演論則直到宋以後才有所突破,不再拘泥於"淡"與"和"的審美標準,③而是將視野轉向了情性之外。李贄"童心説"的提出,對戲曲表演的審美也產生了一定的影響,主張表演要符合抒發性情的需要,"淡則無味,直則無情""有是格便有是調"④,"浩蕩""壯烈""悲酸""奇絶"等等情愫都應得到闡釋,這一思想直接影響到黃周星《製曲枝語》中提出的"喜則欲歌欲舞,悲則欲泣欲訴,怒則欲殺欲割,生氣勃勃,生氣凜凜。"⑤正是美學思想的轉變推動了戲曲審美的多樣化進程,表演被提升至與曲律並肩的地位,《清代燕都梨園史料》中的評點作品也正是迎合了這一風尚,將眼光不僅局限於美艷的伶人,也不拘泥於生、旦等較爲注重唱腔的角色,淨、末、丑等配角,或以動作戲爲主的伶人都受到了不同程度的關注,評點者對他們的技藝亦是讚譽有佳。

---

　　① 牟宗三先生曾談道:"老子之道有客觀性,實體性及實現性,至少亦有此姿態。而莊子則對此三性一起消化而泯之,純成爲主觀之境界。故老子之道爲'實有形態',或至少具備'實有形態'之姿態,而莊子則純爲'境界形態'。"參見牟宗三:《才性與玄理》(臺北:臺灣學生書局,1993年),頁177。
　　② 吉聯抗注:《樂記》(北京:音樂出版社,1958年),頁3。
　　③ "淡"與"和"的審美標準源於老子所推崇的"淡兮其無味"、"大音希聲"的音樂審美,排斥人爲之樂、有聲之樂,這種思想被魏晉文人吸收,提倡"絲不如竹,竹不如肉",更加回歸自然,至唐時,"淡和"更多地運用於音樂,所謂"清冷由本性,恬淡隨人心",但是這種思想束縛了音樂對情感的表達。參見苗建華:《古琴美學思想研究》(上海:上海音樂學院出版社,2006年),頁43。
　　④ [明]李贄:《焚書》卷三,見《李贄文集》(北京:社會科學文獻出版社,2000年),頁92。
　　⑤ [清]黃周星:《製曲枝語》,見《中國古典戲曲論著集成》,第31冊,頁22。

三　詩學思想的承繼

以詩品花的作品不僅是在形式上以詩進行點評,在評點標準上實則是對詩學理論中性情説的繼承。《文心雕龍・體性》篇中提出:"才有庸儁,氣有剛柔,學有淺深,習有雅鄭,並性情所鑠,陶染所凝。"[①]其中"才"與"氣"是先天條件,正如伶人的先天品貌不同,有生來美艷,亦有面中帶瑕者,這些先天條件某種程度上影響到一個伶人氣質的培養,以及角色的選擇,如性情剛毅的女子或許不適合演閨門旦,但卻可以扮綠林女俠;如外貌資質不佳者,或許頗富表演天賦,亦可列入品題,"才"與"氣"是評判伶人的初步標準。"學"與"習"則指後天的陶冶與培養,在漫長的學戲過程中,伶人的改變與提升是巨大的,美貌者可提升自己的氣韻風神,擅藝者可使演技精進,更重要的是,許多伶人同時也注重對表演藝術之外,如詩書、繪畫等情操的培養,既可提升文學素養,加深對戲文的理解,也爲伶人與文士的交往提供了更廣闊的空間,因此在評點伶人時,文人不一定局限於色藝,時而也有對伶人書、畫技藝的讚賞,伶人技藝的全面提升在客觀上也促進了戲曲由俚俗向風雅的轉變。

從美感經驗的形成來看,清代文人對伶人性情的描摹不是一蹴而就的,其中蘊含了六朝以來性情説的審美積澱。從皎然《詩式》中所謂的"但見情性,不睹文字,蓋詩道之極也"[②],司空圖

---

① ［南朝梁］劉勰:《文心雕龍》,見《四部備要》(臺北:中華書局,1965 年),集部,第 100 册,頁 74。
② ［唐］釋皎然:《詩式》卷一(臺北:藝文印書館,1968 年),頁 15。

提出的"性情所至,妙不自尋"①,到嚴羽的"詩者,吟詠性情
也"②,再到清代王夫之所言"詩以道性情,道性之情也"③,諸輩
所追求的皆是以詩去體悟性情。其中將性情與戲曲建立起聯繫
的首推湯顯祖,湯氏認爲"情"是文學創作的主要動力,既是作品
的内容,同時也是欣賞品鑒的尺度,其在《耳伯麻姑遊詩序》中闡
釋道:"世總爲情,情生詩歌,而行於神。天下之聲音笑貌,大小
生死,不出乎是。因以澹蕩人意,歡樂舞蹈,悲壯哀感,鬼神、風
雨、鳥獸,搖動草木,洞裂金石。其詩之傳者,神情合至,或一至
焉;一無所至,而必曰傳者,亦世所不許也。"④因此文人首先是在
思想上對伶人的認識與文學傳統中的"性情"相互印證,進而將
詩的體式引進到伶人評點中,形成以詩品花的審美樣式,其所追
尋的仍是文人心中對"性情"的感悟,這種感悟也逐漸形成了以
性情品花的審美標準。值得注意的是,品花之作裹選取的"性"
是伶人的"性",表達的"情"則是伶人與文人的"情"。對於伶人
來說,"情"是他們對戲曲的感悟通過表演展示出來而發生的,但
觀劇詩由文人所作,是在文人形成"物我合一"的感悟之後通過
描繪伶人來表達出來,二者相互作用。正如朱光潛先生所言:
"我認爲古代所謂'志'與後代所謂'情'根本是一件事,'言志'也
好,'緣情'也好,都是我們近代人所謂的'表現'。"⑤也就是説,無

---

① ［唐］司空圖:《二十四詩品》,見［清］何文焕編:《歷代詩話》(臺北:漢京文化
事業公司,1983 年),上册,頁 37。

② ［宋］嚴羽著;陳超敏評注:《滄浪詩話評注》(上海:三聯書店,2013 年),頁
72。

③ ［清］王夫之:《明詩評選》卷五(北京:文化藝術出版社,1997 年),頁 243。

④ ［明］湯顯祖著;徐朔方箋校:《湯顯祖詩文集》(上海:上海古籍出版社,1982
年),第 2 册,頁 1050－1051。

⑤ 朱光潛:《詩論新編》(臺北:洪範書店,1982 年),頁 200。

論是伶人對戲曲的認知，還是文人對現實的感悟，"思想和感情常互相影響，互相融會"①，共同構成了觀劇詩對伶人評點的內在意蘊。

四 "品文化"傳統的延續

文人對伶人的欣賞如同在欣賞一件藝術品一般，除了自身的興寄追求之外，從藝術的視角去看待時，不自覺地將書、畫等評點的審美眼光投射到伶人身上。如謝赫的《古畫品録》中將二十七位畫家的繪畫分爲六品："氣韻""骨法""應物""隨類""經營""傳移"；庾肩吾的《書品》將齊梁時期擅書法者一百餘人分列上中下品進行評點，每品之中又分爲上中下，共列九品，其後的書法評點作品紛紛效仿，李嗣真的《書後品》、張懷瓘的《書斷》、楊慎的《書品》等，書法評點中多以"神""妙""能""逸"等字定品，與品花作品中的一字定品相似度較高；元末明初的冷謙對琴品提出"輕""松""脆""滑""高""潔""清""虛""幽""奇""古""中""和""疾""徐"十六品，②其中的"潔"、"澹"、"幽"等亦曾被列入品花定品中，此外還有沈約曾作《棋品》③等，上述領域在審美上的融通性形成了"品"文化的獨特傳統。花譜的"一字定品"承襲書畫定品所用之字後，又在戲曲領域作出了自己新的解讀。

各類品題的雛形多爲"上中下"三品，源於《論語》中"上智""中人""下愚"之説，《漢書·古今人表》中再將人細化爲九品，之

---

① 朱光潛：《談文學》（南寧：廣西師範大學出版社，2004年），頁169—170。
② 參見蔡仲德：《中國音樂美學史論》（北京：人民音樂出版社，1988年），頁17。
③ 《棋品》一書已佚，現僅存《棋品序》一篇，因此本文不作詳述。據《柳惲傳》記載："梁武帝好弈棋，使惲品定棋譜，登格者二百七十八人，第其優劣，爲《棋品》三卷。"參見[唐]李延壽：《南史》卷三十六，載《景印景印文淵閣四庫全書》，第261册，頁3。

所以如此注重人物評點主要是基於東漢察舉制度的需要,對人的品評主要從才性、氣質、風貌、格調、能力等方面入手,這些評判標準一直沿襲於人物評點作品之中。久而久之,這種以品劃分來評價人物的觀念發展爲"以品代評",成爲評點美學的一部分,品評之風滲透到多個評點領域。清代的品花風尚也是"以品代評"評點傳統的延續,但因出現時間較晚,才得以集各類品題於一身,被評點的對象也不再是文人士大夫,而是文人眼中的伶人。

　　温克爾曼(Johan Winckelmann)在《古代藝術史》中提出"佔據舞台中心的是對人的研究"[①],文人在對伶人的品析之中既呈現了舞台藝術美,同時又帶來了對美的思考。從伶人與文人對戲曲的審美認知來看,伶人帶給觀者的愉悦與觀劇詩帶給文人的愉悦都是來源於戲曲這同一本體。對於伶人來説,戲是有聲的詩;對於文人來講,詩是無聲的戲,伶人通過具體形象來塑造舞台畫面,而文人通過文字展現抽象的美感,詩與伶人的演出都是對戲的描摹與模仿,儘管模仿對象相同,但描摹的方式與形成的效果都不同。從戲與詩所構成的畫面美感來看,如朱光潛先生所講的那樣,"凡是爲造形藝術所能追求的其他東西,如果和美不相容,就須讓路給美;如果和美相容,也至少服從美。"[②]這條標準對於伶人的意義在於對舞台形象的塑造,期待其所扮演的形象是盡善盡美的,一切不符合塑造形象氣質的元素都會被抛棄,但是任何伶人扮演的形象都不可能滿足所有觀衆的審美。對於文人來説,當伶人之美不符合其審美期待的時候,文人所採

---

　　①　參見[德]萊辛(Lessing, Gotthold Ephraim)著;朱光潛譯:《詩與畫的界限》(臺北:蒲公英出版社,1986年),頁5。

　　②　同前注,頁14。

取的手段是借對美的想象來彌補現實之不足,想象中的美是沒有頂點的,因而才有了文人筆下的"神品"、"超品"等美貌與技藝均無可挑剔的伶人形象,這種對美的想象反而人爲地提升了舞台具象之美的空間。從美感的形成手段來看,伶人以細節構成來塑造美,文人從美的效果去揭示美,伶人與文人的努力匯聚成詩與戲的交互影響。二者塑造美的手段不同,伶人對美的展示主要來源於唱、念、做、打等技藝的訓練以及一些文化素養的熏陶,文人則不同,其文化積澱比較深厚,作詩更是信手拈來,值得注意的是,詩的意象本就具有"精神性"的特質,[1]此時的伶人成爲詩中的意象,其美感便不再局限於某一部戲或是某一個形象,有的時候這種美是一種群像,有的時候美是一種意境,無論是哪一種,都要遠遠超乎伶人一人之力所塑造的美,進而形成了美的積澱。

當觀劇品花逐漸成爲一種風尚,文人紛紛投入這一所謂的"提倡風雅"之舉時,"梨園花譜流傳甚廣"[2],花譜帶給觀者的審美經驗亦是別有一番風味。但在"以詩品花"的背後,不得不同時關注到其局限性所在。

首先,所謂的"流傳甚廣"事實上僅僅流行於文人士大夫之間的傳閱,普通百姓鮮少閱讀,且其中所引用的大量詩、詞、書、畫的評點理論和美學視角,都不是平民階層可以閱讀得懂的,因此其評點對象雖然是士夫與平民階層都可欣賞的戲曲伶人,但

---

① ［英］斯彭司(Joseph Spence):《關於羅馬詩人作品與古代藝術家遺跡之間的一致性研究》,參見張西平:《西方漢學十六講》(北京:外語教學與研究出版社,2011年),頁57。

② 參見吳存存:《清代梨園花譜流行狀況考略》,《漢學研究》,第26卷(2008年),頁163-186。

這種審美的視角卻局限於文人階層。其次，花譜著者雖極力標榜評點作品的價值，認爲是弘揚藝術，引領風尚，補充艷史，甚至可與香草美人之思相比肩，但值得注意的是，這些花譜多爲文人匿名所作，所起筆名多難以追溯到作者的真實姓名，即使個別可以辨別出作者本人的真實姓名，但其所創作過的梨園花譜也斷斷不會入其詩集、文集。從匿名而作、不入詩文集這一點來看，這些花譜在文人心中的地位可想而知，與其花譜序言中的標榜之語還是有出入的。再者，這些品題之作是從文人的審美趣味出發的，是士人單方面的娛樂，其眼中的伶人或多或少地融入了刻意美化的因素，呈現出一個個恍若天人的伶人形象，與實際的伶人生活並不完全相符，從這一點來看，若將《清代燕都梨園史料》中的評點之作當作純粹的史料來看的話，還須謹慎甄別。

品花之風盛行於清代中晚期，梨園花譜作爲文人間的流行讀物，逐漸成爲文人風雅生活的一部分。品花之風的衰落源於劇壇風氣的嬗變與禁優政策的變化，這部分材料多見於花譜的序跋之中，並非以詩品評的方式呈現，因此本著並不展開論述，僅以姚華在《增補菊部羣英·跋》中的記載爲例：

> 宅第相連，聲伎相聞，烏衣子弟時弄粉墨，每每以優爲師。士風豪習，兼濡並染，既無寒瘦可憐之風，亦少金銀市儈之氣。師傳弟受，世世相承，常以不勞而致豐澤。故習其業者衆。國家無事，上下朝野相率以聲色爲歡。殊方遐士，能自致一第至京師者，莫不投縞素、豁耳目焉。快於一時之遇，輒不自已而吟詠之。或最録且被之篇章，以誇其秀。每春宮貢士，則菊部一榜，殆若成例。然其文或傳或不傳，余不及見其盛也。自戊戌(1898)入都，聞榜孟小如以下十人。癸卯(1903)再來，又見榜王琴儂以下十人。迄於甲辰

> (1904)貢舉悉罷,菊榜亦絕。不及十年而國變矣。建國元
> 年(1912),橫被厲禁,而優人與士夫始絕。①

此時文人與伶人的關係已經發生了變化,文人跟從伶人學戲,品花與科舉並榜,二者在身份認同上均已越界,科舉放榜之時新科花榜亦出,如粟海庵居士所言:"聞說尚書有桂郎,百花頭上占春光。歡場佳話君重繼,走馬看花一樣忙"②,這種風氣源於科舉士子與青樓名妓之間的關係,正所謂"春風得意馬蹄疾,一日看盡長安花"③,到清代末期逐漸嬗變爲不僅僅是士人與伶人的關係,更是一種狎優之風,直到清代衰亡,科舉制度也走到了盡頭,民國起嚴禁此風,品花風尚正式進入尾聲。④

① [清]姚華:《增補菊部羣英·跋》,見張次溪編:《清代燕都梨園史料》,上冊,頁448。

② [清]粟海庵居士:《燕臺鴻爪集》,見張次溪編:《清代燕都梨園史料》,上冊,頁258。

③ [唐]孟郊:《登科後》,見華忱之校訂:《孟東野詩集》(北京:人民文學出版社,1959年),頁55。

④ 品花之風的衰落原因及具體狀況參見參見吳存存:《清代梨園花譜流行狀況考略》,《漢學研究》,第26卷(2008年),頁163—186。

結論　清代觀劇詩的價值與局限

　　觀劇詩在戲曲成熟時期産生，伴隨戲曲發展，内涵日益豐富，清代文人大量創作觀劇詩，其作品規模與藝術價值都不容小覷。遺憾的是，以往研究中，觀劇詩常常處於缺席的地位，關注者較少。本著著意搜集和整理清代觀劇詩，並從戲曲史、文化史的視角切入，以歷時脈絡闡釋了清代觀劇詩的價值與貢獻。

一　文獻價值

　　清代觀劇詩散見於文人詩集之中，整理工作浩繁，筆者在趙山林教授《歷代詠劇詩選注》及趙興勤、趙韡合編《清代散見戲曲史料彙編》（詩詞卷）的基礎上共搜集清人所作觀劇詩 5000 餘首，較前人研究成果新增觀劇詩史料 3000 餘首，並將其分類、編排、分析、歸納，共選擇清代文人 150 余家，涉及觀劇詩作品 500 餘首，組織成文，以史論形式進行闡述。這些史料不僅是觀劇詩資料的大大補充，同時也暗含著一些尚不爲人知的劇碼和伶人本事，有助於佐證戲曲史上某些懸而未決的疑問。

二 文化史價值

本著立足于新文化史研究的一隅，力求打破以往作家、作品、人物、情節分析或傳統文學研究的理路，轉向以觀劇詩爲文化史料，從中解讀出與清代政治、文化、社會密切相關的歷史發展軌跡。顏昆陽教授曾提出"中國詩用學"的概念，即將古典詩歌的敘述用以解答或彰顯社會文化行爲。他認爲，所謂的"個體意識"，即"一個人對於生命實存與行爲價值的認知，強調個體不可共有之特性，將個體視爲獨立而相對於其他團體，而不必去服從超越個體以上的集體共有之更高價值。"而"集體意識"便是"相對於個體意識，是一個人對於生命實存與行爲價值的認知，將主體價值意向與群體共同價值合一，具有儒家淑世之理想性。"①由此，觀劇詩的文化史價值主要體現在以下幾個方面：

第一，觀劇詩多出自文人之手，其理論性和藝術性相對較高，同時又具備詩美的文人情懷。集體意識之所以能夠實現詩用學的表達，與詩歌自身的"言志""緣情"等特性是分不開的，清代文人不約而同地選擇以觀劇詩來寄託自身心緒，便是"詩緣情"的展現。觀劇詩的詩用表達兼及文人的自覺與不自覺兩種樣態，如面對易代的艱難抉擇、對明史的反思，表面上是在觀劇，實則暗含了自我掩飾的傾向，是爲文人自覺選擇觀劇詩來承載文人心緒。

第二，觀劇詩伴隨清代戲曲活動始終，既展現了社會生活風貌，又兼顧不同個體的審美旨趣。集體意識可以展現不同觀者

---

① 參見顏昆陽：《論唐代"集體意識詩用"的社會文化行爲現象——建構"中國詩用學"初論》，《東華人文學報》，1999年，第1期，頁47。

思想變化的軌跡，並不意味著這些集體意識是一維的，在集體意識之中還有不同面向的個體意識支撐，形成"主體價值意向與群體共同價值合一"。面對盛世之音，無論歌頌皇恩，亦或思及自身，絲竹閑賞，亦或商業炒作，乃至女性文人群體的介入，無論是描繪通宵觀劇、飲酒作樂，還是呼朋引伴，有了這些個體心態的千人千面，才使得不同時期的集體意識顯得更加立體。

第三，觀劇詩的審美標準融合了詩、書、棋、畫等多種藝術來源。受衆對戲曲的評判如同在欣賞一件藝術品一般，除了自身的興寄追求之外，從藝術的視角去看待時，不自覺地將書、畫等評點的審美眼光投射其中。從謝赫《古畫品録》的"氣韻""骨法""應物""隨類""經營""傳移"，到庾肩吾的《書品》、李嗣真的《書後品》、張懷瓘的《書斷》、楊慎的《書品》、沈約的《棋品》等，均爲觀劇詩的戲曲評點提供了借鑒，將多樣化的批評之學投射於戲曲身上，融合了文人對戲曲審美的理性劃分與想像空間，同時可見戲曲之爲大衆娛樂文化的包容性。

三　戲曲史價值

對於戲曲發展而言，觀劇詩並未脫離對戲曲本身的關注，而是進一步補充和完善了戲曲評論系統，形成了"以詩論詞"的新的評點體系。"以詩論曲"在形式上效仿了"以詩論詩""以詩論曲"的模式，旨在以有限的篇幅對戲曲情節、曲律、演員、創作等某一方面的細節進行品評，或將宏觀的戲曲觀念點到爲止，這樣的評點模式對描述性語言的準確性、概括性語言的精煉程度都有較高的要求，是繼文人介入戲曲創作，戲曲文本走向雅化進程之後，文人再次介入戲曲批評，將評點文字進行昇華的過程。清代觀劇詩之于戲曲史的主要貢獻在於：

第一，有效彌合了序跋、單篇理論及隨文批注式戲曲批評的不足，每首觀劇詩既可以獨立成篇，表達完整的審美思想，又能突出對細節的捕捉，既確立了觀劇詩自身的批評標準，又涵蓋了演員、技藝、唱腔、韻律等多層次的批評面向。

第二，以詩體形式進行批評，對評點語言的精准程度要求極高，是戲曲評點之學進一步發展的重要標誌，尤其是觀劇組詩及其所蘊含的明確的戲曲觀念，爲戲曲的創作和構思確立了標準和典範。

第三，觀劇詩記載了觀者與伶人之間的交往，以及對伶人技藝的評點，多次引領審美風尚。從《燕蘭小譜》到《情天外史》系列，伶人品級由三級精細到十級，並得到廣泛認同，甚至成爲爲伶人製造聲勢和名望的手段，其流行程度之高，一直延續至民國時期。

第四，作爲戲曲評論中獨特的一隅，清代觀劇詩已經成爲文人評點戲曲的一種成熟手段，既符合風雅之趣，又成爲加速戲曲傳播的有力推手，是戲曲文化傳播的重要媒介。尤其是晚清報刊等新媒體的流行，觀劇詩作品的創作數量激增，傳播範圍迅速擴大，爲大衆文化傳播和風土文化的演進作出了極大貢獻。

四　清代觀劇詩的局限

誠然，觀劇詩在清代的評點樣式中尚未成爲獨立的一門，在近現代戲曲研究領域受到的關注並不多，這些都與觀劇詩自身的局限有關。首先，大量的觀劇詩爲文人讌集時所作，有的後來收入文人詩集之中，有的則散佚了。同時又因觀劇詩創作主體爲不同文人，于不同地點、不同時間所作，所觀之劇也不盡相同，在諸多變化因素之下，很難觀察觀劇詩的生成變化軌跡，也很難以統一的審美標準進行傳承。其次，觀劇詩作爲詩歌本身，在詩學方面並不具有較高的藝術性，既無固定的創作章法，又未形成一定的詩歌風格，因此很難被詩家或詩歌研究者留意。再次，因爲詩體形式的局限，觀劇詩中所呈現出的戲曲觀念不能加以詳細論述或佐證，因此，若用觀劇詩的材料證明戲曲史或文化史中的某些問題，不可避免地要輔以相關的其他文體材料進行互證。這些自限性特徵同時也是研究觀劇詩的難點所在。

引用書目

凡例

一、本著引用書目分爲中文文獻和英文文獻兩部分,中文文獻包括古籍、專著、譯著、單篇論文、學位論文和數據庫;英文文獻包括專著和單篇論文。

二、引用書目排列以年代爲序,同年代者以作者姓氏首字母爲序。

一、中文文獻

(一)古籍

(1) 周振甫譯注:《詩經譯注》。北京:中華書局,2002 年。

(2) [戰國]莊周著;陳鼓應譯:《〈莊子〉今注今譯》。臺北:臺灣商務印書館,1987 年。

(3) [漢]班固著;楊家駱主編:《新校本漢書》。臺北:鼎文書局,1986 年。

(4) [漢]司馬遷:《史記》。北京:中華書局,1982 年。

(5) [魏]曹植著;黃節注:《曹子建詩注》。臺北:藝文出版社,

1975 年。

(6) ［東晉］陶淵明著；龔斌校箋：《陶淵明集校箋》。上海：上海古
　　籍出版社，2011 年。

(7) ［南朝宋］劉義慶著；余嘉錫箋疏：《世說新語箋疏》。北京：中
　　華書局，1983 年。

(8) ［南朝梁］劉勰：《文心雕龍》，載《四部備要》，集部，第 100 冊。

(9) ［南朝梁］蕭統：《昭明文選》。沈陽：春風文藝出版社，
　　1995 年。

(10) ［北周］庾信：《庾子山集》，載《景印文淵閣四庫全書》，第
　　1064 冊。

(11) ［唐］杜甫：《杜工部集》。長沙：嶽麓書社，1989 年。

(12) ［唐］杜牧著；［清］馮集梧注：《樊川詩集注》。上海：上海古
　　籍出版社，1962 年。

(13) ［唐］賈島著；黃鵬箋注：《賈島詩集箋注》。成都：巴蜀書社，
　　2002 年。

(14) ［唐］孟郊著；華忱之校訂：《孟東野詩集》。北京：人民文學
　　出版社，1959 年。

(15) ［唐］李延壽：《南史》，載《景印文淵閣四庫全書》，第 261 冊。

(16) ［唐］釋惠能：《壇經》。大正新修大藏經本。

(17) ［唐］釋皎然：《詩式》。臺北：藝文印書館，1968 年。

(18) ［唐］司空圖：《二十四詩品》，載［清］何文煥編：《歷代詩話》。
　　臺北：漢京文化事業公司，1983 年。

(19) ［唐］吳競：《樂府古題解要》，載《四庫全書存目叢書》，第
　　415 冊。

(20) ［宋］歐陽修等：《新唐書》，載《四部備要》，史部，第 276 冊。

(21) ［宋］沈括：《夢溪筆談》。臺北：臺灣師範大學出版中心，

2012 年。

（22）［宋］蘇軾著；譚新紅等編：《蘇軾詞全集》。武漢：崇文書局，
2011 年。

（23）［宋］蘇舜欽著；楊重華注釋：《蘇舜欽詩詮注》。重慶：重慶
出版社，1988 年。

（24）［宋］薛居正：《舊五代史》。北京：中華書局，1976 年。

（25）［宋］晏殊著；張草紉箋注：《二晏詞箋注》。上海：上海古籍
出版社，2008 年。

（26）［宋］嚴羽著；陳超敏評注：《滄浪詩話評注》。上海：三聯書
店，2013 年。

（27）［宋］鄭樵：《七音略》。臺北：藝文印書館，1975 年。

（28）唐圭璋：《全宋詞》。北京：中華書局，1965 年。

（29）［元］脫脫：《宋史》，乾隆武英殿刻本。

（30）［元］王伯成：《天寶遺事諸宮調》。天津：天津古籍出版社，
1986 年。

（31）［元］夏庭芝著；孫崇濤，徐宏圖合注：《青樓集箋注》。北京：
中國戲劇出版社，1990 年。

（32）［元］元好問著；施國祁注，麥朝樞校：《元遺山詩集箋注》。
北京：人民文學出版社，1989 年。

（33）［元］燕南芝庵：《唱論》，載任中敏編：《新曲苑》。臺北：中華
書局，1930 年。

（34）［元］周德清：《中原音韻》。臺北：藝文印書館，2001 年。

（35）陳常錦選注：《元曲》。貴陽：貴州人民出版社，2000 年。

（36）徐征等主編：《全元曲》。石家莊：河北教育出版社，
1998 年。

（37）［明］侯方域：《壯悔堂集》。臺北：臺灣商務印書館，

1937 年。

(38)［明］湯顯祖著;錢南揚校點:《湯顯祖戲曲集》。上海:上海古籍出版社,1978 年。

(39)［明］湯顯祖著;徐朔方箋校:《湯顯祖詩文集》。上海:上海古籍出版社,1982 年。

(40)［明］湯顯祖著;徐朔方箋校:《湯顯祖全集》。北京:北京古籍出版社,1998 年。

(41)［明］徐渭:《四聲猿》。上海:上海古籍出版社,1984 年。

(42)［明］王驥德著;陳多,葉長海合注:《曲律》。上海:上海古籍出版社,2012 年。

(43)［明］袁宏道參評;屠龍點閱:《虞初志》。臺北:新興書局,1956 年。

(44)［明］袁宏道:《袁中郎全集》。上海:國學整理社,1935 年。

(45)［明］袁無涯:《出像評點忠義水滸全傳》,萬曆袁無涯刻本。

(46)［明］張瀚著;盛冬鈴點校:《松窗夢語》。北京:中華書局,1985 年。

(47)［明］朱權:《太和正音譜》。臺北:學海出版社,1976 年。

(48)［清］百齡:《守意龕詩集》,載《續修四庫全書》,第 1474 冊。

(49)［清］鮑瑞駿:《桐華舸詩鈔》,載《清代詩文集彙編》,第 630 冊。

(50)［清］保培基:《西垣集》,乾隆井谷園刻本。

(51)［清］曹寅:《楝亭詩鈔》,載《四庫全書存目叢書》,第 257 冊。

(52)［清］蔡希邠:《寓真軒詩鈔》,載《清代詩文集彙編》,第 726 冊。

(53)［清］長白浩歌子:《螢窗異草》。濟南:齊魯書社,1985 年。

(54)［清］陳本直:《覆瓿詩草》,載《清代詩文集彙編》,第 526 冊。

（55）［清］陳大章：《玉照亭詩鈔》，載《清代詩文集彙編》，第202 册。

（56）［清］陳錦：《補勤詩存》，載《清代詩文集彙編》，第 687 册。

（57）［清］陳文述：《頤道堂集》，載《清代詩文集彙編》，第 504 册。

（58）［清］陳鵬年：《秣陵集》，載《四庫全書存目叢書》，第 259 册。

（59）［清］陳維崧：《迦陵詞全集》，載《續修四庫全書》，第1724 册。

（60）［清］陳允頤：《蘭墅詩存》，載《清代詩文集彙編》，第 771 册。

（61）［清］陳元龍：《愛日堂詩集》，載《四庫全書存目叢書》，第254 册。

（62）［清］陳作霖：《可園詩存》，載《清代詩文集彙編》，第 736 册。

（63）［清］戴殿泗：《風希堂集》，載《清代詩文集彙編》，第 415 册。

（64）［清］戴晟：《瘖硯齋集》，乾隆七年戴有光等刻本。

（65）［清］德保：《樂賢堂詩鈔》，載《清代詩文集彙編》，第 314 册。

（66）［清］丁耀亢著；李增坡主編，張清吉點校：《丁耀亢全集》。鄭州：中州古籍出版社，1999 年。

（67）［清］丁耀亢：《陸舫詩草》，載《四庫全書存目叢書》，第235 册。

（68）［清］丁耀亢：《椒丘詩》，載《四庫全書存目叢書》，第 235 册。

（69）［清］杜濬：《變雅堂集》，載《續修四庫全書》，第 1394 册。

（70）［清］杜首昌：《縮秀園詩選》，載《清代詩文集彙編》，第111 册。

（71）［清］敦敏：《懋齋詩鈔》。上海：上海古籍出版社，1984 年。

（72）［清］鄂爾泰等修；李洵，趙德貴主點：《八旗通志》。長春：東北師範大學出版社，1986 年。

（73）［清］恩華：《求真是齋詩草》，載《清代詩文集彙編》，第

632 冊。

(74)［清］法若真:《黄山詩留》,載《四庫全書存目叢書》,第 212 冊。

(75)［清］范祝崧:《澄清堂詩存》,載《清代詩文集彙編》,第 743 冊。

(76)［清］方希孟:《息園詩存》,載《清代詩文集彙編》,第 739 冊。

(77)［清］方文:《嵞山集》,載《清代詩文集彙編》,第 38 冊。

(78)［清］方鑄:《華胥赤子遺集》,載《清代詩文集彙編》,第 774 冊。

(79)［清］馮元錫:《馮侍御遺藁》,載《清代詩文集彙編》,第 524 冊。

(80)［清］龔鼎孳:《定山堂詩集》,載《續修四庫全書》,第 1402— 1403 冊。

(81)［清］龔自珍:《龔定庵全集類編》。北京:中國書店, 1991 年。

(82)［清］宮爾鐸:《思無邪齋詩存》,載《清代詩文集彙編》,第 741 冊。

(83)［清］顧景星:《白茅堂集》,載《四庫全書存目叢書》,第 205 冊。

(84)［清］顧嗣立:《元詩選》,載《景印文淵閣四庫全書》,第 1468 冊。

(85)［清］顧澍:《金粟影菴存稿》,載《清代詩文集彙編》,第 800 冊。

(86)［清］何剛德:《春明夢録》。上海:上海古籍出版社, 1983 年。

(87)［清］洪亮吉:《洪亮吉集》。北京:中華書局,2001 年。

(88) ［清］洪昇著；［日］竹村則行（たけむらのりゆき），康保成箋注：《長生殿》。鄭州：中州古籍出版社，1999 年。

(89) ［清］蘅塘退士編；鴛湖散人撰輯：《唐詩三百首集釋》。臺北：藝文印書館，1977 年。

(90) ［清］黃定文：《東井詩鈔》，載《清代詩文集彙編》，第 416 冊。

(91) ［清］黃宗羲：《南雷文定》。上海：商務印書館，1937 年。

(92) ［清］黃宗羲著；沈善洪編：《黃宗羲全集》。杭州：浙江古籍出版社，2005 年。

(93) ［清］黃周星：《製曲枝語》，載《中國古典戲曲論著集成》。北京：中國戲劇出版社，1959 年。

(94) ［清］胡鳳丹：《退補齋詩存》，載《清代詩文集彙編》，第 693 冊。

(95) ［清］胡世安：《秀巖集》，載《四庫全書存目叢書》，第 196 冊。

(96) ［清］胡季堂：《培蔭軒詩集》，載《清代詩文集彙編》，第 365 冊。

(97) ［清］紀昀著；孫致中等校點：《紀曉嵐文集》。石家莊：河北教育出版社，1991 年。

(98) ［清］紀邁宜：《儉重堂詩》，載《清代詩文集彙編》，第 243 冊。

(99) ［清］江蘭：《倚雲樓詩草》，道光十八年刻本。

(100) ［清］金張：《岕老編年詩鈔》，載《四庫全書存目叢書》，第 254 冊。

(101) ［清］靜齋居士：《四愁吟樂府》，嘉慶刻本。

(102) ［清］姜城：《憶存齋詩稿》，道光二十六年刻本。

(103) ［清］蔣士銓：《蔣士銓戲曲集》。北京：中華書局，1993 年。

(104) ［清］蔣錫震：《青溪詩偶存》，載《四庫全書存目叢書》，第 264 冊。

(105) 〔清〕孔尚任:《桃花扇》。杭州:浙江古籍出版社,1989 年。

(106) 〔清〕孔尚任著;汪蔚林主編:《孔尚任全集》。北京:中華書局,1962 年。

(107) 〔清〕孔貞瑄:《聊園詩略》,載《四庫全書存目叢書》,第232 册。

(108) 〔清〕黎簡:《五百四峯堂詩鈔》,載《清代詩文集彙編》,第417 册。

(109) 〔清〕黎汝謙:《夷牢溪廬詩鈔》,載《清代詩文集彙編》,第776 册。

(110) 〔清〕李斗:《揚州畫舫録》。北京:學苑出版社,2001 年。

(111) 〔清〕李來章:《禮山園詩集》,載《四庫全書存目叢書》,第246 册。

(112) 〔清〕李天馥:《容齋千首詩》,載《清代詩文集彙編》,第138 册。

(113) 〔清〕李漁:《閒情偶寄》。北京:中國社會出版社,2005 年。

(114) 〔清〕李元鼎:《石園全集》,載《四庫全書存目叢書》,第196 册。

(115) 〔清〕李贄:《焚書》。北京:中華書局,1974 年。

(116) 〔清〕李振裕:《白石山房集》,載《四庫全書存目叢書》,第243 册。

(117) 〔清〕李嵂瑞:《後圃編年稿》,載《四庫全書存目叢書》,第222 册。

(118) 〔清〕龍啟瑞:《浣月山房詩集》,載《清代詩文集彙編》,第655 册。

(119) 〔清〕劉大紳:《寄庵詩文鈔》,載《清代詩文集彙編》,第421 册。

(120) ［清］劉墉:《文青遺集》,載《清代詩文集彙編》,第 348 冊。

(121) ［清］劉雲份:《名媛詩選》,貝葉山房刻本。

(122) ［清］劉廷璣:《葛莊分體詩鈔》,載《四庫全書存目叢書》,第 260 冊。

(123) ［清］梁濬:《劍虹齋集》,載《清代詩文集彙編》,第 300 冊。

(124) ［清］凌廷堪:《校禮堂詩集》,載《清代詩文集彙編》,第 448 冊。

(125) ［清］魯曾煜:《三州詩鈔》,載《四庫全書存目叢書》,第 270 冊。

(126) ［清］陸世儀:《桴亭先生詩集》,載《四庫全書存目叢書》,第 1398 冊。

(127) ［清］冒襄輯:《同人集》,載《四庫全書存目叢書》,第 385 冊。

(128) ［清］冒襄:《影梅庵憶語》,載徐元濟輯:《閨中憶語五種》。北京:中國廣播電視出版社,1993 年。

(129) ［清］冒襄:《巢民詩集》,載《續修四庫全書》,第 1399 冊。

(130) ［清］毛師柱:《端峰詩選》,康熙三十三年王吉武刻本。

(131) ［清］梅清:《瞿山詩略》,載《四庫全書存目叢書》,第 222 冊。

(132) ［清］閔爾昌:《碑傳集補》,載周駿富輯:《清代傳記資料叢刊》。臺北:明文書局,1985 年。

(133) ［清］潘耒:《遂初堂集》,清康熙刻本。

(134) ［清］潘正亨:《萬松山房詩鈔》,載《清代詩文集彙編》,第 528 冊。

(135) ［清］潘鍾麟:《深秀亭詩集》,載《四庫全書存目叢書》,第 249 冊。

（136）［清］彭定求等：《全唐詩》。北京：中華書局，1960 年。

（137）［清］彭啟豐：《芝庭先生集》，載《清代詩文集彙編》，第 296 冊。

（138）［清］彭淑：《秋潭詩集》，載《清代詩文集彙編》，第 418 冊。

（139）［清］彭兆蓀：《小謨觴館詩集》，載《清代詩文集彙編》，第 492 冊。

（140）［清］錢謙益：《牧齋初學集》，載《清代詩文集彙編》，第 1 冊。

（141）［清］錢謙益：《牧齋有學集》。上海：上海古籍出版社，1996 年。

（142）［清］錢載：《蘀石齋詩集》，載《清代詩文集彙編》，第 314 冊。

（143）［清］秦瀛：《小峴山人集》，載《清代詩文集彙編》，第 407 冊。

（144）［清］屈復：《弱水集》，載《清代詩文集彙編》，第 223 冊。

（145）［清］阮元輯：《淮海英靈集》，載《叢書集成初編》，第 1797 冊。

（146）［清］茹綸常：《容齋詩集》，載《續修四庫全書》，第 1457 冊。

（147）［清］沈德潛：《歸愚詩鈔餘集》，載《清代詩文集彙編》，第 234 冊。

（148）［清］沈赤然：《五研齋詩鈔》，載《清代詩文集彙編》，第 411 冊。

（149）［清］沈景脩：《蒙廬詩存》，載《清代詩文集彙編》，第 730 冊。

（150）［清］沈廷芳：《隱拙齋集》，載《清代詩文集彙編》，第 298 冊。

(151)［清］沈翼機:《澹初詩稿》,載《四庫全書存目叢書》,第
  263 冊。

(152)［清］施山:《通雅堂詩鈔》,載《清代詩文集彙編》,第
  730 冊。

(153)［清］舒位:《缾水齋詩集》,載《清代詩文集彙編》,第
  479 冊。

(154)［清］宋鳴瓊:《味雪樓詩稿》,道光二十四年刻本。

(155)［清］孫德祖:《守龕詩質》,載《清代詩文集彙編》,第
  744 冊。

(156)［清］孫原湘:《天真閣集》,載《續修四庫全書》,第 1488 冊。

(157)［清］孫枝蔚:《溉堂集》。上海:上海古籍出版社,1979 年。

(158)［清］譚吉璁:《延綏鎮志》,載《景印文淵閣四庫全書》,史
  部,第 227 冊。

(159)［清］譚溥:《四照堂詩集》,載《清代詩文集彙編》,第
  633 冊。

(160)［清］譚宗浚:《荔村草堂詩鈔》,載《清代詩文集彙編》,第
  763 冊。

(161)［清］唐孫華:《東江詩鈔》,載《清代詩文集彙編》,第
  136 冊。

(162)［清］唐英:《陶人心語》,載《清代詩文集彙編》,第 251 冊。

(163)［清］陶季:《舟車集》,載《四庫全書存目叢書》,第 258 冊。

(164)［清］陶樑:《紅豆樹館詞》,載《清代詩文集彙編》,第
  507 冊。

(165)［清］湯貽汾:《琴隱園詩集》,載《清代詩文集彙編》,第
  526 冊。

(166)［清］田雯:《古歡堂集》,載《景印文淵閣四庫全書》,第

1324 册。

(167) ［清］三泰：《大清律例》，載《景印文淵閣四庫全書》，第
863 册。

(168) ［清］王昶：《春融堂集》，載《清代詩文集彙編》，第 385 册。

(169) ［清］王崇簡：《青箱堂詩集》，載《四庫全書存目叢書》，第
203 册。

(170) ［清］王定安：《塞垣集》，載《清代詩文集彙編》，第 727 册。

(171) ［清］王夫之：《明詩評選》。北京：文化藝術出版社，
1997 年。

(172) ［清］王戩：《突星閣詩鈔》，載《四庫全書存目叢書》，第
249 册。

(173) ［清］王士禛：《蠶尾續集》，載《四庫全書存目叢書》，第
227 册。

(174) ［清］王士禛：《帶經堂集》，載《清代詩文集彙編》，第
134 册。

(175) ［清］王韜：《瑤臺小録》，載《清代傳記叢刊》。臺北：明文書
局，1985 年。

(176) ［清］王廷燦：《似齋詩存》，載《四庫未收書輯刊》，第 28 册。

(177) ［清］王廷鼎：《紫薇花館詩稿》，載《清代詩文集彙編》，第
742 册。

(178) ［清］王錫綸：《怡青堂詩集》，載《清代詩文集彙編》，第
633 册。

(179) ［清］王文柏：《柯庭餘習》，載《清代詩文集彙編》，第
202 册。

(180) ［清］王文治：《夢樓詩集》，載《清代詩文集彙編》，第
370 册。

(181)［清］王陽明:《傳習録》。鄭州:中州古籍出版社,2008 年。

(182)［清］王又曾:《丁辛老屋集》,載《清代詩文集彙編》,第
　　　305 册。

(183)［清］王筠:《繁華夢》,乾隆四十三年(1778)槐慶堂刊本。

(184)［清］汪懋麟:《百尺梧桐閣遺稿》,載《四庫全書存目叢書》,
　　　第 241 册。

(185)［清］汪沆:《槐塘詩稿》,載《清代詩文集彙編》,第 301 册。

(186)［清］汪由敦:《松泉集》,載《景印文淵閣四庫全書》,第
　　　1328 册。

(187)［清］韋謙恒:《傳經堂詩鈔》,載《續修四庫全書》,第
　　　1444 册。

(188)［清］魏子安:《花月痕》,光緒福州吳玉田刊本。

(189)［清］魏象樞:《寒松堂全集》,載《四庫全書存目叢書》,第
　　　213 册。

(190)［清］魏元曠:《中憲詩鈔》,載《清代詩文集彙編》,第
　　　784 册。

(191)［清］吳慈鶴:《吳侍讀全集》,載《清代詩文集彙編》,第
　　　524 册。

(192)［清］吳東發:《尊道堂詩鈔》,載《清代詩文集彙編》,第
　　　418 册。

(193)［清］吳德純:《聽蟬書屋詩録》,載《清代詩文集彙編》,第
　　　739 册。

(194)［清］吳偉業著;李學穎集評標校:《吳梅村全集》。上海:上
　　　海古籍出版社,1999 年。

(195)［清］吳嵩梁:《香蘇山館今體詩鈔》,載《清代詩文集彙編》,
　　　第 482 册。

(196) ［清］吳之振：《黃葉邨莊詩集》，載《四庫全書存目叢書》，第237 册。

(197) ［清］先著：《之溪老生集》，載《清代詩文集彙編》，第182 册。

(198) ［清］徐釚：《本事詩》，載《續修四庫全書》，第 1699 册。

(199) ［清］徐釚：《南州草堂續集》，載《清代詩文集彙編》，第141 册。

(200) ［清］徐珂：《清稗類鈔》。北京：中華書局，1986 年。

(201) ［清］徐士霖：《養源山房詩鈔》，載《清代詩文集彙編》，第757 册。

(202) ［清］徐倬：《汗漫集》，載《四庫全書存目叢書》，第 246 册。

(203) ［清］徐賢傑：《三山吟草》，載《清代詩文集彙編》，第726 册。

(204) ［清］薛所蘊：《桴菴詩集》，載《四庫全書存目叢書》，第197 册。

(205) ［清］姚範：《援鶉堂詩集》，載《清代詩文集彙編》，第298 册。

(206) ［清］姚燮：《復莊詩問》，載《清代詩文集彙編》，第 618 册。

(207) ［清］閻爾梅：《白耷山人詩集》，載《續修四庫全書》，第1394 册。

(208) ［清］嚴辰：《墨花吟館詩鈔》，載《清代詩文集彙編》，第689 册。

(209) ［清］嚴熊：《嚴白雲詩集》，乾隆十九年嚴有禧刻本。

(210) ［清］楊芳燦：《芙蓉山館全集》，載《續修四庫全書》，第1477 册。

(211) ［清］楊鸞：《邀雲樓六種》。北京：北京出版社，1997 年。

（212）［清］楊米人等著；路工編選：《清代北京竹枝詞》。北京：北京出版社，1962 年。

（213）［清］楊深秀：《雪虛聲堂詩鈔》，載《續修四庫全書》，第1567 冊。

（214）［清］楊鑄：《白春堂詩》，載《清代詩文集彙編》，第 525 冊。

（215）［清］野航：《酬紅記》，東京大學東洋文化研究所藏民國十三年上海葉氏掃葉山房石印本。

（216）［清］葉德輝輯：《檜門觀劇絕句》，葉氏觀古堂刻本。

（217）［清］葉廷琯：《鷗陂漁話》。上海：新文化書社，1934 年。

（218）［清］葉燮：《己畦詩集》，載《四庫全書存目叢書》，第244 冊。

（219）［清］尹繼善：《尹文端公詩集》，載《清代詩文集彙編》，第279 冊。

（220）［清］應是：《縱釣居文集》，載《四庫全書存目叢書》，第242 冊。

（221）［清］袁枚著；王英志主編：《袁枚全集》。南京：江蘇古籍出版社，1993 年。

（222）［清］袁嘉：《湘痕閣詩稿》，載《隨園三十六種》。上海：集成圖書公司，1908 年。

（223）［清］鴛湖煙水散人：《女才子書》，載《古本小説集成》，第51 冊。

（224）［清］余懷：《板橋雜記》。上海：上海古籍出版社，2009 年。

（225）［清］俞樾：《春在堂詩編》，載《續修四庫全書》，第 1550 冊。

（226）［清］喻文鏊：《紅蕉山館詩鈔》，載《清代詩文集彙編》，第414 冊。

（227）［清］惲珠輯：《國朝閨秀正始集》，道光十一年紅香館刻本。

（228）［清］查揆：《篔谷詩文鈔》，載《續修四庫全書》，第 1494 冊。

（229）［清］查慎行：《敬業堂詩集》，載《景印文淵閣四庫全書》，第 1326 冊。

（230）［清］查爲仁：《蓮坡詩話》。北京：中華書局，1985 年。

（231）［清］趙希璜：《四百三十二峯草堂詩鈔》，載《清代詩文集彙編》，第 413 冊。

（232）［清］趙翼：《趙翼全集》。南京：鳳凰傳媒出版社，2009 年。

（233）［清］趙俞：《紺寒堂詩集》，載《四庫全書存目叢書》，第 255 冊。

（234）［清］趙執信：《因園集》，載《景印文淵閣四庫全書》，第 1325 冊。

（235）［清］趙爾巽等：《清史稿》。北京：中華書局，1977 年。

（236）［清］詹應甲：《賜綺堂集》，載《續修四庫全書》，第 1484 冊。

（237）［清］章學誠：《校讎通義》。北京：中華書局，1985 年。

（238）［清］張廷玉：《明史》，乾隆武英殿刻本。

（239）［清］張潮輯：《虞初新志》。石家莊：河北人民出版社，1985 年。

（240）［清］張預：《崇蘭堂詩初存》，載《清代詩文集彙編》，第 744 冊。

（241）［清］周家禄：《壽愷堂集》，載《清代詩文集彙編》，第 762 冊。

（242）［清］周樂清：《靜遠草堂初稿》，載《清代稿鈔本》。廣州：廣東人民出版社，2007 年。

（243）［清］左輔：《念宛齋詩集》，嘉慶刻本。

（244）［清］宗韶：《四松草堂詩畧》，載《清代詩文集彙編》，第 753 冊。

（245）〔清〕宗元鼎：《芙蓉集》，載《四庫全書存目叢書》，第
　　　238 册。

（246）〔清〕宗元瀚：《頤情館詩鈔》，載《清代詩文集彙編》，第
　　　727 册。

（247）〔清〕鄒式金：《雜劇三集》，載《續修四庫全書》，第 1765 册。

（248）〔清〕鄒弢：《三借廬集》，載《清代詩文集彙編》，第 773 册。

（249）〔清〕朱棟：《二垞詩稿》，載《清代詩文集彙編》，第 416 册。

（250）〔清〕朱寯瀛：《金粟山房詩鈔》，載《清代詩文集彙編》，第
　　　759 册。

（251）〔清〕朱經：《燕堂詩鈔》，載《四庫全書存目叢書》，第
　　　258 册。

（252）〔清〕朱彝尊：《暴書亭集》，載《清代詩文集彙編》，第
　　　116 册。

（253）蔡毅：《中國古典戲曲序跋彙編》。濟南：齊魯書社，
　　　1989 年。

（254）方秀潔（Grace Fong），〔美〕伊維德（Wilt L. Idema）合編：
　　　《美國哈佛大學燕京圖書館藏明清婦女著述叢刊》。南
　　　京：廣西師範大學出版社，2009 年。

（255）彭國忠，胡曉明合編：《江南女性別集》（第三、四編）。合
　　　肥：黃山書社，2014 年。

（256）俞爲民，孫蓉蓉合編：《歷代曲話彙編》（清代編）。合肥：黃
　　　山書社，2008 年。

　　　（二）專著

（1）柏樺：《水繪仙侶——1642－1651：冒辟疆與董小宛》。上海：
　　　東方出版社，2008 年。

（2）包遵彭：《〈明史〉編纂考》。臺北：臺灣學生書局，1968 年。

（3）包遵彭：《〈明史〉考證扶微》。臺北：臺灣學生書局，1968 年。

（4）程蕓：《湯顯祖與晚明戲曲的嬗變》。北京：中華書局，2006 年。

（5）程炳達，王衛民：《中國歷代曲論釋評》。北京：民族出版社，2010 年。

（6）蔡毅，胡有清：《中國歷代飲酒詩賞析》。南京：江蘇文藝出版社，1991 年。

（7）陳芳英：《目連救母故事之演進及其有關文學之研究》。臺北：臺灣大學出版社，1983 年。

（8）陳寅恪：《柳如是別傳》。臺北：里仁書局，1985 年。

（9）陳維昭：《中國戲曲的雙重義闥》。南京：鳳凰傳媒出版集團，2011 年。

（10）蔡仲德：《中國音樂美學史論》。北京：人民音樂出版社，1988 年。

（11）丁福保：《佛學大辭典》。北京：文物出版社，1984 年。

（12）丁淑梅：《清代禁毀戲曲史料編年》。成都：四川大學出版社，2010 年。

（13）丁汝芹：《清代內廷演戲史話》。北京：紫禁城出版社，1999 年。

（14）戴雲：《〈勸善金科〉研究》。北京：北京師範大學出版社，2006 年。

（15）傅惜華：《清代雜劇全目》。北京：人民文學出版社，1981 年。

（16）郭英德：《明清傳奇綜錄》。石家莊：河北教育出版社，1997 年。

（17）葛萬里：《清錢牧齋先生謙益年譜》，載王雲五：《新編中國名人年譜集成》。臺北：臺灣商務印書館，1981 年。

(18) 葛曉音：《八代詩史》。北京：中華書局，2012 年。

(19) 龔鵬程：《遊的精神文化史論》。石家莊：河北教育出版社，
2001 年。

(20) 龔鵬程：《中國文人階層史論》。宜蘭：佛光人文社會學院，
2002 年。

(21) 高彥頤：《閨塾師：明末清初江南的才女文化》。南京：江蘇
人民出版社，2005 年。

(22) 黃仕忠：《日本所藏中國戲曲文獻研究》。北京：高等教育出
版社，2011 年。

(23) 黃仕忠，[日]大木康：《日本東京大學東洋文化研究所雙紅
堂文庫藏稀見中國鈔本曲本彙刊》。南寧：廣西師範大學
出版社，2013 年。

(24) 胡文楷：《歷代婦女著作考》。上海：上海古籍出版社，
2008 年。

(25) 胡適：《胡適文存》。香港：現代書店，1953 年。

(26 胡忌：《菊花新曲破：胡忌學術論文集》。北京：中華書局，
2008 年。

(27) 江慶柏：《清代人物生卒年表》。北京：人民文學出版社，
2005 年。

(28) 柯劭忞：《新元史》。民國九年退耕堂刻本。

(29) 勞思光：《中國哲學概論》。臺北：五南圖書股份有限公司，
2005 年。

(30) 李修生：《古本戲曲劇目提要》。北京：文化藝術出版社，
1997 年。

(31) 李致遠：《明清戲曲序跋研究》。北京：知識產權出版社，

2011 年。

（32）李克和等：《明清曲論個案研究》。北京：中國社會科學出版社，2010 年。

（33）李聖華：《方文年譜》。北京：人民文學出版社，2007 年。

（34）李惠綿：《元明清戲曲搬演論研究》。臺北：文史哲出版社，1987 年。

（35）梁乙真：《清代婦女文學史》。臺北：中華書局，1979 年。

（36）羅麗容：《清人戲曲序跋研究》。臺北：里仁書局，2002 年。

（37）陸萼庭：《清代戲曲家叢考》。北京：學林出版社，1995 年。

（38）廖奔：《中國古代劇場史》。鄭州：中州古籍出版社，1997 年。

（39）馬廉：《不等大雅堂文庫珍本戲曲叢刊》。北京：學苑出版社，2003 年。

（40）牟宗三：《中西哲學之會通十四講》。臺北：臺灣學生書局，1990 年。

（41）牟宗三：《才性與玄理》。臺北：臺灣學生書局，1993 年。

（42）苗建華：《古琴美學思想研究》。上海：上海音樂學院出版社，2006 年。

（43）冒廣生：《冒巢民先生年譜》，載《北京圖書館藏珍本年譜叢刊》，第 70 冊。北京：北京圖書館出版社，1999 年。

（44）潘麗珠：《清代中期燕都梨園史料評藝三論研究》。臺北：里仁書局，1998 年。

（45）齊森華等：《中國曲學大辭典》。杭州：浙江教育出版社，1997 年。

（46）喬治忠：《清朝官方史學研究》。臺北：文津出版社，1994 年。

（47）任半塘：《唐戲弄》。上海：上海古籍出版社，1984 年。

（48）孫書磊：《明末清初戲曲研究》。北京：社會科學文獻出版社，2007 年。

（49）孫崇濤：《戲曲文獻學》。太原：山西教育出版社，2008 年。

（50）孫崇濤，徐宏圖：《戲曲優伶史》。北京：文化藝術出版社，1995 年。

（51）首都圖書館：《明清抄本孤本戲曲叢刊》。北京：線裝書局，1996 年。

（52）施旭升：《戲曲文化學》。臺北：秀威出版社，2015 年。

（53）譚正璧：《中國婦女文學史》。天津：百花文藝出版社，2001 年。

（54）王國維：《宋元戲曲史》。臺北：臺灣商務印書館，1975 年。

（55）王國維：《唐宋大曲考》，載《王國維遺書》，第 10 冊。上海：上海書店出版社，2011 年。

（56）王國維：《宋元戲曲考》，載《王國維遺書》，第 10 冊。上海：上海書店出版社，2011 年。

（57）王國維：《戲曲考原》，載《王國維全集》，第 1 冊。杭州：浙江教育出版社；廣州：廣東教育出版社，2009 年。

（58）王芷章：《清代伶官傳》。上海：商務印書館，2014 年。

（59）王永寬：《清代雜劇選》。鄭州：中州古籍出版社，1994 年。

（60）吳梅：《中國戲曲概論》。上海：上海書店，1989 年。

（61）謝雍君：《傅惜華古典戲曲提要箋證》。北京：學苑出版社，2010 年。

（62）蕭善因：《清代戲曲選注》。上海：上海古籍出版社，2010 年。

（63）許祥麟：《京劇劇目概覽》。天津：天津古籍出版社，

2003 年。

(64) 徐扶明:《牡丹亭研究資料考釋》。上海:上海古籍出版社，1987 年。

(65) 項陽:《中國弓弦樂器史》。北京:國際文化出版公司，1999 年。

(66) 俞爲民,孫蓉蓉:《歷代曲話彙編》(清代編)。合肥:黃山書社,2009 年。

(67) 楊劍明:《曲話文體考論》。上海:上海古籍出版社，2013 年。

(68) 么書儀:《晚清戲曲變革》。臺北:秀威出版社,2008 年。

(69) 嚴迪昌:《清詩史》。杭州:浙江古籍出版社,2002 年。

(70) 周妙中:《清代戲曲史》。鄭州:中州古籍出版社,1987 年。

(71) 周育德:《湯顯祖論稿》。北京:文化藝術出版社,1991 年。

(72) 張次谿:《清代燕都梨園史料》。北京:中國戲劇出版社，1988 年。

(73) 朱家溍,丁汝芹:《清代内廷演劇始末考》。北京:中國書店，2007 年。

(74) 趙山林:《歷代詠劇詩歌選注》。北京:書目文獻出版社，1988 年。

(75) 趙山林:《中國戲曲傳播接受史》。上海:上海世紀出版集團,2008 年。

(76) 趙山林:《明代詠崑曲詩歌選注》。臺北:秀威出版社，2014 年。

(77) 趙興勤,趙韡:《清代散見戲曲史料彙編》(詩詞卷),載《古典文獻研究輯刊》,第 18 編,第 15－17 册。臺北:花木蘭文化出版社,2014 年。

(78) 莊一拂:《古典戲曲存目匯考》。上海:上海古籍出版社,1982 年。

(79) 趙景深,胡忌:《明清傳奇選》。北京:中國青年出版社,2010 年。

(80) 張庚:《張庚戲劇論文集(1959－1965)》。北京:文化藝術出版社,1984 年。

(81) 張慧劍:《明清江蘇文人年表》。上海:上海古籍出版社,1986 年。

(82) 張仲謀:《貳臣人格》。武漢:長江文藝出版社,1996 年。

(83) 朱義禄:《逝去的啟蒙:明清之際啟蒙學者的文化心態》。鄭州:河南人民出版社,1995 年。

(84) 趙園:《明清之際士大夫研究》。北京:北京大學出版社,1999 年。

(85) 趙園:《制度·言論·心態:〈明清之際士大夫研究〉續編》。北京:北京大學出版社,2006 年。

(86) 趙園:《明清之際的思想與言説》。上海:復旦大學出版社,2010 年。

(87) 趙園:《家人父子——由人倫探訪明清之際士大夫的生活世界》。北京:北京大學出版社,2015 年。

(88) 鄭毓瑜:《文本風景:自我與空間的相互定義》。臺北:麥田出版社,2014 年。

(89) 鍾慧玲:《清代女詩人研究》。臺北:里仁書局,2000 年。

(90) 曾祖蔭:《中國古典美學範疇》。臺北:丹青圖書有限公司,1987 年。

(91) 朱光潛:《西方美學史》。新北:頂淵文化事業有限公司,2011 年。

(92) 朱光潛:《詩論新編》。臺北:洪範書店,1982 年。

(93) 朱光潛:《談文學》。南寧:廣西師範大學出版社,2004 年。

(94) 朱光潛:《詩與畫的界限》。臺北:蒲公英出版社,1986 年。

(95) 宗白華:《美學散步》。上海:上海人民出版社,2005 年。

(96) 張西平:《西方漢學十六講》。北京:外語教學與研究出版社,2011 年。

(97) 周貽白:《中國戲曲發展史綱要》。上海:上海古籍出版社,1979 年。

(98) 中國戲曲志編委會:《中國戲曲志》(貴州卷)。北京:中國 ISBN 中心出版社,2000 年。

(三)譯著

(1) 〔德〕萊辛(Gotthold Ephraim Lessing)著;朱光潛譯:《詩與畫的界限》。臺北:蒲公英出版社,1986 年。

(2) 〔法〕夏提亞(Roger Chartier)著;楊尹瑄譯:《"新文化史"存在嗎?》,《臺灣東亞文明研究學刊》,2008 年,第 5 卷,第 1 期。

(3) 〔捷克〕米蘭・昆德拉(Milan Kundera)著;余中先譯:《被背叛的遺囑》。上海:上海譯文出版社,2003 年。

(4) 〔美〕宇文所安(Stephen Owen)著;鄭學勤譯:《追憶:中國古典文學中的往事再現》。上海:上海古籍出版社,1990 年。

(5) 〔日〕青木正兒(あおきまさる)著;王吉廬譯:《中國近世戲曲史》。臺北:臺灣商務印書館,1982 年。

(6) 〔日〕合山究(ごうやまきわむ)著;李寅生譯:《明清女子題壁詩考》,《河池師專學報》,2004 年,第 1 期,頁 53—57。

(7) 〔日〕山根銀二(やまねぎんじ)著;豐子愷譯:《日本的音樂》。北京:人民音樂出版社,1961 年。

(8)〔希臘〕普羅提諾(Plotinus)著；石敏敏譯：《論自然、凝思和太一：《九章集》選譯本》。北京：中國社會科學出版社，2004 年。

(9)〔英〕馬戛爾尼(George Macartney)著；劉半農譯：《乾隆英使觀見記》。上海：中華書局，1916 年。

(10)〔英〕孔復禮(Philip Kuhn)著；陳兼，劉昶合譯：《叫魂——乾隆盛世的妖術大恐慌》。臺北：時英出版社，2000 年。

（四）單篇論文

(1) 包海英：《中國古代詠劇詩中的交遊現象》，《齊魯學刊》，2011 年，第 2 期，頁 125—129。

(2) 曹爽：《詠劇詩與秦腔文化》，《當代戲劇》，1999 年，第 3 期，頁 56—57。

(3) 陳仕國：《從詠劇詩看清代文人對《桃花扇》的接受》，《戲劇藝術》，2013 年，第 3 期，頁 61—64。

(4) 蔡孟珍：《《牡丹亭》聲腔說考辨》，《第二屆中國（撫州）湯顯祖藝術節學術研討會論文匯編》（北京：中國戲劇出版社，2014 年），頁 61—69。

(5) 程蕓：《也談湯顯祖與崑腔的關係》，《文藝研究》，2002 年，第 1 期，頁 85—92。

(6) 杜桂萍：《寫心之旨・自傳之意・小品之格——徐爔《寫心雜劇》的轉型特徵及其戲曲史意義》，《南京師範大學學報》，2006 年，第 6 期，頁 130—136，141。

(7) 范子燁：《論中國古代的"九品文化"》，《求是學刊》，1995 年，第 4 期，頁 96—99。

(8) 關一農：《古典戲曲研究領域的新拓展——讀趙山林《歷代詠劇詩歌選注》》，《藝術百家》，1991 年，第 4 期，頁 118—119。

(9) 龔鵬程：《乾嘉年間的鬼狐怪談》，《中華文史論叢》，第 86 期（2007 年），頁 151－180。

(10) 郭英德：《是"風教"還是"風情"——明清文人傳奇作家的文學觀念散論》，《中州學刊》，1990 年，第 4 期，頁 78－82。

(11) 華瑋：《性別與戲曲批評——試論明清婦女之劇評特色》，《中國文哲研究集刊》，第 9 期（1996 年），頁 193－232。

(12) 華瑋：《女性主義與中國文學史——探討明清婦女之戲曲創作》，中國文學史再思國際研討會，香港：香港科技大學，1995 年。

(13) 黃子平：《危機時刻的思想與言說》，《二十一世紀》，1999 年，第 5 期，頁 62－64。

(14) 胡曉光：《中國真常唯心佛學思想芻議》，《法音》，1997 年，第 2 期，頁 10－14。

(15) 黃義樞：《〈味蘭簃傳奇〉作者考辨》，《戲曲研究》，2010 年，第 1 期，頁 372－378。

(16) 蔣寅：《遺民與貳臣：易代之際士人的生存或文化抉擇——以明清之際爲中心》，《社會科學論壇》，2011 年，第 9 期，頁 26－37。

(17) 劉彥君：《失落的同構——洪昇命運與《長生殿》主題》，《藝術百家》，1995 年，第 1 期，頁 14－21

(18) 陸林：《試論清初戲曲家龍燮及其劇作》，《社會科學輯刊》，2010 年，第 4 期，頁 232－237。

(19) 羅時進：《清詩整理工作亟待推進》，《中國社會科學報》，2013 年 8 月 16 日。

(20) 藍瑞榮：《古代詠劇詩歌略論》，《哈爾濱職業技術學院學報》，2009 年，第 2 期，頁 54－55。

(21) 李惠儀：《明末清初流離道路的難女形象》，《空間與文化場域：空間移動之文化闡釋》（臺北：漢學研究中心，2009 年），頁 143—186。

(22) 李孝悌：《士大夫的逸樂——王士禛在揚州(1660—1665)》，《中研院語言歷史研究所集刊》，第 76 期（2005 年），頁 81—114。

(23) 李碧：《冒襄家班與明清之際戲曲活動》，《明清文學與文獻》，第三輯，頁 363—388。

(24) 李娟：《妙手新攢五色絲——凌廷堪和他的《論曲絕句》》，《語言文學研究》，2011 年，第 6 期，頁 14—15。

(25) 劉于鋒：《乾隆魁首金德瑛及其《檜門觀劇絕句》在晚清的流播》，《中國典籍與文化》，2012 年，第 3 期，頁 66—73。

(26) 駱兵：《論凌廷堪的戲曲理論》，《藝術百家》，2007 年，第 3 期，頁 28—31。

(27) 潘務正：《論沈德潛觀劇詩》，《天中學刊》，2013 年，第 6 期，頁 100—103。

(28) 龐傑，王昊：《血淚分明染竹枝，梁園暮雪競題詩——從詠劇詩看文人對李香君形象的接受》，《長春理工大學學報》，2014 年，第 6 期，頁 106—108。

(29) 蘇珊：《互文性在文學史中的意義網絡及價值》，《中州學刊》，2008 年，第 3 期，頁 221—223。

(30) 蘇子裕：《再論"湯詞端何唱宜黃"——答蔡孟珍教授》，《影劇新作》，2015 年，第 1 期，頁 201—213。

(31) 蘇子裕：《湯顯祖、梅鼎祚劇作腔調問題》，《藝術百家》，1999 年，第 1 期，頁 24—29。

(32) 孫敏強：《試論孔尚任"曲珠"說與〈桃花扇〉之中心意象結構

法》,《文學遺産》,2006 年,第 5 期,頁 106－112,160。

(33) 王福利:《〈摩訶兜勒〉曲名含義及其相關問題》,《歷史研究》,2010 年,第 3 期,頁 89－103,190－191。

(34) 王楠:《元明清戲曲中的屈原形象流變》,《作家》,2013 年,第 18 期,頁 137－138。

(35) 吴晟:《從詠劇詩歌看詩歌與戲曲文體表現的寬度與限度》,《文藝理論研究》,2010 年,第 2 期,頁 123－127。

(36) 吴存存:《清代梨園花譜流行狀況考略》,《漢學研究》,第 26 卷(2008 年),頁 163－184。

(37) 謝婧:《詠劇詩與古代文人觀劇心態》,《戲劇之家》,2013 年,第 9 期,頁 187－189。

(38) 肖阿如,王昊:《論舒位的詠劇詩》,《古籍研究》,2015 年,第 2 期,頁 61－66。

(39) 許金榜:《明清雜劇中的寫心雜劇》,《當代戲劇》,1990 年,第 2 期,頁 63－64。

(40) 夏曉虹:《晚清女性典範的多元景觀——從中外女傑傳到女報傳記欄》,《中國現代文學研究叢刊》,2006 年,第 3 期,頁 17－45。

(41) 徐扶明:《關於屈原的戲曲作品》,《湖北師範大學學報》,1985 年,第 3 期,頁 65－71。

(42) 徐朔方:《答程薈博士對我湯顯祖研究的批評》,《外語與外語教學》,2001 年,第 3 期,頁 23－24。

(43) 徐朔方:《再答程薈博士對我湯顯祖研究的批評》,《文藝研究》,2003 年,第 3 期,頁 91－97。

(44) 顔崑陽:《論唐代"集體意識詩用"的社會文化行爲現象——建構"中國詩用學"初論》,《東華人文學報》,1999 年,第 1

期,頁 43－68。

(45) 俞爲民:《凌廷堪對曲律的考證及其曲論》,《中國戲曲學院學報》,2013 年,第 4 期,頁 1－6。

(46) 趙山林:《詠劇詩歌的價值》,《中國典籍與文化》,1998 年,第 1 期,頁 12－20。

(47) 趙山林:《明代詠劇詩歌簡論》,《中華戲曲》,第 29 輯(2003年),頁 245－264。

(48) 趙山林:《清前期詠劇詩歌簡論》,《中華戲曲》,第 30 輯(2004 年),頁 86－104。

(49) 趙山林:《清代中期詠劇詩歌簡論》,《廣西師範大學學報》,2005 年,第 1 期,頁 60－64。

(50) 趙山林:《近代詠劇詩歌簡論》,《文藝理論研究》,2005 年,第 1 期,頁 79－85。

(51) 趙山林:《明清詠劇詩歌對於戲曲接受史研究的特殊價值》,《文學遺産》,2012 年,第 5 期,頁 104－115。

(52) 趙山林:《早期詠京劇詩歌淺論》,《藝術百家》,2012 年,第 1 期,頁 132－139。

(53) 周華嬌:《從題劇詞看楊恩壽的人生觀》,《中山大學研究生學刊》,2000 年,第 1 期,頁 114－118。

(54) 宗雪梅:《論金德瑛〈觀劇絕句三十首〉的特徵》,《四川職業技術學院學報》,2013 年,第 4 期,頁 73－75。

(55) 鄭志良:《吳梅村與湯顯祖師承關係的文獻考述》,《文獻》,2009 年,第 2 期,頁 111－116。

(56) 曾永義:《先秦至唐代"戲劇"與"戲曲小戲"劇目考述》,《臺大文史哲學報》,第 59 期(2003 年),頁 215－266。

(57) 曾永義:《也談南戲的名稱、淵源、形成和流播》,《中國文哲研究集刊》,第 11 期(1997 年),頁 1—41。

(58) 張曉蘭:《〈檜門觀劇絕句〉二種考》,《蘭州大學學報》,2015 年,第 1 期,頁 35—42。

(59) 張曉蘭:《清代觀劇詩考論——兼及金德瑛〈觀劇絕句〉》,《清代文學研究輯刊》,第 4 輯(2011 年),頁 344—368。

(60) 張曉蘭:《論清中葉經學家凌廷堪的戲曲觀——兼論清代樂學、禮學與曲學之互滲》,《殷都學刊》,2014 年,第 2 期,頁 67—73。

(61) 張筱梅:《清代的寫心雜劇》,《藝術百家》,2001 年,第 4 期,頁 50—53。

(62) 張利,張麗麗:《論湯顯祖的詠劇詩》,《四川職業技術學院學報》,2013 年,第 6 期,頁 33—36。

(63) 章培恒:《〈桃花扇〉與史實的巨大差別》,《復旦學報》,2010 年,第 1 期,頁 1—6。

(64) 朱秋華:《論取崑侖萬里流——凌廷堪和他的〈論曲絕句〉》,《藝術百家》,1993 年,第 2 期,頁 46—48。

（五）學位論文

(1) 常鵬飛:《詠劇詩歌若干問題研究》,蘭州大學碩士論文,2012 年。

(2) 何光濤:《元明清屈原戲曲考論》,四川師範大學博士論文,2012 年。

(3) 黃義樞:《清代節烈戲曲考論》,福建師範大學博士論文,2011 年。

(4) 李碧:《金德瑛詩歌研究》,黑龍江大學碩士論文,2013 年。

(5) 石天飛:《乾嘉詩人舒位研究》,廣西師範大學博士論文,2011 年。

（6）謝婧：《凌廷堪〈論曲絕句〉研究》，集美大學碩士論文，2014年。

（六）數據庫

McGill University"明清婦女著作數據庫"，http：//digital.library.mcgill.ca/mingqing/chinese/index.php

二、英文文獻

（一）專著

（1）Chow Kai-wing：*Publishing, Culture, and Power in Early Modern China*，Standford：Standford University Press，2004.

（2）Donald Schon：*The Reflective Practitioner：How Professionals Think in Action*，New York：Basic Books，1983.

（3）Graham Allen：*Intertextuality*，London：Routledge，2000.

（4）Geoffery Lloyd：*Demystifying Mentalities*，Cambridge：Cambridge University Press，1990.

（5）Gérard Genette：*The Architext：an introduction*，Berkeley：University of California Press，1992.

（6）Gérard Genette：*Paratexts：Thresholds of Interpretation*，New York：Cambridge University Press，1997.

（7）Jill Savege Scharff：*Projective and Introjective Identification and the Use of the Therapist's Self*，New York：Jason Aronson, Inc. 1992.

（8）Julia Kristeva：*Desire in Language：A Semiotic Approach*

to Literature and Art, New York: Columbia University, 1980.

(9) Mark Stevenson&. Wu Cuncun: *Homoeroticism in Imperial China*: *A Sourcebook*, New York: Routledge, 2013.

(10) Lynn A Struve: *The Ming-Qing Conflict*, 1619-1683: *A Historiography and Source Guide*, Ann Arbor, Mich: Association for Asian Studies, 1998.

(11) Plotinus: *The Six Enneads*, Chicago: Encyclopaedia Britannica, 1952.

(12) Roger Chartier: *Cultural History: Between Practices and Representations*, Cambridge: Polity Press, 1988.

(13) Søren Aabye Kierkegaard: *The Concept of Anxiety: A Simple Psychologically Orienting Deliberation on the Dogmatic Issue of Hereditary Sin*, Princeton: Princeton University Press, 1981.

(14) Sophie Volpp: *Worldly Stage: Theatricality in Seventeenth-Century China*, Harvard: Harvard University Asia Center, 2011.

（二）論文

(1) Barry R. Schlenker: "Self-Identification: Toward and Integration of the Private and Public Self", Roy F. Baumeister: *Public Self and Private Self*, New York: Springer New York, 1986, pp. 21-62.

(2) Catherine Diamond: " Cracks in the Arch of Illusion: Contemporary Experiments in Taiwan's Peking Opera", *Theatre Research International*, 1995(3), pp. 237-254.

（3）D. G. Larson&. R. L. Chastain："Self-concealment：Conceptualization，measurement，and health implications"，*Journal of Social and Clinical Psychology*，1990（9），pp. 439-455.

（4）J. Richard Udry："The Nature of Gender"，*Demography*，1994(11)，pp. 561-573.

（5）LI WAI-YEE："The Representation of History in *The Peach Blossom Fan*"，*Journal of the American Oriental Society*，Vol. 115，pp. 421-433.

（6）Lynn A. Struve："History and T*he Peach Blossom Fan*"，*Chinese Literature：Essays，Articles，Reviews*，1980（2），pp. 55-72.

（7）ZHANG Hanmo："Property of the State，Prisoners of Music：Identity of the Song Drama Players and Their Roles in the Washi Pleasure Precincts"，《饒宗頤國學院院刊》（香港：中華書局，2015 年），頁 277-326。

（8）ZHANG Ying："Politics and Morality during the Ming-Qing Dynastic Transition(1570－1670)"，PhD Thesis，University of Michigan.

後　記

　　戲曲評點的創作爲文學藝術經驗的積澱和理論化發展奠定了基礎,明清時期,戲曲評點在文學活動中的意義比過去更爲凸顯,對戲曲經典作品的創作規律和審美特徵的討論也更加深入。戲曲經典的生成路徑不盡相同,選本、專論、序跋、刊附評點、詩詞評點等都可成爲傳承與嬗遞的有效媒介,戲曲評點體式和理論內涵伴隨戲曲文本和演出的發展而不斷變化,形成相互促進的發展態勢。在此過程中,文人起到了不可忽視的作用。

　　我最初讀到金德瑛的詩歌,他是乾隆元年的狀元,著有《檜門詩存》,但真正令我眼前一亮的是他的《觀劇絕句三十首》。短短一首絕句即可對長長的一部戲曲作品進行評點,且往往直擊其精髓所在,三十首詩連綴起來,又聚焦在詠史這一主題明確的戲曲觀念之上,可知其對戲曲的熟識和評點功力之深。再去看金德瑛的生平,得知他是清中期兩大戲曲家楊潮觀和蔣士銓的恩師,他與戲曲之間的關聯便更深入了。那麼,以詩歌評點戲曲的發展理路是怎樣的? 當時有多少人這樣寫詩? 寫了多少詩? 這在當時完全超出了我的知識範疇。抱著極大的興趣,我寫了一篇《清代觀劇詩研究》的研究計劃,用以申請香港浸會大學的博士，幾經波折，終得錄取，爲我在這一領域繼續學習開啟了一扇門。

當時清代觀劇詩還沒有人進行過系統的整理，博士階段我一直在讀書和查閱文獻，從四庫、續四庫中的清人詩集開始找起，逐一辨別。但因許多詩歌並未提及所觀何劇，搜集此類詩歌對戲曲文本的掌握要求非常高，便只能抽出時間再惡補戲曲文本。待從戲曲文本轉回觀劇詩時，恰逢《清代詩文集彙編》出版，整理的速度提升了很多。時至今日，對觀劇詩的搜集也未停下腳步，儘管不能完備，但每每有所新見，也都會欣喜一番。

如前文所言，對觀劇詩的研究，文人是很重要的一環。在博士論文的撰寫過程中，我分爲上、下兩編：上編以時間爲序，將不同時期文人觀劇情況及其心態變化的軌跡梳理出來，下編爲專題研究。但文人心態的變化史不能等同於觀劇詩的發展史。在書稿修改的過程中，我更想呈現的是清代觀劇詩的發展脈絡，因此將原有的上、下兩編合二爲一，同時進行了一些補充和完善。比如晚清這一段，因爲報刊等新媒體的出現，觀劇詩大量湧現，形成了更爲多元的交際網絡和文化空間。儘管晚清戲曲相關的研究已經很多，但仍十分有必要在觀劇詩的脈絡上重新談一談，這已經突破了傳統文人觀劇或雅集的唱酬模式，變爲陌生人以報刊爲媒介隔空唱和交流，且多以筆名進行創作，關注的視角和主題都進行了多種探索和嘗試，是傳統觀劇詩創作形成以來最大規模的一次集體無意識的變革。

誠然，對於觀劇詩的研究，還有許多尚未深入的話題，其貢獻也不僅僅局限於文獻史料的提供和對戲曲評點的建構，諸如文化氛圍的變遷、審美需求的轉變、評點對象的拓展，以及傳播方式的流衍，等等，觀劇詩研究這一選題還可以走得更遠。

　　在香港的生活，是我學習經歷中最爲難忘的一段。這座城市留給我的印象不是鋼筋混凝土和生活快節奏，而是一座喧囂中的世外桃源。我所追求的純淨心靈在這裡得到修煉，我所樂於的坦誠相待在這裡使我流連。每一次看到杜鵑花開，鳳凰花落，都想像狄更斯一樣追問：“這世上有没有一部這樣的時鐘，一下一下，敲回我們走過的歲月？”求學過程中最多的收穫源於恩師，張宏生師改變了我“只見樹木，不見森林”的思維方式，常常以提問式的引導使我意識到思考問題不夠深入或不夠完備。畢業後，恩師也一直給予我關懷和指導，鼓勵我在艱難的學術道路上保持恬淡的心境。

　　初出茅廬，在學習和工作中，曾給予我幫助和包容的老師、同門、同人，在此一併衷心感謝。感謝浙江理工大學時尚設計類人才引培基金項目資助。感謝宋旭華編輯、王榮鑫編輯的支持及爲本著順利出版所付出的辛勞。

　　書中難免存在一些錯漏或不足，祈請同人批評指正。

李　碧

2021 年 3 月於杭州

圖書在版編目(CIP)數據

清代觀劇詩研究 / 李碧著 . —杭州:浙江大學出
版社，2021.6
ISBN 978-7-308-21568-8

Ⅰ.①清… Ⅱ.①李… Ⅲ.①古典詩歌－詩歌研究－
中國－清代 Ⅳ.①I207.22

中國版本圖書館 CIP 數據核字(2021)第 137247 號

清代觀劇詩研究

李 碧 著

責任編輯	王榮鑫	
責任校對	吳 慶	
封面設計	項夢怡	
出版發行	浙江大學出版社	
	(杭州市天目山路 148 號 郵政編碼 310007)	
	(網址:http://www.zjupress.com)	
排 版	浙江大千時代文化傳媒有限公司	
印 刷	杭州高騰印務有限公司	
開 本	880mm×1230mm 1/32	
印 張	11	
字 數	285 千	
版 印 次	2021 年 6 月第 1 版 2021 年 6 月第 1 次印刷	
書 號	ISBN 978-7-308-21568-8	
定 價	68.00 元	